Untie My Heart
by Judith Ivory

たくらみは二人だけの秘密

ジュディス・アイボリー
岡本千晶[訳]

ライムブックス

UNTIE MY HEART
by Judith Ivory

たくらみは二人だけの秘密

主要登場人物

エマ・ホッチキス……………………………………ヨークシャーの教区牧師の未亡人
スチュアート・ウィンストン・アイスガース……亡き父の地位を継いだロシア帰りの子爵
ザッカリー（ザック）・ホッチキス………………エマの亡き夫
ドノヴァン・アリスター・フランシス・アイスガース……スチュアートの亡き父
レナード・ザヴィエル・フランシス・アイスガース……スチュアートの叔父
ジョン・タッカー……………………………………エマの隣人、治安判事
スタンネル夫妻………………………………………ジョンの姉夫婦

プロローグ

スチュアート・アイスガースが一カ月にわたりコーカサス山脈で狩りに興じ、旅を終えて戻ってくると、次の二通の手紙が待ち構えていた。消印は三カ月前。ロンドンから海を渡ってサンクト・ペテルブルグの家に郵送されたが、その後、ツァールスコエ・セロ（サンクト・ペテルブルグ郊外。ロシア皇帝の宮殿、離宮などがある）に届けられ——ちょうど狩りにいく仲間を集めに出かけていたところで、手紙はスチュアートの手には渡らなかった——さらに、南部のオデッサにある彼の別宅に転送されたのだ。スチュアートが狩りで留守にしているあいだずっと、この二通は書斎のテーブルに放置されていたのである。

一八九二年三月二六日
ロンドン、イングランド
第六代マウント・ヴィリアーズ子爵スチュアート・ウィンストン・アイスガース殿

遺憾ながら、父君、第五代マウント・ヴィリアーズ子爵ドノヴァン・アリスター・フランシス・アイスガース様がお亡くなりになり、五七年の生涯を閉じられたことをお伝え申し上げます。貴殿は父君の一人息子でいらっしゃいますから、私といたしましては、何としても居所を突き止めねばなりません。ところが、父君の書類を調べた結果、わかったのは残念ながらこのロシアの住所のみでございました。それどころか、貴殿の確かな居所、連絡方法がわかる人物、貴殿が生きておられるのかどうか確実に知る人物はイングランドには皆無だったのです。どうか早急にご連絡いただき、可能であれば、ご本人様がロンドンへ来られますよう手配をしていただきたく存じます。貴殿は前子爵の嫡子であり、広大かつ複雑な地所の直系相続人でもあるのです。つまり、貴殿が受け継ぐものの中には、称号のみならず、莫大な財産、将来的な収入、数々の資産が含まれているという点をご理解いただかなくてはなりません。

ご心痛をお察しいたしますと同時に、お悔やみを申し上げます。

弁護士ダニエル・P・バベッジ

一八九二年四月三日
ロンドン、イングランド
マウント・ヴィリアーズ子爵殿

先日お送りした手紙はお目に留まっていない可能性がございますが、貴殿の叔父君、レナード・ザヴィエル・フランシス・アイスガース様が、父君の称号と地所の相続人は自分だと主張しておられることを、直ちにお知らせしなければと思った次第。叔父君は貴殿がお亡くなりになったと思っておられます。そのうえ、事はそのような状況にあると数名の有力者を納得させてしまわれたのです。確かにそうなのかもしれません、この手紙へのお返事がいただけないままであれば。しかしながら、もしお読みいただけましたならば、至急電報をお送りください。叔父君は子爵の称号と資産を我がものにしようとなさっておられますが、私のほうで、その手続きを止めておきます。

弁護士ダニエル・P・バベッジ

月曜日の朝七時、スチュアートはオデッサの電報局より、ダニエル・P・バベッジに次のように打電した。

叔父には、やれるものならやってみろ、と伝えられたし。そちらに向かう。こちらで処理すべきことが多々あるが、私は生きている。叔父がいかなる打算的決定をしようとも、それを後悔させるほどぴんぴんしている。

マウント・ヴィリアーズ

スチュアートは八日かかって金をかき集めた。オデッサの地所を売りに出した後、ツァールスコエ・セロに出向いてロシア皇帝および皇室に正式に別れを告げ、そこにある豪華な屋敷も売りに出して、さらに金をこしらえた。しかし、サンクト・ペテルブルグの部屋にようやく戻ってみると、さらにこんな電報が届いていた。

多くの利害関係者が、マウント・ヴィリアーズの金を当てにしております。貴殿の電報を拝受した後、内相が直ちに手を打ちました。紋章院（紋章、系譜、叙勲席次を司る機関）に命じて世襲財産の口座をすべて閉じたのです。貴殿においでいただかないと困ります。さもないと貴殿の死を確信する次なる債権者を見つけようとする叔父君を阻止できなくなるでしょう。大いなる混乱、さらなる問題が生じ、事は複雑になるばかり。お急ぎください。

バベッジ

スチュアートはすっかり慌ててしまい、三軒分の召使たちの処遇はすべて執事に託し、下男を一人だけ連れて出発した。パリに向かう途中で、彼は次の電報を打った。

ドゥノード城を守るべく人を派遣されたし。叔父はフン族の軍隊のごとく城を略奪するだろう。

マウント・ヴィリアーズ

パリで受け取った返事は以下のとおり。

ドゥノード城はフン族の襲来を受けた模様。叔父君は何も取っていないと言っておられますが。遅ればせながら見張り番を数名雇いました。

バベッジ

スチュアートはシェルブールから返事を打電した。

叔父は金目の物、持ち運べる物は何でも奪っていくだろう。とりわけ階段吹き抜けの壁龕《へきがん》にある彫像のことが気がかりだ。叔父にそれは返せと強く言っておいてほしい。今夜到着する。

マウント・ヴィリアーズ

スチュアートはサウサンプトンでイングランドの土地に――実に一二年ぶりに――降り立ち、最後に送った二通の電報のことを後悔した。彫像だって？　もう何年ものあいだ、思い出したこともなかったじゃないか。父親が死んだと知り、今さらあんな電報を打ったところで遅かったに違いない。僕の人生はあの大嫌いな父親のせいで、またしても劇的に変わってしまったのだ。ばかばかしい。スチュアートは鉄道でロンドンに向かった。汽車は後悔に揺れる彼の心のリズムに合わせるかのようにがたがたと進んでいく。

何もかも上手くいくさ。レナードなんか簡単に黙らせてやる。いずれにせよ、小さな彫像はたいした問題ではない。

こうなるしかないのだ。それに、叔父のレナードは爵位を奪おうにも、ろくな企てはできないだろう。一つには、スチュアートの姿を目にするはめになった人は、ドノヴァン・アイスガースと何から何までつながっている相続人は誰か思い知ることになるからだ。スチュアートはハンサムな父親と生き写しだった。

その事実は、時としてスチュアートの胃を締めつける。

でも、どうでもいい。イングランドで最も影響力があり、富に恵まれた称号の一つが我がものになるのかと思うと、悪い気はしない。だが、あの彫像は永久に失われてしまったようだ。というのも、レナードは、そんな物は持っていないとひたすら否定しているからだ。ヨークシャーの城は一〇年以上使われていなかった、人は住んでいなかったと主張している。つまり、物がなくなっていても、即、レナードが持っていったことにはならないのだ。誰であれ、いつでもあの古い城に入っていって、何でも小わきに抱えて持ち去ることができただろう。一〇年以上前に置き去りにし、その後、思い返しもしなかった物のことで、なぜスチュアートはこんな大騒ぎをしているのか？

理由はいったい何なのか？　ついに空っぽの壁龕と向かい合い、自分の目でそれを確かめたとき、スチュアートはなぜがっかりしたのだろう？

「なくなってる」彼はつぶやいた。なくなってしまった。

それでも、スチュアートは簡単にあの彫像を思い描くことができた。緑色で、きらきら光っていて、どこかぞっとする、それでいて心惹かれる彫像だった。確かあれは、ビザンティン様式の古い動物の彫像……。そう思った瞬間、自分の人生において、失われた小さな彫像は唯一、胸に迫る存在だったように感じられた。まず懐しさがこみ上げ、それから言葉とともに細かなことがよみがえってくる幼き日の思い出。そんな気がしたのだ。

1

エマ・ホッチキスを罪と犯罪の泥沼に陥れることになる数々の出来事は――まさしく引きずり込まれたのよ、とエマなら言うかもしれない――一週間のうちに彼女が初めて太陽の光を目にしたあの日から始まった。エマはそのとき、留め金をはずした教区牧師のゴム長靴を履き、ヨークシャーの緑の牧草地を大またで横切っていた。長靴は彼女の足にはバケツのように大きい。だから歩くたびにパカッ、パカッと軽快なリズムを刻んでいる。でこぼこの地面を踏むと鈍い音でポコン、足を前に蹴りだすと、足首が長靴の甲にぶつかってパタン。エマはスカートを高く持ち上げ、いかなる災難にも遭遇せず、順調に進んでいた。つまり、長靴が足を守っているとはいえ、いつもの習慣で羊のふんは踏まずに済んでいた、ということ。彼女はずっと先にある街道を目指し、かなり近道をしていた。隣の「タッカー農場」に行くには、その街道を渡らなければならない。エマは隣人の繕い物を預かりにいくところだった。その仕事で一、二シリング余計に稼ぐことができるからだ。

街道から四五メートルほどのところを歩いていたそのとき、聞きなれない音を耳にした。ガシャガシャという音がだんだん大きくなる。エマは足を止め、体をひねって街道の先にあるわき道を見た。

　生け垣の向こうに目をやると、はるか遠くのカーブから大きな馬車が現れた。これまで見た中では最大級の八頭立ての馬車だ。てっぺんに座している御者は体を前に乗り出し、馬たちに「ヘイヤー」と声をかけながら、張り切って何度も鞭《むち》を入れている。車体、馬、御者が丸ごと揺れながら、すごい勢いでこちらに向かって走ってくる。信じ難い光景だ。

　馬車の大きさや音、電光石火のようなスピードのせいだけではない。肩を並べて馬車を引っ張る八頭の雄馬は、黒いガラスのごとく艶々と光っており、生け垣の上から、速駆けする白い靴下を履いたような前脚の膝と後ろ脚のくるぶしがちらちらのぞいている。これほど粒ぞろいの馬たち、これほど息の合った足並みを見せる馬たちがいるなんて信じられない。騒々しい音を立てる馬具や車輪、太陽を反射してきらきら光る真鍮の付属品が揺れ、それとまったく同じように編んだたてがみが揺れている。馬車自体が光り輝いており、近づくにつれ、黒と緑と金色の塗料で描かれた繊細な模様がほとんど浮き上がるように際立ってくる。くっきりと鮮明に。いかにも新しいものといった感じで、汚れやかすれはまったくない。

　それは新型のブロアム（御者席に屋根がなく客室が箱形の馬車）だった。御者席にいる男は新しいお仕着せに身を包み、背後にいる二人のフットマン（貴族の馬車の伴走を務める召使）の様子をじっとうかがっている。力を振り絞って何とか走り続けているフットマンたちは、どちらも片腕を金属の横棒に置き、手袋をはめたもう片方の手でシルクハットのてっぺんをぐっと押さえつけていた。大型馬車が走っていくという、かくも壮麗な光景は、ロンドンのはるか北にある田舎道ではめったにお目にかかれない。今日、このような事態が起きた理由はただ一つ。そして馬車が猛スピードで走り去ったとき、側面に刻まれていた貴族の紋章がエマの疑念を裏書きした。新しいマウント・ヴィリアーズ子爵が居を定めにやってきたのだ。猛スピードで。

ただし、あそこに到着して目にしたものを、よし気に入ったという運びにはならないだろう。それとも新しい子爵がわざわざ時間を割いて家を見にきたとすればの話だけれど。あの古ぼけた館、ドゥノード城はすっかり荒れ果ててしまっている。でも、そんなことはきっとどうでもいいのだ。どうせ長居はしないだろうから。代々マウント・ヴィリアーズ子爵はあそこに長く滞在したためしがないもの。

エマは首を横に振った。それにしても、危ないったらありゃしない。生け垣と、ローマ人が攻め入った時代からある古い石垣で縁取られた狭い曲がりくねった道を、馬車が大急ぎで通過していく。新しい子爵は自殺でもするつもりなのだろうか（そういえば、前の子爵も自殺したんだっけ）。

しかし、そうではなかった。次の瞬間、エマの無言の非難は別の災難、すなわち、彼女自身に降りかかるもう一つの災難の前触れとなった。というのも、街道の先でもうもうと土埃が舞い、傾きながら走っていく馬車がかろうじて見えたかと思うと、叫び声が聞こえてきたからだ。御者が何やらわめいている。だが、その声も、馬車の車輪がこすれる音、スプリングがきしむ音、金属と石がぶつかるやかましい音にたちまちかき消されていく。そのあと、エマはどさっという小さな音と、かすかな叫び声をはっきりと耳にした。

人間じゃない。動物だ。ああ、よかった。エマはまずそう思った。しかし、叫び声が再び聞こえてきたとき、哀れを誘う羊の鳴き声だとすぐにわかり、心が沈んだ。

馬車の音が遠ざかっていくにつれ、メーという羊の悲痛な鳴き声が空気をつんざき、次第に大きく、はっきりと聞こえてくるようになった。馬車は急に小道に入り、それ以上停止することなく走り去った。一方、羊はメーメー鳴き続けており、甲高い声で、必死に苦痛を訴えている。いいえ、ただの羊じゃない。子羊よ。赤ちゃん羊だわ。か細い哀れな声で、その小さな生き物が低くうめいた。

エマは走っていた。スカートをぐっとつかんで引き上げ、できる限り脚を速く動かしている。いつ走りだしたのかもよくわからなかったが、心臓が大きな音を立てていることだけはわかった。勢いよく向こうずねが跳ね上がると、肺に吸い込んだ空気が熱く感じられた。おまけに、どこかで長靴が片方脱げてしまい、いつの間にか地面を蹴るというより、重い音を立てて跳ねながら、一方に傾いて走るようになっていた。生け垣までたどり着くと、馬車は次のカーブでふわっと土煙を上げ、完全に視界から消え去った。がたがた響いていた音もだんだん弱くなり、低い単調な音に変わっていく。行ってしまった。エマは低木の茂みに入り、服や髪の毛を絡ませながら、そこを通り抜けようとした。もがいても生け垣は放してくれず、手で押しのけようとすると、木の枝がぱちんと音を立て、引っかかってしまう。しばらくしてエマはようやく解放され、街道に出た。

静かだ。自分の荒い息遣いと、心臓の鼓動が耳の中で鳴り響いているが、路上は何の音もしない。静寂が支配する中、エマは子羊を見つけた。わずか数メートル先、短い直線道の中ほどにいる。彼女は急いで駆け寄り、わきにしゃがみこんだ。子羊は道の端で痛ましい姿をさらしていた。ほっそりした黒い脚を交差させ、不自然な角度で横向きに倒れている。後ろ脚は血で真っ赤だ。血は腰と腹にもにじんでいる。ふわふわした白い毛に赤い色がどんどん広がって、子羊はまるで、ねばねばした赤い泉に横たわっているように見えた。とても現実とは思えない。

「ああ、かわいそうに」エマは、毛で覆われた脂気のある肩をなでてやった。子羊は黒い目を輝かせ、彼女に焦点を合わせると、再びメーと弱々しく鳴いた。「もう、いつまでも苦しまなくて済むからね」エマは小声で言った。「ああ、かわいそうに。あの馬車、なんてひどいことを」

どこかで別の羊が呼んでいる。メーという鳴き声がだんだん近づいてくるのがわかった。子羊の母親が子供の声に応えているのだ。しかし、雌羊が子供の居場所を突き止める前に、息子は——怪我をした子羊は去勢されていない雄だった——助けを呼ぶのをやめてしまった。力尽きたのだ。子羊は柔らかな黒い口を一度動かし、ピンク色の舌を見せたが、次の瞬間、まっすぐ前を見据え、口を開けたまますっかり動かなくなった。

「ああ!」エマは息を吐き出し、手のひらで口を覆った。ああ……。一瞬、彼女の目に涙があふれた。

やめなさい。エマは自分に言い聞かせた。ただの羊でしょ。羊ならヨークシャーには何千頭といるじゃないの。

　そのとおり。だが、羊には一頭一頭に価値があり、それに疑いを持つ人など、この土地には一人もいない。早生まれの子羊《スプリング・ラム》となればなおさらだ。羊飼いは、毎年生まれてくる子羊の数で商売の良し悪しを判断していた。そして、八月の終わりまでに生まれた、去勢されていない雄は繁殖用の羊となる。良質な羊の群れは、ミルク、羊毛、食卓に上る食べ物を意味していた。つまり、羊飼いの生活の糧《かて》なのだ。

　そのとき、子羊の背中についている紫色の斑点が目に入った。エマがペンキでつけた印だ。子羊の死に顔に目を向け、脚と胴体をじっくり見たが、それでも信じられない。私の羊？　いや、もっと悪い。私の雄の羊じゃないの！　たった一頭しかいない雄よ。エマはもう一度、子羊を見た。ああ、これで何もかも台無し！　もう泣きたい、叫んでしまいたい、怒鳴ってやりたい！　この子は、こんなところで何をしているの？

　エマは空しく、子羊をなで続けた。冬を迎えるころには大きくなって、初めて赤い印をつけてあげられただろうに（種つけ用の雄羊の首輪に赤い顔料をつけ、雌羊と交尾が完了したらわかるようにしておく）。この子は丘から下りて何をしていたの？　お母さんとどこで草を食べているはずだったのかしら？

　こんな道端で死んでしまって、何をしているの？

　エマは脚を伸ばして立ち上がったものの、背筋を伸ばすことができなかった。前かがみになったまま、膝のあいだに両手を入れ、目をぎゅっと閉じる。涙なんか流すもんですか。彼女は怒りを利用することにした。**最低！**　私は今、将来の希望をにらみつけ、独り立ち尽くしている。希望は死に、道に横たわっているの。私は死んでしまった希望と一緒に、死んで一年にもならない夫の長靴と靴下を片足に履いて立っているのよ。**最低だわ！**　エマはもう一度、思いを巡らせてから、体をまっすぐ起こして叫んだ。

「最低よ！」雌羊に向かって言い、両手をひらつかせてシーッ、シーッと牧草地のほうに追い返した。「また、あの境界線だったのね？」彼女の農場は、西側の牧草地が古い石垣で区切られていた。古代ローマ人が築いたものだが、土台を広くした構造と、時間という接着剤のおかげで、今もまっすぐ立っている。時々、羊に強く押されて石がはずれることもあったが、元どおりにくっつけてしまえば、それ以上の大事には至らないのが普通だったのだ。

「どこなの？　今度はどこに穴を開けたわけ？」エマは怒鳴った。

雌羊は大またで速やかに去っていった。いい厄介払いよ。エマはエプロンで両手を拭いた。先ほどから彼女の手は冷たくなり、じっとりと湿っていた。「ああ、どっちにしろ、いまいましい人生だわ」そうつぶやき、前腕で額にかかった髪をどけた。**ああ、人生なんて。それに、とんでもない、ひどい死に方。何もかも呪ってやる。**

願わくは、無力な子羊をひき逃げした無鉄砲な子爵たちを悪魔が連れ去ってくれますように。

翌朝、夜が明けると、エマはいちばんいいドレスを着てボンネットをかぶり、ラバのハンナに乗って――ラバは彼女と近所の人たちの共有財産だ――一八キロの坂道を上っていった。

目指すは、新しい子爵の住まいであり領地であるドゥノード城だ。

新しい隣人と話をしよう。偶然にすぎないにしろ、あの人が私に損害を与えたことは疑いの余地がない。結局のところ、彼はあの馬車の中にいたのだから。子羊をひいたことに気づいていないとしてもだ。彼に言わなくちゃ。子爵は紳士なんでしょう？　立派な態度を見せて責任を取ってくれるわ。

ええ、きっとそうよ。角を曲がって城に通じる細い並木道を下っていくとき、エマの心は高揚した。問題はすぐに解決するような気がする。だって、新しい子爵がたくさんのお金を持っているのは明らかだもの。死んだ子羊一〇〇〇頭分の損害を償ったって、ほとんど気づきもしないでしょう。エマは何年かぶりに古い城の光景を目にし、驚いてしまった。何十年ものあいだ、幽霊が出そうな陰気な雰囲気を漂わせていた古い石たちはきれいに片づけられ、庭は働く人たちの活気にあふれていた。熟練の職人たち、庭師、召使、労働者などなど、多くの人が大忙しで動き回っている。堂々たる古い建物は化粧直しを施され、庭には植物が植え直され、屋根も修復されている。

エマは、新たに植えられた木が柱のように並んでいる中にハンナをつないだ。高い木もあれば、低い木もあり、生い茂る葉が風に吹かれてさらさらと音を立てている。かつて噴水があった場所を通り過ぎたときには、二人の男性が配管をじっと見下ろし、別の男性が新しい銅のパイプをハンマーで打ち込んでいた。

この騒々しさにもかかわらず——邸内もいっそうやかましく、何やら大きな物がバタンバタンと音を立てながら動き回っていた——玄関では正装をした執事がエマをとても礼儀正しく出迎えた。

「いいえ、子爵は来客には応じません」なんですって？　私は単なる訪問客ではない、子爵に用事があって来たのだと説明すると、執事は少しいらいらした様子を見せ、こう告げた。

「いいえ、子爵はご用のある方ともお会いになりません、事前に面会の段取りができていなければだめなのです」

「子爵は私の子羊を殺したんですよ」

お仕着せに身を包んだ男は目をしばたたいた。「やはり答えはノーでございます」開いている戸口の隙間が狭くなる。「どなたであれ、閣下の邪魔をさせるわけには参りません。お忙しい方なのです。お引き取りください」

エマは身を乗りだした。「じゃあ、面会の約束をさせていただいてもよろしいかしら？　いつなら空いてらっしゃいます？」

「名刺はお持ちですか？」

名刺ですって？　今度は、そんな上品ぶったぜいたくなものを出せと言うのね。「名前ならありますけど。エマ・ホッチキスと申します」

執事は気取った感じの眉をすっと上げた。本来なら扉は完全に閉まっていたのだろうが、そこである音がした。誰かの声で執事は体をひねり、そのままじっと動かなくなってしまった。まるでドラゴンか何か、奇妙で異質な驚くべきものが背後に現れたかのように。

人影が通りかかり、低い声が執事に話しかける。誰であれ、背の高い人だ。執事は後ろを見て顔を上げ、びくびくしていると言ってもいいほどの敬意をもって、即座にその声に応じた。「地元の女性でございます」

執事が気を取られている隙に、エマは扉を少し押し開けた。それから、ほんの数センチ体をさらに前に傾け、執事が誰と話しているのか確かめようとした。だが、黒っぽいものがあることしかわからない。黒っぽい色、黒っぽい服、長い手足。どんな人なのか、何とも言えない。それでも、静かな低い声に感情を押し殺したようなよそよそしさがあるのは、はっきりと聞き取れる。男らしい声だ。

その声が、低い調子でよくわからない言葉を発し——音楽とも言えるようなリズムがあり、ゆったりと落ち着いていて、重々しい感じがする——背の高い人影は歩き去って見えなくなった。

執事がエマのほうに向き直った。これまで以上に気取っている。「閣下には、地元のつまらないごたごたに割く時間はまったく——」

地元のつまらないごたごた？　エマは一か八か、手袋をしたまま、手のひらで扉を押した。思い切って中に入ってしまう？　そうしたい。あの影をとっ捕まえて、ひと言文句を言ってやりたい。**地元のつまらないごたごたですって？**　あの低い声がそう言ったの？　声の主が子爵本人であることはほぼ間違いない。六〇センチ以内にいたというのに、子爵様は私の苦情など、取り合ってくださらないのね。まったく、とんでもない紳士だこと。

執事は、彫刻を施した木の扉に置かれた彼女の手をじろじろ見た。物乞いや売春婦の手を見るかのような目つきだ。確かに、淑女はこんな無鉄砲なまねをして白い手袋を汚したりはしないだろう。いずれにしろ、その後、彼女の腕を押しながら戸口の隙間が狭まっていき、執事の顔は暗く騒々しい室内で白い筋と化した。

エマは顎を上げ、早口で次の言葉を口にした。若さゆえの愚かさで、正義は勝つと確信していたのだ。「子爵がこの損害を償う気はないとおっしゃるなら、私はどうすればいいんでしょう？　お金がないんです。羊の繁殖を一年遅らせればいいだけの話だとおっしゃるんですか？　子爵は私に会うべきです。私は亡くなった前の教区牧師の妻で、村では一目置かれていますし――」

「それはそれは」エマの言葉が終わらないうちに、ぶつぶつつぶやく声がした。ほとんど面白がっているような言い方だ。そして、扉は彼女の目の前で静かに閉まってしまった。

エマはぼう然とそこに立ち尽くしていたが、やがてむかっ腹を立てながら、ラバに乗って帰途に就いた。自分が住んでいる小さな家は通り越し、そのままジョン・タッカーの家に向かう。彼は隣人であるだけでなく、この地方の治安判事でもあるのだ。

子羊はひかれて死んでしまったけれど、これでもまだましなほうだ。エマはそう思うことにした。犯人がわからなかった可能性だってあるのだから。家畜が曲がりくねった田舎道をすっ飛ばす馬車の犠牲になっても、農場主が手にするのは動物の死骸だけ、なんてことはしょっちゅうだった。しかし、犯人がわかっている場合、ヨークシャーの法廷は、被害者にきわめて有利な判決を出してくれる。裁判に携わる人間がほぼ全員、自らも羊を飼っているからだ。この地方の主要資源の一つである羊がひかれたとなっては、地域法は容赦してくれない。家畜を殺すところを見られた場合、その人物は高い代償を支払うことになる。なぜなら、犯人が捕まることはめったにないからだ。法律書によれば、犯人であることが判明した人物は、死んだ子羊が将来もたらしたであろう羊全頭分の金額を支払わなければならないのだが――原種法というらしい――実際には、殺されて犯人がわからないままになっているすべての羊に対し、償いをしなければならなかった。これぞ帳尻合わせの法学。なんてありがたいことだろう。

エマは、あの影のようなマウント・ヴィリアーズをこの法律で釣り上げ、彼が引き起こした「地元のつまらないごたごた」のかどでつるし首にしてやろうと思った。

その日の午後、ジョンの居間にある西側の窓から太陽が斜めに差し込み、日差しがないときはもっと色あせて見えるカーテンを明るく輝かせていた。このカーテンを見ると、ジョンの妻マーゴットがどれほど具合が悪いか、どれほど長く患っているかがわかる。近ごろでは、家の中にあるものは――かつてはぴかぴかしていたのに――何もかも、どんよりした色になってしまった。ここにやってくると少し洗い物をしたり、掃除をしたりせずにはいられなくなる理由の一つはそれだった。というのも、マーゴットが家事をするのは無理だったし、ジョンはやり方がわかっていないようだったから。エマは家事の手伝いを済ませ、夫妻とお茶を飲んでいた。

　そのときになってようやく、子羊が死んだこと、子羊を殺した悪党をつるし首にしたいと思っていることを切りだした。

「悪党か。つまり、そいつは悪党だと言うんだな、エム」ジョンはエマのことをファーストネームか、その一部で呼んできた。彼女が生まれた直後からずっとそうなのだ。

　ジョンは頭をかきながら、火を入れたばかりの暖炉のわきにある、張りぐるみの椅子に座った。エマは彼のこういう姿を見ると、口がゆがんでしまう。しばらくためらうような仕草をしているときは、自分の好きな人の意見にあまり賛成できないことを表現する言葉を見つけているのだ。

「まあ確かに――」とジョンは言った。「子羊のことはとても気の毒だな。誰よりも気の毒に思っているよ。しかしだ、マウント・ヴィリアーズを痛めつけるなんて、まったく！　おまえの話はまったく筋が通っとらん。今や彼は隣人なんだぞ。子爵であることは言うまでもない。子爵が悪党であるもんかね。それに、その子爵は、わしらの地域の新しい子爵なんだ。たった一人のな。議席に就くかもしれないという噂だってある」ジョンは、貴族院《ハウス・オブ・ロード》の議員になると言いたかったのだろう。つまるところ、子爵はこの地域のためになる政治力を持つ可能性があるということだ。「で、おまえは、子爵にわしらとの最初の接触を果たしてもらいたいと言うんだな。ああ、この地域に子爵がいなくなってから約三〇年も経ってしまったのに、子爵にくどくど文句を言いたいのだな？　おまえは、自分が何をしようとしているのかわかっとらん」

「ジョン、あの人は馬車を止めてもくれなかったし、私に会おうともしてくれなくて――」

「これっ、おまえはドゥーンに行ったのか？」地元の人たちは、村を見下ろすあの城の名前をこう発音する。

「行ったわよ。あとで会う約束さえしてくれそうにないわ」エマは顔をしかめ、自分の意見を主張した。「地元の人間に対して、ずいぶんご立派な態度よね」

「手紙を書きなさい」

「手紙ですって！」エマは噴き出してしまった。素晴らしいことを言ってくれるわね。挨拶一つしてくれない子爵に手紙を書くだなんて。**拝啓、あなたは私の子羊を殺しました。どうか損害分を全額お支払いください。**

ジョンが説明した。「ああいう都会の連中は、手紙でいろんなことを取引しておるのだよ。だからおまえも送ってごらん。手紙で何があったか伝えてやんなさい。書き方はわかるだろう。起きたことについては控えめに書かなきゃいかん。わかったね？ 領主宛に、恭しく、丁重な手紙を書きなさい」エマのことを知りすぎているだけに、ジョンは首を横に振った。「おまえは我が強すぎるぞ、エム。自分の思いどおりにならないとそうなるんだ。おまえのためを思って言っとるんだぞ。慎ましくしていなさい」

エマはため息をつき、ジョンが言ったことを痛感しながら立ち上がり、特別料金でやってあげている繕い物の山と一緒に自分の帽子を取り上げた。

玄関に向かう彼女の気分は沈んでいた。少し敗北感さえ味わっていた。だが、その理由は言えなかった。言えるわけがない。たぶん、手紙を出すのは十分、理にかなっているのだろう。子爵は自ら馬車を運転したり、呼び鈴を聞いて玄関に出てきたりはしないのだから。それに、玄関のポーチに立っている人間は無視するかもしれないけれど、自分宛の手紙なら読んでくれるはず。手紙、それも丁重な。書いてみよう。ジョンの言うとおりだ。自分を抑えなくちゃ。一羊飼いが、しかも女の羊飼いが子爵を相手にけんかなどできるわけがない。そうよ、私は長いこと、この強情な性格を抱えて生きてきたの。もう癇癪を起こして早まった行動に出るようなばかなまねはしないわ。

しかし、扉のところで何か違う感情があると気づいた。自分が感じている憂鬱には別の要素がある。孤独感だ。ジョンが言っていたのはこういうこと。マウント・ヴィリアーズが自発的に正しい行動を取るように持っていけなければ、この地域であの人に逆らおうとする人間は、今すぐには出てこない。ジョンの言葉を借りれば、私はこの地域の新しい「領主」にたった独りで立ち向かうことになるのだろう。

後ろから隣人が声をかけた。「エム、荷馬車で家まで送ってやろうか？　ハンナは次に使いたいやつが現れるまで、うちで預かればいいさ」

外はだんだん暗くなっていくし、今日は惨めな一日だった。エマがうなずき、ジョンはすでにベッドに入っていたマーゴットに――ベッドにいることがほとんどなのだが――すぐに戻るよと声をかけた。

二人は黙って荷馬車に揺られていた。ジョンは七〇歳を超えているが、若者のように活発だった。少し腰が曲がっていて、しわがたくさんあるものの、二〇歳の青年に負けないくらい元気で、はつらつとしている。エマはジョンが大好きだった。この村の友人どころか、彼女の知り合いほぼ全員の中でもお気に入りの人物だ。マルザード・ニア・プランティ・ブリッジにはジョンのような人物は一人もいないと言っていいだろう。

だからこそ、自宅の門のところでジョンから念を押されたとき、エマはなおさら気が滅入ってしまった。「ばかなまねはするんじゃないよ、わかったね?」

ばかなまね。かつてエマは皆がよく言うとおり、「ばかなまね」をしたことがあった。一三歳のとき、両親の希望で、あの好色なランダル・フィッツと結婚させられそうになり、突然家を出てロンドンに逃げてしまったのだ。そのままロンドンに留まり、四年間故郷には帰らなかったが、戻ってきたとき、彼女はすでに結婚していた。今度は前よりも気に入ったと思える相手、ザッカリー・ホッチキスと一緒に。

エマはジョンの言葉に小さくうなずき、荷馬車の座席からさっさと下りた。「ばかなまね」をするつもりはない。私は教訓を学んだのよ。完全に自分の意志で、好きに選んだ夫というわけではなかったけれど、私はザックを愛していたし、いなくなってしまった今となっては彼が恋しい。ロンドンは少女が自力で生活していかれるところではない。ただそれだけのこと。事は実に単純だったのだ。私にはザックが必要だったし、頭の悪い、いやらしい羊飼いの息子より、彼のほうがずっと素晴らしく見えたのだ。ザックは面白い人だった。そう思わない人はいないだろう。

エマは玄関のポーチで振り返り、薄暗がりの中、荷馬車に背中を丸めて座っているジョンのシルエットに手を振った。

ジョンが声をかけた。「おまえはいい子だ、エマ・ホッチキス。何もかも上手くいくさ。やってみな」

そうね、とエマは思った。彼女はザックがかわいがっていた雄猫ジョヴァンニとともに人《ひと》気《け》のない家へ、自分でやるまで火が灯ることのない表側の部屋へ入っていった。彼女はそこを居間兼食器部屋として使っている。引き出しの中に小さなろうそくを見つけ、それに火をつけて、この家に唯一ある別の部屋の奥に持っていった。そこは修道院と呼ぶにふさわしい寝室だった。むき出しになっている木の壁、きちんと整えられたベッド、たらいが載った洗面台。ザックが最後の数日を過ごした簡易ベッドの上の壁には、木の十字架が掛かっている。一時はこの同じ壁に彼の本がずらりと並んでいたのに。高さもばらばら、色も様々な本が何段にもなっていた。数年前にザックは蔵書を売ってしまい、エマはそれをとても悲しんだ。まだ半分しか読み終えていなかったからだ。大半は小説や詩で、ザックが大学や神学校で読んでいた本にはほとんど手をつけていなかった。そういう本は難しすぎてとても読めなかったので、自分がもっと賢くなってから読めたらいいなと思い、最後のお楽しみとして取っておいたのだ。

今、エマがザックのことを思い描くとき、いつも目に浮かぶのは、殉教者の十字架が掛かった壁と、簡易ベッドに載っていた彼の後頭部だ。あるいは、なんとか頑張って悲しい記憶を掘り起こせば、彼女の陽気な足音を耳にしてゆっくりと振り向くザックの姿も思い浮かべることができる。食事用のトレーを運んでいくときは、彼のティーカップがカタコトカタコト、陽気なリズムを奏でるように意識して歩いたものだ。ザックの黒い頭は、顔を背けるような仕草でのろのろ動くのが常だった。そんなに壁が魅力的かしらと思うほど、壁のほうばかり向いていたが、いよいよ最後という瞬間、ザックはようやく、疲れ果てたように、かすんだ涙っぽい目をエマのほうに、そして部屋の内部に向けた。あれは生《せい》へ向けられた目だったのだろう。エマはよくそう思うのだった。

愛する人は亡くなった——ザックが本当に亡くなる数週間前から、エマはそんなふうに考えていた。だから、彼を失った寂しさを、実際の期間よりも長く味わっていたのだ。ひょっとすると、何年もそんな気持ちでいたのかもしれない。

私はどれくらい独りぼっちでいたのだろう？　それは何とも言い難い。五カ月の未亡人暮らしよりも長いはずだ。

エマは自分の大きな羽毛ベッドのわきにあるかごにタッカー夫妻の繕い物を入れた。すると、猫が彼女の脚に、それからぱたんと倒れた別のものに体をこすりつけた。ああ、これね。ザックの大きなゴム長靴の片割れだ。牧草地で作業をしたり、納屋を掃除したりするときに履いているお気に入りのゴム長靴。私のお気に入り。それだけのことよ。エマは自分が履いている、すねの高さまである編み上げブーツよりも、このゴム長靴が好きだった。誰に言うでもなく、おそらく猫に言うでもなく、エマはつぶやいた。「私の子羊が死んだの。それなのに、私にできることなんて、ほとんど、というか何もないのよ」確かに、ザックのことに関しても、私にできることは何もない。これまでもずっとなかったのだ。

月日が経っても、また何かが上手くいくようになるとはとても思えない。

エマは手紙を書いた。「お願い申し上げます」という表現さえ使い、「敬具」と書いて署名をした。しかも、これ以上ないほど丁寧に、手書きの手紙を記したのだ。教育法のおかげで、彼女は字の書き方を覚え、それから、ロンドンでザックや彼の仲間とつきあっているうちに、想像もできなかったほど字を書く腕に磨きがかかってしまった。

返事は、子爵の「ロンドンの友」より、という形でやってきた。子爵の弁護士たちがよこしたのだ。エマは消印を見て驚き、胸が少しずきっとした。ロンドンの消印。そして、手紙を開封すると、事務弁護士の名刺が出てきた。**名刺**。彼女は一瞬、困惑した。

エマも昔は小さな銀の箱に入った自分の名刺を持っていた。もう十数年以上前の話だ。そのあいだにロンドンのことはあまり考えなくなっていたが、ロンドンの弁護士事務所から届いた浮き出し文字の名刺を目にした途端、急に妙なことをいろいろと思い出した。マントルピースに並ぶ、美しい文字で書かれた六枚の名刺……高級レストランでの極上の食事……ビロード張りの座席で観た芝居、素晴らしい俳優たちが明るい脚光を浴びて演じる、よくできた脚本の芝居。若い女性にとって、ロンドンは実に驚くべき世界だった。

もちろん、それはロンドンでザックの稼業を手伝っていたときの話。あの仕事が二人の生活を支えていたけれど、結局そのおかげで二人とも、とても怖い思いをするはめになり、ザックは神の道に入ることになった。驚くべき世界から大混乱に至るまで、たった一回のレッスンで学んでしまった。いいえ、ロンドンから逃げ帰って不幸だったとは思っていない。上等なドレスを着て、凝った名刺を受け取り、自分も名刺を残して立ち去る。エマにとってロンドンは汚くて、厳しい街。とんでもなく危険な街になってしまったのだ。

エマは名刺をエプロンのポケットに突っ込み、子爵の代理人がよこした正式な回答を広げた。とその時、一枚の小切手が同封されていることがわかった。

エマは一瞬、大喜びしたが、次の瞬間、悔しさがこみ上げてきた。それはフランスの銀行宛に振り出した小切手で、額面は一五フラン。彼女は回答を読んだ。

弁護士の文面にはこうあった。子爵はエマが受けた損害を「はなはだ遺憾」に思っているが、そのようなことで自分が何のお役に立てるのかわからない。それでも、彼女は隣人であるから――子爵はそれほど心の広い人なのだと弁護士は言いたかったらしい――新しい羊の購入費として小切手を同封する。おおよそ二ポンドに相当するだろう。手紙はさらに続く。小切手はロンドンのイングランド銀行ですぐに現金化できるし、そのうちヨークのどこかで、つまりそちらの銀行や、その支店で受け取ってもらえるから大丈夫だ。待ってさえいれば、どこの支店で受け取れるかわかり次第、先方が知らせてくるだろう。子爵はイングランドに到着したばかりで、まだこちらで口座を開く手続きをしているところだから、と弁護士は書いていた。この一五フランは、時が来れば本当に二ポンドに変わることだろう。

エマは激怒した。あきれた！　マウント・ヴィリアーズは子爵なんだから、おそらく二ポンドの何十倍という額を小銭で持ち歩いているはずだ。

エマはばかげた小切手を返却することにし、今度はできる限りの速さで返事を書いた。きれいな字で書くとか、過度に敬意を表して言葉を濁すとか、そんなことは気にもしなかった。

拝啓

いったい、フランスの銀行宛の小切手を私にどうしろとおっしゃるのですか？　それを持ってロンドンへ行け？　ロンドンまで行って、一泊して、家に戻ってくるのに二ポンドかかるのですよ。「そのうち」ヨークへ行け？　何のために？　新しい子羊を手に入れようにも、二ポンドでは種羊はおろか、子羊の肉一片だって買えやしません。一方、私の子羊は、生きていれば、わずか数年のうちに何百頭という子羊の父親になっていたはずなのです。古代ローマ人が戦車でやってきて以来、当地では羊が馬車にひかれて死ぬことが――頻繁にというわけではありませんが、継続して起きております――地元の羊飼いの頭痛の種となっており、ヨークシャーの法廷はその点を喜んで考慮してくれるでしょう。それに、地方の法廷は、このような事態にとても神経質なのです。要するに、私の死んだ雄羊は二ポンドをはるかに上回る価値があったはずですし、子爵には、しかるべき配慮と敬意をもってこの件を処理していただきたく、お願い申し上げます。どうか、ご都合がつき次第、私に直接ご連絡くださいますよう、お伝えください。

エマは「ご都合がつき次第」の部分に線を引いて削除した。だめよ、こんな表現では柔らかすぎる。

どうか私に直接ご連絡くださいますよう、お伝えください。

子爵の都合なんか構うもんですか。エマは「どうか」も削ってしまおうかと思ったが、それは残しておいた。

この手紙に対する子爵の回答を読んだエマはほんのつかの間、子爵本人と直接向き合うことができると確信した。扉がノックされると、エマは窓に駆け寄り、カーテンを上げた。そして、玄関の上り段に立っている、背の高い堅苦しい雰囲気の男性を目にした。

扉を開けたとき、エマは一瞬、中折れ帽をかぶった血色の悪い痩せた男が子爵だと思った。しかし、違った。男は、マウント・ヴィリアーズ子爵の「秘書の補佐」をしているエドワード・ブレイニーだと名乗り、名刺を押しつけるように差し出した。エマが笑いながら受け取ったものだから、男はまごついている。補佐？　やっぱりね。子爵が間接的な接触を好まれるのだとすれば、補佐が大勢いるのも、まあ、もっともなことに思える。

エマは名刺にもう一度ちらっと目をやった。浮き出し文字が使われた今度の名刺は、アイボリーの地に黒いインクで印刷されている。子爵は自分の手下用の名刺だけで、ロンドンじゅうの印刷業を存続させているのだ、と彼女は思い始めていた。

エマは名刺を返しながら尋ねた。「マウント・ヴィリアーズという方は実在するんですか？　それとも、名刺を印刷したり、手紙を書いたり、代理人と連絡を取ったり――それに、羊も殺すんでしょうね――うちの玄関にやってきたりする一〇〇人の人間がでっち上げた架空の人物にすぎないんでしょうか？　あるいは、自分がどうしようもなく重要な人物であることを証明するために、一〇〇人もの人間を走り回らせなきゃならないような、お気の毒な方なのかもしれませんわね」小さな体に大きな恨みを抱えて、彼女は身を乗り出した。「その方はどこにいらっしゃるんですかとお尋ねしてるんです」

男は目をしばたたき、咳払いをし、帽子をちょっと持ち上げた。きちんとした格好をした長身の痩せた男はエマよりも年上で、かすかに甘いにおいがし、ジン好きにありがちな、がっしりした筋張った鼻の持ち主だった。「ほかの場所にいらっしゃるんですよ、奥様。私は町に行く途中で奥様のところに立ち寄り、苦情を解決するようにと言われて参ったのでございます」

なるほど。たまたまリストに載ってしまった迷惑な用事というわけね。**シャンパンを買って、キャビアを注文して、未亡人の苦情を処理すること。**わかったわ。いいでしょう。やっと話をつけるときがきたのだから、ぶつぶつ言うのはやめておこう。

次の五分で、男は一〇ポンド出すと言ってきた。進歩だ。だが、エマは男の申し出をはねつけ、三〇ポンドで手を打ちましょうと言った。これでも少なすぎたが、彼女にとって何らかの意味を持つ額だったことだけは確かだ。男は作り笑いをし、頭を横に振った。そして、羊のにおいについて、からかうような言葉を口にしたが、幸いにも、そのとき羊が男のズボンの後ろをそっとつつき、彼はしばらくのあいだ、ひどくびくびくしていた。羊はちょうどいい具合に硫黄のにおいを放っていた。硫黄は慎重に分量を量り、ビールに少し浸して与えるのだ。このアクシデントのおかげで、エマとブレイニー氏、そして間接的にだが、例の子爵はまたしても膠着状態になった。

個人秘書の補佐は、手に小切手を持ち、自分とエマのあいだにぶらぶらさせながら立っている。エマは、小切手にブレイニー氏のサインがしてあることに気づいた。私ならこんな男に権限は預けなかっただろう。伝統的で上品な格好をしているにもかかわらず、ブレイニー氏は威厳あるイングランドの男という感じがあまりしない。本人はそのように見せたいらしいが、威厳があるというより、妙に愛想がよくて、ずる賢い感じがすると言ってもいいほどだ。彼の態度、表情には何かある。

エマはブレイニー氏に家の中を見られぬよう、玄関の扉に背中をつけたまま、指についた小麦粉をふきんでぬぐっている。というのも、パンを作っていたからなのだが、これは副収入を得るべく、毎週土曜日に村の全家族のためにやっていることだった。彼女は子爵の部下に目をやり、待った。彼にさらなる提案をする権限が与えられているのかどうかを確かめよう。

ブレイニー氏は、エマが小切手を調べる前にせめて手をきれいにしようとしているのだと思ったに違いない。手がきれいになると、彼女はふきんをエプロンのポケットに突っ込み、胸の上で腕を組んで、前よりもっと強い調子で「ノー」と言った。そして、何か理由があるというより、好奇心から、ふと頭に浮かんだ質問をした。「これほど裕福な方が、この前からずっと、実際には現金にしづらい形でお金を出すとおっしゃっていますけど、どうしてなんですか?」

その小切手は、とにかくイングランドの通貨で書かれてはいたが、イングランド銀行、つまり地方支店のない銀行宛のものだった。またか。汽車に乗ってロンドンに行くのがいやなら、手形交換の手続きを経るのに、かなりの時間がかかってしまう。

「受け取らないと言っているわけじゃありません」エマは続けた。「でも、どうして簡単に一〇ポンド紙幣でいただけないのですか? 子爵のご身分なら、きっと一〇ポンド紙幣なんかたくさん持ってらっしゃるんでしょう。たくさんありすぎて、紙幣の海で泳げるほど」

面白いことに、ブレイニー氏の表情が揺らいだ。少し動揺しているようにさえ見える。それから、これは彼の神経質な癖なのだが、再び咳払いをした。理由があるんだわ! ただ、それを告げるつもりはないのだろう。ブレイニー氏は代わりにこう言った。「小切手をお受け取りください。手続きが来週のうちに終わればいいんですけどね」

エマは思わず笑ってしまった。「いいわけないでしょう?」

「いいんです」ブレイニー氏は少しまごついているように見えたが、自分からこんなことを言いだした。「もっと大きな額になれば、当然、支払い時期は先になります。閣下の大口取引用の口座が承認されるまでは——」

「財政的に困ってらっしゃるということ?」

「ええ」ブレイニー氏は目をしばたたいた。「いや、違います」彼は首を横に振り、正直に「ええ」と答えてしまったのは愚かだったと言いたげに肩をすくめた。「閣下はロシア皇帝に負けないくらい裕福でいらっしゃいます。お金はすべて国外の銀行にあるというだけのことでして。それと、叔父様との一件があったものですから——」

「叔父様?」

ブレイニー氏は一瞬、途方に暮れた。どこかでどじを踏んでしまったらしい。エマはこの事態に興味をそそられた。痩せた男は背筋を伸ばし、二分間で三度目になるが、またしても咳払いをした。「えへん。閣下の財政は複雑でして……」彼はさらに何やらもごもご言っていたが、声はだんだん尻すぼみになっていく。

エマはとても同情しているふりをし、首を横に振った。「その叔父様のせいなんですね。なんてひどい方なんでしょう」叔父って、どの叔父のことだろう?

ブレイニー氏は、叔父であれ何であれ、親戚の話はたわ言だから忘れてください、とばかりに手をひらつかせた。「いや、違うんです。その問題は解決しております」彼は慌てて言い添えた。「それが本質的問題だったということではございません。閣下が再びイングランドの地を踏んだ瞬間、爵位の問題はすべて解決したのです。いや、いや」彼はやっきになって何かを否定したが、エマにはそれが何かよくわからなかった。

「ええ、もちろんですわ」エマは同感の意を表し、彼が言わずにおいたことはいったい何だろうと頭を悩ませた。

「いずれにいたしましても、そんなわけで、高額の小切手に個別かつ特別にサインをするための正式手続きがなされているところでありまして」ブレイニー氏は小切手を示した。「口座を開くのもとても難しいことになっているのです。閣下の叔父様は、たくさんの口座を開いておりまして、お金が間違った場所に入ってしまったのです。それに、目下、こういった口座の負債や、それが誰の借金かという問題が生じております。債権者たちは、口座が開かれる前から、それを差し押さえてやろうと手ぐすねを引いている始末。めちゃくちゃですよ」

「まあ、それは大変。お察し申し上げます」完全にというわけではなかったが、エマは事の次第がつかめた気がした。ある叔父が、甥は国外にいるのだから、爵位を継ぐのは自分だと主張し、子爵用の口座が二重にできているのだろう。

秘書の補佐は理解してもらえたことに感謝し、ほっとため息をついたが、またしても肩をすくめた。エマの救済策はまったくないということか。これは彼の手に負える状況ではないのだ。「そんなわけで、私には高額の小切手をお出しすることは不可能なのです。一〇ポンド以上の額になりますと、子爵のサインが必要になりますし――」彼はかすかに、というより恐れかしこまって、いったん言葉を切った。「それは閣下にしかできないサインなのです」

本当に？「ばかなまね」をしていたころ、エマは一時期、ほぼどんな人のサインもまねできるという、思いがけない、ちょっとした才能で食べていた。実は若いころ、ある男女の集団と出会い、ザックもその一味だった。彼らは、人間は基本的に不誠実であるとの考えで成功を収めていた人々だった。要するに、ロンドンで詐欺まがいの行為に手を染めて生計を立てていたのだ。一四歳のとき、エマは少女が自力で生きていくには、明らかな犯罪は別にして、三つの選択肢があると悟った。工場で灰色の人生を送るか、街で徹底的に体を売るか、合法と違法の境界線の辺りにある、詐欺と呼ばれる行為に走るかのいずれかだ。自立する手段を選ぶのに、あまり多くのことを考える必要はなく、結局、ロンドンの知人たちを頼ったのだ。彼らなら、ブレイニー氏を大いに気に入っただろう。

ブレイニー氏のような人間は、自分はまともな考えの持ち主だ、常に最高の評価を受けてきたと信じて疑わず、「一世一代の大ばくち」を打つときに、自分は良心の呵責というものをいつ売り払ってしまったのだろうなどと自問したりはしないのだ。

だから、彼を相手にするのはやめておこう。エマはきっぱり、さようならと言った。ブレイニー氏は悲痛な顔で、なおもぶつくさ文句を言い、あなたはひどい思い違いをしていると断言した。「閣下は、何もする必要がないのですよ。つまり、そういうことです。私が処理しているのは、ちょっとした小さな問題でして」

「じゃあ、もっと大きな問題に昇格させたいものですわ」エマはそう告げると、大人気ない喜びを感じながら後ずさりをし、彼の目の前で扉を閉めようとした。だが、それはできなかった。エマはいっそう礼儀正しく言った。「あなたとでは、この件は解決できないようですね。告訴をして、何が正義なのかイングランドの司法に判断してもらうことにしますと閣下にお伝えください。では、今度こそ、ごきげんよう」

エマは立ち去っていくブレイニー氏をじっと観察した。非常に悲しそうに、芝居がかったと言ってもいいほど、しぶしぶと、首を横に振りながら歩いていく。なんて調子のいいことを言うのだろう。余計なお世話だが、子爵にはあの男の性格に気づいてもらいたい。どうやら「閣下」は、片をつけるのがちょっと厄介な状況にあるらしい。そして、あのブレイニーという男は、事が上手く運んできたら、その好機に乗じるのだろう。

そのとき、エマははっと気づいた。子羊をひき、そのまま道に放置して死なせ、瞬き一つしなかったかもしれない男の心配をするなんて。この時点で、彼女はパン作りに戻り、マウント・ヴィリアーズ子爵のことでやきもきするのはすっぱりやめた。

ジョンは仕方なく、どこでどのように告訴を起こせばいいかをエマに説明した。そして一二月の半ば、教会の聖服室で年四回開かれる自治都市裁判の小治安法廷において、この件はジョンともう一人の現職治安判事ヘンリー・ゲインズの前で審理が行われた。少々不安だったのは、子爵の代理として、ロンドンの法廷弁護士がやってきたことだ。彼は、自分はあの城に滞在しており、子爵へ「敬意を表して来ただけ」だと説明した。

全体的に、訴訟はエマが思っていたよりも緊迫した雰囲気で進んだ。誰一人――ジョン・タッカーでさえ――イングランドの「貴族であり紳士」でもある人物に喜んで不利な判決を下そうとせず、ジョンは裁判のあいだじゅう、子爵のことをそのように呼び、被告は「何もひき殺した記憶はないと主張している」と述べた。エマは法廷にいる全員と戦う必要に迫られたが、それをやり遂げ、自分を誇らしく思った。

彼女はひたすら主張した。「あれは子爵の馬車でした。紋章がはっきり見えましたし、ぴかぴかの新しい馬車でした。この目で見たのです。マウント・ヴィリアーズ子爵の馬車が猛スピードで私の子羊をひき殺したのです」

当然の成り行きとして、例の法廷弁護士の主たる反論はこうなった――唯一の目撃者は女性であり、女性というものは、自分に相当有利になるように事実を脚色するものなのです。ジョンとヘンリーは落ち着いて耳を傾けている。一方のエマは、列席の人々が皆、疑う中、孤独に真実を伝えている気分だった。ところが、弁護士がだんだん大胆になり、「ご都合主義」という言葉を使うと、ジョンが口をゆがめて片手を上げた。「失礼ですが、この区におきまして、エマ・ホッチキスが誠実であることは議論の余地がございません。彼女は何もでっち上げたりはしないでしょう」ジョンはふーっとため息をもらし、聖服室にいる面々をぐるっと見渡してから言った。「子爵の馬車が動物をはねたのなら、たとえ子爵が中にいなくとも、責任問題が生じます」

それから、男性にしろ女性にしろ、他人の羊を殺した場合に関するヨークシャーの慣例と判例——ロンドン子があまり精通していないものだ——を弁護士に説明した。その後、ジョンとヘンリーはしばらくのあいだ、ひそひそと小声で協議した。

原告に五〇ポンドの支払いを命じるとの裁定がなされ、エマは悟った。私が勝ったのね！ 治安判事は、こうした状況では控えめな金額であることを、子爵にはご理解いただきたいと説明した。子爵の弁護士経由で、馬車はもっとゆっくり運転するようにとの警告も送られた。この辺りは、生け垣や大昔からある石垣によって、牧草地がパッチワークのように区切られているからだ。「次は子羊一頭では済まないかもしれませんぞ」とジョンが言った。

五〇ポンド！ エマは小さな教会の控え部屋（かつてザックが着替えをした部屋であり、ここにある衣服や式服はすべて、エマとザックのお気に入りだった）を出て、外の日差しを浴びた。ああ、やっと終わった。これで満足。五〇ポンドあれば、収入と生産性の損失を埋め合わせるのに大いに役立ってくれるだろう。これでよし。

ところが四日後、エマは一通の手紙を受け取った。それにはこう書かれていた。

拝啓 ホッチキス夫人殿

一〇ポンドの小切手を同封いたします。換金は木曜日より、ヨーク株式銀行のどの支店でも可能です。ご参考までに申し上げますが、そもそも私はあなたの子羊を殺したとは思っておりません。それに、たとえそうであったとしても、子羊一頭に五〇ポンドの価値はございません。私はこの事実を断固主張するものであり、そのような額を支払うぐらいなら死んだほうがましだと思っております。この小切手を現金にしようが、豆と一緒に食べようが、厚かましい尻に突っ込もうが、こちらの知ったことではございません。州長官が逮捕すると言ってくるかもしれませんが、あえてそのような手段に出られた場合、私は公平な審理を求め、弁護士たちとともに上訴の手続きを取る所存です。

敬具

マウント・ヴィリアーズ子爵代理人

個人秘書補佐　エドワード・ブレイニー

子爵はしゃべれるんだ！　少なくともしゃべって書き取らせているじゃないの！　口があったのね。ただし、あまり口がいいとは言えない。こちらの知ったことではないですって！　まったく！　それでも、本人から反応があったことで、エマはどういうわけか、わくわくした。手紙にサインもしていないし、口述筆記にすぎないが。それでも……。

喜びもつかの間、手紙が届いたのと同じ日、州長官より、丸めてリボンをかけた一束の法律文書がエマ宛に送達された。それを開くと、ヨークシャーでの評決は、再審を求めて上訴請求が出され、四季裁判所にゆだねられたことがわかった。上級裁判所がこの件を審理できるのは、あと一カ月半先。それまで罰金や賠償はすべて保留となってしまう。

追い討ちをかけるように、翌日には、さらに多くの法律文書が届いた。四季裁判所はこの件を新しい管轄区に移管した、というのがおおよその内容だった。審理はロンドンの中央刑事裁判所《オールド・ベイリー》で行われることになるらしい。子爵の弁護士が忙しいからだそうだ。

「ジョン、これはどういう意味？」エマは手袋をした手で再び書類をつかみ、ばかげた紙の束を少し振ってみせた。エマとジョンは寒空の下に立っている。ジョンの牧草地の中ほどでばったり会ったのだ。ジョンは村へ行くところ、エマは彼に最新の怒りを披露しにいく途中だった。

ジョンは毛糸の指なし手袋から突き出ている曲がった指で頭をかいた。冬がものすごい勢いで二人に押し寄せてくる。いよいよあと数日と迫ったクリスマスとともに。彼女の知る限り、ここ数年でいちばん厳しい寒さに思えた「おまえの負けという意味だよ、エム」

エマはいちばん重たいコートに身を包み、分厚い毛糸の靴下でぱんぱんになったザックのゴム長靴を上下させて、体が冷えないように地面を踏み鳴らしている。「私は勝ったのよ。どう控えめに見てもね」エマは書類の一枚をつかんで振り、おかげで風と格闘することになった。「こんな手紙、侮辱行為よ」エマは頭と肩を覆うように巻きつけたショールをつかんで上にぐっと引き寄せ、突風をしのいだ。

「訴訟をさらに続けるのは侮辱には当たらない。ただ、言っておくがね、確かに失礼な手紙だが、秘書が書いてよこしたのは聞き書きだ。つまり、本人が書いておらんのだよ。サインもしておらん。エム、おまえは、進んで子爵を侮辱してくれる治安判事を見つける必要があるが、目の前にいる男は違うからな」

エマはため息をつき、書類をつかんでいる手をコートのわきに下ろした。「どうして彼は、わざわざこんな面倒なことをするの？」

「面倒なもんか。子爵はイングランドに復帰するうえで、大変混乱した状況におられるんだ。外国のありとあらゆるところに行かれていたそうだからな。それに比べたら、おまえの苦情はつまらん問題なんだ。子爵はおまえをつまみ出して、自分のやるべきことを続けるだろうよ」エマの隣人はそこで言葉を切り、氷のような冷たい風が吹く中、しわだらけの老いた目を細めて、さらにしわを寄せた。「エム、子爵は金を出すと言ってくれたのだろう。裁判記録にはないことだし、おそらく、子爵にはびた一文、おまえに支払う必要はないというのにだ」

「あの小切手を銀行に持っていくつもりはないわ。私が勝ち取った額じゃないんですもの」

「じゃあ、事務弁護士と法廷弁護士を見つけてロンドンに行き、自分が正しいことを主張しないといかん」

エマは顔をしかめた。「私にそんな余裕はないこと、わかってるくせに――」彼女は急に話をやめ、牧草地のはるかかなたにある地平線をじっと見つめた。草地に点在するクリやオークの木は、葉がすっかり落ちている。周辺の草はまばらながら、大方緑色をしているものの、今やところどころではあるが、白い吹きだまりの名残が見受けられる。この冬初の大雪が半分溶けて凍ってしまったのだ。

「エム」

エマが腰の曲がった隣人を見ると、彼は節くれだった指で首の後ろをかいた。「わしらの中にも、おまえに同情する者は何人もおるのだよ。皆、協力したいと思っている。マーゴットは、教会の本の管理を引き継いだらいいと言っとるよ。得意な仕事だろう。それに、土曜日には十分の一税（教会および聖職者の生活維持のために納める税）の徴収を手伝ってるんだから、その分、報酬をもらえばいい。ロスは、あいつとかみさんの繕い物をやってもらってもいいと言っている。それと、皆で相談して決めたんだが、おまえは誰の雄羊であれ、ただで借りて構わんし――」

「皆、こうなるとわかってて――」

「いいや。だが、そうなるんじゃないかという気はしたがね。そのことについて、皆で話し合ったのだよ。というのも、まずい事態になったからな。わかるだろう？　おまえは身分不相応なことをしている。それだけの話さ。もういい加減におし。これ以上、マウント・ヴィリアーズを怒らせてはいかん。わしらは子爵のそばで暮らさねばならんのだし――」

「そのとおり」エマはつんと顎を上げた。「こんな暴君のそばでどうやって暮らせっていうの？」

「慌てちゃいかん。子爵がどんな人かもっとわかるまで待ちなさい。もっといい状況で、互いに帽子を脱いで挨拶できるようになるまでな。わしらは、子爵本人が自分は教会で歓迎されているな、元旦のお祭りで、隣人として大きな敬意をもって受け入れられているなと自覚するのを確認すべきであって――」

「そうだ、いいアイディアがあるわ。彼を表彰してあげましょう。自分は法律を超越した存在だと思っている男、何の罪もない子羊を道で殺しても、おとがめなしで済むと思っている男ということで――」

「子爵はおとがめなしにしたいわけじゃなかろう。おまえに金を払うと言って――」

「さもなければ、あの人の思いどおりの名前で呼んでやればいい。だめよ。元旦のお祭りに彼を招待するなら、私はそこにいませんから。わざわざ探さないでね」

「おお、エムよ、癇癪を起こすでない。さもないと、子爵をかんかんに怒らせてしまうぞ」

「そういう言い方しないで。私が正しいんだから」

「正しいばっかりが能じゃない」

　エマは唇をぎゅっと結んで顔を背け、腕組みをした。わきに挟んだ法律文書が風にはためいている。それから、彼女は一瞬、目を輝かせ、ジョンをちらっと見返した。「マベルの息子さんが法律の勉強をしてるでしょう。ロンドンの法廷弁護士のところで働いているのよ。彼なら――」

「ああ、困ったもんだ。もう、およし」ジョンの下唇が上唇に重なった。まるで封筒の蓋のように。それから、唇が開き、大きく息を吐き出すときの勢いで「ぱーっ」と声がもれた。

「オールド・ベイリーにたどり着いて、勝訴したとしても、子爵はさらに上の機関に訴えるだけだ。しまいにはハウス・オブ・ラードまで行くことになってしまうぞ」（英国の最高法院は貴族院に置かれて

るい）

エマは笑った。ジョンが時々、にこりともせず、貴族のことを「ラード」と呼ぶのが大好きだった。

ジョンは続けた。「あの男は自分の言い分を貫き通すつもりだ。なにしろ子爵だからな。死んだ子羊のことで自分を思いどおりに動かそうとするこうるさい女とは、なんもかかわりを持つ気はないのだよ」

エマは鼻を鳴らした。でも、これ以上なんも言うことがない。

それに、もうこれ以上なんもなすすべがなかった。ロンドンで裁判を争うのは無理だ。エマはとにかくロンドンが大嫌いだったし、傲慢なラードも――スコットランド人の母は「ヤー」と呼んでいた――それに負けないくらい嫌いだった。パブリック・スクール出身の裕福な男たちは、世界を動かしているのは自分だと思っている。一瞬、丘の上にいる、いまいましい愚かな子爵に対する純然たる憎しみがしずくのようにきらりと輝いた。彼の傲慢さ、金、人を意のままに動かせる上流階級そのものが有する権力が何もかも憎たらしい。

それからエマはこの気持ちをやり過ごした。ああ、もうどうでもいい。ロンドンは遠すぎるもの。私には農場の仕事がある。近所の人たちが種つけ用の雄羊を貸してくれるそうだから、その羊たちを連れていって、雌たちが次の春にちゃんと出産できるようにしてやらなくちゃ。私の生活は忙しい。でも、なんとかやっている。この件に関して何かしようにも、お金はおろか、時間だってほとんどない。

終わったのよ。私の負け。相手のほうがずっとお金持ちで、私を圧倒してしまったのだ。

エマは肩越しに書類をちらっと見た。手に握り締めた紙がめくれ上がり、ぱさぱさ音を立てている。「ジョン、ありがとう。あなたの言うとおりなんだと思う。ものすごく気に入らないけど、あなたの言うとおりだわ」

エマはジョンとともに向きを変えると、書類の束と一緒に手袋をした手をポケットに突っ込み、家の方角に戻っていった。二人は街道で別れ、ジョンは村へ、エマは家へ向かって牧草地を横切っていく。

だが、約半分ほど来たところで、エマは足を止め、しわくちゃになった書類を読み返していた。

ヨーク。エマの心はこの言葉に釘づけになった。小切手はヨーク株式銀行宛のもので、「換金は木曜日より可能」なのだ。

ヨーク。三時間で行かれる町。ハロゲイトまで行くのに一時間、そこから汽車で二時間だ。ばかなことをしちゃだめよ、とエマは思った。

それでも、彼女は瞬きもせず、間違った署名のある小切手をじっと見つめていた。少なくとも、高額の小切手にサインをする人の名前としては間違っている。

エマは身をかがめて風上を向き、コートやスカート、その下にある脚に書類を当ててしわを伸ばした。冬の太陽が明るく、影一つ作らず、小切手を照らす。彼女は小切手をじっと見つめ、隅々まで目を走らせた。子爵の家名が印刷されている。スチュアート・ウィンストン・アイスガース。スチュアート。エマはその場で彼の名前を口にした。丁寧に称号をつけるにも値しない男へ敬意を表してやったのだ。

「ふーん、スチュアートね」エマは膝にある書類に向かって言い、その無礼な感じのする響きにぞくぞくした。スチュアート。

銀行名の下に、また都市の名前がある。ヨーク。

ヨークに行くのはばかなことではない。ヨークはロンドンとは違うのだから。それに、あそこなら一日で行って帰ってこられるだろう。

スチュアート、スチュアート、スチュアート。もっと知りたい。知りたいことがもっとあるのよ。エマは体を起こすと、書類をぱらぱらめくり、ある法律文書の最後の一枚に目を留めた。それは「ヴィクトリア女王のしもべたるスチュアート・ウィンストン・アイスガース、マウント・ヴィリアーズ子爵閣下、アイスガース子爵、キルンウィックのダーカスカー男爵、デアのアイスガース男爵、准男爵」に代わって提出されたものだった。エマは数珠つなぎになった称号にびっくりして笑ってしまった。まるで大勢の人の名前みたい。この人たちは皆、法律や規則やルールを好き勝手に堪能している。なぜなら、彼は決まりごとや、その使い方を考え出した階級、人種、性別に属しているからだ。

でも、彼も残念ね。もはや決まりが決まりに従っていないんですもの、とエマは思った。

2

熟練した人間の手にかかると、羊の毛を刈り取る作業は一種のバレエと化す。本物の達人は、ひどく気が立っている雄羊が相手でも、毛をばらばらにせず、一枚にして刈り取ってしまい、まるでベストが脱ぎ捨てられたかのように、毛がするっと地面に落ちる。言ってみれば、羊の服を脱がせることができるのだ。しかし、同じ雄羊でも状況が違えば角を突き出し、自分の領域から女の羊飼いを追い出してしまうかもしれない。雄羊はとても尊大で、偉そうな態度を取ることがあるから、本当に危険な存在だ。女がそのような雄羊の毛を刈ろうとするなら、なおさら手際よく、きわめて巧みにバリカンを動かさなければいけない。

エマの父親は、もう亡くなって一〇年になるが、この土地で羊毛刈りの仕事をしていた。自分の羊を何頭か刈り、年に一度、ほかの家の羊の毛も刈りながら、夫婦と娘一人という小さな家族を養ってきた。口数の少ない人で、ごくまれに言うべきことがあると、必ずといっていいほど自分の仕事に絡めた話をする。**決して力ずくでやってはいかん。羊を上手くリードして踊らせるんだ。**エマは大きくなってから、父親の腕前にすっかり感心してしまい、私は小柄で腕も短いけれど、いつかこんなふうに羊を踊らせることができたらいいのにな、と思っていた。彼女はザックと一緒に「人の身ぐるみを剝ぐ」仕事をしてきたが、そのアイディアは、子供のころの記憶に端を発しているのだろうと常々思っていた。そのおかげで、ロンドンで何とかやってこられたのだ。あの運命的な午後までは。あそこでがらりと事情が変わってしまった。それまで、事は軽いゲームのような気がしていたのに。身ぐるみを剝がされる人物は最後に少々怖い思いをすることになるものの、危害を加えられるわけでもなく、とにかく役に立つ副産物をもたらしてくれた。つまり金。もともと欲張りで、その欲望があっという間に膨れると十分予測できる人物から少しずつ金を奪ってやったのだ。

羊の毛刈り。ヨーク株式銀行の高さのある窓――二重ガラスで、金色の房飾り《タッセル》がついたビロードのカーテンが掛かっている――の外をじっと見つめていたとき、エマの頭に浮かんでいた言葉はそれだった。強情な雄羊の毛刈り。

凍えていた頰と鼻もすっかり温まった今、エマはガラスの内側から外を見ながら、心地いい期待感を味わっていた。この建物はイングランドの記念碑的存在といって差し支えなく、送風式の暖炉、広々した東洋風の絨毯が冬を食い止めていた。ぽかぽかした銀行の中で、彼女はほかの人たちと一緒に、とらえどころのない子爵の初お目見えを待っている。イングランドに到着して四カ月以上経つというのに、まだ誰も子爵に会ったことがなかったのだ。マウント・ヴィリアーズ。彼は遅れていた。しかし、姿を現すことはほぼ間違いない。なぜなら、彼が言いだして作られた書類にサインをしなくてはならないからだ。銀行の頭取を始め、窓に沿ってずっと向こうまで並んでいる様々な役員、窓口係に至るまで、全員が一人残らず、子爵が現れると知って、期待と好奇心で活気づいている。室内に漂うその雰囲気は、いくつもの炉の中でパチパチと音を立てる炎の熱、高い格天井《ごうてんじょう》にゆらゆらと立ち昇っていく熱と同じくらい実感できた。

エマ自身は興奮を抑えていた。心の赴くまま、わくわくする気にはなれず、辛抱強く、外で降っている雪をじっと眺めていた。先ほどまで、この雪の中をとぼとぼ歩いてきたのだ。雪は緩やかに白い渦を描き、風に舞って吹きだまりを作っている。まばゆいばかりの白。家々の屋根にも雪が積もり、窓の下枠、窓ガラスに刻まれたくさび形の溝にも雪がたまっている。それでも全体的に見れば、一二月の終わり（クリスマスから二日後）にしてはとても穏やかな木曜日の午後だった。普通この時季なら、ぼう然とするほど強い突風が吹き、横殴りのみぞれが降っていてもおかしくないのだから。

感謝すべきことはほかにもあった。たとえば、エマはそのとき、必要なことをすべて書き留めるべく「メイソン・クリンプル簿記・会計・代書サービス」から派遣された書記として、長テーブルの片隅に座っていた。というのも、お気の毒なことに、子爵の個人秘書は補佐ともども、突然留守にしてしまったからだ。上手くいけば、誰がエマを雇ったのかと疑う人はいないだろう。雇い主はいない。彼女は最高にばかげた無駄足を踏ませるべく、ブレイニー氏と、彼の仲間であるハーローという名の個人秘書をロンドンに追っ払ってしまい、その後、この会社をでっち上げたのだ。テーブルに着いているのは、エマと頭取のヘンプル氏、それに副頭取のフォグモス氏の三人。頭取はエマの左側の上席に、副頭取は右側の席に座っている。この三人を別にすれば、テーブルはがらんとしており、ほかに十数脚の椅子が用意されていたが、空席のままになっている。

もっとやることはないかと、エマは椅子に座ったまま革のクッションの上で体の向きを変え、速記用紙を持ち上げたり、脚を組み替えようとスカートを少し蹴り上げたりしていた。その動きに、テーブルに着いている男性は二人とも注意を引かれている。彼女は、このような場ではかなりきわどく感じられるペチコートをはいており、事あるごとに、それが証明された。

エマは二人の男性の視線をとらえた。まず片方の男、次にもう片方の男。それから、彼女はそれぞれに微笑みを返す。一瞬ためらった後、男たちも一人ずつ微笑みを返す。エマはまつ毛をぱちぱちさせながら、一見はにかんでいるように顔を赤らめ、こうすれば慎み深く見えるでしょうとばかりにうつむいている。彼女は少々古臭いドレスを着ていた。ウールにシルクの縞模様が入った生地は色があせて淡いブルーになっており、襟はハイカラー、スカートは裾が弧を描いて両わきと後ろで留まっている。とても気に入ってはいたが、どれほど流行遅れかという点については何とも言い難い。というのも、十数年前にロンドンで買った時点で、すでに古着だったのだ。それでも、今日の目的にはかなっている。ドレスはエマの豊かな胸をかろうじて収め、体の線を際立たせていた。肋骨とウエストが締めつけられ、ボタンが取れてしまいそうで、あまり深く息をしたくない。胸元を強調するため、彼女は右胸の下のほうにスチール製の懐中時計を（残念ながら、もう動かなくなってしまったが）ピンで留めていた。万が一ここで、彼女の完全な——つまり軽薄な——女らしさを見逃す人がいた場合に備えてのことだ。

たとえ軽薄であろうと、また女らしさを実感できるのは驚くほど気分がいい。そういえば、もう長いこと、わざわざそんな気分を味わおうとは思わなくなっていた。

エマは小柄で豊満な自分の体が気に入っていた。曲線はどこを取っても豊かに張り出している。エレガントと呼ぶには、肉づきがよすぎて、背も低いけれど、とても女らしい体型だ。ぴったりしたドレスと派手なペチコートは、そんな自意識をあと押ししてくれる。というのも、エマはそのテーブルに着く唯一の女性であり、その場で目立たないようにする唯一の手段は、一般的に男性が期待する女性像を再現することだったからだ。男性が期待する女性、それはお菓子のように甘くて、心が優しくて、おつむが弱い女。奉仕するために生まれてきた存在。

残念ながら、男性陣の期待どおり、彼らに奉仕するつもりはない。速記もタイプの仕方もまったく知らないもの。でも私には、速記で書き留めているように走り書きをするという、なかなか素晴らしい技がある。それに、タイプを使うことになるまで長居をするつもりもない。厳密にいえば、私がここにいるのは、ほかならぬ子爵本人が直接書いたサインの筆跡を確認するためであり——強引で、生意気な口をきくあの隠遁者が実際にはどんな人物なのか知りたくてたまらなかったという点も認めよう——そのあと、あの子羊に対する正当な費用をまかなうべく、子爵の手で預金払い戻し票に金額が書き込まれることになり、私は遠くの支店に小切手を提出しにいくというわけ。お茶の時間が終わったら、あなたたちの書記は姿を消してしまうのよ。

まさにそのとき、部屋が騒がしくなり、エマの胸の鼓動は高鳴った。一台ではなく、二台の大きな馬車が窓の外を通り過ぎていく。一台は見覚えがある。羊をひいた、まさにあのぴかぴかした黒塗りの馬車を再び目にし、エマは不思議な感覚を覚えた。なんて完璧なのだろう！　数カ月前に見た、あの子爵の大きな豪華な馬車が、窓のまん前にやってきて、もう一台の後ろで停車した。扉が開く。その馬車と、先頭の馬車から男たちがどっと降りてきたが、エマには後ろ姿しか見えない。雪が降っているせいで、彼らは黒っぽいコートと杖とケープ、上下に動くたくさんの黒い帽子が点在するかすみのように見える。ああ、男性って面白いわね。こんなにもうぬぼれの強い生き物なんだ。

その直後、銀行の両開きの扉が勢いよく開いた。一陣の冷たい風が吹き込んできて、エマには風がロビーの端から端まで駆け抜けていくのがわかった。この風に先導され、フットマンが二人入ってきた。赤褐色のウールに緑がかった金色のモール。何世紀ものあいだ、マウント・ヴィリアーズ子爵の召使たちが身につけてきたお仕着せだ。重たい扉が閉まらないよう二人が必死で押さえている間に、男たちが次々に通路へと進んでいく。まず、山高帽の男が一人、次にシルクハットの男が一人。三人目は地味な色の靴を力強く踏み鳴らして歩いているが、いかにも事務弁護士といった感じの物腰を払い落とすことはできないようだ。そのあとからさらに二人。どちらも、これみよがしに中折れ帽をかぶっており、一方の男は外国人風の口ひげを生やしている。二人は会計士が持ち歩きたがるような、いや、人に持たせたがるような革製の紙ばさみを持っている。その後ろから、若い男が二人入ってきて、さらにもう一人、若者が急いで入ってきた。

それから、ほんの少し間があって、ある堂々たる人物が――彼にはまさにぴったりの表現だ――戸口に入ってきた。というより、高さのあるシルクハットと大波のようにうねる厚手の大外套《グレート・コート》で、その場の支配権を握ってしまった。

彼に会うために何カ月も頑張ってきたけれど、間違いない、この人だ。スチュアート・ウィンストン・アイスガース、マウント・ヴィリアーズ子爵閣下、**ほかにも肩書をずらずら並べている人だ**、とエマは思った。それなのに、つい畏怖の念を覚えてしまう。それに、この驚き。私は何を期待していたのだろう？　こんな気持ちではなかったはず。

子爵は戸口で足を止め、靴の汚れをぬぐった。この人に地味な靴は似合わない。彼はよく磨かれた黒いブーツを履いていた。それはヘシアンブーツ（前方に房のついた軍用長靴）を思わせ、外国人風で、彼によく似合っている。やがて、子爵は顔を上げ、立ち止まったまま、シルクハットのつばの陰から悠々と、銀行の広々したロビーに丹念に目を走らせた。まるで入る価値がある場所かどうか見定めているかのように。

彼はそこにしばらく立っていた。**この人がスチュアートよ。**エマは自分に言い聞かせ、彼に抱いていた軽蔑を思い出し、心に叩き込もうとした。でも、彼は私が思い描いたような人ではまったくない。長身ですらっとしていて、肩幅があって、想像の中で作り上げた人物よりもなぜか若い。そういえば、この丘の上の住人が父親に追い出されたのは六歳のときだったっけ。つまり、当時、私より少し上だったのだから、もうじき三一ということになる。午後の銀世界を背景に、立派な身なりをした彼の姿が照らし出され、背後の道の色が単調に見える。通りに面して二軒並んだハーフ・ティンバー造り（柱、梁、斜材など木の骨組みをそのまま外壁に出し、そのあいだを石やれんがで埋めた建築様式）の商店の看板が揺れており、戸口の下には、もはや時季はずれとなり、色があせかけたクリスマス・リースが掛かっている。そのすべてが、時々舞う雪でぼやけてしまう。幻想的だ。一瞬、子爵がおもちゃのスノー・ドームの中にいるように見えた。雪片が上昇と下降を繰り返し、彼の周りを混沌とした世界に変えている。まるで誰かがヨークの町を揺さぶっていて、子爵だけがそこに固定されているといった感じだ。

彼が前に進んだ。背後でフットマンが重たい扉を何とか押さえていたが、その扉が、鉄壁の金庫室の最後通告のごとく、音を立てて勢いよく閉まった。そしてマウント・ヴィリアーズ子爵が、行進するような足取りで長いロビーを横切って銀行の人々のほうに近づいていった。

かつかつと小気味いい足音が響いたが、彼が六歩と進まないうちに絨毯を踏んだため、銀行全体がしんと静まった。窓口にいた客たちが振り向き、ぽかんと口を開けている。行員たちはこっそり奥から出てきたが、その場で足が止まってしまった。

子爵の黒っぽいグレート・コートは、丈が床近くまであり、大またで歩く脚の周りではためいていた。裾と袖口と襟の折り返しには、キルトの詰め物のように目が詰まった厚みのあるシルバー・グレーの毛皮がついている。見たこともないほど上品な毛皮。膨大な量のウールに、銀色に輝く艶やかな毛皮が載っている。それに、コートは肩幅が広く取ってあり、イングランド人の好みからすると、ウエストが細めだが、裾に向かって、たっぷりとした広がりを見せていた。

服。彼の服しか見てないじゃない。これじゃあ、本当に彼を見ることはできない。まだ会えないなんて。エマはいつの間にか椅子に座ったまま向きを変え、首を伸ばしていた。

エマの席の一つ向こうで、椅子が床をこする音がした。ちらっと目を走らせると、三人の事務弁護士の一人が、私はここにと言って副頭取の隣の席に座っていた。あとの二人は副頭取と仲間の事務弁護士の正面に座っている。長テーブルの席が埋まっていき、子爵がエマの席から離れたところに座るのはほぼ確実となった。ああ、ほんとにもう！　つまり、見えないということだ。これだけの時間を費やしたというのに、帽子やコートのほかは何一つよく見えないなんて！　だめよ。こんなのは本当にもうたくさん。私は彼をよく調べる必要があるの。彼のにおいをとらえなきゃ。かつてのザックなら、そうしろと言っただろう。

エマは椅子を後ろに押しやり、木のテーブルの隅に速記用紙を置いた。「ちょっと失礼」ペンを掲げ、両わきにいる男性たちを見る。「ペン先を取ってきます。新しいのをコートのポケットに入れて、そのまま来てしまいましたの。お話を始める前に取り替えておきませんとね。すぐに戻ります」そう言って、エマは席をはずした。

彼女は扉のわきに掛けてあるコートを目指して銀行のロビーをすたすた歩いていき、こちらに向かってくる子爵一団の後発隊のあいだを縫うように進んだ。先頭を歩く二人の若者は前に注意を払っておらず、スカートと肩を巧みに動かして、そのあいだを横向きで通り抜けなければならなかったが、三人目の若者は道を譲ってくれた。その間ずっと、エマは視界の片隅で子爵の姿をとらえていた。それから、ペンを落として下を向き、右を向き、いかにも探し物をしていますといった感じで、さらに向きを変えて後ずさりをする。そして、マウント・ヴィリアーズの通り道のほうへ、そのまま背中を向けてまっすぐ進んでいった。

二人の衝突は、エマの当初のもくろみよりも少々いい結果となった。子爵は彼女の背中に、というよりほとんどヒップにまともにぶつかってしまい、彼女を手で捕まえなくてはならなかった。彼が捕まえてくれなかったら、そのまま倒れていたところだ。子爵は思っていた以上に重みのある人だった。動いているといっそう、がっしりと大きく見える。だが、それ以上に驚いたことがあった。子爵がエマの腰をとらえ、彼女が体をひねって彼の肩をつかんだとき、彼の黒い目が典型的な二度見をした。一度ちらっと見て、それから素早くもう一度。二度目は彼女を意識し、好意的に受け入れるような目で見下ろしたのだ。

エマはどぎまぎした。体の向きを変えてバランスを取ろうとすると、子爵の手が腰の後ろにぴたりと当てられた。二人はダンスをするように何歩かステップを踏んだが、こんな状況でなければ、それは際どいダンスになっていただろう。それでも、エマはまだ子爵を見ることができなかった。彼は帽子のつばの下で、コートをまとった揺らめく影と化している。ただ、彼のにおいをかぐことはできた。温かみがあって、スエードを思わせる柔らかな香りがとても際立っていて、繊細でスパイシーな繭《まゆ》の中に入っていくような感じがする。エキゾチックな外国の香り。彼は体を曲げ、斜めに傾いた状態を必要以上に長く保って、このちょっとしたダンスを引き伸ばしていたが、突然エマの体を起こし、手を離した。

彼女は息もつけず、言葉も出てこなかった。なぜかといえば、一つには先手を打たれてしまったから。もう一つは――。

自分に魅力がないと思っているわけじゃない。とんでもない。ただ、自分は善良で、まじめな田舎の人間だと思っているだけ。身長に関していえば、ちょっと小さいほうだけど。私はロンドンで学んだの。男は女が好き。ただそれだけのことよ。男が鼻をくんくんさせながら列をなしてついてくるようにするには、若い女の子は、なにも演芸場の踊り子になる必要はないの。たとえば私の場合、ロシアのバレリーナに比べれば体重が一、二ストーン（英国の体重の単位、一ストーンは約六・三キロ）多い。二ストーン多ければ曲線美をアピールできるし、多くの男性が私の女性らしさを理解して、好意的な反応を示してくれる。ヨーロッパから戻ったばかりの子爵はハンサムだろうと思ったわけではない。もちろん出会った途端、彼が私の魅力に屈するだろうなどと予想していたわけでもない。それなのに、彼はずっと私を見つめている。それは疑いの余地がない。

エマは目をぱちぱちさせ、最高にかわいらしい笑顔を作って、陰になっている子爵の顔を見上げ――顔色が暗いことしかわからない――すっかり慌てている表情を見事にでっち上げた。そのとき、彼が言葉を発し、彼女は思わず口を開けてしまった。

「大丈夫ですか？」彼は滑らかで太い、豊かな声でしゃべっており、その言葉にはエマがこれまで耳にしたことのない、とてもゆっくりとした、音楽的な響きがあった。

エマは目をしばたたいた。何ですって？　思考は脈絡を失っていた。「私は……その――」ええ、そうよ。「大丈夫です」体勢を立て直そうとしながら、ドレスの後ろを軽く叩き、お尻の部分の埃を払うと、腰のある場所に妙な感触を覚えた。彼の手袋をはめた手のひらが押し当てられていたところに、いつまでもその感触が残っている。たとえるなら、光をじっと見つめてから目をそらすと、その後しばらく、何を見ても、輝く光の輪がかかっているように思えるのと一緒だ。

エマは正直に言った。「本当に、あなたに捕まえてもらわなかったら、ぶざまに寝そべっていたかも――」

「ええ、大変申し訳ないことを――」

「いいえ、悪いのは私のほうで――」

「いいや、僕のほうです」子爵は譲らなかった。

「違います。私が不注意だったから――」

彼はうなずいた。おとなしく従いますといった感じの礼儀正しいお辞儀だ。だが、すぐに矛盾することを言った。「完全にこちらの落ち度です」また、ゆっくりと音節を引き伸ばすしゃべり方をしている。「お怪我をされていないといいのですが」そして、慎重に計算したかのように間を置いてからこう言った。「わざとやったわけではないのです」

エマはくすくす笑った。この音を伸ばすしゃべり方は、彼の謝罪に別の意味を添えている。本当は私のことなんか、傷つけても構わないと思っているんでしょう？　あなたはそのつもりだったのだから。「私がいけなかったのです。後ろ向きで突っ込んでしまったんですもの」エマも譲らなかったが、気がつくと神経質に笑っていた。

彼が見つめている。エマは帽子のつばの下に見える彼の顔つきを観察し、一瞬「ハンサム」という言葉を取り消したくなった。彼の顔にはもっと……魅力がある。人目を引く顔。ああ、やっぱり「ハンサム」と呼ぶのがふさわしいのかもしれない。だって、どこを探したって見つからない美しい顔立ちをしているもの。とても男らしい容貌だ。正面から見た感じは力強くて、骨ばっていて、鼻はわし鼻だけど、ナイフのように細くて、鼻柱が少し出っ張っている。この小さな段差によって、見る者の視線は奥まった目に引き寄せられる。目の虹彩は白日の下で見ても、夜の闇のように黒いのではないかしら？

その目は疑いようもなくエマに注がれており、スカートをほんの少し動かしても、肩をわずかに上げても、彼には気づかれているという不気味な印象を彼女は抱いた。にもかかわらず、彼は穏やかに、感情を表に出さず、超然とした様子で答えた。「どちらも不注意でしたね。でも、大丈夫なんですね？」

彼の声。とても低くて流れるような声。甘美な響き。人をすっかり虜《とりこ》にしてしまう声。きちんと抑制され、ゆっくり発音される母音と子音。これはまさしく、パブリック・スクールを出た英国上流階級にありがちな言葉遣いといっていい。彼はクイーンズ・イングリッシュを上品に話すお手本だったのかもしれない。でも、どういうお手本？　話すときに妙に躊躇すること？　彼はよく言葉を切るでしょう？　あれは美意識というものなの？　上手く話せないことをあれで補おうとしているの？　それとも、補っているのは不安？　恥ずかしさ？　何なの？　私が最初に耳にした不思議なリズムはどこに行ってしまったの？　それとも、私が耳にしたと思っているだけ？

それに、どうして私たちはまだこんなところに立っているのだろう？

ああ、そうだ。「あらやだ、私のペン」エマは片手を掲げた。だが、もちろん手の中は空っぽだ。先ほどそれを床に落としたのだから。彼女は絨毯をにらみつけた。「どこかにあると思うんですが。私、ペンを探していて、そのとき――」

子爵はすぐに体をかがめ、二人は一緒にかがんで探したが、ペンはどこにも見当たらない。エマは膝をついた。ますます混乱し、ずっと席に着いていればよかったと半分、後悔している。あの、とんでもないペンはこの場所のどこかにあるはずだ。ひょっとすると、彼のコートのひだの下にあるのかもしれない。というのも、裾がどっさり床にたまっていて、絨毯の中央に描かれた円形模様をすっかり隠していたから。

なんて見事なコートなんだろう。チャコール・グレーのウール地は――。いいえ、違うわ。彼の足元にある裾を持ち上げたとき、エマは生地が厳密にはウールではないと気づいた。もっと軽くて、とにかく柔らかい。カシミアかもしれないけど、手触りがそれほどすべすべしていないから、これも正解ではないような気がする。それに、コートのへりや袖口や襟の折り返しには、明るいグレーと暗いグレーの斑点が入った銀白色の毛皮がついている。実のところ、これは飾りとは呼べないほど見事だ。あふれんばかりの飾り。コートの裏打ちも同じ素材だ。余すところなく、銀色に輝く斑点模様の毛皮に覆われている。これほど柔らかで、目の詰まった毛皮は目にしたことも、触れたこともない。私には理解できないぜいたくぶり。

少なくとも、子羊の弁償代をもらい損なうことはない。そう言って差し支えないはずだ。と同時に、エマは考えた。それにしても、いったいどの動物かしら？　何の毛皮かわからない。まずお目にかかったことのない毛皮だもの。うわべはペンを探しているように見せつつ、彼女はコートのへりの中へ、上へ、下へと指の背を滑らせずにはいられなかった。しかし、そこで見つけたものは……。

エマは膝をついたまま、すぐに体を起こした。「ああ、大変」インクだ。コートの裾を持ち上げると、そこには自分のペンの仕業であることを示す印が……。毛皮に、彼女のこぶしほどもある、黒いインクの染みができていた。

「きっと――」と彼は言い、エマは低い声で語られる言葉に耳を傾けたが、彼がそれを言い終えるまでの時間が永遠にも思えた。「落ちますよ」

「落ちないわ。墨汁ですもの」いったい、どうやって元どおりにしろっていうの？

だいいち、どうして元どおりになんかしようとするの？　エマの中で別の声が尋ねた。羊を殺す愚かな悪党が汚れ一つないコートを着てるなんておかしいじゃない。この人は確かに私の子羊を台無しにしたんだから。

厄介なことになってしまった。彼の身長、話し方、顔、服に興味を持ち、美しいと思っているなんて。

厚かましい尻。私はこんな言われ方をしたのよ。**地元のつまらないごたごた。**

そのとき、両肘をつかまれ、引き上げられるのがわかった。子爵の親指が腕の関節部分に置かれている。エマは思わず、なんて素晴らしい感触なのだろうと認めてしまった。有能で力強い男性が、私に大いに関心を払い、引っ張り上げてくれている。エマは自分が子爵の行為に好感を抱いていることに気づいており、その点では子爵も同じだった。彼が観察しているのはそこなんだ。私が彼にどの程度関心を持っているか判断しているところで——。

違う、違う。エマは自分に言い聞かせた。そんなこと、考えただけでめまいがする。なんという皮肉だろう。今日中に五〇ポンド巻き上げてやろうと思っていた相手、まさにその男性が私の魅力にやられているらしい。ということは、その気になれば彼から一五〇ポンド搾り取れたかもしれない。いや一〇五〇ポンドでも。

そもそも、彼をだましてやろうなどという考えが突然頭に浮かび、私がちょっと心を乱したりしなければ……。

二人が立ち上がった。子爵のコートが元どおり、体の周りにすとんと落ちると、温かみのある、東洋風の香りがかすかに漂った。このコートは芳醇でスパイシーな、いい香りがする。乳香《フランキンセンス》樹と没薬《ミルラ》だ。一方のエマは、途方に暮れたまま、床をじっと見つめている。ペンを持っていない「速記者」だなんて。

エマは小声で言った。「わ……私は……」本当に言葉がつかえてしまった。「その……臨時の書記で――」

子爵は何も言わなかった。しばらく不可解な間があり、エマは、子爵は英語がよくわからないのだと思った。英語が第一言語ではないのだろう。でも、それじゃあ、ほとんど説明にならないわ。どこの外国にいようが、彼は六歳までは、私の家からあの道をずっと行ったところにあるお城で育ったんだもの。

エマは続けた。「もちろん、銀行が手配した書記ということですけど」そして、あえてこう言ってみた。「そちらの書記さんは間に合わなかったとうかがっておりましたので」これで全員、銀行側が私を雇ったのだと思ってくれる。紳士たるもの、すでに決まってしまった件で、誰が彼女の手間賃を出すのかなどと、みっともないことを言いだしたりはしないのだ。ああ、ありがたい。エマは自分のコートがあるほうを指差した。「わ、私……新しいペン先を取りにいくところだったのですが、そのとき――」あとはどう続ければいいのか思いつかなかった。

背後のどこかで、誰かが咳払いをしたが、エマの前にいる子爵の視線は相変わらず彼女にじっと注がれている。シルクハットのつばで陰になった彼の目は、アラブ人のようだった。大きくて、まぶたが重たそうで、なぜか悲しげで、暗い顔の中で白目の部分が輝いて見える。バグダッドの街角で商売をしているヘビ使い、あるいは絨毯売りと同じ目だ。不可解な目。さらなる幻術をご覧にいれようとばかりに、彼は魔術師のように、黒い手袋の手首の部分をくるっと返し、彼女の使い古したペン先を取り出してみせた。「君のでしょう？」この尋ね方が凝っていた。太い低音で断言するように、それでいて、とても静かに言ったのだ。これでは六〇センチも離れれば聞こえないだろう。エマにしか聞こえていない。

「あっ」彼女は目をしばたたき、口をぽかんと開け、「ええ」としか答えられなかった。それでも首は縦に振っている。「ありがとうございます」エマはペン先を受け取り、にこやかに微笑もうとしたが、その努力もくじかれてしまった。

子爵は依然として感情を表に出さず、エマの顔をじっと観察していた。強い関心を示すだけで、好意を返す気配はみじんもない。これっぽっちも。だが、ついに子爵の口から文章二つ分の言葉が発せられた。「では、大丈夫なんですね？　一瞬、なぎ倒してしまったかと思いましたが。やっぱり、何ともないようですね。僕が見る限り、お怪我はないようですし」彼は特定の言葉を長く引き伸ばしてゆっくり発音するので、言葉のリズムはだいたい予測がつく。詩のようなリズムがあるのだ。一種の吃音《きつおん》障害と言えなくもないが、エマの耳にはとても美しく響いた。あまりにも美しくて、ついまねをしてしまうのではないかと心配になるほどだった。

答えるとき、彼女は用心しなくてはならなかった。「大丈夫です」それから、あまりそういう気分ではなかったが、明るく答えなさいと自分に言い聞かせた。「すぐに参りますので」彼女は長テーブルを指差した。「新しいペン先を取ってきたらすぐに」

エマは子爵をその場に残し、部屋の反対側の壁に掛かっている自分のコートを目指して早足で歩いていった。そして、少しほっとしながらポケットに手を突っ込んだ。ああ、よかった。彼から解放されて嬉しい。というより、席があの人のそばでなくてよかった。

だが、そうではなくなった。

長テーブルに戻ってみると、子爵が――いいえ、スチュアートでしょう、とエマは自分を諭した――勝手に席順を決めているところだった。**君はここ。君はそっち。ほら、君の席はここだ。**子爵はエマも含め、一人一人に指示を与えて座らせ、自分は左側に頭取、右側にエマという形で二人のあいだに座れるようにしてしまった。

新たに決まった席で彼が椅子を引いてくれたとき、エマはためらった。それでも、とにかく座り、スカートをなでていたが、そのあいだずっと、私はどこかで完全に理性を失ってしまったと実感していた。

子爵は説明のつもりなのか、小さく肩をすくめた。「これでも構わんでしょう」彼は例によって妙な間を置いた。「僕はこちらでいちばん美しい方の隣に座らせていただく」彼はお世辞を口にしたが、ほめているというより、議論の余地がない結論に達したといった感じの言い方だった。

副頭取がふと口にした言葉から、エマは子爵の力が金や地位を超えたところまで及んでいるのだと知り、驚いてしまった。彼はロンドンから「お借りしている」人物であり、翌日には議決のため、ロンドンに戻らなければならないのだとか。貴族院の議員になったのだとエマは悟り、困惑した。後にわかったことだが、彼は新会期（通常、一一月から始まる）のまさに開会日に登院していた。つまり、正装をした人々がずらりと並び、女王が王冠と議会用法服で登場し、スピーチが行われ、儀装の馬車が走るといったことがすべて行われる日に、貴族院の椅子に座っていたのだ。信じられない。歴代のマウント・ヴィリアーズは誰も議会に出席しておらず、ましてや、一年のこの時季にそんなことをまじめに考える者はいなかった。この時季、ほとんどの議員はまだ地方《カントリー》や郊外に留まり、猟犬の一群を引き連れて馬を駆り、その土地の野生生物を荒らし回っているのだから。

　関係書類一式が配られると、貴族院の現職新人議員は軽くため息をついた。

　その後、取引のあいだはもう、彼がエマに女性として注意を払うことはなかった。たわむれは終わったのだ。

　取引が始まって一〇分経ったころ、エマは自分がむっとしていることに気づいた。**こちらでいちばん美しい方ですって？　まったく。**唯一の女性という言い方のほうがよっぽど近い。彼は視界に入ってくる女性を一人残らずものにすることを楽しんでいるだけなのだ。まるでトルコの皇帝スルタンのように。言葉がつかえる、興味深い奇妙な癖があろうとなかろうと、ここにおられる閣下は確かに顔がよくて、お金持ちで、それにふさわしい物腰をしている。

　そんなことを考えながらも、エマは話の断片をつなぎ合わせ、彼の身の上をまとめ上げた。子爵は外国を転々としていたが、半年前に父親が亡くなり、相続権を主張するために帰国したところ、叔父がすでに相続権を主張していることがわかった。子爵と紋章院は叔父のもくろみを食い止めたものの、その前に口座が二重に作られ、叔父が作った多額の負債が生じており、その額は、子爵の資産や名声を担保に膨れ上がっていた。

私の隣にいる本物の相続人は現在、大量の外貨を母国に移し、ほかの資産も現金化し、土地も売り、混乱状態にある相続財産とは別にして慎重に管理している。

エマはそのすべてを、かなり読みづらい小さな記号で筋道立てて書き留めた。これなら、速記そっくりに見えるだろう。ただ、これらの記号に本当の意味があればいいんだけど。なぜなら、私自身、いつかこの話をもう一度、じっくり考えてみたいと思うかもしれないから。

三〇分かかってようやく具体的事柄の検討が始まり、頭取ヘンプル氏はそこで咳払いをして、革の紙ばさみのひもをほどいた。中には書類の束が入っている。サインが必要な貸付契約書だ。マウント・ヴィリアーズは個人貸付を受けようとしている。叔父がもたらした損害の片がつき、賠償がなされるまでは、子爵の地位がもたらす金の問題に巻き込まれないように用心しているのだ。頭取が約束手形の内容を読み上げた。額面一万五〇〇〇ポンド！ 無保証、故国に戻ったイングランド人の新たな肩書を考慮し、返済期限は延期される。というわけで、一連の書類が次々と子爵の事務弁護士たちに渡され、三人はそれぞれ紙の束に目を通しては次に回し、書類はテーブルを巡ってエマへ、そして子爵本人へと回された。

エマが一枚目の書類を渡すと、子爵が彼女のほうを向いて帽子を少し上に傾けたので、黒い目を再び見ることができた。よく眠れなかったのか、目の下にくまがある。そして、子爵はしばらく彼女を見つめていた。

「君は――」彼はそこで間を置いた。「覚えていますか？」

「何をでしょう？」

「ヘンプル氏が言ったことですよ。貸付の支払い期日について」

「ええ」いいえ、覚えてないわ。エマは、もう、わけがわからなくなっているメモを何ページもめくって見下ろした。よかった、周りの人も皆、速記記号は知らないに決まっている。本当に、子爵もちゃんと覚えていてくれればいいのに――。

次の瞬間、エマは彼の記憶力がよくありませんようにと祈った。

彼はこう尋ねたのだ。「さーいごのところを――」言葉を引っ張り、ゆっくり話している。

「読んでくれませんか？　度忘れしてしまって」

エマは唇を濡らし、彼をじっと見つめ、それから速記用紙を見下ろした。だんだん目が熱くなる。何もわからない。自分が書いた文字さえわからない。考えなさい、考えるのよ。エマは自分に言い聞かせた。この人たち、何て言ってた？「〝署名者、第六代マウント・ヴィリアーズ子爵、スチュアート・ウィンストン・アイスガース――〟」

「そこじゃなくて。日付と詳細」

「ああ」エマは走り書きのページをめくり、思い出そうとした。「よって、四月七日に――」

「一〇日ですよ」

エマは動揺を隠さなかった。というより、大げさに驚いてみせる。「私、書き間違えたのかしら？」彼女は控えめに尋ねた。それから、ある一行を消し、ものすごい勢いで言われたことを書き留める。「訂正しました。どうぞ、続けてください。もう大丈夫ですから」

子爵は一分ものあいだ、彼女に目を向けていたが、フロック・コートのボタンをはずし――室内は暖かかった――椅子に無造作に掛けてある、高そうなグレート・コートに背中をもたせかけた。「僕の秘書たちはもうピットマン式（アイザック・ピットマンが発明した英文速記法の一つ）を採用していましたよ」

「私は使っておりませんの」エマは早口で言った。暗い色のフロック・コートの下から現れたベストは、意外にも真っ青なシルク。彼女は見入ってしまった。

「今のところ、秘書は二名いるんですが、二人とも突然、出かける用事ができてしまったのです」この情報には何の意見も非難もこもっていなかったが、それでもエマは興奮で少しぞくぞくした。

彼女は作り笑いをした。「よかった。だから私はここにいられるのですね」

子爵は相変わらずエマをじっと見つめており、無言の視線が彼女の不安をかき立てる。やがて彼は一度うなずき、自分の前に積み重なっている書類の山に向き直った。そして、大きくため息をついたものだから、次に回ってきた一枚が舞い上がり、ほかの書類のいちばん上に重なった。

山はどんどん高くなる。マウント・ヴィリアーズ子爵は、もうじきイングランド一のお金持ちの仲間入りをする人物だが、今の財務状況を考慮し、巨額の個人投資――大部分はフランス・フランと海外物件への投資――が英国通貨に換算され、使えるようになるまでの当座の埋め合わせをしているところだった。もちろん、最終的に子爵の地位が彼一人のものになり、怪しげな借金の制約を受けなくなるまでの場つなぎ、ということだ。だが、そのためには口座が二つ必要だった。スチュアート・ウィンストン・アイスガースの署名がいる個人の口座と、マウント・ヴィリアーズの署名がいる世襲財産用の口座である。

エマは自分の前を流れていく、両方の口座の金額を頭の中で集計し、その数字に目が飛び出そうだった。総額に比べたら、一万五〇〇〇ポンドはそのごく一部、はした金にすぎない。子爵は九〇万ポンド近い額を借りようとしているのだ。その一部は彼の名前のみ、残りは様々な地所、株、資産が担保になっている。

よかった。これだけの取引をするんだから、五〇ポンドぐらいいなくなったって、子爵は気づきもしないでしょう。本当に、彼の財政はなんて複雑なんだろう!

幸運はさらに続く。子爵が座ったまま体を前にかがめて書類の一枚目にサインをしたとき、エマが注目したのは、彼の手から流れ出るループだらけの装飾文字だった。やっぱりね!これなら、まねするのは簡単。そう、いつもいちばん派手な書き方をすれば上手くいくのよ。こんなに簡単なことなのに、いったい何を大騒ぎしていたのだろう。

ところが、サインをしたあと、子爵はフロック・コートのポケットから平べったい金色のケースを取り出し、蓋を開け、刻印と赤い棒状のろうを取り出した。まあ、それは当然ね、とエマは思った。男性が二人、勢いよく立ち上がり、ろうを溶かして書類に落とすための火を差し出そうとした。勝ったのは頭取で、彼は銀行用と思われるライターを手にしていた。くちばしの部分に火が灯る、鳥の形をしたライターだ。子爵は手袋をしたまま、ろうを炎にかざし、まぶたを少し下ろして、その様子をじっと見つめた。彼のいかめしい顔を覆うように、ライターの小さな光が、やや悪魔的な、かすかな揺らめきを投げかけ、奥行きのある額と帽子のつばで陰になった部分を浮き上がらせる。

マウント・ヴィリアーズはとんでもなくハンサムだ。色黒で、もっと南のほうの出身かと思わせるにしても、アングロサクソン系のいかめしい顔をしていて、くぼんだ部分と骨と顔色によって、尖った顔つきが強調されている。彼の物腰、長身ですらりとした体に漂う雰囲気は言うに及ばない。すでにとても多くのものを手にしている男性が、こんな堂々たる肉体まで持ち合わせているなんて。これが自然の摂理だとしたらあきれてしまう。

彼の黒い目が――十分明るいところで見ても、トルコ・コーヒーのように黒い――瞬きをしたそのとき、ろうが落ちてはねを上げた。白い用紙の上に二つ赤い染みができる。ろうはさらにぽたぽたと滴り、たちまち、鮮やかな赤い血だまりと化していった。彼はその上に刻印を重ねて押し当て、一度、前後左右に揺らした。

エマはあることに気づき、はっとした。トルコ・コーヒー。最後に飲んだのはいつだっけ？　ああ、なんだ、ロンドンにいるときだ。でも、考えてみると、ここにいるスチュアートときたら、あの、国際色豊かな、とんでもない場所でしか手に入らないものを一つ残らず体現しているのではないかしら？

ろうが固まり、火とかげ《サラマンダー》の図柄が浮かび上がる。やった！　これなら大丈夫。私の記憶が正しければ、これはフランス王の紋章。とにかく、この刻印なら形を覚えて偽造するのは簡単だろうし、子爵の凝った美しい筆跡をまねるのもたやすいだろう。エマは勝ったも同然の気分を味わいながら、サインの流れ具合を頭に叩き込み、曲線や点を手のひらに指で書いてみた。ああ、才能に恵まれた素晴らしい私の手。

そのとき、子爵が小さなケースをもう一つ取り出した。今度は銀のケースだ。刻印が入っていたものよりも小ぶりで、アンティークのパッチ・ボックスに似ている。二〇〇年ほど前、顔の欠点を隠す手段として「ほくろ」が大流行し、貴族はこのような箱につけぼくろを入れて持ち歩いていた。子爵がケースをかちっと開ける。中に入っていたものは……スタンプ台のようだ。彼がそれをテーブルに置き、片方の手袋を歯で挟むと、エマは顔をしかめた。手袋がはずれ、長いほっそりした指と大きな手のひらが現れた。指先は少しそっていて、滑らかな曲線を描いており、爪はきちんと手入れがなされている。彼は、その優美な手を軽く握り、ぐっと伸ばした親指をスタンプ台に当て、次に書類に押しつけた。

彼の指紋が青いインクで捺印された。エマは貸付契約書の一枚目をじっと見下ろし、目をしばたたいた。黒い文字しか書かれていなかったのに、なんて色とりどりになったのだろう。英国国旗と同じ配色だ。白い紙に、赤い封ろうに、青い拇印。

エマは自分が書類をにらみ、子爵のこともにらんでいたと気づき、視線を膝の上に戻した。そしてばかげたことを数行、走り書きした。どうしても書きたくなったのだ。**大ばか者、生意気なやつ、悪党！　本当に気難しくて、慎重すぎて、とんでもない男だわ！**　エマは速記用紙を見つめながら、表情を和らげようとした。だが、ちらっ、ちらっと目を上げるごとに、苛立ちはますます募っていく。

子爵は同じことを繰り返し、二つの口座用の書類がそれぞれ目の前にやってくるたびに、サインをし、刻印を押し、まねすることのできない、濃い青の拇印を押していく。最後の書類に拇印を押し終えたとき、エマはその光景にあまりにも腹が立って、目がかすんでしまうほどだった。

この人は、もっと面倒なことをするっていうの？　私はどれだけの障害を乗り越えてきたことか。この人に借りを返してもらうために、どれだけの方法を試したことか。で、今度はこれ？　拇印なんか、とても偽造できそうにない。

考えなさい、考えるのよ。エマはまた自分に言い聞かせた。私はどうすればいいの？　頼りになりそうな人を知っていたかしら？　でも、まずはこの親指の指紋を手に入れなくては。白い袖口を上に置いてしまおう。インクが乾いていなければ、だいたいの形は取れるだろう。やっぱりだめ。そんなことをしたら、ぐちゃぐちゃになってしまう。色がにじんで、細かいところがわからなくなってしまうだけ。彼が手袋をはずしているうちに何かを手渡して――。

そうだ！　従兄弟がロンドン警視庁《スコットランド・ヤード》で働いているんだった。警察は指紋に関するありとあらゆる仕事をしているじゃないの。エマはペンを落とし、それが転がるのを見て悟った。ペンは丸みがありすぎる。これでは指紋が簡単に取れるかどうかわからない。

考えて、考えて、考えて！

エマは脚を組み、太ももに載っていた速記用紙を膝で押して落としてみた。だめ、これは柔らかすぎる。用紙を拾おうと体をかがめたとき、巾着型のバッグを持ってきていたことに気づいた。ずらりと並んだ視線の下、彼女は速記用紙を手探りしているように見せかけてバッグの口ひもを緩め、それから体を起こした。騒々しい音とともにバッグの中身がすべて床にぶちまけられた。「まあ、大変」エマはそう言って、テーブルの下にひょいと頭を突っ込んで中をのぞいた。

薄暗い中、エマはスカートに覆いかぶさるように頭を下げ、鏡のついたコンパクトが床を滑っていく様子を見つめた。そうよ、これなら上手くいく！　表面が硬いし、滑らかだし。コンパクトは子爵が座っている椅子の後脚の前で止まった。エマにはちょっと手の届きそうにないところで。

「僕が取ってあげましょう」上のほうで子爵の声がした。

というより、エマは彼が上にいるのだと思った。が、予期せず、子爵もテーブルの下にいた。彼女と一緒に。子爵は帽子を取っていた。彼の髪は黒くて、流行の髪型よりもずっと長く、少しウエーブがかかっている。エマの心臓は満足げに高鳴った。ええ、そうよ、子爵閣下、あなたが取ってちょうだい。彼女は心の中で言った。しかし、暗いテーブルの下は、子爵の指紋を取るという目的を超えて興味深い場所となった。それは、子爵の丸い、陰になった目がエマに注がれ、彼女の顔が赤くなるまで見つめる様子と関係があったのだろう。

エマはいきなり体を引いて椅子にきちんと座り、やきもきしながら子爵をじっと見下ろした。彼の広い背中が左右の肩に向かってカーブを描いている。彼は片膝をついていた。ほかのことはともかく、女性に対しては本当に礼儀正しいところがある人だ。さもなければ、金で雇われている女性に恩着せがましい態度を取りがちな人なのだろう。子爵は自分が雇っている家政婦と寝るのかしら？　洗濯女とは？　賭けてもいい、彼は私に性的な関心を持っている。でも、困るのよ、私はただの書記なんだから。いったいどういうつもり？　人をあんな熱い眼差しで、じっと見つめるなんて。

　それから、彼女は独りにんまりした。彼は私に性的な関心を持っている。最後にこんな気持ちになったのはいつだったかしら？　なんて久しぶり！　もっとも、彼は好みのタイプとは言えないけれど。私がいつも好きになるのは、不良少年タイプの男性だ。はみ出し者、行き当たりばったりの生き方をしている人、反抗的なワルが好みだったのに。あらまあ、たぶん、私も成長したのね。

　いいえ、やっぱりだめ。子爵が立ち上がって椅子に戻ると、エマは彼が意地悪な手紙をよこしたこと、判決には従わないと言ってきたこと、彼のにこりともしない暗い眼差しを思い出し、心の中でため息をついた。やっぱり遠慮しとくわ。

　子爵は、中のおしろいが片寄ってしまったコンパクトをエマに差し出した。右手で。手袋をした手で。それに加えて、ほかの物も取り出し、彼女の前のテーブルに置いた。ペン、速記用紙、歯が一本欠けた櫛《くし》。それに、やるべきことを書き出したメモ。それには、きちんとした、はっきり読める字でこう書かれていた。

・残り物の子羊のレバーをジョヴァンニにやる
・古くなったパンを教会に持っていく
・破れたタオルを生理用ナプキンにする

エマはまた赤くなった。午後半日はおろか、生まれてこのかた、こんなに赤くなった記憶がなかったので、よけい困ってしまった。

「インクをつけてしまっていないといいんですが」マウント・ヴィリアーズは手袋をしていないほうの手を上げ、インクのついた親指が物に触らないようにしている。

エマは舌が腫れ、顔が刻々と熱くなっていくのがわかった。「今日はへまばっかり」彼女はつぶやいた。ああ、もう、本当にへまばっかり。すっかり台無しにしてしまった。あれだけ面倒なことをして、危険を冒してきたのに、全部、水の泡。何一つ上手くいかなかった。もう、この四カ月間ずっと上手くいかなかった。エマは声を上げて泣きたくなった。立ち上がってテーブルをひっくり返し、こう叫んでやりたかった。この恥知らずのろくでなしが何をしたかわかる？　こんな意地の悪い男、これっぽっちも興味なんかないわ。だって、私は悪いやつらとは手を切ったんだもの。心を入れ替えた元悪人たちとだってもう縁が切れてるでしょう？　ねえ、わかる？　大きな力を持つ人間は、悪事を働いても上手く逃げおおせてしまうのよ。しかも彼は……この悪党は気にもしていないんだから！　問題はそこ。有力者ってやつは、悪いことをしても何も気にしないの。誰か、ここにいる気取り屋閣下に、本当に思い知らせてやるべきだわ……。

ああ、私は口にも出さず、何を怒鳴り散らしているのだろう。

そこからばかげた会合は速やかに進んでいった。弁護士たちが異常なくらい子爵のために尽くそうとするのも無理はない。彼の財政状況は、法曹学院（ロンドンの四つの法曹団体を指す。法律家の教育研修機関）に属する法律家を全員、退職させられるほどの威力を生み出していたからだ。最後の書類が回され、確認、再確認が行われ、そのうちの一枚には署名、刻印、拇印捺印が再び繰り返された。エマは苛立たしげに脚を組み、実際にスチュアートを一度蹴ってしまった。

「失礼」

子爵が再び彼女を見た。

エマは仕方なく微笑み、もっと愛想よく言い直した。「本当にごめんなさい。蹴飛ばすつもりはなかったんです、閣下」まさか。本当はあなたにへどを吐きかけてやりたいのよ。

次の瞬間、子爵は立ち上がり、手袋をはめた。そして頭取のほうに目をやり、こう言った。「この件は明日までに片づけてもらえるね？」滑らかな声で、口ごもることもなく、すらすらと完璧に言葉を発している。それに、礼儀として、一応相手に尋ねる言い方はしたが、「もらえますか？」と、きちんと質問したわけではなく、そのような態度を見せたわけでもない。

「明日ですか？」頭取が半分、腰を浮かせた。ほとんど息が詰まりそうになっている。「いや、それはとても――」

子爵は手袋をはめた指のあいだを一カ所、ぐっと押した。こんなことはさっさと終わらせたいんだという願望をすべて集中させて眉間にしわを寄せ、傲慢そうな、ひどく不機嫌な顔をしてみせるために。

そんなときに思いがけず、エマの頭に「ビクーニャ」（アンデス高地に生息するアルパカよりも一回り小さなラクダ科の動物。その毛織物は世界最高級）という言葉が浮かんだ。子爵のコートに使われている毛織物の名前だ。一方、表からは見えないものの、コートの大部分を構成する内側の毛皮は「チンチラ」だった。懐かしい言葉。「ビクーニャ」も「チンチラ」もしばらく口にしていない言葉だ。つまり子爵のコートは、イングランドの平均的な不動産よりも値が張るということ。それに、私の手をかすめていった毛皮はとても厚みがあって、それはそれは滑らかだった。マウント・ヴィリアーズはそんな高価なコートを椅子から振り上げるように取り、一度の動きで袖を腕に通した。エマは、このコートの上に小さな小屋を建てて引越し、そこで暮らしてもいいと思った。その前に、まず彼を追い出すことができさえすれば。

エマは思い浮かぶまま「ビクーニャ」とつぶやいていたに違いない。というのも、全員が彼女を見たからだ。

そして頭取が、いい考えが浮かんだとばかりに言った。「ミス・マフィン、あなたがお持ちになった大変素晴らしい推薦状によると――」

「ミス・マフィン？」子爵が繰り返し、エマを見た。

「モリー・マフィンと申します」これはエマなりのユーモアだった。本名を使わないときは、いつもばかげた名前を使うことにしているのだ。もっともらしい名前というわけではないが。

頭取は咳払いをし、最初から言い直した。「あなたがお持ちになった大変素晴らしい推薦状によると、複式簿記（すべての取引を借方・貸方に分けて記入したのち、口座ごとに集計し転記する方式）のつけ方もご存じだとか」

おっしゃるとおり。エマは立派な推薦状を用意してきたのだが、中には本当のことも書いてあったのだ。

もう何年も前、モリー・マフィンは主教のために帳簿をつけてあげていた。それに、お茶をいれてあげたし、通りを渡ってお茶に添えるホット・クロス・バン（砂糖衣の十字架形飾りがついた菓子パン。四旬節や聖金曜日に食べる）を一走り買いにいってあげたりもしていた。実際、タイプや速記よりは簿記のほうが得意なのだが、その程度ではどうしようもない。最も得意とするところは、ホット・クロス・バンを買ってくることなのだから。

エマはため息をついた。この人たちのために、徹夜で帳簿をつけるなんてごめんだわ。自分たちの帳簿係にやってもらえばいいのよ。

「ご存じのとおり、当方の帳簿係が病欠しておりまして、出てくるのは明日になってしまいます。そこで思ったのですが、その――」ヘンプル氏がいったん言葉を切り、にこっと笑った。「ミス・マフィン、あなたのお力をお借りできましたら、お時間を取っていただいただけのことはさせていただきます」

だめよ、だめ。徹夜して、いったい何になるというの？　今日、この人たちがここでやったことを全部帳簿に記入し終えるのに、どれだけの労力がかかると思ってるの？　こんなにたくさんの数字と書類を処理しなきゃいけないのに。エマは愛想よく言った。「うちに帰らないといけませんの。年老いた父が待っておりますので――」

「きっと、お父上も少しは待ってくださるんじゃ――」

「父には私の手が必要なんです。脚が不自由なんですよ」

「でも、そこをなんとか数時間――」

「耳も不自由なんです」

「報酬ははずませていただきます」頭取はそこで口ごもり、エマの気を引くような、それでいて、出すと言って後悔しないで済む程度の金額を考えていた。そしてこう結論を出した。

「時給四シリング出しましょう」

エマは喜びもせず、ぎゅっと唇を結び、目を上げた。しかし、あるアイディアが頭の中で音を立てて回りだした。**帳簿、帳簿**……。帳簿をどうにかできるかもしれない。改ざんできるかも。そのようなことは、偽の小切手を切るより面倒だ。でも、スチュアート・アイスガースのおかしなサインを偽造するよりは面倒ではない。そうよ、偽造なんかと違って、本当にやれる可能性がある。それに、四シリングなら女性がもらえる賃金としては悪くない。もっとも、男性の帳簿係なら、銀行はもっと出すのだろうけど。

交換条件を出してもよかったのかもしれない。確かに、この状況なら時給八シリング、いや一〇シリング巻き上げることもできただろう。彼らは必死だったから。でも、そんな身勝手なことを露骨に言えば、怪しまれるかもしれない。エマは頭を下げ、両手を見つめながらうなずき、ささやいた。「なんてありがたいお申し出なんでしょう。父もきっと感謝すると思いますわ」そして、哀れを誘うような表情でちらっと見上げる。感謝で涙もあふれんばかりに。「これで新しい眼鏡が買えます。父は目もほとんど見えておりませんの」

頭の上で、子爵がゆっくりした落ち着き払った声で尋ねた。「父上はおいくつなんですか?」声の調子はとても低くて、柔らかで、遠くで鳴っている害のない雷といった感じがした。

声のするほうに目を走らせると、彼は腕を組んでいた。帽子を再び深くかぶり、両腕はまた、あの見事なコートに包まれている。コートは前が開いていた。エマはまたしても魅了された。なんて興味深い人なんだろう。とにかく、予測のつかない人だ。ただ、私とそう年は変わらないにもかかわらず、彼にはどこか、人生にうんざりしたようなところがある。

彼には何かある。その何かが、僕はほかの人と違って簡単にだまされないからね、と言っている。だが、エマは彼がこのたくらみに気づいているとは思わなかった。うたぐり疑いだけよ。お涙ちょうだい的な手にはなかなか乗らないのでしょう。

「八二です」エマは答えた。まあ、嘘とも言えない。羊毛刈りをしていた父親がまだ生きていたら、それぐらいの高齢にはなっていた。

「では、そういうことで」頭取が間髪を入れずに言い、立ち上がった。「当方ですべて取り計らいまして、口座は明日の午後までにお使いになれるようにいたします。高額の小切手につきましては、週末までに清算されるはずです」頭取がにこっと笑うと、子爵はうなずき、向きを変えた。

するとと、皆も次々と向きを変える。何かどころか、彼はいろいろなものを持ちすぎている。取り巻きがたくさんいすぎるし、彼自身が「行きすぎ」なのだ。グレート・コートは、ロシア小説のごとくやたらと過剰でドラマチックだった。体にぴったり沿ったラインは、幅のある胸部からほっそりしたウエストに向かって狭まっていき、そこから先は波打つように膨らんでいる。アンナ・カレーニナがサンクト・ペテルブルグで着ていたであろうコートだ。エマはそこを訪れたことはなかったが、本は読んでいた。まるでトルストイの小説から抜け出てきたようなコートだ。

考えてみれば、彼の資金の一部は、サンクト・ペテルブルグから送られてくるのだった。子爵の地位はもちろんのこと、スチュアート・アイスガースは、数ある国の中でもロシアに土地を持っていた。ロシアで暮らしていたのだ。着ている服はロシア製なのだろう、とエマは悟った。東洋の香り漂う大陸風の趣味だ。

新たに誕生したイングランドの子爵は、ごつごつとした指輪を上手に覆いながら子ヤギ革《キッド》の柔らかい黒の手袋のはめ具合を調整し、それからグレーのスカーフを巻いてコートの内側に入れた。シルクのクラヴァットは、イングランドの男性が身につけるどの品よりもゆったりとひだが寄っていて、それがシルクのベストの中にたくし込まれている。そうそう、この青いベスト。遊牧民のテントから切り取ったかのように鮮やかな色をしている。彼はマウント・ヴィリアーズという一つの作品なのだ。

エマは子爵が落ち着きを取り戻し、冷たい冬の午後へと出ていくべく、歩きだす様子を見守った。私たちは別々の道を行くのね。そう思うと少し寂しい気がした。彼の人生と私の人生はあまりにも違いすぎる。それなのに、何とも言いようのない親近感も覚えてしまう。いや、単なる同情なのかもしれない。新子爵は伊達男というより、外国人になってしまったのだ。とてもおしゃれで洗練されてはいるものの、彼を取り巻くイングランド流の控えめな雰囲気とはかけ離れている。そう、スルタン、あるいはロシア皇帝ツァーリのよう。自分の母国のことを何も知らない人間が、ある州の地所を自分のものだと主張したものの、数々の理由から隣人たちと上手くやっていくことができないのだ。イングランド人らしくないところも理由の一つ。彼はこの土地で力を持っているけれど、すぐに友達はできないだろう。

それに、子爵にとっては最も好ましいこの状況で、彼がどれくらい笑ったかと考えてみると、午後のあいだずっと、にこりともしなかった。友人などろくにいないのではないかしら？　取り巻き。エマは再びその言葉を思い浮かべた。彼は取り巻きを持つべき人物であって、友人を持つべき人物ではないのだろう。

エマは一瞬、彼がかわいそうになった。哀れみを覚えたのだ。そこにいる彼は、見たところ、とてもうぬぼれが強そうな印象がある。よそよそしくて、近寄りがたい。

それから、子爵と取り巻きの人々は、次々と、勇ましいとも言える手つきで帽子を上げて挨拶をし、寒さの中へ慌しく出ていった。気の毒な人、とエマは思った。

頭取と副頭取は子爵が去るまで待ち、そのあと、銀行の帳簿を持ってきて、エマの前のテーブルに置いた。

これを私にどうしろと言うの？　エマはよくわからなかったが、帳簿を開いてみた。ああ、ありがたい。まるで贈り物を開けるみたい。これで私の祈りが届くかもしれないのよ。それは、ヨーク株式銀行の一二月分の取引がすべて記載された元帳だった。数字が書かれた縦列や書式にざっと目を走らせる。まったく標準的な帳簿だ。エマはにんまりし、ペンを取った。彼らは、代理の帳簿係として、私に今日の取引を記録してもらいたいのだ。その中でも特に子爵との取引分について。伝票や書類の束を元に。それを私がこの手で記入するなんて！

エマはますます興奮してきた。もちろん、現存のページは正しく記帳する必要があるだろう。ほかの人がチェックするかもしれない。でも、この帳簿は糸で綴じられているし、私は素晴らしい裁縫師なのよ。エマの心がはやる。綴じ糸は一本ずつはずせるだろうし、それをまた使えばいい。エマは取引を記帳しながら、いざというときに発揮される自分の創造性に我ながら驚いてしまった。

綴じ目をほどいて、古いページをどれか選んではずしてしまえばいい。帳簿は四つ折り判（約二四×三一センチ）で、種類ごとに一六ページの束になっており、何も書かれていない束もたくさんある。だから、一束入れ替えてしまいさえすればいいのだ。時間があれば、銀行の帳簿係が記帳した分を改ざんし、つじつまが合うように調整することができるだろう。そして、このたくらみの本当の利点はこれだ。私は今日、お金を手に入れる必要はない。エマは子爵の書類の中に、ある小切手を見つけた。スチュアート・アイスガースに振り出された額面五六ポンド八シリングの小切手だ。金額が近い。どこかの支店に、アイスガースとよく似た名前で三つ目の口座を作り、そこにお金が入るよう、その小切手にただサインをすればいい。そして、あとは銀行の手続きに任せ、後日、お金を引き出そう。新しいものは何もない。新規の取引を追加するわけではないのだから。微々たる金額じゃないの。宛名を書き換えるだけ。銀行の帳簿とマウント・ヴィリアーズの口座の明細は半ペニーに至るまできちんと報告されることになる。

完璧よ、とエマは思った。だが、次の瞬間、またしても何とも言いようのない理由で、罪悪感というか、後悔というか、何か胸がちくっとする感じを覚えた。また彼に会えたらいいのに。また彼を観察できたらいいのに。そうよ、私はまた彼と話したいと思っている。それは危険なことなんだろうけど。

はみ出し者、ワル。そう、それが私のタイプ。今までそういう男性二人、既婚の男性一人と親しくなったし、黙ってこらえているだけだったけれど、さらに六人の男性に熱を上げた。でも、貴族院の現職議員を「はみ出し者」や「ワル」と呼ぶのはふさわしくないだろう。議決のためにロンドンに飛んで帰った人を指す言葉ではない。その言葉が伝える要素として唯一、マウント・ヴィリアーズに残っているのは、彼の憂鬱そうな態度だけだ。私はそこに惹かれたのかしら？

憂鬱そう。エマはその言葉で子爵の過去を少し思い出し、あの人が悲しげな雰囲気をまとって歩き回っているように感じられるのも不思議なことではないと思った。生前、彼の母親は哀れみの対象だった。新婚初夜を迎えた翌日、夫は妻を捨てて出ていったのだ。エマの記憶が正しければ、あれはとんでもないスキャンダルだった。彼女が覚えているのは、スチュアートの母親が人目を引く女性ではなかったということ。でもそれは思いやりのある言い方だ。醜いアナ。村では彼女をそう呼んでいた。スチュアートの父親は没落した子爵家の長男で、身内に強制されてアナと結婚した。彼女は大金持ちだったのだ。スチュアートと彼の叔父が争っている遺産がすべて母方の金であることは間違いない。

でもこれは村の噂。何が真実なのかはそう簡単にはわからない。それでも、スチュアートの父親がずっと不在だったという証拠があることを考えれば、父親が結婚相手に敵意をむき出しにしていたとか、自分のことを本当に「売られた子羊」と言っていたらしい、という話もありえそうなことに感じられた。もっとも、エマは後にその話を聞いたとき、彼が「子羊」だなんてとんでもないと思った。「ぞっとする」と言ったほうが当たっている。いったん金を手にすると、スチュアートの父親はロンドンで人々を真っ青にさせるような生活を送っていた。悪名高き父親が、子供は自分のものだと主張すべくドゥノード城に再びやってきたとき、村人たちは、息子がどこかのパブリック・スクールに押しつけられたと聞いて喜んだ。放蕩な生活を送ることに忙しすぎて息子を相手にする時間もない父親、憎むべき妻から子供を取り上げる喜びを味わいたいがために息子を自分のものにしたがった父親からスチュアートが逃れたことを喜んだのだ。

エマは今少し、前の子爵がどんなふうに死んだか思い出そうとした。あれも悲劇ではあったが、彼女の人生においてはささいな出来事であり、細かいことは思い出せなかった。それでも、丘の上で暮らしていた小さな男の子を、口数の少ない慎重な男にしてしまうほどの悲劇がこの土地で起きていたのだろう。

同情。エマが思い出せる理由はそれだった。良心。もしもスチュアートが傲慢で、気難しくて、無神経な男だとしても、確かに父親よりはましと言えるだろう。でもそれは、彼を許したということではない。彼の父親は死んだのだし、彼自身は自分のしたことに責任がある大人なのだから。

エマは帳簿に記載されている取引を見下ろし、目をしばたたいた。ほらね、支店の口座に送られ、イングランドの田舎に流れていくお金がたくさんある。この中に紛れて消えてしまう取引が一つ増えることになるのだろう。こんな簡単に苦しみから解放されてしまうなんて。そう気づいたところで、期待していたような喜びはあまり感じられなかったが、正義が行われるのだという感覚はあった。この六週間、私はこのときを待っていた。そして、この帳簿の上にきちんと段が並んでいる。全部、私の手でどうにかできるのだ。

エマはにこやかにヘンプル氏を見上げた。「お茶をポットでいただきたいのですが。それと、もしもお持ちでしたら、ペン先をもう一つ」あなたが用意をしにいっているあいだに、私はハサミを調達してこよう。

エマは帳簿の上にかがみ込み、こんなことを考えていた。いい子だから、仰向けになって。

まずはお腹から。さあ行くわよ。終われば、体が軽くなるし前より自由になった気さえするかもしれない。二人ともそう思うでしょうね。さあ、私のリードでバレエを踊りましょう。

3

スチュアートは銀行の前に止めた馬車の中で奥の席に体を押し込み、待っていた。風が吹き抜けていかぬよう、わきにある窓には革の覆いが隙間なく下ろされているが、反対側の扉は開いたままになっている。彼は帽子を下向きの角度でかぶり、毛皮の襟と折り返しを立てて首や頬に添わせ、顎をカシミアのスカーフの中に押し込んでいた。寒い。でも、なぜか気持ちはくつろいでいる。それがここにただ座っているもう一つの理由だ。彼は人目につかない心地いい場所を見つけた男のように、物憂げにじっとしている。何カ月も空を飛び回り、たとえ束の間であれ、ようやく羽を休めることができた男のように。

先ほど御者は、馬車のてっぺんに登りながら「この天気では、遅れてしまいます」と深刻な懸念を表明した。「五分だけ」スチュアートはそう告げた。あれからもう二〇分も待っている。御者が心配するのも当然だ、マウント・ヴィリアーズ子爵には行くべきところがたくさんあり、その場所はここではないのだから。**マウント・ヴィリアーズ子爵か。**やれやれ。その名前を思い浮かべてもたじろぐことはなくなった。帰国して初めてそう呼びかけられたときはびっくりして、父親がいるのではないかと警戒して辺りをきょろきょろ見回してしまったが、それも乗り越えつつあるようだ。新しい子爵には百の悩みの種があり、その半分を回避するためにやれることが千もあるのだ。

それでも、スチュアートは馬車の片隅に座って静かに目を閉じ、待っている。皆に迷惑をかけている、ほかのことにも支障が出ているとぼんやり気にしながら。

雪の降り方は激しくなっていた。スチュアートが薄目を開けるたびに、真っ白な長方形が目に入る。そこは扉が開いた馬車の戸口で、その四角の中を雪がものすごい勢いで落ちていく。それを見ても相変わらず何とも思わない。ヨークシャーの雪は小さな羽毛のように降る。どうということのない結晶のかけらだ。それが積もって山になっているが、これなら足で蹴飛ばしてしまえるだろう。まるで頭上の雲は破れた羽毛布団で、中身が大地に向かって途切れることなくふわふわ漂ってくるかのようだ。イングランドの人々は寒さというものが何もわかっていない。海をも凍らせるほどの爆発的な寒さ――海面が激しく荒れ、波が泡となってそのまま凍りつき、板状の小さな氷の塊となって浮遊するほどの寒さ――を知らないのだ。ロシアは寒かった。フィンランドも寒かった。ヨークシャーは季節がやってくると寒くなるにすぎない。今は冬。暖炉の炎や一杯のブランデーを楽しみ、何枚も重なった寝具の下で汗をかき、息を弾ませながら、自分の体に寄り添うもう一つの肉体に慰めを求めるにはもってこいの季節。

ここで待っている目的はそれだった。今夜、彼の体に寄り添い、温めてくれる肉体が欲しかったのだ。温かくて、お手軽な相手。「手軽」であることが最優先だ。ほかのことに費やせる時間はない。だから一夜限り、「どうもありがとう、では、さようなら」で済む相手がいい。

その一方で、たとえ一夜にしろ、自分の心がそのようなことを熱望しているのは励みになる兆候だ、と彼は思った。イングランドに戻ってきて四カ月が経つが、金の問題や、叔父レナードが引き起こした厄介な遺産横取り以外の問題でやきもきすることなど二度とないのではないかと思い始めていたからだ。叔父の問題では、毎日のように新展開が明らかになっていた。そして、スチュアートを追い払おうとする新たな奇策が現れるたびに、自分の金を十分に活用しようにも、そこからまた一歩遠ざかってしまい、金を少しずつ使うしかなくなってしまうのだ。今日、ここまで出向いたことは役に立つはずだった。これで万事解決とはいかないまでも、打開策としては十分満足できたため、スチュアートはその日の午後、もっと人間らしい欲求を満たしたいと心から望んだのだ。

前途有望だ。すべては銀行にいたあの女性のおかげだった。なぜ彼女を気に入ったのか、その理由も思い出せなかったが、こんな寒さの中、銀行から出てくるまで座って待っていようなどと思えるほど気に入った女性はイングランドにはほとんどいなかった。スチュアートは、彼女は食事をするに違いないし、銀行には食べるものがない、ということは……と考えたのだ。それに、とても威勢がよくて、肉づきもいい彼女に、飲まず食わずで仕事をしろとは誰も言えないだろう。

肉づきがいい。そう、そこが気に入ったんだ。スチュアートは馬車の中で座ったまま、高まる期待で体がほてった。ほかにどこが気に入ったのだろう？　ぼんやりしていて、よく思い出せない。彼女は――。

かわいらしかった。ブロンドの巻き毛に、灰色がかかった青い目、一四のときに買ったのかと思うような、色あせた、ぴったりしたドレスを着て、あそこに座っていた。ああ、一四歳のうぶな田舎娘。ひょっとして、そこがよかったのか。僕は自覚しているよりもずっと、ひねくれた男になろうとしているのかもしれないな。もちろん彼女は一四より上のはずだが、どれくらい上なのかわからない。一四ではないにしても、やっぱり若い。それに、役に立ってくれたし、控えめだった。とても女らしい人だ。そして、僕に強い印象を受けていた。

ああ。スチュアートは内心微笑み、コートの中にさらに心地よく沈み込んだ。それから再び目を閉じ、期待しながら待った。**お手軽な相手**。僕のようなハンサムで裕福な男が、書記係なんぞと一瞬たりとも面倒なことになってはならないのだ。病弱な父親にまつわる彼女のばかげた話が半分でも本当だとしたら、なおさらだ。

だが、実際には、彼女を口説くのには多少の困難が伴った。四五分近くも待つはめになって（召使たちは今にも暴動を起こしそうだった）、ようやく銀行の扉が開き、彼女が現れた。小柄でかわいらしい女性が転がるように、急いで歩いていく。あまり遠くまで行ってしまわないうちに、スチュアートのフットマンの一人が彼女を呼び止め、扉が開いた馬車のほうへ導いた。彼女はまっすぐやってきて扉の前で立ち止まった。当惑した様子で目をぱちぱちさせている。ショールに覆われた頭に雪が染みこんでいき、幾重にも巻かれた布地からのぞく愛らしい青白い顔が光っている。輝く小さな月といった感じの丸い顔は滑らかな肌をしており、午後の白い光の下で見ると、染み一つなく、思っていたよりも艶やかだった。青い目と、イングランド人らしいピンク色の頬。その顔が馬車の内部をじろじろ見ているが、どうやら中にいるスチュアートのことは見つけられないらしい。きっと暗すぎるのだろう、と彼は思った。窓が閉まっているし、ランプもついていないことだし。

「お昼でもどうですか？」と声をかけると、彼女は飛び上がった。すっかり驚かせてしまったに違いない。彼女は馬車の中に人がいるのかどうかよくわからなかったのだ。

彼女の返事は、目を丸くして馬車の中をじっと見つめることだった。声の主を探しているが、まだどこにいるのかわからないらしい。スチュアートは彼女の当惑ぶりを少しのあいだ楽しんだ。自分は相手のことが完全に見えているが、相手のほうは、彼がそこにいるとわかっていながら、その存在を確認できずにいる。びっくりして用心深くなっているが、興味津々で、それでいて、完全にぼう然としている。まるで銃口を向けられたシカが、得体の知れない、想像もしたことがないものをじっと見下ろして瞬きをしているかのようだ。

「お昼でも？」スチュアートは同じ言葉を繰り返したが、すぐに英国人は昼食を取らないことを思い出した。ああそうか。彼は声が単調にならないようにしながら訂正した。「お茶がいいかな？」

「だめです！」彼女は間髪を入れずに答え、体をまっすぐに起こした。

スチュアートは暗闇の中で眉をすっと上げた。だめですだって？　貧しい若い女性が、金持ちの男との食事を断るなんておかしいだろう？　間違っている。ならば、誤りは訂正すればいい。彼は手袋をはめた手の関節で、革のカーテンが下りた窓をコツコツ叩き、馬車の内部に注意を向けさせた。「中へお入りなさい」

「とんでもない。だめです！」彼女は後ずさりをした。二つの気持ちが同居しているような顔をしている。逃げようと思っているのに、あまりにもびっくりして足を動かすことができないといった様子だ。

まあ、いい。驚くのも無理はない。「じゃあ、僕が外に出ましょう」

スチュアートは長身の体を持ち上げ、前かがみになって席を立った。馬車の出入口をくぐるのに帽子を取らねばならず、そのまま身を乗り出すようにして、外の明るいところへ出た。すると、彼女はまた一歩後退し、かなり着膨れたヒップを、開いた扉の内側にある革の肘掛けにぶつけてしまった。これでよけいびっくりしたのか、彼がざくっと音を立てて雪の上に降りたそのとき、今度は前に飛び出した。スチュアートが彼女を抱き止める。こんなに着膨れているわりには軽い。彼女は灰色のくたびれたコートを着て、頭を覆った格子縞のショールをコートの下に突っ込んでおり、さらにもう一枚、首に巻いたウールの濃紺のスカーフが外にはみ出ていた。スチュアートがそのままでいると、冬服にすっぽり包まれた彼女は、袋に入れられたウサギのごとく、自由になろうとしてもがいた。まさにパニックそのものだ。

それ以上驚かせるのはやめ、スチュアートは手を離した。と同時に、彼女はややぞっとしたような顔をして優に一メートル、背にした扉が開ききるまで後ろに下がった。口から白い息が吐き出され、彼女の呼吸が速まっているのがわかった。

彼はいつも女性をほんの少し驚かせてしまうのだが、もうそれにも慣れていた。まず何よりも彼の風貌に——背が高いせいなのか、色黒のいかめしい顔つきのせいなのか、あるいは、自分ではよくわからないが、不機嫌そうな顔、憂鬱そうな顔のせいなのか——女性は例外なく面食らってしまう。次に、彼の社会的地位も事態を好転させる役には立たず、今のように、自分のほうがずっと地位が高い場合はなおさらだった。だが、いちばん肝心な点は、本人がむしろ女性を驚かせて楽しんでいることだった。女性をくつろがせる前に、ちょっともてあそんでやる。その結果、自分が優位に立てる。彼はそこが気に入っていたのだ。ところが、ここにいる若い娘に関していえば、ちょっと妙だった。銀行の中ではとても威勢がよさそうだったのに、今はびくびくしていて、この路上で彼に殺されてしまうのではないかと思っているかに見える。

スチュアートはこう告げた。「本当は、そこまで危険な男じゃないんですけどね」それから、乾いた笑いとともに言い添えた。「少なくとも、君に対してはね」

彼女は目をしばたたいた。ちっとも安心していないらしい。思ったより背が低いんだな。ぽちゃっとした、かわいらしい田舎の娘。それだ。そういう子がとても好きなんだ。うぶでかわいらしくて、単純で、富に心から感心してしまうような、頭がほとんど空っぽな子。僕の好みだ。それにしても、これまで田舎娘とつきあったことは——。

田舎娘とつきあったことは一度もなかった。そういう女性はパリには住んでいない。住んでいたとしても、パリにいれば、たちまち別のものになってしまう。サンクト・ペテルブルグには様々な女性がやってきたが、皆、彼好みのにおいはしなかった。でも、銀行のロビーで一緒にペンを探したとき、ここにいる彼女は確か……クローバーのにおいがした。イングランドのクローバーのにおいだ。どうして真冬にクローバーのにおいなんかするんだ？　ああ、そうだとも、この人こそ、理想の女性だ。二人で道に突っ立ったまま、スチュアートはその場で、彼女に対してこんな好意的な気持ちを抱いており、彼女を馬車に引っ張り込めたらどんなにいいかと考えていた。

　だからといって、原始的衝動に従うべきだということではなかった。もっとも、そのときは、原始的になることに魅力を感じたのだが。スチュアートは再び帽子をかぶり、自分より三〇センチほど小さくて、皿のように大きな、驚くほど青い目をした女性に敬意を表してお辞儀をした。華やかな美しい目。滑らかな肌に続く、彼女の最高の特徴はこの目だ。天使の目。それにぎょっとした表情ではあるが、好奇心いっぱいの目をしている。スチュアートのお相手として最適なのは、好奇心旺盛な女性、控えめな言い方をすれば、その手のことで冒険をできる女性なのだ。

「では、どちらにお住まいなんですか、ミス・マフェット？」彼は、小山《タフェット》にでも住んでいるのだろうかと思いながら尋ねた。

「マフィンです」

「マフィン、ああ、そうでしたね」完璧だ。実に美味しくいただけそうな名前じゃないか。

「では、ミス・マフィン、ヨークのどちらにお住まいなんですか？」

礼儀正しい口調で言ったにもかかわらず――それに、女性に対して誠心誠意、丁寧に接しているように見せようとしたにもかかわらず――彼の質問が重大な問題であることが、彼女にはだんだんはっきりとわかってきたらしい。よし、いいぞ。頭が空っぽという言葉は撤回しよう。彼女はあか抜けしていないだけで、十分、頭が切れる。君の家を訪ねても構わないかと訊かれているのだとすぐに悟ったことがその表情からうかがえた。

相手が自分と同じ階級の女性なら、スチュアートもずうずうしく、こんな厚かましい質問はしなかっただろう。いや、彼女にだってこんな質問はすべきではなかったのだ。だからこそ、彼は目の前にいる女性にがく然とした混乱の表情が広がるのを見て楽しむことにしたのだった。でも、びっくりしたところで、彼女に何ができるというのだ？　何もできやしない。求愛や結婚という観点で見れば、自分にはまったく手の届かない男性が、君のところを訪ねていきたいとはっきり宣言しているのだ。相手は彼女の雇い主にとって重要な人物であり、彼女が気分を損ねたくないと思っている人物なのだ。たやすいことさ、と彼は自分に言い聞かせた。銃で池にいるカモを一羽、狙い撃ちするようなものだ。

彼女の反応はスチュアートを魅了した。一瞬、瞬きをし、次に眉をしかめ、ためらいがちに、かすかに微笑み、そしてたじろいだ。だが、すぐに口角をほんの少し上げ、この状況には不釣合いな反応ながら、笑みを浮かべた。つまり、少し緊張を解いたことだけは確かだ。それどころか……ほっとしているようにさえ見える。だが、彼女は頭を下げ、驚くほど率直な反応を示した顔にやがて現れたであろう表情を一切隠してしまった。

そのとき、思いがけず、スチュアートは自分の中にある強い感情が存在すると気づいた。自分が彼女の心に起こした動揺がすっかり気に入ったのだ。彼はいつの間にか、彼女が息を吐き出す様子をじっと見つめていた。重たいコートの下で胸が盛り上がり、一瞬、動きが止まったが、次の瞬間、かすかに開いた口から温かい息が小さな雲となって吐き出された。シヨールに覆われた頰が鮮やかなピンク色に染まっていく。顔の片側に銀色がかったブロンドの髪が一房こぼれていたが、外に出ている髪はそれだけ。コートには一カ所、穴が開いている。豊かな乳房に腕が当たってこすれたところが擦り切れてしまったのだ。

彼女は貧しいのだろう。だが、彼の願いをかなえるという、明らかに有利な立場にいるにもかかわらず、恥ずかしそうに、謝ってでもいるかのように肩をすくめた。こんな素敵な貴族様をおもてなししたいのは山々ですが、私にはどうすればいいのかわかりません、と言いたげに。しかし、彼女の恐怖は消え去っている。いったいどういうことだ？ 僕は自分で思っていた以上に、彼女に安心感を与えていた。それは間違いない。

スチュアートは彼女のまつ毛にふわっと雪が積もっては溶けていく様子を見つめた。今や彼女はかなりはっきりと微笑んでおり、濡れたまつ毛の先が尖っている。

やっぱりそうか。彼女は愉快な気分なんだ。何か話そうとしたが、言葉が出ず、それをすべて凝縮したようなくすくす笑いが、小さな雲となって吐き出された。「まあ」彼女はそう言ってうつむき、はた目にもわかるほど、本当に神経質そうに笑った。「まあ、信じられない……どうしよう――」僕が何を望んでいるのか、彼女はもうわかっている。彼女は喜んでいる。

いいぞ。

「そんなこと、とても私には――」

いや、よくないな。「いいじゃないですか？　もちろん、できますよ」何ができるんだ？　いったい僕らは何の話をしているのだろう？　スチュアートの心臓が少し高鳴った。

それから、彼女はとても優しく言った。「いけませんわ。ありがたいお言葉ですけど、本当にだめなんです」彼女は再び笑ったが、スチュアートはその笑いに惑わされはしなかった。彼女は本気で断ったのだろう。それでも、どういうわけか、二人のやりとりを面白がっている――ひょっとすると、会話ではなく、もっと大きなもの、人生そのものを面白がっているのかもしれない。

ああ、彼女はシャンパンのようだ。彼女から湧き上がる感情の泡を全部集めて、その中で溺れてしまいたい。彼女をくすぐりたい。笑い転げて涙を流すまでくすぐりたい。「なぜですか？　住んでいるところを教えると、何か不都合でもあるんですか？　僕はほんの好奇心でお尋ねしただけですよ」

それから、彼女が目を上げて、スチュアートの顔をまともに見た。濡れて尖ったまつ毛は、彼女の金髪よりも色は暗めだが、髪の毛と同様たっぷりしていて、くるんとカールしている。そのまつ毛に縁取られた目は、青みがかった灰色が強調されていた。眉は美しいアーチを描き、小さな鼻は先端が上を向いている。顎の先はぷっくり膨らんでいて、その下に二つ目の顎が隠れていることをほのめかしている。丸みのある小さな頬はバラのようなピンク色だ。

彼女はどこもかしこも丸い、とスチュアートは気づいた。柔らかそうだし、かわいらしい。確かに小さなマフィンのようだ。太っているのではない。肉づきがいいのだ。角という角を取り、丸みをつけるだけの肉がちょっと余分についている。女性の体で、ここは角があってもいいだろうと思うところにさえ――顎とか、手の関節とか、肘とか――彼女の場合それがまったくない。

ほんの一瞬、スチュアートは胸がうずいた。なんという衝動……。彼女が欲しい。それは素晴らしい感覚だった。とっぴで、鮮やかな感覚。この角張った長い体を、しなやかな彼女の肉体にどさりと横たえたい。柔らかな彼女の体に自分を押しつけ、そこで溺れてしまいたい。なぜか、彼女の緩やかな曲線がすべての解決策であるように思えた。彼女の体にぐったりと身を横たえれば、人生の痛みや苦しみを取り除くことができそうな気がしたのだ。

彼女は、今度は背後に注意し、先ほどよりも慎重に後ろに下がって馬車の扉をぐるっと回った。それから、ひらひらと片手を上げながら、後ろ向きでゆっくり歩いていく。スチュアートは、彼女をもっとよく見ようとわきへ一歩踏み出した。おかげで、鮮やかな青い目をした、丸みのある小柄な女性が、さようならと小さく手を振る姿を見ることができた。ケルビムだ（知識をつかさどる天使。絵画では翼の生えたぽちゃっとした子供として描かれる）。大人になった、女性のケルビム。

「いろいろ、ありがとうございました」三メートルほど向こうから彼女が大きな声で言った。

かわいらしい頭を横に振ると、ショールの縁で巻き毛が小刻みに揺れ、片方の頬に当たった。「どういたしまして」そう答えたスチュアートは、口元がぐっと上がり、自分がかすかに微笑んでいるのがわかった。めったにない感覚だ。この数カ月、自分を微笑ませてくれたものはあったかと考えてみても、何一つ思い浮かばない。

そのとき、彼女が首をかしげ、一瞬立ち止まった。だが、すぐに身をひるがえし、大急ぎで道を駆けていった。

彼女の腰がしなやかに揺れている。脚を後ろに跳ね上げ、泡を立てるようにペチコートを舞い上がらせて走ると、官能的にかすかに震えるのだ。ああ、なんて素敵な光景なんだろう。やがて彼女はにわか雪の中に消えていった。まるで白い幕がぱっと上がったかと思うと、彼女を包み込み、そのまま連れ去ってしまったかのように。あとには何も残っていなかった。消えてしまったのだ。

スチュアートはそこに取り残され、立ち尽くしていた。帽子で膝のわきを叩き、こんなことを考えながら。お手軽な相手と言っていたのに、いったい全体、どうなってしまったのだ？

「閣下？」御者が手綱を握り、ずうずうしくも運転台から身を乗り出してきた。「では、出発いたしましょうか？」

スチュアートは御者をにらみつけ、口元を引き締めた。「そうだな。じゃあさっさと銀行に行って、あの人の住所を調べてこい。わかるまで姿を見せるな」彼が目を細めると、御者は運転台からはい下りてきた。「ぐずぐずするなよ。馬を動かさなきゃいけないんだからな」

それは事実だった。

しかし、御者が一目散に銀行の中に入っていった理由は別にあった。御者はすこぶる不機嫌だったのだろうが、ほかの召使ともども、彼も主人を激怒させるような状況は何であれ、恐れていたのだ。彼らはつくづく、自分たちが仕えているのは怪物だ、暴君だと思っていた。そんなふうに思われるのはスチュアートにとっては遺憾だったが、残念ながら、御者は何ら思い違いはしていなかった。というのも、主人を激怒させてしまうことがままあったからだ。新しい子爵は時々人をぞっとさせるが、そういうところが前の子爵と似ているのではないか、と心配しているのは召使だけではなかった。


結局、エマがその日の夜のうちにやり終えたのは、ヨーク株式銀行へイワード・オン・エイムズ支店に書類上、口座を開くことだった。ヘイワード・オン・エイムズは、エマの村から四八キロほどのところにある定期市の立つ町だから、出かける口実ができる。それに、ひょっとすると、ジョン・タッカーの姉、モード・スタンネルと彼女の夫が、いい値段で雄羊を売ってもいいと言ってくれるかもしれない。そうすれば、羊を見にいき、さして人目につくこともなく町を通り抜けられるだろう。というわけで、エマはスタンネル農場の近くの支店にスチュアート・アイスカースという名義で書類上、口座を開いた。そして、額面五六ポンドの手形がその口座に入金される手はずを整え、ある有限会社からスチュアート・アイスガース宛に振り出された小切手の宛名を書き換え、スペルを入れ替えてサインをした。詐欺としては古い手だが、いい方法だ。

事務手続きが完了すれば、数日のうちに、スタンネル農場へ出かける途中でそのお金を引き出せるだろう。そうしたら、口座を閉じて痕跡を絶ってしまえばいい。ヨークシャーの銀行業がもたらすお金を果実だとすれば、こんな金額、一粒の小さな種にすぎない。きっと誰も気づきもしないはず。仮に気づいたとしても、そのころはもう手遅れだ。帳簿に書き込む作業は一晩中かかってしまったけれど、きっと、残りの作業は手も汚れないし、簡単に終わるだろう。

その方法は、それほど簡単というわけではなかったが、エマは真夜中に鼻歌を歌いながら、病気で休んでいる帳簿係のデスクに一人座って（いや、ほぼ一人と言うべきか。というのも、ヘンプル氏がオフィスの奥でエマが仕事を終えるのを待っていたからだ――実際には居眠りをしていたのだが）、銀行の帳簿を綴じ直していた。ちょっとしたごまかしを完成させるには、帳簿の後ろにあるページを前に持ってくる必要があった。銀行の帳簿係の手で書かれた「一週間前」の支店勘定のページを開き、今日までの日付をずらして調整してから、今度はその取引記録を期待どおりに、自分の手で書き入れたのだ。ラララ……エマは独り、鼻歌を歌った。何もかも、ものすごく上手くいっている。帳簿はしわ一つなく綴じ直すことができるだろう。そのうえ、あの子爵が私を魅力的だと思っていることは疑いようもない。

午後のささやかなたわむれは、まさにエマが必要としていたものだった。そういう、ちょっとしたおまけを求めていたのだ。おかげで幸せな気分を味わった。たとえ分別が、これであなたは、びくびくしながら過ごすことになるのよと告げたとしても。もし子爵が再び彼女に目を留めれば、彼はすぐに気づくだろうし、エマ・ホッチキスと出くわすことがあれば、それがモリー・マフィンと同一人物だとわかってしまうだろう。過去五〇年でドゥノード城から村に降りてきた子爵が誰かしらいたとすれば、エマも心配になったかもしれない。だが、村にやってきた子爵は一人もいなかった。だからまじめな話、今度の子爵が例外だとは思っていなかったのだ。

　歴代の子爵は皆、ロンドンに滞在していた。それに、たとえ今度の子爵があえて都会を離れ、村にやってきたとしても、あの一族に脈々と伝わる尊大さを持ち合わせた彼が、下層階級の人間とつきあうことはないだろう。これまでのところ、ちっぽけな村マルザード・ニア・プランティ・ブリッジには、丘の上にいるイングランドの貴族に提供できるものは何もなかったし、これからだってあるわけがない。

　だから、ぜいたくな空想をすることも許されたのだ。ハンサムな子爵はエマ・ホッチキスの虜《とりこ》になっている。実際の人物は傲慢な男だけど――私と厚かましい尻が準備している罰を受けて当然の男だけど――そんなことはどうでもいい。あれだけの力を持っていたって、私は今、ここに座って、その裏をかいてやっているの。あらまあ、私もたいしたものね。あの人、自分は危険な男だと信じてるのよ。でも、勝手にそう思ってるだけなんじゃない？　自分は誰にも増して周囲の人間を支配することができると固く信じてるんだわ。ああ、なんて目立ちたがり屋なんだろう。うぬぼれちゃって。

それに、彼を見て、彼に話しかけ、笑いかけるのは、なんと楽しかったことか。エマは笑いながら帳簿を閉じた。そして表紙を軽くぽんと叩いてから、両腕ですくうように持ち上げ、長椅子から跳び下りてヘンプル氏のところへ持っていった。

結局、ミス・モリー・マフィンについて銀行が把握していたのは、一時的に営業している、ある代書サービスの住所だけだった。だが、それがわかってから、ようやく都合をつけて実際に出かけていくまでに五日が経過してしまい、スチュアートは自分をののしった。もう、代書サービスは店じまいをしているような気がしたのだ。というより、ずばり当たりだった。なぜなら、ヨークのその住所を訪ねてみると、通りに面した人気のない店だったからだ。窓に記された文字は剝げ落ち、茶色の紙が一面に貼られ、中が見えないようになっている。スチュアートは行き詰まってしまったことに困惑し、とてもがっかりした。でも、どうしようもないじゃないか。計画どおりいかないこともある。また別のかわいい田舎娘を見つけよう。

だが、スチュアートはあの女性の夢を見ていた。しかも二度。それはありありとした夢だった。彼女を抱いたら溶けてしまうほど温かいのだろうと思わせる夢。小さなほかほかのマフィンを雪から拾い上げる夢。でも、あり得ない。ばかばかしい。彼女のことは、ほとんど知らないじゃないか。いや、ほとんどどころか、何も知らない。だから、あれは別のもの……自分が憧れているものを夢に見たのだろう。いずれ、望みにかなった女性がまた見つかるさ。

一方、ヨーク株式銀行では、五六ポンドというわずかばかりの金が最終計算書から消えており、それについては誰にも説明がつかなかった。銀行から、そちらの思い違いではと言われたが、南アフリカの鉱山に投資し、配当が支払われたことをスチュアートは知っていた。計算書は見た。だが、今となっては小切手を目にしていたかどうか定かではない。数週間前に送るべきものは会計士に送ってしまったのだ。だから小切手がどうなったのかわからない。彼はそれにサインをしていなかった。

この件は大目に見ようと思ったが、叔父が最後の最後に小切手を横取りしたのではないかとの疑念を振り払うことができなかった。レナード、これはおまえの仕業だと証拠を突きつけることができたら、絶対、監獄にぶち込んでやるからな。五六ポンドだって？　本当にやってやる。あいつが僕の金を奪い続けるつもりなら、監獄で時間を費やしてもらうに値することだけは確かだ。レナードは約束したじゃないか。二人は貸し借りなしだと言ったのだ。たとえ、叔父がマルザードの城から持っていってしまったいくつかの物を巡って二人が相変わらず争っているとしてもだ。叔父は、金は使ってしまったと言っていた。今度はこれか？　ほかにいろいろやってくれたうえにこれか？　これっぽっちの金のために？

五六ポンドという、取るに足りない金額がスチュアートを苦しめた。こっちは、債権者、レナード叔父、法律の問題をきれいに片づけ、自分が相続した遺産からまとまった金を引き出すのに、とんでもなく膨大な時間を費やしたんだ。それを考えるとなおさら腹立たしい。

レナードがやけにのんきに、これっぽっちの金を失敬しようとしたのかと思うと、平手打ちを食らった気分になり、スチュアートは仕返しに、この大ばか者の急所を奪ってやりたいと思った。

　彼は州長官を呼び、長官は「全面的に協力する」と言ってくれたが、協力すべきことがまだなく、その言葉は無意味だった。小切手については、スチュアートしか覚えていなかったからだ。彼は、ボーズ南アフリカ鉱山共同事業体《コンソーシアム》に電報を打ち、小切手が送られたことをヨーク株式銀行と自分の会計士に証明してもらいたい、その小切手が現金化された場合、どこでされたのか知らせてほしいと依頼した。だが、電報の返事が来るまでに数週間、すべてがわかるまでに数カ月、いや永遠に待つことになるかもしれない……。行き詰まりだ。まったく行き詰まってしまった。彼は自分が手をつけたありとあらゆるものの中に埋もれてしまい、何も完成させられないような気がした。

　しかし、その後、嘘のような思いがけない幸運が、スチュアートの手に直接もたらされた。ヨーク州北部のある村の近くで田舎宿に滞在しているあいだ、スチュアートは談話室でエールを飲みながら、ある男と知り合った。その男はスチュアートのことを、いや彼の名前を知っていると思うと言ったのだが、よく聞いてみると、それは厳密には彼の名前ではなかった。男が口にした名前はアイスカース。男は、この地域の農夫の大半が利用する、ある銀行の地方支店で出納係をしていた。そこがヨーク株式銀行の支店だとわかり、スチュアートはますます興味を引かれた。

そして、この小さな支店に珍しい小切手が回ってきていることが判明した。振り出したのは、あるダイヤモンド鉱山会社。農夫がそのような代物を目にする機会はめったにない。「ダイヤモンドですよ！　そんなもの、人に見抜けるんですかね？　で、あなたとよく似た名前の男が、自分が持ってるアフリカの鉱山で儲けて、たいそうな金額の小切手を手に入れたというわけですな」男が首を横に振った。

五六ポンドはとてもたいそう金額とは言えなかったが、スチュアートはその件について、男と三〇分話をし、相手に飲み物と夕食をごちそうしてやった。そして翌日、地元の警官と協力し、その銀行でレナードにわなを仕掛けた。いまいましい叔父に邪魔をされてたまるか。文書偽造、詐欺、窃盗の罪で三〇年、牢屋にぶち込んでやる。

あとでわかったことだが、小切手は銀行に預けられてはいたが、リーズの手形交換所で現金化の決済が終わっていなかった。アフリカのコンソーシアムに投資しているロンドンの銀行が、わざとぐずぐずしているのではないか？　そう思ったスチュアートは、現金を引き出したときに犯人を捕まえられることを願って、先方に電報を打ち、決済を通すようにと伝えた。

これで、あとは待つだけとなった。州長官ブライのオフィスは、銀行の前の道を渡って一ブロック行ったところにある。使いの者が見張りに立ち、そのときが来たら州長官を呼んでくるという手はずが整えられた。レナードがやってきたときには、スチュアートと州長官が待ち構えているという寸法だ。スチュアートは従者を一人も連れず、町にある唯一のホテルにひっそりと滞在していた。五つある客室の三部屋を借りていたのは、単にそうすれば、自分がいる部屋の両隣を静かにさせておくことができるからだ。ホテルはヘイワード・オン・エイムズに一本しかない大通りに面していた。この町の支店に例の小切手が預けられた口座があったのだ。

そして、滞在三日目、スチュアートのもとにまばゆいばかりの至福が訪れた。これぞ神の恵みを受けている確かな印。ホテルのロビーに座っていたとき、そこに現れたのはほかでもない、あの愛らしいミス・モリー・マフィンだったのだ。彼女は上機嫌で満面に笑みをたたえ、ブロンドの巻き毛をふさふさと弾ませて入ってきた。この前と同じ格子縞のショールが頭を覆っているが、あのときよりもたくさん巻き毛がこぼれている。

いや、違う。スチュアートはまず思った。だって、どうも彼女らしくないじゃないか。着ているものが前より新しい。生地の質が悪い。それに、態度が――歩き方といい、うなずき方といい、部屋の空きを尋ねながら、楽しげにおしゃべりをする様子といい――負けん気が強そうというか……自信に満ちている。そう、その言葉がふさわしい。ここにいるモリー・マフィンは一瞬たりとも控えめなところを見せていない。それどころか活発そうで、堂々としていて、この前、会ったときの様子がまったくない。

それでも、あの見慣れたグレーのコートの下から、紺の丈夫そうなウールのスカートがはみ出て波打ち、裾がシュッ、シュッと揺れる、なんとも独特な光景は見間違えようもなかった。

ほかならぬモリー・マフィンが、このホテルでその晩の宿泊登録をしており、スチュアートは危うく新聞を落としそうになったが、かろうじてそれは免れた。代わりに彼は縁から周囲を見渡せる程度に『タイムズ』の朝刊を顔の前に掲げ、モリー・マフィンを観察した。彼女は暖かいロビーでコートを脱ぎ、宿帳の上に身をかがめている。紺のスカートに包まれた見事なヒップラインを上にたどっていくと、ストライプのブラウスが目に入った。スカートの下には、これまた、さらに彼女らしくない靴を履いている。ぶかぶかのゴム長靴だ。彼女の体格からするとサイズが大きすぎるし、ほかの人のものではないだろうか？　男物の長靴。そう思うと、スチュアートは椅子に座ったまま、気が動転しかけたが、ようやく自分に言い聞かせた。**父親の長靴**。目と足と耳が不自由な父親の長靴に違いない。

彼女の完璧なヒップがくるっと回転し、階段のほうに進んでいくと、スチュアートは急いで追いかけたい衝動を静めなければならなかった。せめてホテルの案内係《コンシエルジュ》に駆け寄り、この時季に花を扱っているところはないか、この辺りのどこかに温室はないのかと訊いてみたい。もしあるなら、あの人に香りのする花を……せめてクローバー程度の香りがする花を何でもいいから贈りたい。

たとえ眉間に深くしわが刻まれていても、目の前で新聞の文字がかすんでいても、スチュアートは相変わらず想像の世界の片隅で、温室育ちのバラや、促成栽培のチューリップかユリ、もしくは芳しいスイセン、あるいはそれら全部を集めた、彼女を驚かせるような大きな花束を思い浮かべることができた。名前を書いたカードも添えよう。そして、夕食に招待する。二人は――なんという偶然なんだ！――こんな小さなホテルに泊まっているのだから。彼女に再び近づいて、今度はもっと仰々しくやってみよう。僕はあなたの卑しきしもべ。ここでお辞儀をして、帽子を取る。それから、どんな花が贈れるかわからないが、礼を言われたらこう答える。喜んでいただけて何よりです。ええ、とてもきれいでしょう。冬場にこの花はとても珍しいんです。僕の気持ちですよ。それで、できれば夕食でも――。

スチュアートの空想はここで終わった。なぜなら、眉間のしわがさらに深まり、頬で血が脈打つのがわかるほど顔をしかめたからだ。ひょっとして、そういうことなのか？　そう考えたら、怒りが、とてつもない怒りがこみ上げてきた。

ヨークの銀行で――五六ポンドが消えてしまった銀行、あの日、彼女が複式簿記をつけた銀行で――書記をしていた女性がどうして、例の小切手が見つかった小さなよその村の、ほかでもないこの場所に突然姿を現したんだ？　これはいったいどういう偶然の一致なんだ？スチュアートは、彼女の雇われ先と言われた場所で目にした、紙で覆われた不可解な窓を思い出した。

その前のことも思い出した。あのとき、通りに立ったまま、彼女は僕がほかに何を求めていると思ったのだろうと考えた。それから、彼女はほっとした表情を見せたのだ。性的な接待を求められているだけだと気づいて。

だが今となっては、彼女をまごつかせた理由として、別の可能性が現れた。罪悪感、恐れだ。

そりゃあそうだろう。彼女が不安に思ったのも当然だ。

スチュアートは怒りを抑え、筋の通った説明を考えようとした。なぜ、まったく見ず知らずの女性がこんなことをしたのだろう？　彼女がやったのだとしたら……。いや、きっと何かの間違いだ。でも、彼女がやったのだとしたら……。なぜ、こんなはした金を巻き上げたのだろう？　さっぱりわからない。理由などないじゃないか。頭に浮かぶことといえば、この女性に対する数々の制裁手段ばかりだった。だが、おかげですべての状況がずっとましに思えてきた。なんてこった。彼女が僕をまんまと操り、すでにひどくこんがらがっていた財務状況を巧みに操作したのだとしたら……。

スチュアートは、銀行に待機させている自分の使いに次のようなメモを送った。

女性が例の口座の金を引き出しにきたら、金は明日の朝、用意すると伝えること。それから、その女性を引き止め、こちらに知らせるように。銀行には、明日、彼女が再びやってきたら、金を渡すようにと伝えてくれ。重ねて言っておくが、女性が金を引き出しにきた場合、まずこちらに知らせること。その前に州長官に知らせにいってはならない。

4

一月に入って最初の月曜日、ヘイワード・オン・エイムズにやってきたエマは、着替える場所を確保するため、銀行と同じ通りにあるホテルで宿泊の手続きをした。そのまま部屋に直行し、そこにあった枕を腹に当て、ばかでかいドレスを頭からかぶった。教会では貧しい人たちのために古着を集めており、そこから一枚拝借してきたのだ。それから、明るい色の髪をまとめて白髪のかつらに押し込むと、ホテルの通用口からこっそり外に出て、銀行に向かった。雇い主、スチュアート・アイスカース氏の代わりの者として。アイスカース氏は、この従業員の退職手当となる五六ポンド八シリングを引き出し、自分名義の口座を解約すべく、しかるべき書類をすべて持たせ、彼女を派遣したことになっている。エマは面白半分に、子爵のサインをそっくりまねた署名までしていた。もちろん「カ」以外は、という話だが、これも一種のジョークだ。

ところが、何もかも思ったほど順調には運ばなかった。銀行ではまず、格子の向こうにいる出納係の男性からこう告げられた。「承知しました。ご足労ですが、また明日の朝、お越しください。お金はそれまでに用意しておきます」

るわけがない。

「どういうことですか？」エマは出納係に尋ねた。おかしいわよ。銀行がこんなやり方をするわけがない。

出納係は、書類が一枚抜けていると言った。

「いいえ、そんなはずはありません。どれが抜けてるんです？」エマが食い下がる。

「ええっと、それはですね……」出納係が考え直す。「現金の引き出しは、ヨークの本店から電信で送られてくる取引予定リストに載っていないと処理できないことになっておりまして。何かしら、予備承認が必要なんです」そして、同じ言葉を繰り返した。「また明日の朝、お越しください」

なんてたくさんの書類がいるのだろう。エマは出納係にこう伝えた。「だめです、明日の朝だろうが、いつの朝だろうが、これ以上待つつもりはありません。お金は今日いただきます」

出納係は少々落ち着かない様子で言った。「そういうことでしたら、至急リストに載せるように依頼も出せますが。数時間以内に送られてくるでしょう」

「だめです。数時間だろうが何だろうが待ちません。これは私のお金なんですよ」こういう取引は、ヨークの銀行の帳簿でものすごくたくさん見て調べたから、エマにはちゃんとわかっていた。私はしかるべき書類を全部用意してきたの。だから、自分のお金を直ちに受け取れる資格があるのよ。まったく、いったい全体、世の中どうなってるの？　どうして私以外に、今どきの機転の利かない銀行員と戦ってくれる人がいないのだろう？

出納係は、えへんと咳払いをし、えーっとですね、と口ごもり、人に相談している。エマも同じように、隣の窓口にいる、背の高い面長の男性に大声で尋ねた。「こんなごまかし、我慢できます？」エマが肩越しに振り返り、後ろに並んでいる、鼻の大きなはげかかった若者に似たようなことを尋ねたそのとき、例の出納係が口を挟んだ。実際には、つまみ出しますよ、と彼女を脅したのだ。

「何とおっしゃいました？」エマは格子のほうに身をかがめた。「私に触ったら、州長官を呼びますからね」

「州長官？」眼鏡をかけた出納係は、分厚いレンズの奥で大きく拡大した目をぱちぱちさせている。彼のしかめっ面がひどくなった。少なくとも先ほどの倍はひどくなっている。「州長官なんか誰も呼べるはずありません」

それもそうね、とエマは思った。考えてみれば、私も州長官には来てもらいたくない。

「じゃあ、頭取を呼んでもらいましょうか」

だが、地方の支店に頭取はいないことがわかった。「それなら、誰でもいいから責任者を連れてきてくださいな」エマは譲らなかった。あら、大変。今の言葉でさらに二人、カウンターの奥にいた行員が、狭い木の仕切りの向こうからひょいと顔をのぞかせた。どちらも背が高いが、片方は痩せこけた顔に口ひげを生やしており、もう片方は、骨太の顔に膨らんだ頬っぺたが載っている。その二人が、仕切りをぐるりと回って、エマのほうにやってきた。

それからさらに三〇分を費やし、エマはヨーク株式銀行のちっぽけな田舎の支店で三人の愚か者を相手にすることになった。三人とも、どういうわけか、白髪のかつらをつけた老婦人の要求などはねつけられると思っていたらしいが、ついに彼女に金を渡す気になった。彼女が勝利したのは、朝の郵便を配達しにきた男のおかげだった。彼が三人のやるべき仕事を一つかみ持ってやってくると、頬っぺたの膨らんだ男は、すぐさま銀行宛の郵便物に目を通し始めた。まるで今、議論していることが、いかにつまらない問題かと力説するかのように。だが、幸いにも、郵便配達の男がエマに代わってあとを引き継いでくれたのだ。彼は次の配達先に持っていく朝の郵便物を振りながらこう言った。「俺はいつも依頼したその日に、いや、その場で金を下ろせてるよ。ただし、口座にそれだけの金が入っていればだけどね。金を下ろす以外の目的で銀行を利用するやつなんているのかい？　銀行ってのは、自分の金を自由に使えないように、くくりつけておくために使うのか？」

「ええ、私が言いたいのは、まさにそういうことなんです。どうもありがとうございました。では、今すぐ、お金をいただきましょうか」とエマが言うと、格子の向こうにいる三人の男はまったく同じような困った表情を浮かべ、似ても似つかない顔を代わる代わる――顔の小さいビン底眼鏡の出納係から口ひげのある痩せこけた顔の男へ、さらに頬っぺたの膨らんだ男へと――見合わせた。頬っぺたの膨らんだ男は、手紙を開封するのもやめてしまい、不機嫌そうなしかめっ面になった。その後、彼と痩せこけた顔の男は、郵便配達人のほうに気をそらせてしまい、目が拡大したビン底眼鏡の出納係だけが取り残され、エマの相手をした。彼はさらに咳払いをし、口ごもり、悲しげに後ろを振り向いた。

それから、彼女の金を渡した。

これだけのことを済ませるのに四〇分以上もかかってしまった。男ってどうしようもない。エマは心の中でつぶやいた。いつだって自分は責任ある仕事をしてると思ってるんだから。大ばか者の集まりのくせに。

それでも、出納係が金を勘定し、格子の下からそれを渡したとき、エマは小躍りしたい気持ちをなんとか抑えなければならなかった。

しかし、混乱はなおも続いた。またしても、事務処理上の問題か何かで、理論上、口座は閉じるわけにはいかないというのだ。何がいけないのかさっぱりわからない。だが、二分と経たぬうちにエマは気づいた。口座を閉じるという考えを捨ててしまえばいいだけじゃないの。鮮やかな締めくくりとは言えないけれど、構うもんですか。こんな人たちが処理してるんだから、どっちみち、誰も私の足取りなんかたどれるわけがない。エマは五六ポンドちょっとの金を、希望どおり、五ポンド紙幣と小銭で受け取り、銀行を出た。やったわ！　もう大喜びだった。

この一二年で、一度にこれ以上の金を目にしたことはなかったのだ。

寒さで鼻を赤く染めながら、滑るようにホテルに戻ると、エマはますます愉快になった。両手を突っ込んでいる暖かいポケットにはお金がいっぱい詰まっている。私は勝った。私は自立した女性。自分のことは自分でできるし、世の中のことにも対処できる。男性も上手に操れる。だから男なんか必要ない。

生まれて初めて、自信をもってそう思えたし、それが嬉しかった。もうザックに守ってもらわなくていい。ジョン・タッカーに助けてもらわなくてもいい。それに父親に援助してもらったり、自分にふさわしくない男と結婚しろと迫られたりしなくてもいい。もう誰も必要ない。自分だけでやっていける。そう思うと、なんと足取りが弾んだことか。

部屋の扉に鍵を差し込むと、最初、上手く動いてくれなかったが、やっと錠がはずれ、エマはほっとして部屋に入り、むずむずするかつらをぐいと引っ張ってはずした。すると、熱風が顔に当たった。火を焚くために人が入ったに違いない。なんていいホテルなんだろう。少し残って昼寝をしてもいいかもしれない。でも、急いで出てしまったほうがやっぱり気が楽ね。エマはすぐさまスカートを引き上げ、腹に当てた枕に巻きつけたベルトを緩めようとした。

そこに立ったまま、後ろ向きで扉にちょっと寄りかかってバランスを取り、スカートをまとめて左右のわきの下に抱え込むと、ペチコートが胸の上に載った。彼女はその状態で、大きすぎてあらゆるものを邪魔している乳房の先に目をやりながら、ベルトのバックルをはずそうとしている。

バックルが言うことを聞いてくれたそのとき、どこからともなく意地悪そうな声がした。

「ああ、実に魅力的だ」

エマはびくっと体を起こし、後ずさりして頭を扉にぶつけてしまった。「な、何なの――」ささやくように言い、慌てて体を回転させる。**ここから出なきゃ！** もうそれしか考えられなかった。ここから出して！

だが、そのなだめるような低い声と、聞き覚えのあるリズムは、彼女の心を落ち着かせた。声の主はまず笑った。太い声で、ゆっくりと。そしてこう言った。「君は本当にたいしたもんだ。自分でわかってるのか？」

そうね、わかってるわ。片手で相変わらずドアノブをつかみながら、エマは用心深く振り返った。

声の主が警告した。「よし、いい子だ。逃げるなよ」一瞬、間があった。たぶん鼻を鳴らしたのだろう。「逃げたところで捕まえるだけだ。君は三本足のウサギみたいに走るからな。廊下を走っていく前に捕まえるさ」

エマはぴくっと引きつった。三本足のウサギ？ これって侮辱？ お世辞じゃないわよね？ 私を捕まえるですって？ それは無理でしょう、と大まじめに考えた瞬間、ぎょっとして飛び上がった。男性がそこにいたのだ。高さのあるホテルのベッドの上に。影になった天蓋《てんがい》の下に。だが、彼のほうはとても落ち着いているように見える。ブーツの底が目に入り、片足がベッドに載っているのがわかった。

それでもなお、エマはぎくっとした。心臓が勝手に膨らんで喉までせり上がり、気がつくと、誰もいなかったはずの部屋にいる人物をじっと見つめていた。私以外、誰もいるはずがないのに。

ぼんやりした人影は攻撃的な動きはまったく見せなかったが、エマは心臓をどきどきさせながら、誰だか知らないが、彼女を追いかけると脅す人物がここで何をしているのか理解しようとした。長身の男性が片脚を伸ばしている。もう片方の脚は曲げているのか、膝が宙に浮いているように見え、ブーツの底がベッドカバーの上に載っている。いや、そうじゃない。丈のある黒いブーツが――ガラスのように滑らかな革は油が塗られ、ぴかぴかに磨かれている――彼の外套を踏んづけているのだ。その瞬間、エマは意気消沈した。あまりにも突然、あまりにも深く落胆したため、胃がひっくり返りそうだった。

マウント・ヴィリアーズ子爵の外套がベッドに載っている。子爵本人がベッドにいる。エマはかなりの確信を持っていた。ぞんざいに脱ぎ捨てられた外套は子爵の下敷きになったまま無視され、片方の脚の下でしわくちゃになっている。毛皮の裏地に枕を載せ、スチュアート・アイスガースはそこに背中を当てて座っていた。シルバー・ホワイトの毛皮はとても目が詰んでいて、暗がりで見ると、そこに密生しているように思える。毛皮はかなり厚みがあり、ところどころがしわになっていた。

エマは背後のドアノブをそっと回した。

彼が同じ言葉を繰り返した。「本気で言ってるんだ。逃げるなよ。逃げたって、僕はあっという間に追いついて、君は息が止まるほどびっくりすることになる。そのときに、君の息が残っていてくれることを願うよ。僕らは話し合う必要があるからね」

エマは顔をしかめた。ウサギみたいに走る？　まさか。息が止まるほどびっくりする？　それはないでしょう。次の瞬間、あの言葉が頭に浮かんだ。**厚かましい尻**。私はこの男が大嫌いなのよ。誰が逃げるもんですか。ここからつまみ出してやる。ホテルで人の部屋に入り込んで何をしているの？　コンシェルジュはどこにいるのかしら？　この人を追い出すには誰に言えばいいの？

　あたかも二人で楽しくおしゃべりをしているかのように、天蓋の下で彼が言った。「僕は、君の体の弾み方、揺れ方にやられてしまったんだ。こんなことを言うと、気を悪くするだろうけど」

　当たり前でしょう。弾み方ですって？　まさか。私は弾んでなんかいない。とてもしとやかに走ったわ。女なんだから、お尻が少し揺れてしまうのはしょうがないでしょう。

「僕は君にやられてしまった。君の動き方とか、物腰とか、癖にね」興味深い、低音の声が再び途切れ、エマはそのまま、パブリック・スクール仕込みのばかげた音節が一つ一つ、彼の口から太い声で発音されるのを待った。「実に魅力的だ。本当に」君は僕の言うことが信じられないんだろうとばかりに、彼は皮肉なお世辞をなおも続けた。「心からそう思うよ。君はものすごく魅力的だ。たとえテントみたいなドレスを着ていてもね」

　彼が座ったまま身を乗り出し、片方の腕を膝に載せたため、前よりもよく見えるようになった。確かに彼だ。帽子はかぶっていないけれど。ハンサムで、色黒で、あの寂しげな丸い目と、魅惑的な落ち着いた声の持ち主。ああ、困った。エマは身もだえし、どうすればいいのだろうと動揺しながら、後ろにある、滑らかな形のガラスのドアノブを指でもてあそんだ。一方の子爵は、上へ、そして下へと彼女に目を走らせている。

「簡単に言うとだな」と彼が説明する。「移動の手段として、君の走り方はあまり効果的ではないということさ。どうか逃げないでくれ。そこに立っていていいから、なぜ僕の金を五〇〇ポンド以上も奪ってやろうと思ったのか聞かせてもらおうか」

五〇〇？ 危うく「五六よ」と口を滑らせるところだった。だめよ、その手には乗らないわ。でも、彼は真剣のようだ。五〇〇ポンドですって？ エマはその数字の意味を理解しようとするかのように首を横に振った。恥ずかしくて、顔が赤くなる。自分の内側で起きていることは何もかも説明がつかない。驚くべきは、ようやく言葉が見つかったとき、それが完璧だったことだ。エマは完全に、心から無罪だと思っているかのように言った。「やってないわ」

「やっただろう？」彼はさらに体を前に倒し、左手を体の反対側に伸ばし――実は、彼は左利きで、彼のサインには一部だけ、まねするのに苦労する箇所があった――外套の縁をつかんで広げた。

毛皮のくぼみに札束が載っている。ものすごくたくさん。

彼が続けた。「君は朝の郵便で、何枚か小切手を送った。全部、ヨーク株式銀行宛に振り出されたものだ。手形交換所を通す必要がない。だから、銀行側は現金化しなければならなかった。ほら、地代だよ。地元の小作人からのね。あれは僕がたまたま持っていた唯一の小切手だったんだ。それにしても、君には手を焼かされたよ。まったく。あと一日くれれば、もっとたくさん都合してあげたのに。でも、急ぐ必要はないさ。手始めとしてはなかなかいい。とにかく、君は小切手を送った。つまり、僕の会計士から何らかの方法でこっそりくすねたんだろう。僕にわかる範囲で言えばだが。そして、銀行で手続きを済ませ、その金が今、こうして君の部屋に全額届けられたというわけだ。君が指示したとおりにね。僕らのために素敵な口座を作ってくれたもんだな、ミス――」

彼はここで言葉を切った。ベッドの上で何やら調べている。ああ、とんでもない。彼が腰のところに置いているのはホテルの宿帳らしい。あるページを指でたどり、話を続けた。

「ピープ。今度はこれにしたのかい？」彼が笑った。「でもファースト・ネームを〝ボー〟にするほどの度胸はなかったんだろう？　残念だな（ボー・ピープはマザー・グースに登場する羊飼いの少女の名前）」そう言って、本当に残念そうに首を横に振った。「やっぱり違った。ミルドレッドだけか。素晴らしい。ミルドレッド・ピープ。モリー・マフィンの遠い親戚。君の本当の名前は何なんだ？」

エマは開きたくても、口を開くことができなかった。「わかった。言わなくていい。でも、とにかく感謝するよ。君がこんなことをしてくれなかったら、正直なところ、この新しい口座を通じて金を流すなんてことは絶対に思いつかなかった。それどころか、口座を設ける方法もわからなかっただろう。君にはずいぶん借りができてしまったな。僕が何カ月も取り組んで、君の半分も上手くいかなかった問題を、瞬く間に解決してくれたんだからね。本当に感謝しているよ。君が誰であろうとね」

彼は座ったまま横にずれ、体を回転させてベッドの端まで移動し、両脚を下ろした。明るい日の光がたっぷり差し込む中、二人の距離は一メートルもなくなった。

ああ、彼は覚えていたよりもずっとハンサム。毛皮や手袋や帽子を全部、置いてきているみたいだから、そのせいかしら。これが本来の彼なんだ。細身で、筋骨たくましい。今日はフロック・コートもベストもなし。たっぷりした、のりの効いた白いシャツに、緩めた黒っぽいクラヴァット、淡い黄褐色のズボンを身につけているだけだ。硬い襟はボタンがはずれ、首元が開いている。きっとくつろいでいたのだろう。彼はエマをじっと見つめながら、黒いブーツのかかとでベッドの枠を叩いている。コツ、コツ、コツ。彼のしなやかそうな長い脚でも、高さのあるベッドの上からでは床に届かない。

エマは唇を一度なめ、ぼそぼそつぶやいた。「別にいいのよ」だが、言った途端、はっと気づき、たちまち顔をしかめた。「何ですって？　いいもんですか。あなたは……あなたは――」

彼は片手を上げて首を横に振り、チッチッと舌打ちをした。「苦情はごめんだ。僕は必要な額の半分しか金を回せなかった。君がそれ以上時間をくれなかったからね」彼は笑って続けた。「まったく。でも、今日の君はしぶとかったね。おかげで銀行の連中は駆けずり回るはめになった。僕もそうさ。使いの者が君のことを知らせに戻ってきてから大変だったんだ。君は恐ろしい人だ。わかってるのかい？　獰猛《どうもう》なトラだ」

あの、はげかかった若者だ、とエマは気づいた。後ろに並んでいた鼻の大きな男。そういえば、途中から姿が見えなくなっていたっけ。ああ、やられた。

「それはそうと」子爵が言った。「僕は小切手をもう少し現金にしなくちゃいけないんだ。

五〇〇ポンドでも十分とは言えないのでね。たとえ——」同情しているようなふりをして舌を鳴らした。「君を大泥棒にすることになっても。残念だが、金が必要なんだ。これも人生《セ・ラ・ヴ》さ《ィ》」彼は肩をすくめ、心から感謝して首を横に振った。「こうすれば小切手を現金化するのはものすごく簡単なんだな？　別人になりすませばいいんだろう？　そうすれば誰も何も言わない。僕のサインまであるんだからね」

エマは目をしばたたいた。ああ、それもばれてしまったのね。彼女は口に手を当てた。頭がくらくらし、少し吐き気もする。

彼は丁寧にお辞儀をした。「本当に、感謝してもしきれないよ。今まで自分の金の流れでひどい目に遭ってきたんだ。思うに、君は僕をだま——」彼は何か言いかけて、すぐに別の言葉に変えたのかもしれない。そうだとしても、一瞬のことだったので、エマには確信が持てなかった。

「助けてくれた」

すっかりわけがわからなくなってしまったのか、身の安全を考えてか、エマはそこに立ち尽くしていた。手を口にあて、ひどくおびえながら、この風変わりな人物の口からさらに言葉が出てくるだろうとひたすら期待し、例の母音を伸ばす独特の話し方を耳にしたいと思っていた。あの抑揚は、経験によって、とっさの機転で吃音を回避する奇妙な詩、個人的な歌なのだ。

彼が脚を組み、徐々に口数が少なくなってくると、エマは自ら事を運び、「スチュアート、聞いて――」と切り出した。

彼は鼻を鳴らしてエマの言葉をさえぎった。ユーモアだったのかもしれないし、そうではなかったのかもしれないが、彼女をはっとさせたのは確かだった。「スチュアート？」彼は片方のブーツを膝の位置まで持っていき、軽く叩いてから、足首を曲げてふくらはぎを伸ばした。「そりゃあ、君なら僕のファースト・ネームを知ってて当然か。さんざんサインをしたんだろうからね」

「私に何の用？」

彼は一瞬考えた。「そうだな、まず一つ、あの口座を使うのはやめてくれ。これから、僕のほうがあれを使うのに忙しくなりそうなんでね」

エマは目を閉じた。ああ、困った。彼女はふーっと息を吐き出した。もう観念しよう。

「わかったわ。もう使ってないし。でも、あなたは、本当にそんなことしちゃ――」

「苦情はお断りだ。どうして、あんなやり方を知ってたんだい？」

「あんなやり方って？」

「都合よく、帳簿を書き換えるやり方」

「ロンドンでやってたの。もう何年も前の話よ」彼の表情を目にし――興味を持ってる！

――エマは続けた。「だめ。どんなやり方であれ、こんなこと、続けられると思わないで。というか、あの口座は閉めなきゃだめ。悪夢が降りかかるのを待つようなものよ。捕まっちゃうわ」

「あいにくだが、捕まるのはおそらく君のほうだ」

「たぶんね。ただし、あなたが慎重かつ手早く事を運びさえすればだけど。ねえ――」エマはそう言って息を吐き出した。「私が上手くやれた唯一の理由は、金額が小さかったからよ。あなたが自分の口座で大金をごまかせば、銀行は困ったことになるし、個人の口座だとか、個人資産だなんてことには関係なく、犯人探しをするでしょう。私のやったごまかしは、その手の調査に耐えられるものではないのよ」

彼は首をかしげて言った。「君は、その〝銀行をごまかす〟手口についてずいぶん詳しいんだろう？」

エマはただ唇を噛み締め、口を真一文字に結んだ。否定したい。でも、残念ながら、答えは明らかにイエスだ。彼女は何も言わなかった。

彼も同様にエマをしばらくじっと見ていた。暗い大きな目の奥で何を考えているのかは神のみぞ知るだ。彼の濃い眉は、高く弧を描いていた。黒い斜めの線は眉頭から奥まった目のくぼみに沿って外側に盛り上がったかと思うと、下向きに曲がっている。この眉のせいで、彼は――心が安らかなときでさえ――絶えずしかめっ面をしているように見えるのではないかしら、とエマは思った。コール墨（アンチモン硫化物などを粉末にしたもの。アラビアの婦人が目の周りの化粧に用いる）のごとく黒い、密生したまつ毛は眉とよく調和しながら、丸みのある目を縁取っている。そして奥まった目は、あからさまに怒っているのではないにしろ、不満げで、悲しげで、憂鬱そうな顔の印象をさらに強めていた。鋭そうな、抜け目がなさそうな、頑固そうな目だ。白目の部分は雪のように白く、虹彩はムーア人のように黒い。

その目が、結論に達したかのような表情を見せた。彼は瞬きをし、頭を傾けて言った。

「君に手伝ってほしい」

「手伝う?」エマは神経質そうに笑った。「何を?」彼はあの口座のことを言っているのだろう。エマは自分の質問に自ら答えを出していた。「英国の銀行制度に一杯食わせてやろうっていうの? そんな方法、私にはわからないわ。三流なんだから」

「いや、せっかくだが、自分があそこでどうやるべきかはわかってるんだ。それに、事は迅速に済ませる。君が言ったとおりにね。親切なご指摘、感謝するよ。でも、違うんだ。もうちょっと難しいことを手伝ってもらいたい。君はずっとそうだったのか?」

「そうだったって?」

「三流だったのか?」

エマは彼を見つめ、瞬きをした。「いいえ。大物《ビッグ》・仕事《ゲーム》を狙う仕事に六回かかわって、ちょっとした貢献をしたわ」そんな言葉が自分の口から出てきたことがショックだった。罪を告白してしまったのだ。そればかりか私の言い方には相変わらず、この場にそぐわない、あのちょっと誇らしげな響きがあった。ビッグ・ゲームに携わったことがある者は少ない。ビッグ・ゲームは信用詐欺の最たるものであり、これをやり遂げるには、資金と経験と腕がいる。ザックはその腕を持っていて、ゲームを仕切っていた。そして、最後の勝負で、危うく仲間を全員死なせそうになった。彼らの大半が逮捕され、人が撃たれるのを目の当たりにした。エマも撃たれた一人であり、ザックの妹は監獄で亡くなったのだ。

「ビッグ・ゲーム？」

どうしてこんな話をしているのだろう？　彼の目がいけないんだ。この聖職者のような目が。その目は、ただひたすら相手に集中し、ヨブのようなとてつもない忍耐、聖人の理解力を持ち合わせていることをほのめかしている。何の判断も示さないが、その一方で、こっちは何でもお見通しだ、だから、君も真実を話したほうがいいと暗に語っている。

真実。じゃあ教えてあげる。信用詐欺なんて愚かなことよ。プライドだけでやってたの。詐欺に魅力なんか何もない。魅力があるんじゃないかと思っている人に詐欺の話をするのは、ロンドン塔にやってきた観光客に、ここで女王と大主教と伯爵がひざまずき、首をはねられたんですと説明するようなもの。

「ビッグ・ストアとか――」エマは説明した。「電信屋《ワイアー》とか、いろんな言い方をするんだけど。何かとややこしいし、たいてい、人をたくさん使ってやるから、ものすごく危険な仕事になってしまうのは避けられないの。人はちょっとした額でも、お金を失うと動揺するものでね、大金を失えば、あからさまな殺意を抱くのよ」エマは首を横に振った。「私はもう足を洗っているし、それを嬉しく思ってるの。あれは気が滅入るような生き方だったから。もう十数年、やってないわ」

だが、彼の表情は変わっていた。体をまっすぐに起こしているし、彼の興味をすっかり失わせることはできなかったらしい。「ロンドンか」彼はまたエマの言葉を繰り返した。「さぞ刺激的だったんだろうな」

「そうでもなかったわ」エマはそう言って、あきれたように目を上下に動かした。

これがめったに笑わない彼を、また笑わせることになった。素っ気なく、ふっと短く笑っただけだったが。「それで、再開したってわけか。僕をカモにして」彼は首を横に振り、「ねえ」と、話を切り出した。「君も知ってるだろうけど、叔父が僕の家からいくつか物を持ち去ってしまって――」

ああ、例の叔父さんか、とエマは思ったものの、今度は早々と首を激しく横に振った。さすがのマウント・ヴィリアーズも口をつぐむだけの分別はあったようだ。私に何をしてほしいか、いつまで説明したって無駄よ。私にはまったく関係のないことだもの。無言の拒絶だけでは不十分かと思い、エマは強い口調で言った。「私はそんなことしませんから。できないの。もう二度とやるもんですか。絶対に。一〇〇万ポンド稼げると言われたってやらないわ」

エマは動じることなく彼の視線を見つめ返し、私を操ることはできないのよ、と相手にわからせようとした。私は本気で言ってるの。一〇〇万回訊かれたって、答えはノーよ。

「仕方ないな」

エマはほっとため息をついた。私は彼に立ち向かった。そして、事は上手く運んだのだ。

そのとき、彼がベッドから跳び下りて前に進み、彼女の両腕をぐっとつかんだ。エマがびっくりして途方に暮れていると、彼は彼女を横に連れていったが、その動きは実に素早く、エマは倒れないようにするので精いっぱいだった。すると、あの香りが再び漂ってきた。東洋風の香りだ。ほのかな柑橘系、レモンのような香り。ベルガモットかもしれない。本当にかすかな香りで、その正体を言い当てることはできなかったが、とても気持ちのいい、男らしい香りだった。さわやかな香り。これが彼の香り。あの外套のように上品で洗練されている。だが、そんなこととはまったく対照的に、彼はエマを腕で抱え上げ、彼女はつま先立ちで床に足をつけていなければならなかった。

「いったい何を――」エマは逃れようとして身をよじった。

しなやかで柔軟な手足を持つ、ロンドン住まいの男性が彼女をがっしりつかんでいる。いたって冷静に。だが、彼はエマを回転させ、後ろ向きに歩かせながら、自分の首に手をやり、絹織物《フーラード》のクラヴァットの結び目を解いた。ぐいと引っ張ると、布地がかすかな音とともに、のりの効いた白い襟の折り目をすり抜けていく。そしてクラヴァットははずれ、彼につかまれたまま、だらりと垂れていた。

「ああ、やめて!」エマはそれがどういうことか理解し、もがき始めた。

頭を突き、体を引き、前かがみになって体を二つに折り、自分をつかんでいる彼の手から逃れようとしたが、何もかも無駄だった。彼のつかみ方は、毛を刈り終えた羊に熱したタールで印をつけるときのエマの手つきとなんとなく似ていた。二人は本気で格闘しており、互いに譲らなかった。力が足りないエマは、それを補おうと、身をくねらせ、もがいている。

最後までろくにものが言えず、エマは先ほどとまったく同じ言葉を何とか口にした。が、そのとき、彼が椅子を乱暴に引っ張り出してきた。部屋の片隅に置いてある書き物机の下に押し込まれていた椅子だ。彼がエマを強く押してそこに座らせたとき、「いったい何を――」という言葉は、彼女の混乱や恐れをまったく表現してはいなかった。

本当に、いったい何をするのだろう？　次の瞬間、それが明らかになり、この勝負は全面的にエマの負けであることもはっきりした。

「大きな声を出すわよ」手首を後ろに持っていかれてしまい、エマは彼を脅した。

「どうぞ。州長官であれ誰であれ、助けにきてくれた人はきっとわかってくれるさ。盗みを働いたミス・マフィンだかピープだかを僕はおとなしくさせなきゃいけなかったんだ、とね」彼は再び素っ気なく笑ったが、エマはその笑い方がまったく気に入らなかった。「君を逮捕させるために縛りつけたんだとわかってくれる」彼はチッと舌打ちをした。「よくもあれだけの金を……。まったく、あ然としてしまうよ」

「そんなことしたら……うっ……」エマは、何よりも空気を吸おうと必死だったが、例のにおいばかりが鼻孔を満たしていた。というのも、正面にいる彼は、エマに覆いかぶさって両方の手を椅子の背の格子に縛りつけているところであり、彼女の頬と鼻が彼の胸にぶつかっていたからだ。彼はまさに、エマを椅子ごと持ち上げている状態だった。椅子は後脚二本に支えられてエマもろともぐらぐら揺れており、彼女の両脚は床から浮いていた。彼はエマを抱きかかえるようにしながら、クラヴァットを後ろに持っていった。

そして、そのフーラードをぐるぐる巻き、彼女の両手を椅子にくくりつけた。あっという

っていた椅子の前脚がバタンという鋭い音とともに床に下り、その勢いで彼女の口が閉じた。浮き上がった。彼はエマを前に倒した。

間の出来事で、気づいたときにはすっかり終わっており、彼はエマを前に倒した。浮き上がっていた椅子の前脚がバタンという鋭い音とともに床に下り、その勢いで彼女の口が閉じた。

彼がわきにどき、見えなくなった。

「こんなことして、クラヴァットがだめになっちゃうでしょう」エマはそばの壁に話しかけた。彼はどこにいるの？

右側のどこからか、ちょうどエマの目が届かないところから彼の笑い声がした。「魅力的なミス・マフィンにしては面白味のないせりふだ。いったいどうしてしまったのかな？」彼はそう尋ね、満足げに鼻を鳴らした。完璧ね。トラを鎖につなぎたがる悪党だわ。

「もう二度と、首にきちんと巻けなくなっちゃうわよ」エマは言い張った。

「僕の首には巻かないさ。君の手首のために取っておこう。僕らのちょっとした、特別なおもちゃだ」

エマは口元をゆがめた。彼は私を怖がらせようとしているだけよ。彼女は右を向いたり、左を向いたりしながら、肩越しに彼を探そうとした。それでも体じゅうに震えが走り、「おもちゃ」という言葉を振り払うことはできなかった。「こんなことしたって無駄よ。あの口座は使わないって言ったでしょう。もうたくさんなの。あれはあなたの口座よ。この先のことは、力になれないわ。何よりも、私は怖気づいてしまったの。やっと理性と分別を身につけたのよ」これはとても筋が通っているように思える。人の話をちゃんと聞いたらどうなの？

背後に彼の気配を感じた。何やらせわしげな様子だ。片方のブーツの先がちらっと目に入り、彼が片膝をついてしゃがんでいるのがわかった。押されたり、引っ張られたりする感覚があるのは、彼が格子にクラヴァットをしっかり通して巻きつけ、クリスマス・ディナー用のガチョウをひもで縛るみたいに彼女を椅子にくくりつけているからだった。それから――ああ、なんてひどいことを――彼の手に足を……泥だらけの長靴の足首をつかまれるのがわかった。

「うっ！」彼はまるでヘビをつかんでしまったかのように叫んだ。「こりゃあ、ひどい！」それから、すぐに長靴をぐいと引っ張って脱がせた。エマの足はいきなり長靴下だけになってしまった。事態はますます悪くなる。

彼はエマの片方の足をつかみ、次にもう片方をつかんだ。だが、その前に何か見つけたらしい。それはほかでもない、彼女のペチコートのひだ飾りだった。というのも、周囲で縫い目がぷつぷつと一気にほつれていく音がしたかと思うと、彼が二枚目のひだ飾りを引き裂いているのがわかったからだ。彼はそれを使ってエマの左右の足首を椅子の脚に縛りつけた。実に美しく。

エマは冷静に受け流そうとしている。それでも、口を開くと、自分でもわかるほど声が変で、小さくなっていた。「やめて」それは間違いなく嘆願の言葉だった。「ああ、お願いだからやめて」

すぐ耳元で吐息が聞こえた。軽い吐息だ。彼が急に移動し、どこからともなく別の場所に姿を現したのかもしれない。その声は皮肉っぽくて、まともな言葉一つ発していなかった。

「はっ」エマの耳に、彼が息を吐き出し、ささやく声が聞こえた。「見事なもんだな。人から五〇ポンド巻き上げておいて、そんなのたいしたことじゃないとばかりに、かわいく許しを請うというわけか」彼はまたしても鼻を鳴らし、エマを苛立たせた。「今の気持ちをひと言で言うなら……ああ、これだ、おかされた気分だ」

　おかされた。その言葉はエマの体をこわばらせた。脚を大きく広げて椅子に縛られた状態でこんな言葉を耳にするとは、なんという間の悪さだろう。

　彼は続けた。「叔父が僕の物を取っていったと思ったら、今度は君が僕の個人口座に侵入してきた。もう、顎まで、目玉まで侵略されてしまった感じがする。僕のプライバシーは台無しだし、僕の人生はめちゃくちゃだ。なぜなら、他人が勝手なことをして――」

勝手。他人が勝手なことをしている。冗談じゃない。そんな言葉はこれ以上、聞きたくない。

　エマは口を開き、一か八か悲鳴を上げてみようと思った。だが次の瞬間、声は喉で引っかかり、彼女は突然、椅子ごと後ろ向きにひっくり返った。したたか床にぶつかる覚悟がかろうじてできたそのとき、がたんという音とともに目の前の風景が変わった。落下が終わり、一瞬、頭上に天井が見えたかと思うと、ばさっという音がして、視界が真っ暗になった。ドレスのへりが顔の上に落ちてきたのだ。

　逆さまになり、自分のスカートに邪魔されて目も見えない状態で、エマは激しく息をしながら、おびえて、なすすべもなくじっとしていた。椅子に載った体は宙に浮かんでいるようだった。それから、椅子は後ろにゆっくりと沈み、エマの背後と頭上で、椅子の背柱がカタッ、カタッと音を立てているのがわかった。椅子の背は床にぴったりくっついていたわけではなかったのだ。

そのあとは何も起こらなかった。エマが立てる音以外、何も聞こえない。脚を蹴り上げたり、もがいたり、顔からスカートをどかそうと、ふーふー息を吹きかけたりする音以外、何も。

5

エマは自分のスカートの闇の中でひっくり返っていた。椅子に縛りつけられた脚に靴はなく、ニッカーズと、左右のつま先に一つずつ穴が開いている灰色の履き古した長靴下がむき出しになっている。殺してやる、とエマは思った。ここにいる「ミスター勝手」が、愚かにも私をこの椅子から解放したら、彼を椅子に縛りつけて、火をつけてやる。

エマは激怒していた。もっとも、その主な目的は恐怖を寄せつけないことにあったようだ。彼女はものも言えず、恐怖におびえ、むかっ腹を立てながら、そこに横たわっていた。まったく、貴族院の議員がこれほど機敏に冷酷なことができるなんて、誰が想像しただろう？私を逆さまにして、なすすべもなく、ふいごのように息をさせ、頭がどうにかなるほど怖がらせたままにしておこうというのね？

さんざん蹴ったりもがいたりしたが、そのかいもなく、スカートの生地は勝手に頬を滑り落ち、エマの一メートルほど上にスチュアート・アイスガースの顔が現れた。まさに真上だ。「おかされる」話をしたばかりの男が椅子の脚のあいだに入っている。それは同時に、彼女の脚のあいだに入っていることにもなるのだ。スチュアートはエマの上で身をかがめて立ち、椅子の座部の縁に片手を置いて体重を支えながら、もう片方の長い腕を伸ばしている。それを見てエマは気づいた。頬に載ったスカートを下ろしたのは彼の指だったのだ。彼は、子供の顔から埃を払うように、慎重に指を動かしていた。

しかし、その後、指の動きには子供っぽさが一切なくなった。スチュアートの指は、そのままエマの顎の骨から首にかけての曲線をたどり、首筋にかかったドレスのへりをどけながら、鎖骨まで下りていった。彼は指先を目で追い、喉のくぼみにたどり着いたところでようやくためらい、一瞬考え、動きを止めた。ああ、ありがたい。エマは思わず身震いし、何かしゃべろうとしたが、結局、唇を濡らしただけだった。口の中がからからに乾いている。

彼の指が首から鎖骨にかけて残していった小さな道筋がわかる。とても温かな、独特な感触だ。太陽が虫眼鏡越しにつけていく道筋のような感じがする。

「君は――」スチュアートはようやく口を開いたが、例の穏やかなゆっくりとした話し方で、いったん言葉を切った。こんな状況では、それも少々恐ろしく感じられる。「なかなか脅すのが難しい女性だな」

エマは目をしばたたき、彼を見た。「あなたはものすごく上手くやってるわ。本当に。私を脅すことが目的なら、もうやめても大丈夫よ」

スチュアートが笑った。めったに聞くことのない心の底から出た笑い声ではあったが、今となっては、それを耳にしたところで、エマは彼のユーモアをまったく好きになれなかった。

彼は両腕をついて体を傾けており、体重を支えている両肩の筋肉が盛り上がってシャツが引っ張られていた。そのままもうしばらくエマの上に顔を浮かせ、またしても、あの怒りを静めるような目つきで彼女をしげしげと見ていたが、やがて完全に体を起こし、立ち上がった。ああ、彼はすごく背が高い。ここから見ると、頭が天井に届きそう。

スチュアートはしばらく途方に暮れ、僕は何をしようとしていたんだっけとばかりに二人の周囲を見回していた。だが、どうやらそれを思い出したらしく、後ろに下がった。

自分が作った作品をちょっと見てみよう。それが彼のしたかったことのようだ。エマは自分の膝越しに、彼が後ろに下がって窓台に腰を下ろし、レースのカーテンに背中をぴたりとつける様子をじっと見ていた。彼は胸の上で腕を組み、頭を傾け、この新たな角度から、動く能力を奪われた彼女を眺めている。

それから、彼が口を開いた。「君はわかっているのかな。僕はやろうと思えば君に何でもできる。無条件に何でもね。で、それに対し、君にできることは何もない」

「なんて面白い仮説なのかしら」エマは少し腹が立っていた。

「苦情の無駄遣いはやめたまえ。節約は得意なんだろう？」

エマは口をつぐみ、自分に言い聞かせた。ジョンの忠告に従いなさい。慎ましくしていなさい。でなければ、せめて黙っていなさい。

マウント・ヴィリアーズが再び笑った。自分のよこしまな性質を楽しんでいるのだ。「それに、僕が何をしようが、そのあと君を州長官に引き渡すことができるし、苦情を言うことだってできる。そうしたら、州長官は君をしょっぴいていくだろうね」嫌味な気取り屋が、心から同情するかのように首を横に振った。「我が国の法制度と、子爵という称号の背後にある権力はそのようなものなのさ。僕は子爵でいることを大いに気に入っているんだ。この話、したことがあったかな？　子爵の地位と一緒に、ありとあらゆる問題がやってきたにもかかわらず、戦うだけの価値はあると思っている。ところで、そのニッカーズ、気に入ったよ」

それは着古して色あせたフランネルの下着だった。ああ、ひどい。このうえまだ、私の下着をからかおうというのね。慎ましくしていなさい、慎ましくしているのよ。エマは相手をにらみつけ、言いたいことを我慢した。

「擦り切れてる」と彼は言った。「女性の神秘とは、どういうところだと思う？　すべてがわかるより、ちらっとわかるほうが神秘的と言えるんだろうな。ところどころ、透けて見えそうだが、そこが想像力をくすぐるんだ。そうだろう？」

エマは目をしばたたいた。「ち、違うわ」思わず言葉が漏れる。こんなところで、誰も何もくすぐるもんですか。いつの間にか閉じていた口もしっかり動いていて、ふと気づくと、白昼堂々、頭に浮かんだありとあらゆるののしり言葉がほとばしっていた。エマは、村一番の大ばか者のごとく、その流れをせき止めることができなかった。「役立たず、変人、ケチでろくでなしのペテン師――」

「まあ、まあ、落ち着けよ」スチュアートは、今度は大声で笑った。これでわかった。彼はそれほど憂鬱なわけではなく、大笑いをするまっとうな理由を必要としているだけなのだ。

「素晴らしいボキャブラリーだ、ミス・マフィン！　マザー・グースはそのことを知ってるのかな？（エマが使った偽名、モリー、マフィン、ピープはいずれもマザー・グースに登場する）」彼はもうおかしくて言葉が続けられず、あとはひたすら笑い、声をからし、頭を後ろに倒し、カーテンを揺らすしかなかった。笑い声は彼の胸の中で響いていた。低い音の合間に、さらに低いベースのスタッカートのような音が時々挟まって笑いが途切れ、そこで息継ぎをする。悪党の笑い方だ、とエマは思った。**いやなやつ、最低な男、本当にいまいましい**——。

　声に出して言っていたのだろうか？

　きっとそうに違いない。というのも、椅子がほんの少し浮いたのだ。どうやら彼が椅子のいちばん上の横木の下にブーツのつま先を引っかけて持ち上げたらしい。エマのつぶやきがぴたりと止まる。彼がにやにやしながら言った。「いまいましい子爵か。いいかい、忘れないでくれよ。君が誰の金を盗んだのかってことをね。それに、盗みの容疑で君を逮捕してもらえるのかと思うと確かに楽しい。例の口座を使って僕がもうちょっと金を手に入れれば、もちろん——」

　エマは首を横に振った。「ああ、いけないわ。本当にそんなことしちゃ——」

「なぜだめなんだ？　このやり方の醍醐味《だいごみ》がわかってるくせに。僕は自分が間違ったことをしているとは思えないね」スチュアートはなおもくすくす笑っている。「警察が僕を捕まえたとして、容疑はいったい何なんだ？　自分の小切手に自分のサインをしたことかい？　自分の取引銀行の支店に小切手を預けたことかい？」彼は、お手上げだろう、とばかりに両手を上げた。面白がっているらしい。だが、一瞬の間があった後、とてもまじめな顔で、また同じことを言った。これで少なくとも三度目に違いない。「もちろん、警察が誰かを逮捕するとすれば、それは僕じゃない。そうだろう？」

エマは目を閉じ、ぎゅっと口を結んでから、唇を濡らした。「私……自分で後始末をするわ。取った分は返すから。子羊のことはそんなに重要じゃないし」それは控えめな言い方だった。

冗談でも言われたかのように、彼が尋ねた。「子羊って？」

二人の目が合った。エマは目を大きく見開いている。そんなところにあるとは知らず、ウサギの穴にがくんと落ちてしまったかのように。

スチュアートも徐々にわかりかけてきたらしく、目を見開いている。彼がぴくっと体をそらせた。嫌悪感の表れだ。そして組んでいた腕をほどいて両わきに垂らすと同時に、エマの椅子が再びごとんと落ちた。彼がまっすぐ立ち上がったのだ。その顔に、すっかり理解したぞという表情が広がった。その様をたとえるなら、頭上の雷雲が突然稲妻に照らされ、異様な光が暗い田園地方に一気に広がっていくといったところだ。

「君はあの羊飼いだな！　五六ポンド！　気づくべきだった！」

一種の激しい怒りに突き動かされ、彼はブーツのかかとを鳴らして前に進み、エマの頭上にそびえ立った。

そして一八〇センチ以上高いところから彼女を見下ろして言った。「一一〇ポンド出すと言ったのに、なぜ受け取らなかった？　こっちは、五〇ポンドも出すわけにはいかなかったんだ。君は本当にばかな――」

「出せたに決まってるわ。だって、あの馬車一つ取ったたって――」エマは指摘した。

「あれは叔父の馬車だ。僕があいつから取り上げたんだ。叔父は僕の金であれを買って、紋章を描かせてたんだよ。それに金は半ペニーに至るまですべて裁判にゆだねられ、動かせなくなってしまった」

「馬車を売ることもできたでしょう」

「だろうね。で、歩いて移動することもできたし、馬車の修繕を担当している人間を全員クビにすることもできただろう」

エマは骨の髄までエマだった。きっと、あとで「正気ではなかった」と思うのだろうが、彼女は床の上から異を唱えた。「それに……それに、あなたのお屋敷、あんな改築工事までやって――」

「後払いさ」スチュアートはわきへそれ、落ち着かない様子でそこらを歩き回った。「全部、後払いでやってるんだ。僕は体面を保つための手段を考えようとずっと頑張ってきた。そうすれば、僕の称号が持つ力、将来性を担保に貸付の契約ができるからさ。だから自分のものになるべき称号があるなら、僕は弁護士を大勢雇ってでも勝ち取らなければならなかった。僕らは訴訟を二つ抱えていたし、ある時期はそれに加えて紋章院との問題もあったんだ」

「よく弁護士を雇うお金が工面できたわね」

「金は最後に払うことになってる。皆、僕にはそれだけの力があると確信してるんだ」

そりゃあ、あるでしょう？　ああ、いまいましい。イングランドの貴族がわずかな現金も扱えなかっただなんて。彼は嘘をついてるんだ。そうよ、そうに決まってる。でも、彼と対決し続けるのはちょっと愚かなことかもしれない。彼は自由の身で、数センチ以内のところでうろうろしているのに、私は彼が歩き回る三角形の頂点にはりつけられているのだから。

こんな男、悪魔に食われてしまえばいい。何だかんだ言ったって、借りは返せたはずじゃないの。見てよ、そこのベッドに置いてある彼の外套。これだって証拠の一つだわ。「五〇ポンドぐらい、その気になれば都合つけられたでしょう」エマは譲らなかった。

「まったく」スチュアートはそう言って急に立ち止まった。ああ、口をつぐんでいればよかった……。彼はエマのほうに身をかがめ、再び彼女の顔に向かってしゃべりだしたが、今度は先ほどと逆さまの、もっと近い位置で体を二つに折り曲げていた。「三軒分の家財をトランクに詰め込んで、ロシアから遠路はるばる旅してくるのに、近ごろじゃ、いくらかかると思ってるんだ？　それに僕は、ここに着いたら金が手に入ると思っていた。まさか一〇〇万ポンド近い遺産に手もつけられないとは思ってもいなかったのさ。今日になってもまだだめだ。つまり、まとまった金額はそう簡単には動かせないんだ。もっとも、君のおかげでようやく手にできたがね。感謝しているよ。とにかく、金を手にするには、紋章院と一週間もかけて連絡を取り合わないといけない。というか、先方がそうしろと言ってる。僕は今なおそんな面倒なことをしなくちゃいけないんだ。それに、金には手をつけられないのに、言い訳が並んだ手紙を山のように渡されたあげく、一八の地所と五七人の召使を引き受けることになるとは思わなかった。やり繰りしていく金なんか一シリングもないっていうのに。悪夢だ。僕は何もかも解決したとずっと思っていた。だが、ここでまたどんでん返しさ。今週から、ヨークの例の銀行に差し止め命令が出されるんだ。これで僕は、いかなる場合も、一度の取引で一〇〇ポンド以上の金は引き出せなくなる。僕の弁護士がある仕立て屋と話をつけるまではね。まったく、信じられん。叔父はその仕立て屋に一七二二ポンド六シリングもつけがあるんだ。そのせいで、こっちはドゥノード城のお抱えフランス人シェフが受けるべき報酬を支払えないんだよ」

シェフに支払う？　彼の料理人ってこと？　彼は料理人にお給金を払えないの？

スチュアートが続けた。「それに、五七人の召使の中には、僕が連れてきた二〇人は含まれていない。彼らをどうすればよかったんだ？　見捨てるのか？　彼らのほとんどは、僕がイングランドを出たときからずっと一緒にいる人たちで、世界を半周して、またここに戻ってきたんだ。僕もばかだったよ。ちょっと安心してたんだ。手持ちのルーブルが五万ポンドにはなるだろうと思ってたんだが、とんでもない。今、ルーブルは嫌われてる。為替レートはどん底さ。なぜなら、イングランドは、自分たちをマルクス主義者と呼ぶ新しいグループにびくびくしてるからだ。それでも、とにかく僕はルーブルを交換した。大損だったがね。物事が滞らないようにするためにそうしたんだ」

スチュアートはしばらく言葉を切り、一息ついてから言った。「まったく、どうしようもない。身動きが取れないんだ。大金持ちの男が、二つの海を渡って三軒分の家財と人間を引越しさせるはめになり、さらに一八の地所を持つことになったものの、政治や為替レート、イングランドにある僕の金と財産をかすめ取っていった叔父のせいで、いわば、手を後ろで縛られた状態だ。おかげで借金はどんどん膨らんで、いまだに全額を返済できずにいる」彼は両手を上げた。「自由にしてやろうか？　君は運がいい。椅子ごと窓から放り出されずに済んでるんだからな。羊だって！」彼はくるっと体の向きを変え、ゆっくりした足取りでそこを離れた。おそらく気持ちを落ち着かせようとしたのだろう。

そうよ。あなたは落ち着く必要があるわ。エマもふーっと息を吐き出した。やれやれ。

しかし、話はまだ終わったわけではなかった。彼はその辺を一回りしただけで戻ってきて、少し曲がった――妙に魅惑的な上向きのアーチを描いている――長い指を突き出し、エマの顔に向けた。「それに君だ！　銀行が実際に出してくれそうな額は残り一四七ポンドになってしまったというのに、今度は君だ！　君が僕を追いかけてきた。こっちは、一人の人間が使い切れないほどの地所と、そこで働く七七人の召使を抱えているし、皆、僕に面倒を見てもらえるものと思っているし、もうすっからかんさ。それでも、僕の財政は数千ポンドの貸付を受けられるほど健全だと、このイングランドじゅうにわからせようとしてきたんだ！」

彼の怒鳴り声が大きくなり、エマは少々希望を抱いた。誰か声を聞きつけた人が、隣から助けに駆けつけてくれないかしら。お願い、どうかそうして！

こんな光景、見たくない。スチュアートはますます激高していく。床をこつこつ鳴らしながら、エマの頭の上を通り過ぎていく。エマにはそのブーツがよく見えていた。足にぴったり合っていて、黒くて張りのある、とてもしなやかな革。ばかばかしいほどいかめしいブーツだ。今となってはそう思えてしまう。彼は私を殺すつもりなのだろう。本当に、窓から放り出すのだろう。いや、ひょっとすると、この奇妙なブーツで蹴り殺すつもりかもしれない。ブーツは前側のほうが後ろ側より少し高くなっていて、膝を数センチ覆っており、最上部に房飾りがついている。膝の裏の部分が少し切り取られているから、これなら脚を自由に曲げることができる。ええ、彼はこのロシア風のブーツで、私を本気で蹴るかもしれない。

「僕がしたことは何一つ、君をひるませなかった」スチュアートはベッドの支柱のところで体を回転させた。「何一つ、君を満足させなかった。僕は君を追い払うことができなかった。しつこいんだよ！　なぜ、あの一〇ポンドを受け取らなかった？」彼は再び尋ねた。

「私……私……」なぜ受け取らなかったのだろう？　「わからない」エマは目をしばたたいた。「もう、それでいいわ。もし、解放してくれる気があるなら、一〇ポンドいただきます。本当よ。それで、出ていきますから、閣下」この人はまともじゃない。間違いなく、頭がおかしい。

彼はまた怒鳴り散らした。「君がおとなしくしているとは思えない！　信じられるもんか。君を窓から落として、州長官には、君が自分で飛び下りたんだと言ってやるよ」

「だめ、やめて」エマは椅子の背の横木に頭を載せたまま、首を激しく横に振った。「床の上ですごく満足。とっても快適よ」

変人。怒りっぽくて、乱暴で、すぐ言葉につかえて、浪費が大好きな変人。骨の髄まで不誠実で、ひょっとすると暴力的なのかもしれない。神様、どうかお助けください。エマは彼をじっと見上げながら思った。いや、実際には、彼が再び大またで通りかかったので、ブーツを見上げたのだ。ここにいるいまいましいスチュアートはいかれている。脚が長くて、立派な服装をしていて、ものすごくハンサムで、頭がよくて、教養があって、ひょっとすると世の中を救おうとしている、あるいは、せめてその中にいる七七人だけでも救おうとしているスチュアートは頭のたががはずれている。

そして、よくある言い方をするなら、エマは彼の手中にあった。すっかり罠にはまり、擦り切れたフランネルのニッカーズまで彼の手中にあったのだ。

スチュアートはずっと窓のそばにいた。エマに背を向け、おそらくカーテンの向こうを見つめているのだろう。体の前でまた腕組みをしているらしく、広い背中がたっぷりとしたシャツをめいっぱい膨らませている。黙っていよう。彼が体勢を立て直しているあいだ、エマはそう思った。だが結局、沈黙に耐えきれなくなったのは彼女のほうであり、彼の言い分を認める言葉が口をついて出てしまった。「たぶんあなたは……」エマはためらいがちに言った。「私が思っていたよりも、ほんのちょっと厳しい状況にあるのかもしれないわね」

スチュアートは振り向きもせずに言った。「おかげさまで」さらに一分ほどたってから、彼は体をひねり、肩越しに、エマの膝頭のあいだからのぞく彼女の顔を見下ろした。「どうして子羊一頭に五〇ポンドの価値があるんだ？」それは率直な疑問だった。

彼の悲しげな目。エマは同情を禁じ得ず、胸が痛んだ。「とにかく、椅子がひっくり返ったままで、こんな話、できると思う？　手がしびれそうなのよ」

一瞬、スチュアートが機嫌を直し、椅子を起こしてくれるのだろうと思った。というのも、彼が向きを変え、近づいてきたからだ。ところが、彼はただ、椅子の脚のあいだ、つまりエマの脚のあいだにまともに入ってしまっただけだった。そして木の座部に手のひらを押しつけ、彼女の腰を挟むようにして身をかがめた。彼は複雑な難問を目にしたかのように、眉間にしわを寄せてエマの顔を見下ろしていたが、やがて彼女の頭の真上で言った。「手は腰の後ろで縛ってある。背中をそらせてごらん。君はこれ以上ないほど楽な姿勢を取っているんだよ」

エマは口をゆがめた。「これまでも、たくさんの女性を縛り上げてきたのね？」

スチュアートは、どういうつもりだったのか、片方の眉をすっと上げた。

「あなたって、ちょっとおかしいんじゃない？」嫌味な気分になっていたエマは、当てこすりを言って、彼に罪悪感を味わわせてやろうと思った。厄介な財産を手にしてしまった悲しげな目の持ち主についほろっとして、彼を気遣う気持ちが心の中にふつふつと湧き出ていたが、あれは見当違いだったと思い、その泡をつぶそうとしたのかもしれない。

だが、彼の性的嗜好にとげのある言葉をぶつけるのも、おそらく最善の策ではなかったのだろう。彼は思案するようにエマを見下ろした。「それは何とも言えない」そして真剣な面持ちで本当に質問に答えたのだ。「法律上ってことかい？　明らかにおかしいだろうな。でも、頭のいかれた人間をさんざん迫害してきた我が国の法律も、今じゃ、過去の罪の意識にさいなまれているからね。僕は我々のような血筋が繁殖してこられたことに驚いているんだよ（一九世紀前後、精神疾患者の人権を尊重する動きが生まれ「無拘束の原則」が確立された）」彼はかすかに、にやっと笑った。「君とこんな話ができるのは実に喜ばしい。それで、君は何がお好みなんだ？」

エマの舌はどんどん膨らみ、口の中で動こうとしなかった。

スチュアートが言葉を続ける。「僕の場合、性的嗜好の対象は限定されていないんだ。どうやら、いつも決まったタイプに惹かれるわけでもないらしい。好き嫌いなく何でも楽しく食べられる人っているだろう。僕の欲望はたいがいそんな感じだな。ただし、いい食材ならね」最後のひと言がおかしかったらしく、彼は再び片方の眉をすっと上げ、「いわゆる面白い人ってことだ」と言い添えた。「僕の判断するところでは、快楽というものは、相手の女性、つまり、その人と僕との親密なつながりにより深く関与している。具体的な行為そのものよりもだ」彼は一方の肩を小さくすくめた。肩がかろうじて動いたといった感じだ。「もっとも、どちらかといえば具体的な行為のほうが好きだけどね」そこで思わせぶりに間を置いた。「で、僕らの相性はどうなんだろう？」

エマは目を見開き、口をぽかんと開けた。彼の偉そうな主張にすっかり憤慨し、それを隠すことができなかったのだ。それから、彼女は話題を変えた。「本当に召使が七七人もいるの？」

「だいたいね」彼は首を横に振った。「間違ってるよ。そんなに必要ないのに。叔父がたくさん雇いすぎたんだ。さらに、父が雇っていた人たちもいるし、僕が連れてきた召使もかなりいる。その数はどんどん増え続け、今や僕は、全員を抱えることになってしまったらしい。でも、これまでアイスガース家が雇ってきた人たちをクビにするわけにはいかないだろう。中には昔からずっと仕えてくれている人もいるんだ。ただ単に――」彼は急に話をやめた。一方の眉を上げ、丸みのある暗い目を大きく見開き、一瞬、うろたえた表情を見せる。クビにできない理由がわからなかったのだ。召使を解雇できない自分が腹立たしかったが、とにかく自分にはできそうにない。

そうなのね、とエマは思った。この人にちょっとした弱点があるなんて意外。ほかの点では悪党そのものなのに。

「私に何をさせたいの？」エマは尋ねた。

スチュアートはためらった。自ら縛り上げた女性の脚のあいだに立ち、身をかがめて下を見つめている。それから、彼が口を開いた。「言っただろう。叔父の件だ。さっき君は断ったじゃないか」彼はしばらく唇を嚙んでいたが、こんなことを言い出した。「もちろん、僕が考えていることは、君の決断をぐらつかせたはずだし、考え直す気になったはずだ。そうなんだろう？」

エマは何も言わなかった。恐怖が徐々に彼女を覆っていく。そんなんじゃない。もし、絶対にやらないと言ったら、彼は私をどうするつもりなのだろう？　私はただここに横たわって、彼をじっと待っていられるのかしら？

　スチュアートは、黙っているのは脈ありだと思い、彼女の顔に悲しげに微笑みかけた。「今の時点では、相変わらずはっきりしないと言わざるを得ないが――」小さく肩をすくめて続けた。「いったい君はどれくらい役に立つのかな」

　そこで再び黙りこんだ。彼女を一目見たら、何を話していたのか忘れてしまった、といった感じだ。彼の目は、エマの胸、スカートの前の部分、擦り切れた下着に包まれた太もも、いわば、彼があいだに楽々と立てるほど大きく広げられた太ももをざっと眺めた。それは二秒とかからない行為だったが、エマはあの銀行の前で彼が口にした言葉をはっきりと思い出した。彼の考えは、はっきりしている。

　スチュアートは続けた。「叔父のレナードが持っていってしまった物があるんだ」彼は再び気をそらされ、エマの体を素早く見渡した。まるで、そんなことはするまいと頑張っているのに、どうしても目がそこに戻ってしまうかのように。彼の露骨な関心には、彼女を無力にすることも含まれているに違いない。彼はそうしたいのだ。「で、考えたんだが――」彼はエマの顔のほうにゆっくりと目を上げ、片目をつぶってみせた。エマは再び、彼が漂わせる、まさに上流階級といった感じの尊大な態度をじっと見上げていた。「君に粘り強さと、回りくどい方法で正義を求める能力があるとすれば、僕らはひょっとすると――」

　ひょっとすると何？　いったいどういうこと？　彼は急にためらい、言葉を切ってしまった。

それから、椅子の座部を叩いて体を起こし、再び、さらに宙高くそびえ立った。彼はぼんやりした様子で言った。「ちょっと違法なことをする可能性もある。一か八かだ」

「女性を椅子に縛りつけるのもそうでしょう」エマが指摘した。いや、彼がためらったのには別の理由があるのだろう。口にしたくない理由が。

スチュアートは急に視線を動かし、エマを見下ろした。「泥棒を縛りつけるのは違法じゃないさ」こんな、心から侮辱するような言い方をされたものだから、エマは一瞬、頭を殴られたような気がした。私は無実の女性を思い浮かべていたのだろう。

ついに、彼は早口で一気に説明した。「叔父がヨークシャーの家から盗んでいった物を二つ、取り返したいんだ」

強盗をするの？　彼は叔父さんから物を奪う手伝いをしてほしいと言っているの？　けれども、エマは「家」という言葉を見過ごすことができず、つぶやいた。「あなたの〝家〟には部屋が四〇〇近くあるんでしょう」

スチュアートはうなずき、動じる様子さえなかった。「そのとおり。ドゥノードは僕がこれまで所有した中ではいちばん大きな家だ。とにかく、叔父はたくさんの物を盗んでいった。ほとんどの物についてはどうでもいい。でも、二つだけどうしても取り返したい。一つは非常に高価な物で、もう一つは、なぜそんな物を盗んだのか首をひねるばかりだが、小さな安物の装身具だ。僕にとってはとても大事な物なんだ。叔父は持ち出していないと言っているが、彼のところにあるのはわかっている。僕は二つとも取り返したい。できれば、たった一人の身寄りを刑務所送りにすることなく、彼の激しい怒りも買うことなく済ませたい。ただ取り返しただけでは、叔父は僕を追い回すだけだろう。これだけ複雑な事情があるから、助けが必要だし、君ならきっと、そのすべを心得ているはずだ。二人で――君は何て呼んでたかな？――ストアだかワイアーだかをやれるんじゃないかと思って――」

エマはびっくりして、舞い上がったようにぷっと噴き出し、笑いが止まらなくなった。

「君は怖がっていたと思ったけどね」スチュアートは彼女をじっと見下ろしながら、おどけた調子で言った。

「い、今は、ヒ、ヒステリーを起こしてるんだと思う……」エマは何とか言葉を続けた。

「無理よ」

「どうして？」スチュアートが体重を移動させると、ふくらはぎの上の部分が椅子の脚に触れ、エマの足首をこすった。「できるさ。君は僕の秘書を二人、追っ払っただろう？　一人は君の正体に気づく可能性があったし、もう一人に代わりを務められては困ると思ったからさ。君はあの日、銀行で書記の役割を務めたかった。だから、そのように仕組んだんだ」

エマはうなずいた。まだ笑いが止まらない。「そうよ。でも、率直に言って、私たちにはとてもワイアーやビッグ・ストアなんかできないわ。段取りをするのに何十人と必要だし、資金だって何百ポンドもかかるんだから」

スチュアートは困ったような顔をした。「じゃあ、別の方法にしよう。君は物事をでっち上げることばかり考えてるんだろう。わかってるんだぞ。僕はその犠牲者だったからね」

エマは首を横に振った。だめよ。また信用詐欺をやってくれだなんて、そんなこと頼まないで。もうやらないって前にも言ったでしょう。本気で言ったんだから。詐欺なんていけないことよ。危険だわ。それに、より大がかりな、より複雑な段取りという話になれば、やり方を思い出せるかどうかさえ定かではない。「私は……私はやらないわ……」

スチュアートは首をかしげ、エマが言ったことについて一心に考えを巡らせている。「金の問題なら、君が僕らのために用意してくれた口座から必要な分をもっと引き出してくるさ。いくらあれば――」

「とんでもない！　だめよ！　絶対だめ！　あなたはもう、たくさん引き出しちゃったし――」

「手伝う気がないと言うなら、わかってるんだな。僕は君を州長官に引き渡す。今日までに引き出した金額と、これは全部君の仕業だと証明できる点を考えると、君は一〇年、刑務所に入っていることになるだろうね」

「私は……私は……」エマは顔をしかめて彼を見上げた。「まじめな話をしてるのよ。冗談を言わないで」どうして、話をちゃんと聞いてくれないの？

スチュアートは椅子に覆いかぶさるように再び身をかがめ、座部の端を両手でしっかりつかんだ。「ミス・マフィン、ま、名前なんか何だっていいんだが、自分がどこにどうやって横たわっているのか、よく見てくれないかな？」彼は両肘を曲げて、さらに体を前に倒し、エマのほうに近づいた。エマが大きな暗い目をまっすぐ見つめると、その目は細くなった。

「冗談を言っているように見えるのか？　これのどこがおかしいって言うんだ？」

「わ、わ、私……刑務所には行きたくない」エマは嘘泣きをしようと思ったのだろう。だが、あまりにも突然、本物の涙があふれてきて、驚いてしまった。息が詰まり、しゃっくりが出る。本当に刑務所には行きたくなかった。本当に、絶対に、行きたくない。

　刑務所はザックの妹、ジョアンナが亡くなったところだ。刑務所。彼らがロンドンで詐欺をやめた理由はそれだった。法律ぎりぎりのところで行われる信用詐欺は捕まえるのが大変で、起訴するとなるとさらに難しくなる。というのも、被害者もゲームを仕掛けた連中と同じくらい、不正行為に深く絡んでいるからだ。しかし、いったん捕まって有罪ということになれば、判決は――ヨークシャーの羊に関する判決と似ているが――犯した罪よりも重くなる傾向があった。なぜなら、つかみどころのない犯罪者をようやく捕まえることができて、当局は嬉しくてたまらないからだ。ジョアンナは足をばたつかせ、叫び声を上げながら引きずっていかれ、短い訴訟手続きを経て重労働一〇年の刑を言い渡されたが、厳密にいえば一年三カ月の刑ということになってしまった。

「あの……刑務所に行かずに済むことなら、だいたい何でもやれると思うけど……」ああ、天にましますわれらが父よ、解決策が見つからなければ、私はスチュアートと一緒に、彼の叔父さんから物を奪うことになってしまいます。

　スチュアートは目をしばたたき、途方に暮れた顔をしていたが、また気をそらされたような表情を見せた。「本当に？」

「ええ」彼を納得させなくては。「もちろんよ」

スチュアートはちらっとベッドに目をやった。そんなつもりはない。彼は自分を抑えた。しかし、その瞬間、彼はそのことを考えていた。はっきりと。彼はその考えを振り払うかのように、かすかに首を横に振った。

「ただし、それはだめ」エマは急いで言った。後頭部を椅子の背に押しつけ、すっかり警戒している。

スチュアートは、君はまったく誤解している、僕の目にそのような光は浮かんでいないというふりをした。

エマはスチュアートの機嫌を取ろうとはしなかった。「言っておくけど——」辛抱強く、はっきりと説明する。「私は……私は、お金やそのほかの理由で男性とベッドをともにしたりしないわ。自分《じ》が《ぶ》この《ん》人ならいいと思った場合でなければね」エマは生涯そうしようと決めており、自分の決断に誇りを持っていた。これまでそのような機会がなかったわけでもないし、もっともらしく正当化してしまえば事態が円滑に進まなくもない、という場面はいろいろあったのだ。たとえば今のように。

「たくさんの男と寝たってことか？」スチュアートはがっかりしているのではなく、好奇心をそそられているようだ。

「違うわ」それどころか一人よ。その質問について答えるとすれば、私の夫だけ。それも彼が健康で丈夫だったころの話だし、もうずっと昔のこと。だから一七歳の男の子としか寝たことがないも同然なの。エマは口を真一文字に結び、用心深くスチュアートをじっと見上げた。

「君は刑務所行きだ」そう断言したかと思うと、彼は再び体を起こし、両手についた埃を太ももで払い落とした。それから、エマを指差し「ここで待ってろよ」と言って、鼻を鳴らした。

冗談でしょ。手足を椅子に縛られ、床に逆さまに倒されている女に冗談を言ったに違いない。「笑わせないで」だが、彼が視界から出ていくと、不安でどうしようもなくなった。「ど、ど、どこへ行くの？ やめて！ ああ、だめよ――」

「州長官を探しに行っちゃだめ、か？ 当然の報いとして君をしょっぴいてもらうのはだめだって言うのか？」

「そうじゃなくて。いえ、そうよ。そんなこと――」エマはすかさず、むきになって言った。「警察に言うわよ。あなたが大金を引き出したってこと、言っちゃうから」

「そうしたら、そのかつらを見せるさ。警察は今日、君の姿を見ているし、ここの部屋番号を知っている。僕と結びつく証拠は何もない。僕はここで君を止めようとしているだけなんだよ、ミス・マフィン。そういえば、君の本当の名前は何なんだ？」

「エマ」

「エマ？」スチュアートが再び視界に入ってきて、頭上のとても高いところから逆さまに彼女を見下ろした。「素敵な名前じゃないか」彼はエマを観察した。本当にしげしげと眺めている。

　とうとうエマは顔を背けた。またしても、人間味というか、人と人とのつながりというか……彼に対して感じたくない何かを感じてしまう妙な一瞬が訪れ、その感情と戦わなければならなかった。

　彼が続けた。「そのほうが君には合ってる」

　そんなこと、よく言えるわね。エマは心の中でつぶやいた。それから、今度は声に出して「あの……叔父様の件で、一つ考えがあるんだけど」と切り出した。ああ、この窮地から抜け出せるなら何だってやるわ。

　スチュアートは顔をしかめた。しばらく沈黙が流れた後、彼は言った。「聞かせてもらおうか」

「あの――」最初は言葉が出てこなかった。こんな提案、したくなかったのに。「叔父様は、な、何を盗んだの？　金額は？」

「金で弁償させたいんじゃない。言っただろう？　そういう問題じゃないんだ」彼は肩をすくめた。「それに、僕の父親は残酷な男だった。弟である叔父が時々、その被害をまともに受けていたことは間違いない。レナードは何らかの称号で呼ばれる資格がある。ただ、それは子爵ではないし、欲深な彼がたまたま思いついた称号を手当たり次第につけていいということでもない」そのあとに続く短い沈黙は、金よりも二つの物を――そう、彼は「物」と言ったんだった――取り戻すほうがずっと難しいのだと語っていた。「レナードは否定しているが、あいつは、僕が到着する前にドゥノード城に行って、ある彫像を盗んだんだ。彼が持っていることはわかってる。僕はそれを取り戻したい。僕にとって大切な物なんだ。もちろん、ものすごい値打ちがある。それと、叔父は——」スチュアートが笑った。「実に変わった物も取っていったんだよ。僕の母親のイヤリングさ。母が身につけていたのを覚えている唯一のイヤリングでね。僕はどちらも取り戻したい。イヤリングと彫像の両方だ」彼は眉を上げた。「できるかい？」

「ええ」いいえ。そんなこと、わかるわけないでしょう？　でも今は、何でもいいから約束しておこう。もっともらしく聞こえるようにしなくては。「相手をつつ、い、て、まんまと乗せるっていう方法がいいと思うんだけど」

「つつく」、「まんまと乗せる」という二つの言葉に説得力があったのか、スチュアートはだんだん静かになった。慎重ながら、敬意を払っているらしい。エマは彼の気持ちをつかんだのだ。陰になった彼の目が、新たな関心をもって、上から逆さまに彼女を一心に見つめていた。

相手をつついて、まんまと乗せる。私にできるの？　そんなことがしたいの？　本当にそこが肝心なのよ。最初からやらない真っ当な理由はいくらでもある。一つは、最後に人をだましたとき、結局、四人が撃たれてしまったこと。エマもその一人だった。「ただ……つまり、その……私にはやるべき仕事があるの。うちの羊が——」

「今は誰が世話してるんだ？」

「近所の人よ。今朝は出かける前に自分で全部やってきたけど。それに、私はパンも焼いてるから――」

「僕のシェフの誰かにやらせればいい」

「村の人、全員分を焼かないと――」

「うちには新しいオーブンがたくさんある」

「それに、猫もいるし――」

「羊の世話をしてくれる人が猫も――」

「ほかにもやることが――」

「リストを作ってくれ」

「私じゃないとできないこともあるのよ」エマは譲らず、顔をしかめ、哀れを誘うような声を出して抵抗した。

だが、結局、彼は口を横に引いただけだった。「誰も君の代わりはできないんだよ、エマ」

エマ。二人は対等だった。二人とも、自分の利益のために、互いの名前を勝手に呼んだのだから。

「リストを作ってくれ」彼は繰り返した。「それで、さっき君が言ってたことをするのに時間はどれくらいかかる？　何て言ったかな？　相手をついて――」スチュアートはそこで言葉を切った。面白がっている。きっと人をつつくのが好きなんだ。「何をするんだっけ？」

「まんまと乗せるのよ。でも、それは彫像のほうの話」ああ、そうよ、撃たれるよりひどいことがいくつもあるわ。たとえば、あと一分、この椅子に縛られたままだったらどうなるか、とか。エマは彼に告げた。「イヤリングは別の方法で取り戻しましょう。彫像とは別に。私はまず――。あ、そうそう、叔父様は何がお好きなの？　美術？　株？　ギャンブル？」

「ああ、断然ギャンブルだ。あと美術。彫像を持っていったのはそういうことなんだと思う。両方好きなんだ」スチュアートは満足げに笑った。「それで、どれくらいかかる？」

この質問で、思い出したくもない記憶が突然よみがえった。一生、消えないのだろう、とエマは思った。一生……。人が撃たれ、友達が刑務所に入り、好きでもない故郷に私は戻ってきた。混乱し、腹を立て、罪の意識にさいなまれ、支離滅裂の状態で戻ってきた。新しい夫と、ぐらついていた結婚とともに。夫も結婚も致命的に、それでいて、外から見たらわからない程度に傷ついていて、完全にだめになるまでに一二年もかかってしまった、という感じがする。エマは黙ったまま、彼を思いとどまらせるための条件を考え、それを口に出して列挙した。「綿密に計画を立てて、叔父様を罠にかけて、上手く操って、彫像を持ってこさせるとして……」それと、この椅子と、この部屋と、この過ちから本当に解放され、スチュアートから解放されるまでの時間も加算された。「二週間」

「二週間！」彼は喜んでいる。「素晴らしい！　そのあいだに一度、羊の様子を見にいかれるかもしれない。汽車賃は僕が出そう」

エマは目をしばたたき、突然、気前のいいことを言いだしたスチュアートにあっけに取られ、目をしばたたいた。彼の楽天的なところがそうさせたに違いない。あるいは独裁的なところが。「たぶん、それは無理だと思うけど、ありがとう。もう自由にしてくれない？　ほとほと、うんざりしてるのよ」

「すべて僕が決める」スチュアートが言った。「仕切るのは僕だ」

最初、エマは彼が何を言いたいのかわからなかった。ここには二人しかいないし、そのうちの一人は、縛られて床に転がっているのだし、ほかに誰が仕切るっていうの？　ああ、そうか。彼は、私の指揮で叔父に罠を仕掛けることが不安になり、急に踏ん切りがつかなくなったのだ。

ここにいらっしゃる閣下は、やっぱり法律厳守がお好きということね？　彼もそうだけど、自分の地位や法律を巧みに操っている男性にとって、そこから逸脱した行為に出るのは、さぞかし不安なのだろう。ただ、そんなことよりも、「子爵でいることが大いに気に入っている」この男性は気づいたのだ。私と組んで事を起こせば、危険な目にも遭うだろうが、その場合、無事に切り抜けるすべを心得ているのは一人だけ。それは、ここに立って「仕切るのは僕だ」と言っている男ではない。エマは笑いたくなった。

スチュアート、あなたはなんて頭のいい人なの。

叔父さんをだます計画の指揮を私に執らせれば、二人の立場は入れ替わってしまうものね。いくら権力や富があったって、三流詐欺の心得という点では、スチュアート・アイスガースはまったくの無知。大物詐欺師どころかカモと言ったほうがいいくらい。彼はこれまで、まじめくさった顔を保つのにさんざん苦労をしながら、将来、何らかの形で返せるであろう完全に合法的な借金を重ねてきたのでしょう。片や私は、着飾り、洗練された都会的な人間を装って、彼よりも裕福で、頭が切れて、影響力のある人たちを誘惑して墓穴を掘らせてきたのだし、もっと若かったころは、少なくとも仲間として手を貸してきたの。そんな状況でカモのほうが有利な立場になるには、ちょっと破廉恥なことをすればいいというわけで、スチュアートはこんな椅子責めをしているのではないかしら？

叔父さんを陥れる方法を教えながら、彼をだますことはできると思う。それで、二人ともだましてしまえばいい。だからといって、そうしようと思っているわけじゃない。スチュアートは、もう裏切りはたくさんだ、みたいな言い方をしていたし。でも、やろうと思えばできる。叔父さんをはめるより、ほんの少しだけ手間はかかるだろうけど。**何を考えているの？ そ**

ああ、私ったら。エマはそこに横たわったまま、自分を戒めた。**そんなことをしたら何もかも崩壊してしまう。地獄行きだ。**

それでも、毒を食らわば皿までよ。ほかにやるべきことがあるの？

エマはうなずいた。ええ、最後までやってやる。**神様、どうかこの状況から抜け出せますように。それがかなったら、いい子にしていますから。ものすごく、いい子にしていますから。見ていてください。**

スチュアートが頭を傾けてエマを見た。とても形のいい頭だ。長身の体が立ち上がり、前よりもいくらか注意深く、幅のある骨ばった肩が後ろに引かれた。「本当にやるんだな？」彼はエマを見つめた。視線が上へ、下へと動いていく。信じていないのだろう。あるいは、下心を抱いた女性を自由にするのは気が進まないと思っているのか。

だがそのとき、椅子が上に向かって勢いよく弧を描いた。エマの頭が当たっている椅子の背の横木を彼がつかんで持ち上げたのだ。ああ、よかった!

起き上がりながら、エマが尋ねた。「銀行にはどう伝える気? あなたが引き出したお金はどうするの?」

椅子が止まった。が、椅子の前脚は地面についておらず、エマの足は相変わらず浮いている。スチュアートは、自分の胸の正面にある彼女の顔に向かって話しかけた。「とりあえず放っておく。勝手に犯人探しをさせておくよ」

「もっと引き出すの?」

「そうするしかない。君には悪いが、金が必要なんでね」

エマは息を吸い込んだ。銀行は私を探し出そうとするだろう。

「それに、エマ、気づいているだろうけど」彼が言い添えた。「僕が君よりも断然有利な点はそこなんだ」

エマは顔をしかめた。椅子がぐらぐらしている。上がるでもなく、落ちるでもなく、後脚でバランスを取りながら宙に浮いている。

「でも、口座の件はどうにかしてあげよう。僕らの仕事が無事に終わったらという話だ。しかも、おそらく僕の弁護士が、二週間は君が刑務所暮らしをしなくて済むようにしてくれるさ。たとえ銀行が君を見つけてもね」

違う、違う。私が想像していたのはこんなことじゃない。エマは苛立ち、眉間にしわを寄せた。体重を前に傾けて、椅子をまっすぐにしようとしている。「下ろして。椅子をちゃんと元どおりにして。私を解放して」

でも、あえげばあえぐほど、すべてが不安定になっていく気がする。彼女は後ろに傾きながら椅子の上でぐらぐらしていた。空中でシーソーをしている、といったところだ。しばらくのあいだ、彼が椅子をしっかりつかんでいるのかどうかよくわからなかった。

スチュアートはそこでバランスを取ったまま、彼女を見ていた。「ところで」彼はようやく口を開いた。「君は本当に僕を操れると信じているんだろう？　自分の思いどおりにできると思ってる。いったいどうすれば、そんな何の得にもならないことを考えなくなるんだ？さもなければ、僕らは二週間、衝突することになるし、そんなのは、まったく僕の望むところではないんだよ」エマが何も言わず、ただにらんでいると、彼は疑うように笑った。

「あなたは弱い者いじめをしてるのよ」エマはその笑いに向かって言った。

「そのとおり。よくわかったね」スチュアートは、君は大事なことを理解した、これで僕らの意見は一致したね、と言いたげにうなずいた。「しかも、いじめるのがとても上手いんだ。たぶん、朝食に好きな物を用意させるためだけに、君が一生かかっていじめる人数よりも、ずっとたくさんの人をいじめてきただろうな。その国の言葉がしゃべれなくたって関係ない」

エマの髪がぱさっと頬に落ち、彼は空いているほうの手でそれを払ってやった。指先だけではあったが、とにかく彼の指が頬に触れ、エマはなすすべもなく、ぐらぐらしながら、薄気味悪い、妙な感覚を味わった。思わず下腹部が持ち上がる。

スチュアートは穏やかに、優しくと言ってもいいほどの口調で続けた。「エマ、僕には権力がある。で、それを乱用するのは、ある程度、道理にかなったことなんだよ。でも君には権力がない。君がその事実を認め、これ以上、下手なことを考えなければ、僕らはもっと楽に計画をやり遂げることができるんだがな」

スチュアートの指の背が再びエマの頬をかすめた。今度は髪が垂れたからではなかったが。それから、彼は彼女の唇に人差し指の関節の部分だけをそっと滑らせた。彼の手は乾いていて温かい。エマはあまりなじみのない、奇妙な感覚にじっとしていた。興味を起こさせると同時に、ぞっとさせる感覚。興奮を引き起こすと同時に、当惑させる感覚。動けない状態で宙に浮いたまま、エマは顔を愛撫されていた。

スチュアートが手を下ろし、椅子はもうしばらくシーソーのように揺れていた。エマは自分が感じていることを整理しようとしている。唇が乾き、頬が燃えるように熱い。椅子に座ったまま体が弓なりにそり、神経がぴんと張りつめ、気持ちがひどく乱れている。恥ずかしいし、興奮しているし、激しい怒りを感じる。ほかにも様々な感情が湧き上がってきたが、とにかく、彼の行為が琴線に触れたことは隠そうと努力した。とはいっても、動揺はかくも激しく、何食わぬ顔をしていよう、無頓着なふりをしていようとすればするほど、顔全体がさらにかっかしてくるのだった。エマはスチュアートと目を合わせることができなかった。

「君は楽しい人だな」どういう意味にしろ、彼はそうつぶやいた。

すると、椅子が突然、勢いよく前に出た。最後まで浮いていた前脚が二本、不ぞろいな音を立てて着地したと同時に、エマの胃はよじれ、体には震えが走った。スチュアート・アイスガースは彼女の背後に回り、視界から消えた。

クラヴァットがぐっと引っ張られるのがわかった。ああ、ありがたい《ハレルヤ》！

次の瞬間、エマは必要以上にほっとしてしまい、それだけ自分は極度の不安を感じていたのだと思い知った。スチュアートはエマに覆いかぶさるように頭をかがめている。自由にしてくれるんだ！　よかった！　椅子の背のところで彼の指が、横木に編み込むように通したクラヴァットと格闘していた。ああ、神様、感謝します。

最初の部分の結び目が解け、縛りつけられていた手首が椅子から解放された。エマはさっそく体を前にずらし、背中を弓なりに伸ばした。肩と椅子の隙間にスチュアートが身をかがめ、クラヴァットをほどいているのがわかったとき、エマはほとんどうきうきした気分になった。椅子から解放され、もうすぐ完全に自由になれるだろう。自由。自由。途方もない代償を払うことになるかもしれないと恐れていたけれど、それも免れ、自由になれる。彼の性的な関心を寄せつけずに済んだのだ（それなのに、全身に鳥肌が立っているのがわかる）。刑務所にも行かずに済む（なんと、ありがたい）。だが同時に、彼がこんな卑劣な脅迫をしたことが少し癪に障ってきた。

結局のところ、彼がいけないのよ。私がやったことを十倍も大げさな悪事に変えてしまって、それをネタに脅しているのだから。こんなの、フェアじゃないでしょう？

エマは肩越しに言った。「あなたは私を脅しただけだったのよ。州長官に本当に引き渡すつもりじゃなかったんでしょう。だって、私は五六ポンドごまかしただけなんだもの。五〇〇ポンド盗んだ罪で私を刑務所送りにするなんて、間違ってるわ」エマは喜々として告げた。「あなたは意地悪をしただけ。私に仕返しをしようとしただけなのよ。素直に認めたら？」

なぜ、認めてほしいからって、こんなことを言ってしまったのだろう？

もちろん認めるわけがない。スチュアートの動きが止まった。

エマはそこに座っていた。腕は椅子から解放されていたが、相変わらず両手首にはもつれたクラヴァットがゆるく巻きついており、両足はまだ椅子の脚に縛りつけられている。悪魔の玉座だ、とエマは思った。私のような間抜けは、一生ここに座っていることになるのだろう……**間抜け、愚か者、ばか**——。

エマがそのまま自分をしかり続ける前に、スチュアートはもっと少ない言葉と労力で、はるかに効果的にあとを引き継いでしまった。彼は視界に入ってきたかと思うと、まん前にしゃがみ込み、彼女の顔をじっと見上げた。「ミセス——」一瞬の間。「ホッチ、キス」彼はエマの苗字を分けて発音した。あとから思い出してくっつけた、といった感じだ。「君の名前だ。確か、いろいろな書類や手紙にそう書いてあったと思ったが、合ってるかな？」

エマは目をしばたたき、唇を噛んだ。「ええ」

「違うな」スチュアートは自分の言葉を否定するような言い方をしたが、また同じことを言った。「違う。僕の個人的な口座に手をつける権利は君にはなかった。それに、僕はからかっているんじゃない。多少なりとも僕を怒らせたり、二人がたった今同意したことをきちんと実行しなかったりしたら、君の尻を引きずって警察に連れていくぞ。君がやったことは重大なんだ。僕の金を盗んだんだからな」

「自分のものだった分を取っただけよ」エマは顎を突き出した。

「失礼だが、法的には君のものじゃない。法的には、あそこにある、君のポケットに入っている金は僕のものだ」

「裁判で勝ち取ったお金だわ」

「いや、君は勝ってはいない。あの裁判はやり直すんだよ。まったく別の裁判所でね。今、しかるべき手続きが行われているところだ」

エマは苛立ち、顔をしかめた。「そんなの間違ってる。おかしいわよ。あんなところで、あなたと争えるお金はないわ」

「じゃあ、君は勝てない」

エマは突然、脚をじたばたさせ、椅子から無理やり離れようとした。「なんて卑劣な――」

「静かに。一つ言わせてもらおうか。君も大人だ。確かに、僕も同じ境遇だったら、似たようなことをしようと思ったかもしれない。君が苛立つのもわかる。ただ、それでも君は大人として、自分がしでかしたことの結果と向き合わなきゃいけない。他人の口座から金を盗めばどうなるのか、とね。ちなみに、それは窃盗罪だ。前にも捕まったのだとすれば重罪になる。今回は運悪く、もっと金をむしり取ろうとしていた相手に捕まったんだから、イングランドの刑務所で一〇年の懲役に服するはめになるだろうな」

エマは少しびくっとして、椅子に座り直した。打ちのめされた、といった感じだ。当然の報いだろう。たとえ本人が一七のときに学んだと思っていたとしても、あのときの教訓は、どうやら身に染みていなかったらしい。

スチュアートは続けた。「でも、そこまで落ち込む必要はないんだ。君は運がいい。何だかんだ言ってもね。今回は上手く逃げきれるさ」

前回も上手く逃げきれたけど、実のところ、あのときはあまりいい気分にはなれなかった、とエマは思った。血まみれで「逃げきった」のだ。こめかみと耳を撃たれ、確かに私は歩くしかばねだった。人があれだけ出血するなんて、しかもそれで死なないなんて、いったい誰が思っただろう？　でも、それさえ最悪の事態ではなかった。ほかの仲間は逃げきれなかったからだ。エマのほかにも三人が撃たれたあげく、逮捕され、全部で一〇名が警察に連れていかれたが、エマもザックも、ジョアンナは二人のすぐ後ろにいる、そう思い込んでいた。だが、そうではなかったのだ。「逃げきる」のは本当に、とんでもなく大変なことであり、文字どおり血まみれの大混乱だった。

スチュアートがさらに続ける。「力になってくれるなら、僕が守ってあげるから、大丈夫だよ。まさに望みどおりだろう。君は僕の期待に応えずに済めばいいのにと思っていたんだろうけど、正直なところ、そんなに難しいことなのか？　君はそのすべを十分心得ているように思えるが」

　エマは、彼のブーツのあいだにある床板に視線を落とした。あまりにも気が滅入って、ささやくことしかできない。「捕まったら、二人とも一〇年の刑を食らうのよ。これが前よりどれほどましなことなのか、私にはわからないわ」

「相当ましだろう。僕らは捕まってない。君は僕に捕まったけどね。さらに、大きな違いがもう一つ。法的にいえば、僕には君が取った分の借りはなかった。だが叔父は違う。あいつは僕らがだまして取り返そうとしている金を、実際に奪ったんだ。かなりましだし、かなりの違いがある。わからないのか？」

　漠然とした違いはわかる。こんなこと、被告人席から議論するはめにはなりたくないが。エマは首を横に振った。憂鬱そうな顔で、意気消沈している。

　そのとき、手で顎を持ち上げられた。スチュアートがしゃがんだまま前に出て、片膝をついている。顎をそれほど上げるまでもなく、二人の目が合った。「君は罠の張り方を知っているんだろう？　僕らは捕まらない。そういうことだね？」

「たぶん」エマは肩をすくめた。「そうだと思うけど」

「よし。じゃあ決まりだ」一瞬の間。二人は見つめ合った。スチュアートは何やら考えているらしい。そして、結論を口にした。「ただ、僕の主張をよく理解してもらわないとな。そうすべきだと思うんだ」

　エマは彼の目に釘づけになった。目は同じ高さにあり、真剣で、少し見開かれている。エマが思わず視線を下ろすと、しゃがんでいる彼のズボンは布地が引っ張られ、男性の興奮した部分の輪郭が目に入った。彼女はそんなところを見るほど大胆ではなかったが、この四〇分ほどのあいだ、彼は時々こうなっていたのではないかしら、と思った。最初からそうだったのかもしれない。エマは口をぽかんと小さく開けたまま、目を上げてもう一度彼を見た。スチュアートが目を合わせた。じっと視線をそらさず、あからさまに彼女を見つめており、それを隠そうともしない。エマの胃が再びよじれた。主張？　僕の主張をよく理解してもらわないとな？　主張って何？　そのズボンの膨らみのことではないといいのだけれど。

スチュアートが言った。「君は、僕にどういう仕打ちをしたか、ちゃんとわかっていないようだな。軽く考えてるんだ。そして、上手く逃げきろうとしている。だが、その前に、招かれてもいないのに、人様の領域に侵入するのがいかに悪いことか、僕が説明してやろう」

「結構よ」エマは首を横に振った。「必要ないわ！」

「静かにするんだ。君がか弱い人なら、こんなことはしないさ。でも、違う。それに、たった二分で終わる。二分なら、思いがけない場所でプライバシーの侵害をされても耐えられるだろう。ついでに言わせてもらうなら、僕はもう四カ月、耐えてきたんだ。叔父と、イングランドと、紋章院と、法廷と、弁護士のおかげでね。そして、今度は君だ」彼は不満を吐き出すように鼻を鳴らした。「もはや、僕にはおかされずに済むものは一つも残っていない気がするよ。少なくとも金銭的なことではね。どうやって給料を払うか、何を買うか、どこへ行くか、何かをするのにいくらかかるか、誰と会うのか、誰に何のために金を払うのか、そういったことすべてが、ことごとく影響を受けてきたんだ。でも、僕は事実を受け入れるべきだと思ってる。あまりにも疎遠にしていたから、父は僕が生きていることさえ知らなかった。今、こんな目に遭っているのはその結果なんだ。つまり、こちらに着くのが遅すぎたばっかりに、自分の肩書きと世襲財産に対する権利を主張するのに間に合わず、叔父に堂々といい思いをさせてしまったのさ。だから、君もこの特権にあずかるんだな。因果応報と不法侵入の世界へようこそ」

侵入？　だめ、だめ、だめ。エマは首を横に振り続けた。彼はそんなことしないわ。絶対にそんなつもりで言ったんじゃない。二分ですって？　男性が女性に無理やりそんなこと――。二分じゃ無理よ。できるわけないでしょう？　そうよ、ああいうことは二分以上かかるもの。というか、私の場合、きっとそう。じゃあ、侵入ってどういうこと？

私の選択肢は何？　椅子ごと彼に体当たりするとか？　そんなことして何の役に立つの？　エマは急いで体を引き、できる限り彼から遠ざかろうとした。そうしているあいだも、不安が体じゅうを駆け抜けていく。ガラガラ鳴り響く鐘のように。**どういうこと？　どういうこと？**　同じ疑問がこだまし、心臓の鼓動も激しくなり、そのリズムに合わせて胸壁が震えるほどだった。**どういうこと？　どういうこと？　どういうこと？**

スチュアートは手を伸ばす以外、何もしなかったが、それだけでも十分だった。エマは体をこわばらせ、息を殺している。ところが、彼はエマの頬に手を置いたかと思うと、下唇に親指を滑らせた。右に、そして左に。

エマは思わず反応し、唇を濡らした。一瞬、彼の乾いた親指に舌が触れ、先端に、インクのようなコインのような、ぴりっとした苦い味が残った。スチュアートは濡れた唇に親指を置いたまま、エマをしげしげと見つめている。興味深い新事実、あるいはジレンマを目の当たりにしているといった感じだ。それから、親指に軽く力を入れて唇を押し開いた。エマはされるがまま、抵抗はしなかった。彼の親指を味わい、滑りやすいように唇を濡らしてしまった自分にぞっとしていたのだ。それに——ああ、あきれた——彼女は自分を抑えていなければならなかった。さもなければ、また同じことをしてしまったかもしれない。

彼の親指をなめたい。なんて奇妙な感覚なんだろう。

今まで体験したことがないほど長い二分間になりそうだった。なぜなら、最初の一分間、スチュアートはただエマをじっと見つめているだけだったが、それがかえって彼女をぞっとさせ、ぞくぞくさせたからだ。何か性的なもの……ここには性的なものが漂っている。何もかもなじみがないけれど、うっとりしてしまう雰囲気がある。この雰囲気をどう見きわめればいいのかわからなかったが、彼女はほぼ確信していた。彼はやり遂げるのだろう。はるかに経験豊富な彼は、私をきわめて不利な立場に追いやったのだ。じゃあ、いったい彼は何をしているの？　私が嚙みついてくる可能性を考えているのかしら？

彼の親指が下唇をなぞり、曲線の下側をたどって顎の上のくぼみへと下りていくのがわかった。ちょっと歯を立ててみたい。エマはそう思い、実際にやってみた。彼が親指を再び上に滑らせたとき、歯の縁に肉が触れたのがわかり、それをくわえた。強くではなく、そっと、しっかりと。そして再び彼の親指を味わった。目を閉じ、指の縁に沿って舌を走らせながら。たちまち、スチュアートが指先を丸め、温かい手が片方の頰と顎を包んだ。一瞬、喜びがこみ上げ、エマはため息をついた。強い喜びに圧倒されて目がくらみ、しばらく何も見えなかった。

だめ、こんなことしてはいけない。次の瞬間、エマは唯一できる方法で彼の手を押しのけた。濡れた唇を閉じ、彼の親指を前に押し出したのだ。だが指はそこに残っていた。湿らせ、すぼめた唇の端でバランスを取りながら、キスをするように留まっている。互いの目が合い、二人はじっと見つめ合った。

そのとき——まったく意外で、期待を裏切るといってもよかった——彼のほうが息を吐き出して軽く笑い、緊張が途切れた。親指を引っ込め、それまでの態度と相反するように、半ば笑顔で、首を横に振りながら彼女を見ている。

スチュアートは相変わらずそこで片膝をついていた。顔を背け、後悔しているというか、自分をなじっているというか、その両方の表情を浮かべている。それから、これまでの言動をすべて覆すかのように、体を前に倒し、膝を伸ばして立ち上がった。彼の顔が近づいてくる。「本当は、こんなふうに君にキスしたいんだ。やらせてくれ」

やらせてくれ？　許可を求めているの？

もしそうだとしたら、彼は返事を待たなかった。手でエマの顔を導き、まともに唇を重ねてきた。混乱し、震えるほど慌てふためいている女性に唇を押し当てている。エマはそれを防ごうにもまったく手だてがないという、奇妙な状況にあり、一方のマウント・ヴィリアーズ子爵は彼女の口をふさいでいた。

彼が求めていたのは軽いキスではなかった。親指で再びエマの下唇を下ろし、口をそっと開かせ、濃厚なキスをした。親指は相変わらず彼女の下唇にあり、二人の濡れた口元で動き回っている。エマの顔は彼に包囲されてしまった。恐ろしい。でも心地いい。彼はエマの首の付け根の辺りで、もう片方の手の先を髪に突っ込み、うなじ、首、顎を包むように指を広げると同時に、両手で彼女の顔を挟み、キスを続けた。いまわしいほど、息もできないほど素晴らしい気分になり、エマはどうすればいいのかほとんどわからなかった。

だが、スチュアートの親指と舌はわかっていた。ああ、そうなのね。臆面もなく欲望をあらわにした、こういう燃えるようなキスを求めているのね。彼はありったけの情熱をこめて、人が見ていたら目のやり場に困るような官能的なキスをした。押し当てられた彼の唇に、エマはただただびっくりするばかりだった。口の裏側に、とろけるようなけだるい感覚だけが残っている。私は彼にこんなキスを許してしまったんだ。私もキスを返したのかしら? きっとそうに違いない。確かに彼女は口を開いていた。あまりにもあっけに取られ、ぼう然とし、引き込まれてしまい、なすすべもなかったのだが、その一方で、スチュアートの性的衝動を感じ取っていた。今、花開いている暗い衝動は、彼のそのほかの嗜好と同様、派手で、変化に富み、複雑だった。悪びれもせず情熱をあらわにする、独特な衝動。スチュアート・アイスガースが求めているのは、まさにこれにほかならない。自らの手で、しなやかに流れるように探求しながら、自分の欲望をひたすら極限まで満足させたかったのだ。女性の顔を巧みに操り、口の中に分け入り、惜しげもなくキスをしてやろうというのだろう。その女性を椅子に縛りつけたまま……。

次にスチュアートが求めたのはエマの太ももだった。というのも、手の甲がそこを漂っていたからだ。その手は膝のところで内側に入り、上に滑っていく。すると体の中で何かが光を放ち、エマはパニックに陥ったかのように、彼の口にあえぎに近い息を吐き出した。スチュアートは、恐怖に圧倒された小さな吐息を、文字どおり口の中でとらえ、一見、その反応であるかのように手を下ろした。よかった。

スチュアートは体を前に倒し、顔の向きを変えて再び濃厚なキスを始めた。それは小さな恐怖のあとに訪れた慰めだった。とても甘いキス。エマは打ち寄せるその感覚に身を任せた。男性にキスされるなんて、何年ぶりだろう？　思い出せない。こんなキスをしたことがあったかしら？　一度もない。スチュアートのキスは熱烈で、柔らかくて、力強かった。舌の上で溶けていく角砂糖と同じくらい甘くて美味しい。彼の舌は、これまで味わったことのない奇妙なやり方でエマの口に入り込んできた。差し込むのではなく、性交のまねごとでもなく、むしろ探索に近い。彼女の口の中が何か興味深いもので、その味、形、舌触りを確かめようとしている、といった感じだ。エマは再び彼のにおいを、あの柑橘系のぴりっとしたにおいをかぎ取った。それはかすかに香ってくるだけだったので、ただの石けんのにおいかもしれないと思ったが、やはりとても独特で、彼のにおい以外の何ものでもなかった。

スチュアート・アイスガースは、これまで出会った誰よりも五感に訴える官能的な男性だ、とエマは悟った。彼の感触といい、においといい、見た目といい、声といい、ああ、それに味といい。まるで、彼女の中にある、すべての感覚をひたすら魅了しようとするかのよう。人の家に勝手に入り込んで、ろうそくというろくそくに火を灯している、とっぴな侵入者といったところだ。

スチュアートの手は、いつの間にか膝に戻っていた。エマは一瞬、ちょっとしたパニックを覚えた。彼がそこをなでたのだ。親指が膝の内側をかすめ、カーブに沿って、そっと二回短くなでた。一度目は安心させるように。しかし、二度目になでられると体の芯の部分に一気に血が流れ込み、エマはほとんど息ができなくなった。脚が……ああ、どうしよう、私の脚が……。スチュアートがどれほど自分に近づこうとしているのかわかり、たちまち、自分がさらし者になっている気分になった。彼はこの手を、この親指をどこにでも置くことができるのだ。

スチュアートはエマの心を読み取ったのか、紳士的と言ってもいいほど、急に体を離し、しばらく体を横に傾けていた。彼女の脚を縛りつけていた布を片手でぐいと引っ張り、それをある程度、剝ぎ取った。まず右脚を解放し――ああ、よかった！――再び彼女の口元に戻って短くキスをし――それから、またしばらく離れてもう片方に体を傾けた。エマが自由になった脚を引き上げ、まっすぐに伸ばしていたそのとき、彼がもう片方の脚の布をほどいてくれた。だが、彼女を解放してくれたわけでも、立たせてくれたわけでもない。なぜなら、両脚が自由になった途端、彼はあの驚くべきキスをするために戻ってきたかと思うと、解放どころか、彼女を椅子に押しつけて動けなくしてしまったからだ。

次にわかったのは、スチュアートの手が左右の膝の下に入ってきたこと、彼がその手を滑らせてエマの脚を持ち上げ、太ももを自分の太ももに載せた体勢で椅子にまたがってしまったことだった。彼がさらに前に進んで二人の距離を縮め、互いの体がぴったりくっついた。彼をひっぱたいてもおかしくなかったかもしれない。たぶん。でも、何とも言えない。というのも、両手がまだ後ろで縛られたままだったから。とにかく最初は、彼に触れたことが――脚を大きく広げた自分の体に男性の体がぴったりくっついていることがショックだった。

スチュアートはさらに激しくキスをしながら、体を前に倒した。少しのあいだ、エマの両わきに彼の両腕があり、椅子の背柱をつかんでいた。彼は腰を曲げてエマに下半身を強く押しつけており、彼女はその部分の厚みを感じ取ってのぼせたような気分になった。何もかも妙に懐かしい感覚だったが、それがどういうものか、まだよくわかっていなかった。次の瞬間、スチュアートの片手が二人のあいだに下りてきて、彼女の腰に置かれ、腹部を守ろうとするかのように手の甲がさらに下に滑っていった。だが、彼はすぐに手をどけてしまい、これで二人を隔てるものは何であれ、まったくなくなってしまった。ただし、ある別のものを除いて。そこには見事な、そして力強そうな彼自身がむき出しになっており、エマにとっては、そのようなものが体に触れるのはとても久しぶりのことだった。

スチュアートは椅子に座って交わる方法を知っていたのか、それとも、その場で思いついたのか……。二人は交わろうとしている。そして、私はその行為を許そうとしている……。だめよ。エマは急に体を引きつらせた。後ろにある手はまだ自由になっていない。私は囚われの身……そうなんでしょう？　私は彼に身を任せようとしているの？　エマは唇を濡らし「やめて」と言おうとした。でも言葉が出てこない。やめてほしいんでしょう？　今ここで、そう言わなければいけないことは間違いない。ちゃんと考えなきゃだめと思いつつ、エマは決めかねている。だが、どうやら体の反応に頭が追いつかなかったようだ。

自分の中で何かがあふれ出し、火がつくのがわかったそのとき、硬くなった彼の先端がぶつかった。それはエマの体に沿って滑り落ち、彼女はたちまち、自分がどれほどその気になっているか認めざるを得なかった。彼は温かい手をそこで動かし、しかるべき位置に自分を持っていった。今ここで、はっきりいやだと言わなければいけないことは間違いない。**そう言いたいの？**

何を言うにしろ、もう手遅れだった。スチュアートは迷うことなく腰を素早く動かし、彼女の中に深く、激しく、自分を押し込んでしまった。しかもエマの体は彼を引き込み、のみ込もうとしている。

スチュアートの腕は再びエマの両わきにあった。彼女を抱きかかえ、椅子、彼の胸、温かみのあるスパイシーな香りに押しつけている……。力強く、たくましい肩が顔の上に浮いており、のりの効いたシャツのへりが鼻先をなで、エマはその味を口の中で感じていた。彼の腰が私の下にあり、私の中に彼がいる。とても大きな熱いものが疾走し……侵入してくる……すごい……。スチュアートは痙攣《けいれん》しているかのようにリズミカルな動きで彼女を突き上げていた。エマはすっかり満たされ、歯を食いしばって彼のシャツを嚙んでいる。それは数秒の出来事だった。数秒間――おそらく三回、スチュアートの体が深く、強烈に彼女を貫いた。片やエマも、侵入された瞬間、彼を包みこんで収縮し、ひたすら収縮し続けた。その感覚はどんどん強くなっていく。強く……さらに強く……。そしてついに爆発した。いや、内側に向かって破裂したと言ったほうがいいだろうか。エマの中であらゆるものが崩壊し、突き進み、動き回っていたが、それはもう何年も思い出せずにいた感覚だった。いや、ひょっとすると一度も味わったことがなかったのかもしれない。エマもスチュアートも不明瞭な声で、わけのわからないことをつぶやき、動物のようなうめき声を上げた。

エマが我に返ると、心臓が激しく鼓動しており、スチュアートがすぐそばにいた。二人の体はぴたりと張りつき、彼はまだ彼女の中にいた。

二分。二分かかったのだろうか？　きっとできたのだろう。二分ですることは完全に可能なのだ。

6

いったい、ここで何が起きたの？　エマの頭は理解することができなかった。私は……ひょんなことから……マウント・ヴィリアーズ子爵と……関係を持った？　椅子の上で？　両手を後ろで縛られて？

そんなことがあり得る？

この人のシャツの裾が外に出ていること、それをしまっている様子からすると……。答えはイエスだ。

スチュアートは椅子から立ち上がっていた。燕尾シャツの裾をたくし込み、手を完全に自由にしてやろうと、エマの体に腕を回してきた。そして、解放された瞬間、エマは腕を引き、彼を思いっきり叩いた。顔をひっぱたいてやるつもりだったが、向こうが素早く体を起こしてしまったため、手の端が肩をかすめただけだった。

「おい、痛いじゃないか！」スチュアートが体を引く。「そこまで悪くはなかっただろう」彼は肩をさすった。「ちょっと短かったけど、むしろ、刻一刻と天に昇っていくって感じだった。少なくとも僕はね」彼は顔をしかめて尋ねた。「椅子ではしたことがなかったんだが。

君はあるのか？」

椅子でした？　椅子だろうが何だろうが、この八年間してないわ。「あるわけないでしょう」エマはまたひっぱたいてやりたい衝動に駆られた。だが、相手も自分と同じくらい混乱した表情をしている。なので、それ以上何も言わず、肩を回してから腕を伸ばした。ああ、また手足が動かせるようになって、本当にいい気持ち。

だが、すぐにばつが悪くなった。下着が元どおりになっていることに気づいたのだ。彼が自分の上で身をかがめていたこと、彼の手が触れていたことを思い出すのに、少し考える必要があった。自分の目の前にいた男性が椅子からすっと離れたかと思うと、ズロースを元の位置に戻してひもを結び直し、そのあいだ、私はばかみたいに、じっとここに座っていた……。彼が下着をすべてきちんと元どおりに直したんだ。エマは自分の腹部に手をやり、確かめた。コルセット、コルセット・カバー、シュミーズ、ズロース、ペチコートがすべて、ほぼきちんと収まっている。スチュアート・アイスガースは英国人女性が身につける下着のややこしさを理解している。ザッカリー・ホッチキスは結婚してから一二年、一度もちゃんと着せられなかったというのに。

エマは目をしばたたき、今わかった事実を受け入れようとしている。

そこへ、スチュアートが片方の腕を後ろに回しながら尋ねてきた。「どうして、こんなことになったんだろうな？」彼は引き続き、身なりを整えながら、まごついた顔で、彼女の頭越しに椅子の背柱をちらっと見た。まるで、そこに答えが書いてあるかのように。

エマは鼻を鳴らした。「もう帰っていい？」

スチュアートは急にズボンから目を上げた。いちばん上のボタンホールと、開いた前立てに長い指を置いたまま、動きを止めている。どうやら、エマがひっぱたこうとしたことと、不満げにしていることを、今初めて結びつけて考えているようだ。「ちょっと、待ってくれ」被害者は僕だと言わんばかりの口ぶりだった。「あんなこと、私がさせたんじゃないと言うつもりじゃないだろうね？」

エマは手首をさすったり伸ばしたりするのをやめて、彼をじっとにらみつけた。「私がさせた？　こっちは手を縛られてたのよ」

「わかってるさ」スチュアートは首を横に振っている。笑ってさえいる。「これはまったく予想外だったな。君はちょっと変わったやり方が好きなようだね？」

「と、とんでもない。あなたが無理やり――」

「おいおい、頼むよ。あれは無理やりじゃない。僕はそんなことしないさ。君が望んだんだ。まさに君が言ったとおりにね。乱暴なんて、とてもできるもんじゃないよ」それから、目をしばたたき、笑いながら訂正した。「君がそうしてほしかったなら話は別だけどね」彼は例によって、眉をすっと上げた。「よからぬことを考えているのは君のほうなんじゃないのか？　いや、驚いたな」

「絶対に違うわ！」

「君はあれが気に入ってた。しまいには、ほとんど僕の肩に噛みついてたじゃないか。君は

――」

肩に噛みついてた。私が？　まさか。絶対にしてないわ。そこまで考えて、エマは唇を噛み、顔が熱くなった。というのも、そのようなことをしていた、時々していた可能性があると気づいたからだ。記憶がすっかりよみがえると、顔がますますほてってきた。ああ、そうだ、私はあんなに痙攣して、ぶるぶる震えて――悔しい、でも、本当に気持ちがよかった。ただ、あんなに早くいってしまったのは初めてだったし、さらに悪いことに、あの感覚がまだ完全には消えていない。自分の体が味わったばかりのこの感覚をどう呼べばいいのだろう？　その余波が、その名残がここにある。あのときの感覚がいつまでも残っていて、腹部が温かくなっている。流れるような、押し寄せてくるようなけだるさだけど、さっきよりも心地いい。しかも、どこもかしこも。でも、とりわけその感覚が強いのは骨盤の辺り、それに太もものあいだだ。

「噛みついてなんかないわ」エマはつぶやいた。

「ほら、ここ」スチュアートは眉を上げたが、その表情は面白がっているようでもあり、ばかみたいでもあり、やや苛立っているようでもある。「見てみろよ」まるで気分を害しているのはこっちだと言わんばかりじゃない！　なんてずうずうしい男なんだろう！　彼はシャツをぐいと引っ張った。いったんしまった裾をまた引っ張り出し、ボタンをはずし、肩を見せようとしている……。

「シャツは着てていいわ」エマは皮肉っぽく言ってやった。「そうね。私がさせたのよ。でも、またさせてくれるだろうなんて思わないで。私はそんなことしないから」この一回だけよ。でも、自分がそんなことをしたのがほとんど信じられない。しかも二人きりになった最初の四〇分で。そのうえ――今、私を本当に動揺させているのはこれだ――後ろ手に縛られて。あんなことをするなんて、何なの、この堕落ぶりは？

彼のせいよ。

いいえ、わかってる、私のせいよ。エマはうんざりしながら思った。ああ、やっぱり私はハンサムな男性がものすごく好きなんじゃないかしら？　そして、ここにいるスチュアートはそういう男性なのかも？　反逆者っぽいところがあるハンサム、悪党、ワル、はみ出し者《ブラック・シープ》でしょう。私好みの男性を集めたクラブがあるとすれば、ここでズボンのボタンに注意を戻している貴族院議員は、意外ではあるけれど、正真正銘、正式な会員なんじゃない？　彼はとんでもない悪党だ。私の知る限り、最悪のならず者かもしれない。

エマはゆっくりと立ち上がった。大丈夫だ。私は何ともない。いや、それ以上だ。あの、妙に温かい感触が骨盤のところにいつまでも残っている。下腹部が弛緩しているのがわかったが、それはある意味、もう何年も味わうことのなかった感覚だった。なぜかほっとしている。たぶん、恐怖からすっかり解放されたせいだろう。でも、だからといって、こんなことがしたいと思っているわけじゃない。「もう二度としないわ」エマは繰り返した。

スチュアートにじろじろ見つめられ、エマは目を背けなければならなかった。すると、彼の声がした。「残念だな。君はその話はしたくないんだね？」

「ええ」

エマが横目でちらっと見ると、スチュアートは不機嫌な顔をしながら、ズボンのボタンをはめていた。一瞬、片方の脚にかけていた体重をもう片方の脚に移すと同時に、局部をしかるべき位置に収め、この一件にさっさと終止符を打つべく「お好きなように」と言った。

「ほら」彼はエマの長靴の片方を投げてよこした。「それで、どんな計画なんだ?」

「計画って?」

「相手をつくってやつさ。まあ、言い方はともかくとして。今のでつ**か**れたんだとしたら、まんまと乗せられることになるんだろう?」スチュアートはそう言って短く笑った。人をからかってるのね。

「面白くもないわ」

エマは長靴を手に取り、床に座った。部屋に一つしかない椅子に再び腰を下ろすことなどできなかったのだ。黙りこくって長靴の片方を引き寄せ、続いてもう片方を引き寄せる。あまりにも気が動転していたせいなのか、それとも慣れない運動をし終えたばかりのせいなのか、泥だらけの長靴に足を突っ込むとき、筋肉が少し震えた。

「準備できた?」

エマが頭をぐるっと回すと、スチュアートが扉のそばに立っていた。手には、エマのコートと服、今着ている物とばかげたかつらを入れてきた小さな布袋、自分の外套を持っている。おそらく例の五〇〇ポンドも——ベッドの上にはもうなかったので——外套のポケットに入っているのだろう。「どこへ行くの?」

「僕の部屋で荷造りをして、それから屋敷に帰る。そこで、叔父をだますためにやるべきことを全部、詳しく説明してもらおう」

「やっぱり無理」エマは突然、合意したばかりの約束を実行できない明白な理由を山のように思いついた。「雄羊を見にいくことになってるの。スタンネル農場に。私、行かなきゃいけないのよ。そこの人たちが待ってるから」エマは嫌味な顔をしてみせた。「あなたの五〇ポンドで新しい雄羊を買うつもりだったの。前にいたやつはあなたに殺されちゃったから」

スチュアートはなるほどと言いたげにうなずいた。「スタンネル農場は遠いのかい?」

「ここから九キロ半ぐらい」

「一緒に行こう。僕の馬車で送っていくよ」

嬉しいことに、そう言われたおかげで、この話を進めるわけにはいかない別の理由ができた。「私、ラバを借りてきているから——」

「フットマンに連れていかせよう。どこへ返せばいい?」スチュアートはエマの物と自分の物を小わきに抱え、肩を扉にもたせかけた。白いシャツを着た、脚の長い長身の男性が、これ以上遅れるのもやむなしとばかりに待っている。

体にぴったり合った服のせいか、身のこなしのせいに違いない。あるいは上等な生地のせいなのか。とにかく何かある。というのも、シャツ一枚で、クラヴァットもつけず、乗馬用のズボンを黒いブーツにたくし込んでいるだけという、こんな質素な装いにもかかわらず、そこに寄りかかっている彼は、まさに本物の上流階級、洗練されたハンサム、目の毒と言ってもいいくらいだ。

エマは彼をじっと見つめた。本当にやる気なのね。私とマウント・ヴィリアーズ子爵と二人で。たった今、あんなことをした相手と——だめ、考えないようにしよう。もう終わったことよ。今を生きなさい。母がよく口にしていた言葉だ。あるいは、そのような意味のことを言っていた。エマ、おまえは夢ばかり見ているね。若いころ、母からよくそう言われたっけ。夢を見るのはおよし。話をでっち上げるのはおよし。だからそのとおりにしたのだ。現実的に考えなさい。エマは今、その言葉を自分に言い聞かせた。目の前の男性のことだけを考えなさい。その男性は叔父をペテンにかけるべく、本当に、実際に、エマをそのたくらみに引っ張り込もうとしている。

彼の質問に答えるのに、一瞬、心を落ち着けなければならなかった。スチュアート、スチュアート、スチュアート。エマは自分に言い聞かせた。心にもない敬意なんか払ってやるもんですか。昔ながらのやり方で、それなりの敬意を払ってやればいい。受け取れるものなら、それを受け取ればいいのよ。「そうね……ジョン・タッカーのところでいいと思う」今度はある程度、冷静に答えることができた。「場所はわかるの?」

「村に誰かいるんだろう? フットマンが人に訊いて見つけるさ。ほかに質問は?」

彼は私が時間稼ぎをしているとわかっている。それなら——これでいこう!——エマは二人がまだ検討していない、ひょっとすると動かしがたい障害となりそうな理由を思いついた。

「あなたは貴族院の議員の仕事に本腰を入れようと思っているんでしょう？　あそこで出世したいなら、叔父様を陥れるわけにはいかないわ。スキャンダルを起こすわけにはいかないのよ」

「まさかスキャンダルになるって言うんじゃないだろうね？」

「その可能性はあるわ」なんと、彼は政治的な野心を否定しなかった。この型破りな貴族は、貴族院で引き継いだ地位に本気で関心を示している。エマは小躍りしたい気分だった。一瞬、彼の弱みを握ったと確信したのだ。彼がこれまでにしたことだけを取っても、騒ぎを起こそうと思えば起こせるかもしれない……。

　そのとき、スチュアートが言った「参考までに聞いてくれ。議席に就くことに関して、僕はかなり真剣に考えている。ただ、復活祭《イースター》の休みが終わるまで、重大な討論は始まらないんだ。スキャンダルについて言えば、そんなものは願い下げだが、政治はきれいごとだけではないんだよ、ミセス・ホッチキス。僕はこれまで、トルコ皇帝《カリフ》の気まぐれ、ペルシアの儀礼、サンクト・ペテルブルグの皇室と上手くつきあってきたと思う。政治的策略に関して言えば、僕はイングランドのたいていの男より上手をやっている。スキャンダルぐらいどうにでもなるさ」そして、こう言い添えた。「でも、お気遣い、感謝するよ」

　笑わせないで。「あなたが何をしているか、ばらすこともできるのよ」

「やれるものなら、やってごらん。僕は違った言い方をするまでさ」

「あなたがどう言おうと関係ないわ。新聞が面白おかしく書き立てるもの」

「それは間違いない」

エマはスカートを広げて座ったまま両手で膝を抱え、体をゆっくりひねって彼と完全に向き合った。「皆、あなたのことを悪く思うでしょうね」

スチュアートが笑った。「もうとっくに悪く思われてるよ。僕のことを知らない人からも、一部の知り合いからも。それが何だっていうんだ？　それどころか、皆、喜んで自分たちの指導者は大胆不敵な男なんだと思ってくれるさ。事実が何もかも表ざたになれば、僕は一発で叔父と君の両方に仕返しをしたということで、人気者になる可能性さえある。僕がやろうとしている方法は、きっと僕を有名人にしてくれる」

政治家として、なんて素晴しいものの味方をするのだろう。素晴しいなんてもんじゃない。それ以上だ。たいした人だこと。「皆からどんな仕打ちを受けるか、怖くないの？」

「皆って？　誰のことだい？」

「世間とか、新聞とか。法律で罰せられないにしろ」

スチュアートは肩をすくめた。「自分の面倒は自分でみる。必要とあらばね。君はその証拠を目にしたばかりだろう。僕はしたたかな男なのさ。生まれつき冷酷というわけじゃない。でも、君も気づくだろうが、人から不正な扱いを受ければ、自分の身は徹底的に守る」

エマはまた鼻を鳴らした。首を横に振りながら立ち上がり、スカートの埃を払ったが、脚がまだ少し震えていた。全部この怪物のせいだ。「私を脅して楽しんでいたのね」彼女はスチュアートを責めた。

「そのとおり」見込みのある生徒がやっと理解してくれたかとばかりに、彼は白状した。「だから、そういうことなんだ。人を脅さなきゃいけないとすれば、僕は楽しんでやる。来るんだろう？」彼は再びドアノブに手をかけた。

エマは相変わらずそこにいた。完全に立ち上がり、彼をじっと見つめながら、また落ち着かない気分になった。

「エマ」扉のところにいる男性は、辛抱強いといっていいほどの口調で、彼女の取り乱した表情に答えた。「この世は、暗くて汚れたところなんだよ。君が見ているのは、上手く脚色された部分だ。人に不愉快な思いをさせたからって自己嫌悪に陥るなんて意味がない。そうするのがふさわしいと思えば、僕は自分がわくわくできるやり方で人を追い回す。人生の一瞬一瞬を楽しむ。これがモットーでね。たとえそれが汚いやり方だとしてもだ。行こう」彼はくるりと向きを変え、ドアノブをつかんだ。

エマは自分が「楽しむ」ため、動かなかった。

動いたのはスチュアートのほうだ。今度は扉を大きく開け、彼女が先に出てくれるものと思い、待っている。エマが動かずにいると、彼は肩越しに振り返った。どうやら当惑しているらしい。よし。

「来るんだろう？」

「いやよ」

スチュアートの眉がぴくっと上がり、顔が曇った。確かに、彼は人にばかにされるとすぐにかっとなる。

「嘘。嘘よ」エマは笑った。「行くわ。ちょっとからかっただけよ、ミスター・デモクラシー。あなたの言う〝楽しむ〟ってやつ」

エマは扉を通り過ぎながら、こう言いたげに、彼を見た。**ああ、あなたって、自分はひとかどの人物だと思ってるんでしょうね。**

だが、そのころには、彼はまた微笑んでいた。まったく動じず、穏やかな顔をしている。このときもまた、エマは急に頭を殴られたかのように、あのなじみのない、謙虚な気持ちに襲われた。気をつけなさい。この人の力が及ぶ範囲を見くびってはだめよ。いろいろな点で、スチュアートはありきたりの男性ではないのだ。

あの感覚。あの震えるような感覚。エマは忘れることができなかった。その痕跡が自分の内側にいつまでも留まっていたからだ。おかげで、手足は力が抜けたままだった。スチュアートと一緒に廊下を歩いていくときも、腹部が溶けてしまいそうだった。なんて奇妙な感覚なんだろう。とてもなじみがあって、それでいて、とても久しぶりの感覚。一瞬、エマの心はその感覚を思い出したくなった。だが、次の瞬間、どんな記憶であれ、そこから逃れたくなり、その感覚がどこから来るのか、その正体がいったい何なのか、二度と考えたくないと思った。エマはスチュアートの部屋に来ていた。手を後ろに回し、扉に寄りかかって新しい詐欺のパートナーが自分の持ち物をまとめる様子をじっと見つめていたが、そのときやっと、この感覚を最後に味わったのがいつだったか正確に思い出した。ロンドンでザックとしたときだ。ああ、思い出さなければよかった。エマは一瞬、目を閉じた。

再び目を開けたとき、スチュアートはスエードのかばんをベッドに引っ張り上げ、蝶番《ちょうつがい》を大きく広げているところだった。手に持っていたエマの持ち物をかばんに放り込むと、今度は自分の外套を振って、ポケットに入っている紙幣もそこに落とし、外套を置いた。それから、ベッドのわきにあった本と、枕に置いてあった本を放り込んだ。本だ……。ああ、私はザックの本が大好きだった。エマはスチュアートをじっと見つめ、胸の中で何かがざわめくのを感じた。心臓が文字どおり一五センチ滑り落ちたような、そんな感覚だった。彼は私が好きなものをたくさん持っている。私が好きなもの、すべてがそこにある。そう思うと、彼を見ているだけでとても怖くなった。

とんでもない。エマは自分に言い聞かせた。絶対にあり得ないわ。**彼を近づけちゃだめ。**そうよ、約束どおり、手伝いはする。だって、刑務所送りにならないためには、そうしなくちゃいけないんだもの。でも、彼が私に触れることは二度とないわ。絶対にあり得ない。一メートル以内に彼を近づけるもんですか。どんな理由があってもだめ。女なら誰だって、ザッカリー・ホッチキスのような男性は一生に一人で十分と思うだろう。私はザックのことで、さんざん、うんざりするほど涙を流したの。またあんなことを繰り返すつもりはないわ。

「それで、どんな計画なんだ？」スチュアートが尋ねた。少なくとも、これで三回目だ。彼は荷造りをしながらベッド越しにエマを見て、かばんの中に寝巻きを投げ入れた。厚手の白いシルクを惜しげもなく使った男性用の最高級のシャツで、へりが折り返してある。どうやら彼は白いクジャク気取りで寝ているらしい。

だめよ、とエマは思った。計画の話は後回しにしよう。まず、これだけは彼にわからせておかなくちゃ。「閣下」彼女は大げさに敬意をこめて呼びかけたが、かえって無礼な響きになってしまった。「わかっていただきたいの。私たちがさっきしたことだけど、私、いやだったのよ。性的なことだけじゃなくて、ほかの理由でも。もう二度としたくない。もし手を出してきたら、嚙みつくだけじゃ済まないわよ。もっとひどいことをするわ」さっきだって、嚙みついたわけじゃない。でも彼の心配はそこにあるみたいだから、その不安をめいっぱいあおってやろう。

「結構だ。無理強いはしない。さっきだってしてないけどね」

「手は縛られたくなかったの」

「それは知らなかった。でも、わかった。二度と手は縛らない。それで、どうだい？」

「さっきよりまし」

「じゃあ、君は手を自由にしていたいんだな？」

「ええ。常にね」

スチュアートは動じず、例によって、太いかすれた声でクックッと笑い、身をかがめてビロードと革でできた紺色のスリッパをつかみ、かばんに放り込んだ。

エマは言ってやりたかった。女性を椅子に縛りつけるなんて、あなたは病気よ。でも私は違うから。とはいえ、この話は打ち切りにするのが得策ね。彼の病気が治る見込みはないもの。

スチュアートはベッドに置いてあった何かの法律文書を一束つかむと、真鍮《しんちゅう》の蝶番がついたかばんのへりを両手でしっかり押さえ、エマをじっと観察していた。しばらくして、彼はようやく口を開いた。「エマ、君は結婚してたんだろう。きっと、ご主人にも絶好調だったときが――」

「絶好調？」エマは口を挟んだ。どうしてこの人は私をこんなに怒らせるのだろう？　また彼をひっぱたいてやりたくなったが、背中で両手をしっかりと握り合わせた。自分を縛りつけたのだ。

「ご主人にはご主人の性癖があっただろう」目の前にいる厚かましい子爵が言った。

スチュアート。エマは彼がどんな男性か心に刻みつけてから答えた。「夫が抱いていた相手は、たいがいジンのボトルよ。あと、自分の悲しみや、犯した過ちに対する罪悪感と愛し合ってたの。自分たちはすごく独創的だと思っていたけど、それは間違いだったと悔いてたのよ。それと、自分がしたことをすっかり悔いてたわ。まるで神のように――」エマはそこで言葉を切った。

二人とも、彼女の告白、長広舌に驚いて目をしばたたき、そこに突っ立っていた。

ロンドンから戻ってからというもの、夫と愛し合った回数は片手で数えられるし、きまりの悪い思いをせず、無事に終えたことは一度もなかった。いよいよというときにザックが萎《な》えてしまう、というのが常だったのだ。善良なるホッチキス牧師は、不道徳だったころと同じようにはできなくなってしまい、それは妻にとっても夫にとっても絶望的な事態だった。それでも結局、彼女は夫を支え続けた。良いときも悪いときも。

しかし、エマも男女が交わす喜びを知らないわけではない。今になって、それがどういうものか思い出したのだ。すごくよかった。それに普通に終わった。とはいえ、ほんの数分前、ここで体験したようなことについては詳しくなかったし、知りたくもなかった。今までずっと、様々な喜びは、寝室と、男性の体の下と、暗闇の中で行う無言の動きの中にしか存在しないと思い込んでいた。

本当に腹黒い。スチュアートの腹黒さは、あからさまで、ずうずうしい。

エマはうつむいた。沈黙。再び顔を上げると、スチュアートはナイトテーブルの引き出しから新しいクラヴァットをつかめるだけつかんで取り出しているところだった。全部、暗い色だ。暗いブルーのシルク。ほとんど黒に近い。彼のクラヴァットには、いつも目にする英国製のものよりたくさんの布地が使われている。もっとゆったりしていて、エマの記憶が正しければ、フランスのものに近い。彼はそのうちの一本をシャツの襟にかけた。残りは指のあいだからするするとヘビのように落ちていき、その様子は、ほとんどかばんにクラヴァットを注ぎ入れているといった感じだった。完璧だ、とエマは思った。ここにいる悪魔は首にヘビをまとっている。

スチュアートは新しいクラヴァットを結び始めた。さっきのクラヴァットがどうなったのか、エマは考えることもできなかった。どこにいったのかもわからない。

　彼女は顔を背けた。部屋を見渡し、自分がいる場所を確認しよう、気持ちを楽にさせようとしている。私が借りた部屋とそっくり。でも窓が一つ少ない。廊下を進み、すぐ隣がスチュアートの部屋だとわかったときには驚いてしまった。彼は部屋を三つ借りていたのだ。それも、なんと「プライバシー」を守るために。視線を戻すと、彼は鏡も見ずにクラヴァットを締めていた。結び目はシンプルで、きちんと、美しく、きりっと仕上がっている。

　スチュアートはエマのことなど気にも留めず、開いたかばんに、さらに多くの持ち物を放り込んでいく。まだ袖を通していない、プレスの効いたシャツ、きちんとたたまれたベスト、予備のカラー。それから、何やら考え直したらしく、急にかばんの中をあさって例の書類の束を引っ張り出した。書類を丸めてひもでくくり、かばんの横に置いた外套の上に載せる。どうやら手で持っていくつもりらしい。

　その後、スチュアートはエマとベッドとかばんに背を向け、洗面台まで歩いていった。銀の柄に奇抜な模様とイニシャルが刻まれたヘアブラシを手に取り、ブラシの毛のあいだにべっ甲のクシを差し込む。次にシェービング・カップを引き寄せ、ほとんど下ろしたての乾いた棒状石けんをカップの底に入れた。彼は折りたたんだカミソリと、湿ったシェービング・ブラシもカップに差し込み、全部まとめて小さなタオルでくるんだ。それを水差しのわきにある小ぶりの箱に入れ、歯ブラシと歯磨き粉もそこに入れ、革の蓋を器用にパチンと閉めると、中身は上手く収まった。

スチュアートは一八〇度向きを変え、少し先にあるスエードのかばんにその箱を放り込んだ。どうやら、荷造りは終わったらしい。今度は自分の身支度だ。彼は部屋の中央に立って、フロック・コートに袖を通した。

エマは突然、彼はなんて人間らしく見えるのだろうと思った。彼も一人の人間にすぎない。ハンサムだけど、普通の人だ。

ベストのボタンをはめていたスチュアートが目を上げた。「皆って?」

「あなたの——」エマは一瞬ためらったが、彼は失礼な口のきき方をされたとは思っていないようだったので、そのまま言葉を続けた。「あなたの乗組員よ、船長さん。お付きの人《アコライト》。あなたはどこへ行くにも最低半ダースは人を連れていくでしょう」

スチュアートはエマの質問に対し、質問で答えた。「どうして田舎暮らしの女性が〝アコライト〟なんて言葉を知ってるんだ?」

「一二年間、博学な男性と結婚していたからよ」酔っ払っていないときなら、ザックは頭の切れる人だった。酔っているときでさえ、冴えていることはたびたびあったのだ。「それに、ロンドンにいた四年間、えせ識者みたいなろくでなしと、たくさんつきあってきたの」

スチュアートは彼女の話についてあれこれ考えながら眉間にしわを寄せていたが、フロック・コートの前をなでつけてから言った。「フロントに連絡するよ。そうすれば、君の言う、僕の〝アコライト〟が馬車を回してくれる。これから訪ねることになっている農場の名前は何だったかな?」

「スタンネル」

「スタンネル農場のあと、君の家に寄ろうか？　持っていきたい服があるだろう？」

服ですって？　笑っちゃうわ。「ましなスカートとブラウスは、あなたがスエードのかばんに放り込んだ包みの中に入ってるわ。それ以外だと、あなたが銀行で見たドレスが一着。必要なドレスは全部――」エマは自分が着ているばかでかいドレスを示した。「教会の慈善バザーで調達するの」いい考えが頭に浮かんだ。「私を使って叔父様をだますつもりなら、もっといい服を買ってもらわないとだめでしょうね」

「もちろんだとも。君は何を着て寝るんだい？」

もちろんですって？　私に服を買ってくれるというの？　エマはスチュアートをちらっと見た。何を着て寝るかって、どういうこと？「余計なお世話よ」

スチュアートは面白がって鼻からふんと息を吐き出すと、書類を拾い、続いて外套を手に取った。「しん、ぱいしなくていい」彼は例の間を置くしゃべり方で言い張った。「わかってるよ。ナイトガウンは持ってこなかったんだろう。うちに寄って取ってきたいかい？」彼はすっかりくつろいだ様子で、先ほどよりもゆっくりと笑い、こう言い添えた。「君はみだらなことばかり考えているね。そういうところがとても好きだ。僕もそういうことを考えるのが好きでね。君が口にすることは何もかも、性的な関心が感じられる」

「みだらなことなんか考えてないわ！　考えてるのはそっちでしょう。あなたが人の寝巻きについて訊いてきたんじゃない」

スチュアートは微笑んだだけだった。「まあいいさ。ナイトガウンでは寝ないでくれよ。裸で寝たって、僕はちっとも構わない。むしろ、そうしてくれたほうがいい。ただ、冬はすごく寒いと思うけどね」

「私は――」どこで間違ってしまったんだろう？「私は……ザックの寝巻きを着て寝てるの。自分のは持ってないのよ」

「買ってもらえなかったのか？」

「それを着て寝ると、彼が喜んでくれたから」

「じゃあ、僕のを着て寝ればいい」

「いやよ！」エマは厚みのある、つるつるしたシルクが体に触れるところを想像した。あれを着たら……。ああ、どうしよう。マウント・ヴィリアーズの寝巻きを着るわけにはいかない。そうでしょう？「ザックのはフランネルで――」

「それは貧しい男が着るものだ」スチュアートはとどめを刺した。「エマ、この件で、僕らは君のご主人を一緒に連れていかなきゃいけないのか？　彼は常に役に立つ男というわけじゃなかったんだろう。彼の寝巻きを持っていくのはよそう。僕のを着ればいい。寝巻きは君を取って食ったりはしないよ」彼は軽く笑った。「僕がそうしたがってるだけで、寝巻きは何もしやしない。サイズが大きすぎるけど、まあ、当分のあいだ快適に過ごせるさ。そのうちロンドンですごくきれいなやつを買おう」

そうね。エマは顔をしかめた。いいえ、だめよ。すごくきれいなナイトガウンを買ってやるってこと？　違う。彼が買ってやると言っているのは、すごくきれいな服よ。闇の美術商に扮し、彼の叔父さんにこいつは本物だと納得させるには、そういう服を着る必要があるもの。悪くないんじゃない？　スチュアートがそのお金を出してくれるっていうんでしょう。まったく害のない話だわ。断るなんて分別に欠ける。あなたはきれいな服が好きなんでしょう？

じゃあ、気持ちが落ち着かないのはなぜ？　また腹を立てているのはなぜ？

エマはふと気づいた。「そんなことして、私をどうにかできると思わないで」

「思ってないさ」スチュアートはすかさず言った。それから首を横に振りながら微笑み、妙に気取った調子で続けた。「物に頼る必要はないんだ。君に何か買ってあげなくたって、僕は自力で目的を達することができるんだよ」

そのとおりだ。エマは目をしばたたいた。それこそ、私が腹を立てている理由だ。彼はすでに一度、目的を達している。甘い言葉一つささやくでもなく、椅子とクラヴァットだけで。私はいったいどうしたのだろう？　何かある。私よりも彼のほうがよくわかっている何かが。その「何か」の正体を理解できなければ、私はまた彼に抱かれることになってしまう。

スチュアートはエマのコートと自分のかばんを拾い上げた。彼が荷物をすべて持っている。エマは両手が空っぽであることに気づいた。手ぶらだ。ザックと一緒のときは、荷物はすべて私が持っていた。それに、よく彼のことをおぶったっけ。

エマは最後にもう一度、スチュアートを見て言った。「私、行きたくない。ロンドンには行きたくないし、あなたの叔父様をだますのもいやなのよ」

「もう話がついたはずだろう。どうして逃げようとするんだ？」

「こんなのばかげた考えだわ」

「どこがばかげてるんだ？」

「危険よ」

「僕から金を奪うのだってそうだっただろう」

「こんなことになるとは思わなかったの」

「ああ、それじゃあ、叔父をだますのはもっと危険だってことか？」

「わからない。叔父様はどこまでやると思う？　私たちがしくじって、本当のことに気づいたら、私たちを撃つかしら？　乱暴な人なの？」

スチュアートは眉をひそめた。「確かなことは言えない。でも、叔父が父みたいな男だとすれば、答えはイエスだ。でも、君はロンドンで詐欺をしてたんだろう。なら、あらゆる事態に対処してきたってことだ。暴力的な人間の扱いはわかってるはずじゃないか」

エマは顔を背けた。ええ、わかってるわ。「血のり袋」彼女は小さくつぶやいた。

「何だって？」

「乱暴な人を相手にするときの手段よ。暴力沙汰に加担させるの。人を殺してしまったと思わせるのよ」

「まあ、仕方ないな。レナードに人を殺したと思わせるんだな？　誰を殺させるんだい？」

「あなたか私。叔父様がそうしようと思う前に、私たちのどちらかが、どちらかを撃つの。空砲を撃つのよ。撃たれるほうは、その直前に七面鳥の血が入っている小さな袋を口に入れておくの。そして、銃の発射と同時に袋を歯で破って、彼に返り血を浴びせるというわけ」

スチュアートは驚いて笑った。「それはそれは。そうだ、レナードに血を浴びせる役は僕にやらせてくれ。それで、どうやって彼にばれないようにするんだい？　つまり、僕は貴族院議員だし、次の採決のときには議会にいる必要がある」

「叔父様にはばれないわ。すべて上手くいって、彼がすっかり怖気づいたら、どこか遠い国に送り出して、一生そこに潜伏しててもらいましょう。地の果てに追い出すの」

「すごいな。こいつはかなり面白そうだ」スチュアートは喜んでいる。「自分の物を取り返せるだけじゃない。二度とレナードに会わなくて済むんだ。早くあいつに血を浴びせてやりたいな」彼はまた、あの妙に魅力的な間を置き――まず「だけ」のところで、次に「早く」のところで――言葉の流れに一種の抑揚を与えていた。彼と話をすればするほど、この抑揚に気づかなくなっていく。エマは特別に注意を払って耳を傾け、自分が聞き慣れてしまっただけなのか、彼があまり間を置かなくなったのか、確かめようとした。

「自分の血じゃないことを祈るのね」エマはそう告げた。「スチュアート、冗談では済まないのよ。あなたがやろうとしていることは……。説得して思いとどまらせることができるなら、そうしたいわ。でもあらゆる可能性を一つ残らず説明するわけにはいかないでしょう」

エマはためらった。思い出すのがいやだったのだ。「私たち、本物の銃を持った人に一度狙われたことがあるの。誰も気づかなくて。四人、撃たれたわ。私もその一人」

スチュアートの表情がだんだん深刻になり、眉間にしわが寄った。「生きててくれてよかった。どこを撃たれたんだい？　何ともなさそうに見えるけど」

「ここ」エマはこめかみと耳の部分に手を当て、しばらく指先で髪を押さえていた。「もう何ともないわ。でも、それにかかわっていた一〇人のうち、何ともなかったのは私だけ」

その言葉を口にしたとき、エマの中で何かが震えた。震えが治まるまで、胸の筋肉にぐっと力を入れて、その何かを抑えつける。鋼《はがね》。ザックはよく、君は鋼でできていると言っていた。**エマ、君はとても強い。君のしなやかで丈夫な背骨、そのでっぱり一つ一つがまるで金属でできているかのようだ。エクスカリバー（アーサー王の魔法の剣）並みに頑丈な鋼でできている。君には頑丈な鋼が入っているんだよ。君のそういうところが大好きだ。**

私はザックのそういう愛し方、そして言葉をもてあそび、愛を表現できるところが大好きだった。羊飼いの息子とは大違いだ。

自信《コンフィデンス》。かつて私は自信に満ちていた。信用詐欺《コンフィデンス・ゲーム》なんて、傲慢な人間のするゲーム。もう私は自分を信じていない。昔のようには……。でも、それはさほど悪いことではないのかもしれない。

それに、目の前に立っている男性も信用していない。そのスチュアートが私を見ている。荷物をどっさり持って私を待っている。彼はあの銀行から私を追いかけてきたんだ。「行こうか？」彼女のいちばん新しい恋人が尋ねている。

「ええ」エマはそう言って、大きく膨らんだスカートを持ち上げた。かつて着たことのある夜会服の裾を持ち上げるかのように。その一方、心の中では首を横に振っていた。私はこの人と交わった。発情期の雌羊じゃあるまいし。やっぱり理解できない。なぜ？　どうしてあんなことを？

さらに都合の悪い事態になった。かばんを持った腕をドアノブに伸ばしたとき、スチュアートが一瞬ひるみ、自分の肩をつかんだのだ。親指を肩の筋肉に当ててもみながら、しばらくそこに立っていたが、彼は本当にかばんを下に置いてしまった。

「どうしたの？」エマは尋ねた。黙っているべきだったのに。

「肩が……。君は本当に噛みついたんだな」

「そんなこと、してないわ！　あなた、痛風持ちなんでしょう」

「よし。じゃあ、待ってろよ」彼は手に持っていたものを放し、フロック・コートをぐいと引っ張った。

「やめて」エマが警告する。「あなたの胸なんか見たくないわ」

「肩だ。君が何をしたのか、僕が確かめたいんだ」

スチュアートは少し肩をすくめてコートを脱ぎ、再びクラヴァットをほどいてシャツのボタンをはずした。

エマは顔を背けた。

にもかかわらず、シャツがはだける様子を横目でちらっと見てしまった。とてもたくましい彼の胸が目に入った。細くて黒い毛が中央部をうっすらと覆っている。彼が厚みのある彫刻のような肩を前に出すと、エマはいつの間にかそれをじっと見つめていた。肩の丸みのてっぺんに、歯で噛んだ跡がかすかに残っている。皮膚は傷ついていないにしろ、しっかりとへこみができている。

「ほらね！」スチュアートはそう言って笑った。

エマは唇の端を噛んだ。「何かほかの跡じゃないの？」たとえば刺青とか。女性に罪悪感を抱かせるためにしているのかも。

「違う」

「あの……私――」現実を目の当たりにした今、エマは記憶を継ぎ合わせようとしていた。「私……両手が自由じゃなかったし――」それは確かだ。「だから、その……触ってみたかったのよ」自分がつけた歯形をじっと見つめたまま、エマは自問していた。どうしてこんなものがついてしまったのだろう？「あなたの肩に。だって……とても硬そうだったから――」こんなこと、あっさり白状してはいけないのに。「ちょっと、触ってみたかったの」

「いやはや、それはありがたい」

エマは彼の顔に目を向けた。

スチュアートはシャツを直し、ボタンを留めながら、自己満足の笑みを浮かべている。

「実を言うと、あのときはほとんど気づいてなかったんだ。僕は――」彼が笑った。「ほかのところに気を取られていたからね。別にいいさ。我慢できるよ。君は強く噛んでないって言

けるもんじゃないわ。

「悪かったわ」これからはもっと気をつけよう。いいえ、そうじゃないでしょう。もっと気をつけなきゃいけない機会なんかあるわけないんだから。でも、やっぱり、無駄に人を傷つけるもんじゃないわ。

スチュアートはうなだれている彼女に言った。「僕は悪く思ってない。後悔することも謝ることもない。すごく刺激的だったからね。君にはちょっと意地悪なところがあるんだな。まあ、かわいいもんだけどね。悪くないよ。こっちは楽しませてもらってる」

「まあ、とんでもない。私はちゃんと礼儀をわきまえた女よ」

彼は微笑んでいた。黒い目を輝かせてエマをじっと見据えている。「人に噛みつく女だろう」声を上げて笑い、前に言った言葉を繰り返した。「エマ、この世は暗くて汚れたところなんだ。君も人類の仲間入りだな」

エマはまごつき、おどおどした笑みを見せた。ばつが悪いにしても、ここには何かおかしな雰囲気が漂っている。彼があのことで私を笑い、からかっているのだとしたら、私はなんてまずいことを言ってしまったのだろう。

ああ、どうしよう。私、この人に噛みついたの？　噛みついたのね。ちょっとだけ、軽く、彼の肩に……。

噛みついたんだ。それに、彼の親指もなめた。一七のとき以来、初めてこんな危険なことを考えてしまった——男の人って、美味しいものだったんだ。というより、好ましい人はそうなのかもしれない。

スチュアートはクラヴァットをきちんと結び直し、もう一度、尋ねた。「行こうか？」

エマはうなずいた。少し気持ちが沈んではいたが、彼が大きく開けた扉を押さえたときにはもう、だいぶ落ち着きを取り戻していた。「そうね。行きましょう」それから、ぱっとしないスカートを両手でつかみ、女王のように堂々と向きを変えた。歩き方もわかっている。しゃべり方もわかっている。どう振る舞えばいいのかもわかっている。思い出したのだ。それは複雑な喜びだったが、エマは踊るような足取りでマウント・ヴィリアーズの前を通り過ぎ、ドアの外に出た。

7

エマとスチュアートがホテルの階段で待っていると、一分と経たないうちに八頭立ての黒塗りの馬車が角を回ってやってきた。気温が下がり、凍てつく風がエマのコートを吹き抜けていく。停車した馬車は、エマの記憶の中にあったものよりもずっと大きく感じられた。というより、そちらに向かって歩いていくから、どんどん巨大化して見えるだけなのかもしれない。大きな黒い物体に近づくにつれ、エマの心臓は高鳴った。

この馬車を表現するのに「堂々たる」という言葉はもはやふさわしくない。「恐ろしい」と呼んだほうがいい気がする。地獄行きの馬車だ。中はエマの家の奥の部屋より広そうだった。この馬車を引っ張るには、近所の馬を全部合わせても足りない。艶やかな黒い馬車は、白い冬の午後を背景にきらめき、それとは対照的に、悪魔本人にはぴったりとなじんでいる。悪魔に仕えるフットマンが、扉のところで彼女を待ち構えており、手を置いている真鍮の取っ手には金線細工《フィリグリー》が施されていた。滑らかな線模様がくっきりと浮き出ている。それに窓の多さといったら。この馬車にこんなに窓があったなんて気づかなかった。おそらく、窓の一つ一つに、金色のタッセルと縁飾りがぶらさがった日よけがついているせいだ。日よけはたいがい下ろされていて、窓の存在を消し去っていたのだろう。

しかし今、目の前にあるいくつもの窓は高さも幅もあり、日よけが上がっている。きれいなガラスに映っているのは、絵に描いたような黄色い石造りのホテルから伸びるポーチ、玄関の黒い扉と青い天幕、それにエマ自身の姿だった。彼女は帽子をかぶっておらず、すぐそばには、きちんとした身なりの、険しい顔をした紳士が控えていた。どこから見ても子爵そのものといった感じのスチュアートが馬車に近づいていく。長い外套をまとい、高さのあるシルクハットをかぶっているせいか、長身の彼がひときわ大きく思えてしまう。彼はエマとフットマンの上にそびえ立っていた。

掛け金がかちっと鳴り、馬車の扉が勢いよく開いた。太い絹のより糸でできた日よけ用の金色の縁飾りが小刻みに揺れている。扉の裏張りは座席とおそろいで、飾りボタンのついた赤黒い革が張られている。召使が身をかがめて踏み台を置き、手を差し出した。エマは台に上がり、洞くつのような室内に入ろうとした。よく磨かれた木、真鍮、クリスタル、ビロード……あまりにも豪華すぎて、なかなかすべてを理解することができない。そのとき、ある馬がいななき、脚を何度も踏み鳴らして体を動かそうとし、馬車の位置が数センチずれた。すると、二人のフットマンも、御者も、子爵本人も素早く反応し、前にいる八頭の馬に注意を向けた。

「今日はてこずっているのか？」子爵が御者に声をかける。

「いつもと変わりはございません」

スチュアートは馬車の入り口から顔を背けて向きを変え、びくびくしている馬の隊列に沿って歩いていった。

いちばん手前にいる先頭の馬が再び鼻を鳴らし、頭をぐいと上げた。「落ち着け」スチュアートは馬に小声でささやき、慎重に近づいていった。馬は脚を踏み鳴らしたり、蹴りだしたりしている。激しくやるものだから、後ろにいるほかの馬たちもだんだん不安になってくる。八頭すべてが、一瞬、落ち着きを失った。スチュアートは先頭の馬の馬具をつかみ、くつわを持って頭を引き下ろした。「落ち着け」再び声をかけてからなでてやると、馬は徐々におとなしくなっていった。「落ち着け」

スチュアートは手を離した。馬は不安が和らぎ、気持ちが落ち着いてきたらしい。馬には彼のことがわかるのだ。スチュアートはしばらくそこにいたが、やがて馬車のほうに向き直り、上にいる御者に声をかけた。二人は何やら話をしているが、エマにはよく聞こえない。子爵はうなずき、再び馬たちに目をやると、胸の前で腕を組んだ。

荷物を積み終えたもう一人のフットマンが御者と子爵に近寄り、さらに何やら提案をしている。おそらく馬にかかわることなのだろう。スチュアートが耳を傾け、フットマンに質問をし、それに続いて頭上の運転席から御者が何か言葉を口にした。スチュアートは背筋をまっすぐ伸ばし、ありとあらゆることを指示している。エマは銀行で初めて会ったときの彼を思い出した。この人は、そう簡単には笑顔を見せない。それどころか、まったく笑わないといってもいいくらいだ。

皮肉なユーモアとよこしまな微笑みを携えたあの人は、ホテルに置き去りにされてしまったらしい。背後に召使をずらりと従え、子爵の正装であるシルクハットとフロック・コート、スカーフと手袋を身につけていると、彼はそれらの重みで押しつぶされているかのようだ。逃げてしまえばいいのに。彼は着ているものをどんどん脱ぐべきよ。

あら、私ったら。エマは目を見開き、不意に足元を見下ろした。だめよ。たぶん、そんなことをされては困る。よく考えてみれば、服は全部着ていてもらうのがいちばん。はっきり言って、ずっと着ていてくれれば、それに越したことはない。

腹立たしいほどお金持ちで、傲慢で、ハンサム……。エマは彼がいるほうにちらっと目をやった。スチュアートは堂々と立っており、立派な愛馬のことで、まだ、ああでもないこうでもないと話している。エマは踏み台を下り、いきなり声をかけた。「準備ができたのなら、出かけない？　私、あなたみたいにのんびりしている暇はないのよ」

スチュアートは話を途中でやめ、エマのほうを向いた。ほかの召使たちも同様だった。おんぼろのコートを身に包み、愛馬のことで忙しい子爵の話をさえぎろうとしている女性を、全員がじっと見つめている。

「もう行きましょう」それでもエマははっきりと言った。自分の人生をほとんど支配できていないことが、ただただ腹立たしかったのだ。

スチュアートが顎を上げた。エマは一瞬、シルクハットのつばの下を見ることができた。彼は例によって、片方の眉を上げて彼女を見ている。

　その表情が何らかの命令なのか、ほのめかしなのか、よくわからなかったが、エマはこれぐらい言っても差し支えないだろうと思った。「お願いします？」さらに続ける。「ご主人様？」さらに、わざとらしく「閣下？」

　スチュアートは、面白いことを言うじゃないかとばかりに、驚いて息をのんだ。「ちくし《ガーズー》よう《クス》」彼が口にしたのは古臭い表現だった。そんなことはわかっていて言ったのかもしれない。笑わせるために言ったのだろう。それでも、彼が口にすると、エマがロンドンのクラブや喫煙室で耳にしてきた言葉とは違って聞こえる。

「そうだな。もう出られるよ。君がこれほど人に敬意を表せるとは嬉しい限りだ。エマ、なかなか進歩したね」スチュアートが向きを変えた。「出発だ」エマのほうに向かって歩きだしたが、その途中、大きな声で話しかけた。「いつだったんだ？」こんな訊き方ではわからないと気づいたのか、彼は具体的に尋ねた。「君の子羊はいつひかれたんだい？」

「ええっと……」エマは一瞬考えなければならなかった。「八月よ」

「馬車が僕のものになったのは八月だ。八月のいつだった？」

　八月の最初からずっと彼のものだったわけじゃないの？　エマは顔をしかめ、彼の質問が暗にほのめかしていることを頭の中であっさり片づけてしまった。「羊を殺したのは叔父様だって言うつもり？」

　スチュアートはエマのもとにやってきて顔を少し上げ、彼女の目をじっと見つめた。帽子のつばの陰で目を細めたかと思うと、首を横に振って大きくため息をつき、両手を外套のポケットに突っ込んだ。「どっちだっていい」彼は自分をなじるように少し鼻を鳴らし、それ以上、尋ねるのをやめた。「初めて君に一本取られたな。僕が君の子羊を殺した可能性は十分あり得る。だとすれば、君に迷惑をかけたことになる」雪を見下ろし、再び目を細めて尋ねた。「でも、そんなにひどいことなのか？」

彼は、僕はひどい人間なのかと尋ねているも同然な顔をしているように思えた。

「子羊にとっては、かなりひどいことだったわ」

「馬のせいさ」スチュアートは馬のほうに頭をぐいと傾けた。「脚が速いんだ。だんだん、こいつらが好きになってきたよ」彼は浮かない顔をした。「ただ、今までならしてきた中で、いちばんの暴れ馬でもある。彼らの気持ちを落ち着かせようと思って、ずっとしつけてるんだが。僕の父親が――」例によって、皮肉っぽく眉を上げる。「なんと、父は馬を鞭でひどく叩いていた。それに餌もやらず――」彼は激しい嫌悪で、しばらく話すことができなかた。「とにかく僕は常に心がけているんだ。優しく接してやれば、少しは正常な状態に戻ってくれるだろう、とね。そうなると思うかい？」

そんなこと、私に訊かれても困ると思ったが、エマは答えた。「なるかもしれないし、ならないかもしれないし」馬についてはわからないが、人間なら、優しくされれば態度をあらためるものだ。

「素晴らしい馬たちだと思わないか？」スチュアートは向きを変え、エマと並んで、再び馬たちをほれぼれと眺めた。「力が互角だから、さらにすごいんだ」

「そうね」

「スピード、心臓の強さ――」彼は急に言葉を切った。

エマは待った。

「二、三頭は……」彼が再び続ける。「正常に戻りつつあると確信している。ただ、先頭の左側にいるやつは……」その馬はいらいらした様子で頭を上げ下げしている。スチュアートはエマに横顔を向けたまま、首を横に振った。「でも、嚙みついたり蹴ったりするやつだって、ほかの馬たちと足並みをそろえて走っている。これはいい兆候だろう？　八頭が一丸となって馬車を引っ張っているんだ。まるで、自分たちの命は、できるだけ早く次の目的地に着くことにかかっているとばかりにね。御者は、こっちが走らされているみたいだと言ってる。それがこの連中を操る唯一の方法なんだ。手綱を緩めるしかない」

彼は馬が大好きなんだ。この暴れ馬たちが。そして、彼らを救おうとしている。七人の召使ともども。いったい、何が起きているの？　エマは眉をひそめて彼を見上げた。顔に冷たい空気を感じながら、この男性のことを理解しよう、よりによって、なぜこの私に自分の関心事について熱心に話しかけてくるのか理解しようと務めた。

「危険じゃないの？　つまり、子羊だけじゃなくて、あなただって危ない目に遭うでしょう」

スチュアートはエマをまっすぐ見た。「それほど危険という感じはしない。馬は道に沿ってずっと走っていくだけだからね」彼は肩をすくめてうつむき、白状した。「でも、何とも言えないな。普通なら、物があると、馬はそれをよけて駆けていくんだが。きっと、あの道は曲がっていたんだろう。君の子羊を目にした瞬間、よける余地がほとんどなかったに違いない」

「あんな猛スピードで走るからいけないんだわ」

スチュアートはすぐさま顔をしかめた。「馬は、僕を利用したり、僕に悪意を持ったりすることなく父親とのつながりを感じさせてくれる唯一の生き物なんだ」彼はため息をついた。「それなのに君は、馬だって罪がないわけじゃないと言うんだな」

「馬は動物よ。何であろうが動物には罪はないわ」

スチュアートはエマを見た。「僕らも動物だ」

「人間以外のってことよ。馬に犬に猫。彼らには何の罪もないでしょう。本能に従っているだけだもの」

スチュアートは一瞬、エマをしげしげと見つめた。「ひょっとすると、僕らも本能に従っているだけかもしれない」

エマは彼が言ったことについてよく考え、自分の考えを修正した。「じゃあ、責任を負うべきよ。私たちに罪はなくたって、動物が罪を犯さないように責任を持つべきだわ」

スチュアートはうなずき、コートから手袋をはめた手を出し、差し伸べた。エマはその手を取り、素早く踏み台に乗って馬車の中に入った。座席は革張りで、ふっくらしていて、色はほとんど黒に近い赤だ。エマはそこに腰を下ろした。内装全体がかすかに光っている。よく磨かれ、木目がくっきりと現れた板、両わきに取りつけられたカット・クリスタルのランプ、真鍮の部品や取っ手、ビロードのロープを使ったつり革。だが、その最たるものは、もちろん、日よけを上げた、たくさんの窓だ。馬車に乗っている者は、そこからほぼ全方向の風景を望むことができる。

それに、このにおい。スチュアートの馬車の中でゆったりともたれていると、マラケシュ（モロッコの都市）のどこかで贅を尽くした小部屋にいるような気がしてくる。まるで誰かが革と木に香油を塗りこんでおいたかのよう。サンダルウッドとかローレルとかクローヴとか……いいえ、そうじゃない。私の知っているにおいがする。ロータス？　ロータスってどんなにおいだったかしら？　フランキンセンス？　エマは室内に染みこんでいるにおいの名前がわからなかった。わかるのは、これが芳しい香りだということ。それともう一つ。スチュアートの服や外套の毛皮からかすかに漂っていた、あのにおいだということ。

このにおいには確かに名前がある。マウント・ヴィリアーズ子爵、スチュアート・ウィンストン・アイスガースという名前が。

エマは自分の席で、あとから馬車に乗り込んでくるスチュアートを見守った。彼が一度の動作で――体を持ち上げ、頭を下げ、くるっと向きを変えるという滑らかな動きで――エマの正面の席に滑り込むと、フットマンが扉を閉めた。スチュアートこそ、ザックにはまねをすることしかできなかった類の男性だ。世知に長けた、最上層に属する人。

「食事はしてきたのかい？」スチュアートは椅子にゆったりともたれながら尋ねた。

エマはびくっとした。「今朝、食べたけど」

彼は眉間にしわを寄せると、身を乗り出して窓から腕を伸ばし、手袋をした指先をちょっと動かした。

一秒後にはフットマンが再び現れ、窓のすぐ外に立っていた。「ご用でしょうか？」

「特に食べたいものはあるかい？」スチュアートがエマに訊いた。「ヨークシャーの料理がどんなものだったかよく覚えていなくてね」

お腹がぺこぺこ。食べられるなら何でもいい。ところが、こう言わずにはいられなかった。「子羊以外のものにして。いやというほど食べたばかりだから」

「具体的に言ってくれ。この辺りの店に何を頼めばいいかわからないんだ」

エマはいくつかの好物を言った。「ヨークシャー・プディング、ポーク・パイ、マッシー・ピー（ゆでたグリーンピースをつぶし、塩味をつけたもの）」

スチュアートが召使に言った。「ヨークシャー・プディングとポーク・パイと——」彼は横目でエマを見た。「マッシー・ピーはどこへ行けば手に入るか、コンシェルジュに訊いてきてくれ。我々はこれからスタンネル農場に向かう。今、言った料理を調達し、農場で待っているようにとフリーマンに伝えるんだ。そのあいだに、君は馬の預かり所に行って、エマ・ホッチキスが預けてきたラバを引き取ってきてくれ。サインは僕の名前でいい」彼は再びエマを見て尋ねた。「確か、ジョン・タッカーだったね？」

エマは一瞬、考える必要があった。今ひとつ、話についていくことができない……。「ええっと、そうね」

「その農場の行き方を簡単に説明してくれないか？」

「牧草地と、うちの前の道を突っ切っていけばいいわ」

「それはどこなんだ？」

「あなたのお屋敷から丘を一八キロぐらい下ったところ」

スチュアートは顔をしかめ、フットマンのほうを向いた。「ジョン・タッカーの農場を探してくれ。あとのことはわかったのか？」

「あとのこと？」フットマンは心配そうな顔をしている。

「食べ物と馬の預かり所のことだ」

フットマンの顔に不安げな表情がよぎる。「あの……正確にというわけでは……」

スチュアートは、ユーモアの感じられない辛抱強さというか、物わかりの悪い人間に命令し慣れている人に特有な態度で言った。「フリーマンに、ヨークシャー・プディングとポーク・パイとマッシー・ピーをスタンネル農場へ届けさせるんだ。君は、この町に一つしかない馬の預かり所でミセス・ホッチキスのラバを引き取り、マルザード・ニア・プランティ・ブリッジへ連れていく。ジョン・タッカーという人がどこに住んでいるか尋ねて、ラバはそこに届けること。それが済んだら、屋敷に戻ってくるんだ」

フットマンも今度はうなずき、「承知いたしました」と返事をして消えていった。

「やれやれ」スチュアートがエマに言った。

エマは口元をゆがめた。「あらまあ。指をぱちんと鳴らせば、人が何でもかんでも準備してくれるなんて、さぞかし素敵でしょうね」彼女の口から出た言葉には、本人が意図したよりもとげがあった。

スチュアートはエマと向き合い、シルクハットのつばを上げて彼女をまっすぐ見つめ、にこりともせずに言った。「実際には、そんなもんじゃない。むしろ、わずらわしい責任だと実感している。自分でやったほうが楽だと思うことがたくさんあるんだ」何もかもどうにもならないのだと言わんばかりに肩をすくめ、頭を横に傾ける。彼の顔が再び影に沈み、室内はだんだん静かになっていった。

それから、さらに予期せぬ展開になった。彼は出発の合図をするのではなく、続けてこんなことを言い出したのだ。「あの五〇何ポンドかは取っておいてくれ。それに、僕らの計画が無事終了すれば、つまり、君が約束をちゃんと守れば、銀行や当局に事情を全部説明して、君にその金をあげたいのだと伝えるつもりだ。僕がどうかかわっていたのかも説明する。あれは僕の口座だ。たとえ裁判所の命令に背くとしても、自分で自分の金を引き出して窮地に陥ることにはならない」彼は肩をすくめた。「どういう事態になろうと、向き合うつもりだ。僕が自ら申し出れば、それが何らかの助けになるだろう」

エマはスチュアートをじっと見つめた。彼はすべてなかったことにしてくれると言っている。それに、盗んだ五六ポンドもくれるですって。私が彼に協力するという条件で。

「わかったわ」ほかに何と言えばいいのだろう？「ありがとう」

そうよ。もちろん、私はこういう結果を望んでいた。エマはそこに座って、帽子のつばに隠れた彼の暗い目を見つめ、マウント・ヴィリアーズはいったい何をしているのか、何が彼をそうさせるのかを見抜こうとした。

エマは唇を嚙んだ。「あなたって、もっと悪い人なんじゃないかと思ってたけど、その考えはちょっと間違ってるかもしれないわね」

「素晴らしい」スチュアートが笑った。「でも、ちっとも間違ってない。と、僕は思う」笑い声は哀れを誘うような響きを帯びていた。それに、彼はどうしても、意地悪な笑い方を抑えることができなかった。彼女をからかうのは実に愉快だ。スチュアートの中のよこしまな部分は、エマが彼に対して抱いている疑いを大歓迎している。不意を突かれ、驚いている彼女を大いに気に入ったのだ。

スチュアートはエマに笑いかけながら座っていた。まったく、閣下ときたか。君には子爵という称号に対する敬意がこれっぽっちもないんだな。だからこそ、僕をこんなに楽しませてくれるのかもしれない。二人にとって、それはひそかな、無言の合意事項となっていた。それに、たまたま貴族に生まれたことが、自分の行動とは一切関係なく、周囲の人々には何であれ意味をなしているなんて、そんなのばかげている、と彼は思っていた。しかし、確かに生まれは何らかの意味を持っている。それに、ミセス・ホッチキスに見透かされたからといって、家柄が与えてくれる特権を放棄してもいいとは思っていない。彼女もほかの人々と同様、力ある者に従うことになるだろう。喜んで、その責任を引き受けようじゃないか。

しばらくして、スチュアートははっとした。自分たちが何をしようとしていたのかを思い出し、手袋をした手を上げ、関節で天井を叩いた。コツコツという音がしたとほぼ同時に、車輪が砂利を掘り返した。まるで馬たちがゲートから出してくれるのを今か今かと待っていたかのように。かくして馬車は出発した。

通りを走りだすと、スチュアートは徐々に加速していく馬車の騒音に負けないよう、大きな声でエマに話しかけた。「君はこんなに速くて、反応の鋭い馬を見たことがないんじゃないのか？」

エマは彼を見つめるばかり。ひょっとすると、あまりにも怖くて口が開けなかったのかもしれない。あるいは、その逆か。

まあ、どちらでもいい。スチュアートはこの八頭立ての馬車がとても気に入っていた。叔父がやらかしてくれた浪費の一つであることは彼も認めてはいたのだが。馬車は傾きながら、これでもかというほどの速さで村の小道を駆け抜けた。そのうえ田舎道に出ると、馬たちはまさに空を飛ぶように走り始めた。

スチュアートは目を閉じた。妙に心が安らいでいる。しばらくのあいだ、彼はサンクト・ペテルブルグの郊外でそりに乗っている気分になった。そりは広々した雪原をさっそうと滑り抜けていく。視界をさえぎるものは何もない。白の世界だ。見渡す限りの白。イングランドで彼のものとなったこの馬車には、彼がロシアで乗っていた三頭立《トロイカ》ての馬そりと共通点があった。小さな奇跡ともいえる優美な姿、速さ、動き、足並みをそろえてギャロップしながら、馬車やそりを見事に、そして力強く引っ張っていく美しい動物たち。彼はある鈴の音色に優しく揺すぶられ、心を慰められていた。鈴は、馬具が鳴る音に合わせてリズミカルな響きを奏でている。僕の鈴の音だ……。実は、自分のトロイカの馬具からその鈴を取りはずし、そりは置いてきたのだった。ロシアを出る一時間前、何かなじみのある音を一緒に連れていこうと思い、中央の馬の高い位置につけてあった鈴を切り離したのだ。

スチュアートはこの馬たちに喜びを感じ、何物もその気持ちをくじくことはできないと思っていた。たまたま目を開け、不安でゆがんだエマの顔を一目見るまでは。彼女はつり革に必死ですがりついていた。そんなふうにしなくてもいいのだと納得させることができたらいいのに。エマの様子を観察し、彼は背筋を伸ばして座り直した。緊張している彼女を目の前にして心安らぐのは難しくなってしまった。

実際、どうどうという声とともに、がたがたと鳴っていた馬車が止まり、辺りが静かになったそのとき、エマはようやく息を吐き出すことができたのだった。八頭の馬が、スタンネル農場までの九キロ半をこんなに速く走れるとは夢にも思っていなかったのだろう。

スチュアートの馬車の中で、エマはしばらく座ったまま、自分たちの目的地をじっと見つめていた。雪に覆われた小高い丘のてっぺんにれんが造りの家が一軒立っていた。屋根にはさらに雪が積もり、軒にぶら下がるつららが、午後の日差しを浴びて溶けている。外から聞こえるいつもの音を耳にし、エマはほとんどぼう然としていた。羊の鳴き声。どこかで鳥も鳴いている。私たちはここにいる。到着したことが奇跡に思える。町から農場までの道のりを一五分で来てしまうなんて。

馬車を降りるエマに手を貸しながら、スチュアートは顔をしかめて言った。「わざとやったんじゃない」

例の子羊のことだ。彼も今は不安に思っている。不安でいらいらしているのだろう。どうやら、私のせいで、愛馬に対して初めて疑問を抱いたらしい。

でも、同情なんかするもんですか。人は足を踏みはずせば、どぶにはまったり、もっとひどい目に遭ったりするのだから、ある程度、疑いを抱いたって構わないような気がするけど。この場合、ちょっと疑問を抱かせるのも悪くない。スチュアート、少しは用心することね。

8

スタンネル夫妻は高齢だった。ジョン・タッカーの姉モードは長身でほっそりしていて、姿勢も体形も、本当に板のようにまっすぐだ。どうやら長生きの家系に生まれたらしい。というのも、モードは年老いて見えるものの、丈夫そうで、今にもこの世を去りそうな雰囲気はこれっぽっちもなかったからだ。たとえていうなら、薄手の長い板でできた女性、ひび割れや溝がたくさんできた灰色の岩だろうか。夫のピートは、妻より背が少し高いにしろ、やはり年を感じさせない。エマが知る限り最長の結婚生活を送っている二人は、年を重ねるごとにお互いだんだん似てきてしまった、という感じがする。明日は夫妻の六七回目の結婚記念日を祝うために、子供たちがやってくる予定になっていた。

そんなわけで、エマは一月七日にここを訪ねることになり、モードから頼みごとをされたのだった。「羊を見たあと、木を切り倒すのを手伝ってもらえないかと思っていたんですよ」今ごろクリスマスツリーだそうだ。モードとピートとエマは、雄羊がいる放牧地に向かいながら、その木について話し合った。「そこをきれい《スプルース》にしたいの」モードは夫のほうに目配せをした。まるで二人で冗談を言っているかのように。「ちっちゃい男の子と女の子たちのためにね。孫が全員と、ひ孫が二人、やってくるから」と、誇らしげに語るモードのしゃべり方には、まさにジョンと同じ北部なまりがあった。

夫妻は唐檜《スプルース》（マツ科の常緑針葉樹）を切り倒し、それを家の表側の居間に飾りたいのだという。二人の話によれば、ずっと西の草地にスプルースがたくさん生えており、そこは、売りたい雄羊がいる北西の放牧地から「ひとっ跳び」したところなのだとか。雄羊の件が片づいたら、エマが木を切り倒すのを手伝ってくれるだろうと思いながら、ずっと待っていたらしい。

夫妻には確かに手助けが必要だ、とエマは思った。二人とも関節炎で、指が震えている。これではモードもピートものこぎりをしっかりつかめないし、それを前後に引いて木の幹を切り倒すことはできないだろう。でも、私ならできそう。手には力があるし、体は頑丈にできている。手伝ってあげるのはちっとも構わない。喜んでやってあげよう。つまり、スチュアートが待っていてくれるならということだけど。

彼は先ほどからずっと小道を下ったところにおり、馬車のわきで白い息を吐きながら、馬たちに何やら話しかけていた。

「構いませんよ」とエマは言い、三人は柵のところまでやってきた。その向こうに雄羊の姿が見える。用があるなら、スチュアートにここまで来させることにしよう。

エマが柵の上に前腕を載せると、モードが、続いてピートがそれぞれわきに立ち、少々怪しむような目で彼女を見下ろした。夫妻に比べると、エマはかなり背が低い。約一五センチほど。柵に載せた腕が胸の位置に来てしまっている。

「まあ、いいわ、ずんぐりした小さい木にしましょう」ですって？　「ほかにどうしようもないな」ですって？　夫妻は、もっと大きな人が来ると期待していたのね。

　三人は柵のところで商談をした。この雄羊にはどんな癖があるのか、どうして後ろ脚に傷跡があるのか、といったことを。スタンネル夫妻は、時々遠くにいる背の高い男性にちらっ、ちらっと目を走らせていた。エマは心の中で笑ってしまった。子爵に木を切ってほしいと頼んであげたら、さぞかしお役に立てるでしょうね。まあ、考えてみれば、痩せてるけど、筋骨たくましい、彼の御者のほうが私より役に立つかもしれない。

　一方、肝心の雄羊はすっかり成長していて、少々気が荒かった。エマはそれまで気づいていなかったのだ。私が求めていたのは、もっとおとなしい羊、さらにいいのは、動かすのにあまり手のかからない、もっと若い羊。スタンネル夫妻に、私が探していたのはこういう羊ではないのですと告げたとき――自分の考えがよくまとまっていなかったのはばつが悪かったが――夫妻はほとんど注意を払っていなかった。二人とも動きを止め、小道のはずれで、跳ね上がる馬たちのそばにいる男性をまともに見ていた。スチュアートは馬車の中に外套を置いてきている。暑すぎて、一〇分前に脱いだのだ。外套を着ず、愛馬をじっと観察しながら立っている姿がはっきり見える。彼は、高さのある馬車の車輪に肘をかけ、のんきに爪を噛んでいられるほど長身だ。

　スチュアートの頭上では、御者が運転席で背中を丸めていた。そういえば、御者は立ってもエマよりほんの数センチ背が高いだけだった。馬車の後ろにいるフットマンは二〇歳前、痩せていて、身長はスチュアートより一五センチ以上低いし、体格もがっしりはしていない。

確かにそうだ。これだけ男性がいる中で、木を切り倒すのにふさわしい人物を選ぶとすれば、スチュアートがいちばんだという気がする。彼にやってもらうつもりでいるスタンネル夫妻を見て、エマはちょっと愉快な気分だった。ここにいる、大柄で、本当にたくましい唯一の人物は、偉そうな肩書を一五も持っていて、召使も七七人抱えている。だから自分で馬車を運転する必要もなければ、扉を開ける必要もない、自分で署名をする必要さえないのだ。こんなことを夫妻にどう伝えればいいのだろう？

モード・スタンネルが彼に手を振った。

スチュアートはそれを目にして表情をこわばらせ、馬車の運転席をちらっと見上げた。御者をよこすつもりなのね。だが、そうはしなかった。夫妻は自分に何か用があるらしいと気づいたのだ。ああ、まったく。彼がこちらに向かって歩きだしたりしなければ、いつものよそよそしい態度に好感を持ってあげられただろうに。エマは彼を紹介したくなかった。二人の関係をどう説明すべきか思い浮かばなかったのだ。それに、何を言おうが、ジョンの耳に入ってしまう。つまり、村じゅうに伝わるということだ。ああ、上出来だわ。

三人のところまで来るには、実は柵を一つ飛び越えるか、夫妻の家の裏を回るかしなければならず、スチュアートはどちらにすべきか決めかねているらしい。彼が帽子を取って柵に近づいてくる。そして、片手を横木に置き、やってのけた。一度の動作で飛び越えたのだ。足取りを乱すこともなく、馬場馬術《ドレサージュ》のクルヴェット（前脚が地に着かないうちに後ろ脚だけで優美に跳躍、前進する高等技術）さながらにさっそうと。まるで、艶やかな、とても大きなサラブレッドのよう。彼ならこの二倍の高さの柵でも飛び越えられるのだろう。エマの中で、何かがため息をついた。ああ、彼はあまりにも優美だ。ひらりと身をかわす、あの巧みな動き。何度だって観ていられるのに。戻って、スチュアート。戻って、もう一度、柵を飛び越えて。

彼が近づくにつれ、その姿がはっきりと見えてきた。スタンネル夫妻の目にも同様だったに違いない。背が高くて、すらっとしていて、肩幅の広い男性が上等な服を何枚も重ね、上品で健康そのものといった様子でやってくる。濃紺のサテンで光沢のあるストライプが入ったベストは、広い胸を横切るようにボタンがきちんと留められていて、明るいグレーのズボンが外国製の乗馬ブーツにたくし込まれている。ああ、本当だ。木こりみたい。シルクハットを持った木こりだ。確かに、彼は絵のように美しい。その印象を文句なしに際立たせているのは、色黒のハンサムな顔と、少し長めの髪。実際、彼の長い髪は顔の前にこぼれており、歩いていると鼻柱のところでぱたぱた弾むほどだった。外国の王子様のようにも見える。ロシアの皇帝が私たちの仲間に加わろうとしているみたいだ。

エマはスタンネル夫妻に尋ねた。「のこぎりはどこでしょう?」これからどういうことになるかわかっていたので、何も説明せず、のこぎりを取りにいってもらうのがいちばんだと思ったのだ。

夫妻は面食らって、顔を見合わせた。あっと驚くような説明をしてもらえるものと期待していただろう。それは間違いない。

おあいにくさま。「のこぎりは?」エマは夫妻に念を押すように言った。雄羊の件はおしまいよ。もう用事は全部片づけてしまいたいの。

のこぎりは、先ほど三人が歩きだした草地の入り口付近にある木に垂れ下がっていた。夫妻はこの道具と格闘し、できる限りのことはしてみたのだろう。

高さが二メートル半くらいあるノルウェイ・スプルースに、のこぎりの歯が二センチちょっと食い込んでおり、ピート・スタンネルは、ぶつぶつ文句を言いながら、九〇センチほどあるのこぎりの持ち手をぐいと引っ張った。ピートがスチュアートにのこぎりを渡すと、エマはくすくす笑った。おかしくてたまらなかったのだ。

スチュアートはのこぎりをじっと見つめ、持ち手を逆さにつかんだ。エマはそれを取り上げて向きを変え、長い指をした、たこ一つできていない手に正しく握らせた。「歯を前後に引いて、木を切り倒すのよ」

「これは驚いた」スチュアートはエマを見て、傲慢そうな眉をすっと上げ、口元を引いた。

「難しくはなさそうだけどね」

エマは笑った。そのとおり。木こりは毎日、木を切ってるんでしょう。問題ないわ。

何よりも驚いたのは、スチュアートがそれに挑んだことだった。彼は丸一分奮闘し、そのあいだ、スタンネル夫妻は行ったり来たりしながら、互いに顔を見合わせ、半ば当惑し、半ば面白がっていた。スチュアートにはそれだけの力はあった。経験がなかっただけだ。エマもとても愉快だった。地元の子爵がクリスマスから二週間も経って、私がほとんど知らない風変わりな老夫婦のためにスプルースを切り倒そうとしているなんて。

それから、スチュアートはたちまちリズムをつかんだ。手際よく、のこぎりを何度か押したり引いたりした後、こつをのみこんだらしい。だが、どういうわけか彼は手を止めてしまった。そして、フロック・コートを脱いで、きちんとたたみ、気温四度の天気だというのにシャツの襟のボタンもはずし、ベストのボタンもはずした。それから、直径二〇センチの木を一気に、二分とかからずに切り倒してしまった。それだけではない。とても驚いたことに、彼は倒れた木の幹をつかんで拾い上げ、後ろにずるずる引きずって柵まで運んでいったのだ。そして、木を柵の向こう側に放り投げ、自分も片手をつくと、あの見事な跳び方で再び柵を越えてから、ほかの三人に一人ずつ手を貸して、柵を乗り越えさせた。エマの番になり、柵のてっぺんに上がると、スチュアートは彼女のヒップをつかみ、微笑みながら自分のわきに下ろした。そのころ、スタンネル夫妻はもう家に向かって歩いていた。スチュアートとエマのことは気にも留めず、木を引きずって家の裏を回るより、このほうがずっと早いじゃないかとおしゃべりに夢中になっている。

モード・スタンネルは「新しいご近所さん」が——夫妻はスチュアートのことをそう呼び始めた——小さな居間の真ん中でクリスマスツリーを台に立てる様子を見てわくわくした。夫人は手をひらつかせながら、くだけた口調で「とても寂しげな部屋だったのにねえ」と言った。節くれだったその手はカニにそっくり。「ずっと飾ってあったわけじゃないなんて、子供たちは思いも寄らないでしょうよ」もちろんわからないだろう。木の色が鮮やかで、葉が柔らかくて、露に濡れて青々しているということ以外は……。

エマにしてみれば、夫妻の居間はそれほど寂しげではないとしても、取り散らかっているように思われた。家具類は持ち主と同様、年季が入っており、そこへ今度はみずみずしい大きな木が押し入ってきたというわけだ。居間に並んでいる椅子は寄せ集めといった感じで互いに調和していない。どうやら、ありとあらゆるところから借りてきたものらしい。部屋がいっぱいになるほど人がやってくるのだろう。そんなありさまでも、木は素晴らしい香りを放っている。モードは満面の笑みを浮かべた。歯はほとんどないものの、少し白濁した快活そうな青い目で、明るく、愛想よく笑っている。ピートは火をつけたパイプを静かにくゆらせており、木を眺めながら、とても満足した様子で、うんうんとうなずいた。エマは、夫妻のこの熱意に好感を持った。それに、子供たちをだまして楽しんでいるのはもちろん、クリスマスからこんなに遅れても家を飾るということで夫婦の意見が一致しているところも気に入ったのだ。

そのとき、追い討ちをかけるように、ろうそく、リース、ツリー用の飾り《オーナメント》が入った箱がいくつも現れた。おまけに、夫妻がちょっと手伝ってもらいたいと思っていることは見え見えだった。スチュアートは幸運をお祈りしますと挨拶をし、フロック・コートに再び袖を通した。が、結局、いちばん高いところにある枝、すなわち、夫妻ではなかなか手が届かず、無事に飾りつけができそうにない枝に、いくつかのオーナメントを取りつけてあげることになった。この夫婦の体はマッチ棒でできているみたいだ、とエマは思った。関節はのりで慎重にくっつけてあるから、動き方を一つ間違えれば、ばらばらに崩れて、マッチ棒の山と化してしまうだろう。それでも、彼らの中には、今、全盛期を迎えているものも存在する。内面の全盛期。エマは、優しい円熟味を発揮するこの老夫婦がうらやましかった。

それにスチュアート。彼にも驚かされた。自分がそうしたいと思えば、彼はとても愛想よく、素直に振る舞えるのだ。これをどう判断すればいいのかわからない。

「あと一つ。あと一つだけね」モードはそう言いながら、スチュアートにブリキでできた星を手渡した。穴がいくつか開いていて、ろうそくを入れると輝くようになっている。モードがそれを星と呼ぶのを聞いて、エマは嬉しくなった。というのも、星ではなく、子供用のコマに似ていると思っていたからだ。まさか星だったとは。

スチュアートが長い腕を伸ばして、木のてっぺんに「星」を取りつけたそのとき、とうとうモードが好奇心に屈し、エマに尋ねた。「それで、あなたに付き添ってこられた、こちらの方は？」

年は取っていても、モード・タッカー・スタンネルには「何でも見逃してあげましょう」という雰囲気はなかった。すでに答えはわかっており、それを確認したかったのだ。「新しいご近所さん」の正体を。夫妻はドゥノード城から六四キロも離れたところに住んでいるが、相手が子爵という、めったにお目にかかれない、興味深い存在であれば、人は六四キロなんて近いものだと考える。今日のような晴れた日には、家の表の窓から、丘の上に立つ城そのものがかすかに見えるのだからなおさらだ。

エマはため息をつき、口を開いた。「ああ、こちらは……子爵になられた――」そのあとは頭が真っ白になった。話をしながら考えても途方に暮れるばかり。言いたくないという思いで占められている頭では、名前など一つも引っ張り出してこられなかった。

「マウント・ヴィリアーズです」スチュアートが言った。

スタンネル夫妻の眉が同時に上がった。大満足の表情。それから、意味ありげな長い沈黙があり、夫妻の顔が同時にエマのほうを向いた。

エマは、自分と子爵の関係、二人がここに一緒に来た理由について、何とか筋の通った説明をしようとした。「そうなんです。私は――」

「愛し合っているんです」スチュアートが言葉を挟んだ。「ロンドンへ向かうところなんですよ。お祝いをしようと思いましてね」

エマはぽかんと口を開けて彼を見つめている。

スチュアートは穏やかに微笑み、説明した。「ほら、二人ともヨークシャー生まれですから、共通点がたくさんあるんです」ここで肩をすくめ、さらに続ける。「ただ、僕らは結婚できない。その現実はどうすることもできません。つまり、僕には子爵という身分と様々な責任があって、その事実がいとしいエマに勝ってしまっているのです。でも、だからといって僕らがロンドンで二週間楽しんではいけない理由はありませんからね」

「一週間よ。こっちに戻ってくることになっていたでしょう。忘れたの？」エマは意地悪そうに「まったくもう」と言い添えた。愛し合ってるだなんて、とんでもない。私は彼にそんな約束をしていたの？

「ああ、そうでした。いろんなことを確認したら、またすぐロンドンに戻るつもりなんです。それから、しばらく滞在して、もっと一緒にいたいということになれば、たぶん彼女はドゥノード城に越してくるでしょう。お互い飽きてしまうまでの話だと思いますが」スチュアートはエマを見てから、口答えできるものならしてごらんとばかりに付け加えた。「そういえば、ブライ州長官のお嬢さんはこの辺りにお住まいでしたね？」

　モード・スタンネルがそうだと答え、おかげでスチュアートはこの話題で夫妻と話を続けることができた。だが、スタンネル夫妻はびっくりした様子で、視線をスチュアートからエマに移していた。とはいえ、二人の関心の中心はもちろんスチュアートだ。彼のシルクハットと大陸欧州《コンチネンタル》風のマナーに興味津々だったのだ。帰り際、スチュアートがモード・スタンネルの指先にキスをすると、彼女はぜいぜいしながら笑った。

　馬車に乗ってからの五分間、スチュアートはエマの横顔しか見ることができなかった。パイなど、エマが食べたかったものは届いていたが、包みは手つかずのままになっている。彼女は窓の外をにらみつけているばかりで、何もしゃべろうとしない。いつも口数が多いのに、今は彼に対し、相当腹を立てているらしい。
　妙なことに――望むに値しないとわかっていても――彼はエマのたわ言が聞けたらいいのにと思った。

彼が財政的に本当に悲惨な状況にあると気づいたとき、エマは、私が間違っていたかもしれないと言ってくれた。彼はそれを懐かしく思い出していた。彼女の理解ある優しい言葉がまた聞きたい。彼女に協力してほしい。スタンネル夫妻がそうしてもらったのと同じように。スチュアートはそのことで少し嫉妬していた。あのときの彼女の様子に嫉妬したのだ。エマは農場に来た本来の目的をさっさと放棄し、彼のことさえどうでもよくなり、夫妻が言いだした、ちょっとばかげた愉快な頼みごとを果たす方法を考えてあげたのだ。一月にクリスマスツリーを飾り、人をもてなそうとする夫妻のために。やれやれ。

そして、ようやくエマが目を向けてくれた。間違いない、確かに怒っている、と思ったそのとき、彼女が口を開いた。「あんなこと言うなんて、信じられない。あの人、近所の知り合いのお姉さんなのに、私があなたの――」

「愛人か？」

「私が考えていたのはもっと汚い言葉よ」

「泥棒？」

馬車が激しく揺れ、エマは体を支えるべく、わきに片手を強く叩きつける口実ができた。スチュアートは、エマが不安がるので、できるだけスピードを抑えるようにと御者に伝えたのだが、だからといって、彼女が感謝をしてくれたわけではなかった。二人は馬車のこちらと向こうで、じっと目と目を合わせている。「文章を訂正するのがお上手なのね？　というか、言葉を埋めるのが上手なのかしら？」

スチュアートは最初、エマが何を言おうとしているのかわからなかった。それから、ああそうか、僕に屹音の癖があることに気づいていたんだな、と悟った。すると、思わず笑みが浮かび、座席の背に沿って両腕を広げてしまった。自分をわかってもらえたことが嬉しかったのだ。それに、たとえ怒っていたにしろ、エマはこの癖を言い表すのに、「上手」という言葉を使ってくれた。

「とてもね」スチュアートは答え、こう言い添えた。「それに、僕は君のためを思って言ったんだ。自分の評判がどうなるかっていうだけのことなら、もう、あきらめてしまえばいいだろう。これ以上、心配する必要はない」

「あなたは私の評判を軽く考えてるのよ」

「スタンネル夫妻はいい人たちだと思う。深刻な問題にはならないさ」

「貴族院で、僕たちは恋人どうしですって宣言すべきかもしれないわね」

「僕は構わないよ」スチュアートは微笑んだ。僕がどんなことをしたか、貴族院の全議員に喜んで話してやるとも。彼は椅子の上であんなことをやってのけた自分にすっかりあきれていた。通りで見知らぬ人のシャツをつかんで、こう言ってやりたい気分だった。**あのとき僕がどうなったか、君は信じてくれないだろうな。**それに、相手がとても素敵な女性だったということも。

その素敵な女性が口を尖らせた。一瞬、エマは何か汚いこと、露骨なことを言おうとしているかに見えた。もしそうなれば、彼女の機嫌を取ればいい。だが、思い直したようだ。またあんなことをされたら……と不安になったのかもしれない。そうさ、確かに僕は喜んでするだろう。そう思うと、ますます笑顔になってしまう。妙な気分だ。一日で――いや、それどころか一年でだって――こんなに笑ったことがあったかどうか思い出せない。

だが、エマは口を開くどころか、さらに尖らせただけだった。それから、再びぷいと目をそらし、窓の外を見てしまった。

ああ、なんて顔をしてくれるんだ。彼がこれまで大いに気に入っていたのは、彼女がかわいい、人形のように丸い頬っぺたをして皮肉を言う様であり、そのせいで彼のうぬぼれはごっそりむしり取られたが、肝心な部分はしっかり残っていた。しばらくすると、エマは開いた窓に向かってつぶやいた。「あなたにあんなことを言う権利はなかったのよ」

おっと、それは違うな。スチュアートはこう持ちかけた。「その権利ってやつを書き留めておいてくれないか？　僕の筆跡で頼むよ。あとでふとそれを読んで、ああ、自分で書いたんだなと思うかもしれないからね。そうしたら、ひょっとすると、君が言ったことを信じるかもしれない」

いったいいつまで彼女の悪行を利用して威張り散らしていられるのかよくわからなかった。でも特権の有効期限はまだ来ていなかったようだ。エマはひどく苛立った様子で彼をちらっと見たが、その顔はたちまちうろたえた表情に変わった。私の負けよ、ということか。

それでも、スチュアートは激しい罪の意識を覚えた。心がうずいただけだが、それもエマの泥だらけのゴム長靴が目に留まるまでの話だった。こんな醜い靴を履いている女性にお目にかかったことがない。彼は体を前に倒し、馬車と一緒に少々揺れながら、エマの足が突っ込まれている長靴を片方、持ち上げた。彼女は片手でつり革を、もう片方の手で座席の背をつかみ、バランスを取っていなければならなかった。

「ひどい靴だな」スチュアートは長靴を放そうとせず、エマはそれを奪い返そうとした。

「どこかで新しい靴を調達しないか？」

「靴屋さんに作ってもらわなきゃいけないでしょう。一週間かかっちゃうわ」

スチュアートはあきれたように目をぎょろつかせた。「一足作るのに、そんなにかからないよ。靴屋が今やってる作業を止めて、君の靴に専念すればね。途中で靴屋に寄って、サイズを測ってもらおう」

エマは座ったまま体を前に滑らせ、向かいの座席の台にもう片方の足を置いて踏ん張り、腕組みをして、つかまれている長靴を引き戻した。いや、引き戻そうとした。だが、スチュアートはゴムをしっかりつかんでおり、彼女が取り戻せたのは中身の足だけだった。穴の開いた長靴下から指先が二本のぞいている。「サイズなら、もう靴屋さんは知ってるわ。私、靴を一足持ってるの」

「じゃあ、その靴を取りにいこう。この長靴は嫌いだ」

スチュアートは身をかがめ、もう片方の長靴に手を伸ばした。今度はエマも相手が何をするのかわかっているだけに、彼は足をつかまえるのに少々てこずったが、何とか底をつかみ、力いっぱい引っ張った。エマはまた慌てて自分の席にしがみつき、彼に負けじと足を引っ込めようとしている。しかし、彼は長靴を引き抜くと、そのまま、もう片方の長靴ともども、走っている馬車の窓から外に放り投げてしまった。

「ちょっと!」エマは食ってかからんばかりの勢いで体を浮かせたものの、座席の端に腰を下ろし、クッションをつかんだまま、何とかそこで耐えていた。背中がこわばっている。

「ザックの靴だったのに」

「もっといいやつを買ってあげるよ」スチュアートは首をかしげた。「亡くなったご主人の靴ってこと?」

エマは最初、答えようとはしなかったが、やがて、ぶっきらぼうに「ええ」と言った。

「亡くなって、どれくらい経つんだい?」

エマはしばらく顔をしかめていた。「二〇カ月」

スチュアートがうなずいた。「じゃあ、そろそろ手放すべきだ。君にご主人の長靴は必要ない」

「気に入ってたのよ」

「男物の長靴なんかいらないだろう、エム」

彼女の表情に、何かに気づいたような小さな衝撃が走り、スチュアートの努力は報われた。**エム**。皆、彼女をそう呼んでいる。彼女の好きな人たちの呼び方だ。そう思うと、胸の内側が熱くなった。というのも、彼が目指していたのは、そこだったからだ。僕は正しい段階を踏んでいる。にもかかわらず、エマは言い返してきた。「暖かいし、実用的だったの」

「君に必要なのは、暖かくて、実用的な女性用の靴だ。美しい靴。君に似合う靴だよ」

エマは身を乗りだし、猛然と言った。「私にはあれが似合ってたの。厚かましい人ね」

まあ、いい。彼女の言うとおりだ。ひょっとすると、彼女がほかの男の靴を履いているのが気に入らないだけなのかもしれない。だが、死んだ夫の長靴を履いているなんて、しかもサイズだって合ってないものを履いて歩き回っているなんて、まったく異様だ。とはいえ、スチュアートは反論しようとはしなかった。それどころか、自分の性格について、二人のあいだで意見が一致していることをあらためて確認でき、かえってよかったと思っていた。厚かましくて、傲慢。確かにそうだ。ものすごく立派な性格というわけではないが、否定するつもりもない。彼女だって、必ずしも反発しているわけではない。いや、むしろ、そういうところがいいと思っていることさえ時々あるのではないか？

このとき、再び笑みがこぼれそうになり、スチュアートは彼女を怒らせないよう窓の外をじっと見ていなければならなかった。あれこれ考えてみると、こうして二人で座っているのが実に楽しい。それがわかって、彼は驚いた。

僕のほうが彼女を圧倒していたかったのに。彼女をこの苦境から救ってやるつもりはない。勝手なまねはさせるものか。ああ、哀れな男だ。叔父の一件で彼女の協力を当てにする一方で、二人の関係について、彼女の友人たちがでっちあげそうな最悪の噂を、紛れもない真実にしてやろうと、すっかりその気になっている。

エマはありとあらゆる苦痛の種をもたらした。僕をだまし、僕のものを盗み、悪かったとも思っていない。少なくとも本気では。上手く逃げきれなかったことを腹立たしく思っているだけだ。とんでもない。やられたら、やり返す。しばらくのあいだ、ずる賢い田舎の小娘には負けることに慣れてもらおう。

それから、スチュアートはエマをちらっと見て思った。確かに、ずる賢い田舎の小娘だ。かわいらしい小さな口元には、何かをたくらんだり、でっち上げたりしているようなところはまったくない。思い出せる限り、最近では、これほど素晴らしい味のするものに出会っていなかった。ただただ甘くて美味しかった。彼女自身が甘かったのだ。バタースコッチのように。甘い唇、温かい口の内側、丸いヒップ、柔らかい太もも。エマ。**エム**。最後の一文字は僕のものだ。スチュアートは強い独占欲を感じており、自分でもそれはまったく間違っているとわかっていた。これでは、彼女はとても耐えられないだろう。自分の気持ちを落ち着かせなくては。どうしてこんな気持ちになるのか理解し、もっと上手く対処しなくては。

馬車は、いつものペースに持っていこうと力を振り絞りながら、田舎道をがたがた駆け抜けていく。その乗客は、ロンドン、信用詐欺、複式簿記に関する驚くべき知識を備えた興味深い羊飼い。彼女はむすっとした顔をして、スチュアートからなるべく体を離して座席に深く腰かけていた。片やスチュアートは、うとうとしながら眠たげな目を細く開け、とても満足した様子で自分の戦利品をちらちらと盗み見ている。不本意ながら、少しのあいだ協力することを認めた、彼の新しいパートナー。長靴下の左右には一つずつ穴が開いていて、片方の穴から指先が二本、もう片方の穴から三本のぞいている。ケルビムのつま先だ。とてもきれいなピンク色で、かわいらしい。彼はそのつま先をなめてみたい、食べてみたいと思った。そのまま放っておいたら、彼はその場でエマを食い尽くしていただろう。

僕のものだ。二週間、君は僕のものなんだよ、エマ・ホッチキス。不本意であろうと、二人合意のうえで、そのようにしたのだから。それに、僕はイングランドで自ら様々な交渉をしてきたが、この二週間を手に入れたことは最高の成果だと断言できる。何しろ、それまでは自分の子爵の地位を取り返すのに、さんざん説明し、主張し、苦労を重ねてきたのだから。

「ポーク・パイは？」スチュアートは食べ物の包みを一つ差し出し、あえて言ってみた。

エマが首を横に振る。

こんな彼女は見たくない。スチュアートは彼女の丸みという丸みを味わいたかった。体の柔らかさを隅々まで味わいたかった。「食べてもらえるといいんだけどな」だが、その瞬間、逆のことを言うべきだったと気づいた。

エマは食べ物を拒絶した。きっと僕の意思と逆のことをするためだけにそうしたのだ。

9

馬車が道を折れ、ドゥノード城へと通じる長い小道に入っていくころにはもう、外は暗くなっていた。小道の両わきにはポプラの並木がずっと続いている。ドゥノードだ。エマは、遠くに見える明かりの灯った小塔に目を見張った。召使たちが暮らす屋根裏部屋の窓が夜を照らし、あるじの帰りを待っている。

この神聖なる場所に、日が暮れてから足を踏み入れたことは一度もなかった。両わきの木々は静まり返り、馬具の音が——大半はそりから取ってつけた鈴の音だった——静かに吹き寄せる雪の音をしのいで、はっきりと響き渡っている。城は見えるといってもぼんやりしていて、遠くの地平線を覆う影とも呼べないほどだったが、馬車は敷地内の大きな私道をそれ、わき道に入った。一行は草地に囲まれた湖沿いの道をぐるっと回り、裏から古い大邸宅に近づいていく。月明かりの中、エマは初めて、幾何学式庭園に設置された数々の噴水を目にした。庭じゅうに生け垣がたくさんあったが、新しい子爵の庭師たちは、伸び放題だった枝葉をすっかり刈り込んでしまったらしい。庭園越しに、遠くの湖岸に立っている小さな建物が見えた。窓という窓、そして屋根にも透明なガラスがはまっていて、かすみがかった満月と曇った空が映っている。おそらく、あれがかの有名な温室《オランジエリー》なのだろう。伝え聞くところでは、かつて代々の城主は、温室で柑橘類を作り、クリスマスには村じゅうの人々に提供していたのだとか。ノブレス・オブリージュ（金持ちや身分の高い者には、そうでない人々を助ける義務があるという考え方）の精神が生きていたころの話だ。馬車は湖を回ると速度を落とし、何かの小さな果樹園を抜けていった。そこには左右対称の形をした小さな木が並んでいた。葉を落とし、枝をむき出しにした木々が春を待ちわびながら眠っている。

手綱が引かれて馬車が止まると、馬たちは文句も言わずに停止した。どうやら、彼らもとうとうくたびれてしまい、もう走りたくないようだ。馬具についている鈴が最後の最後にちりんと鳴って、辺りはすっかり静かになった。フットマンと御者が降りるときに、馬車のスプリングが少しきしむ音と、窓ガラスの向こうで風がゆっくり吹き抜けていく音だけが聞こえてきた。エマは座席に横になっていた。暖かくて、心地よくて、頭が少しぼうっとしている。どれくらい眠っていたのかよくわからない。暗い室内の向かいの席で、何か見分けのつかないものがかすかに動き、次の瞬間、馬車の扉が開いて、冬の夜の冷気が静かに吹き込んできた。

目が覚めているとはっきり自覚する間もなく、力強い腕がエマを動かし、戸口に向かってすくい上げた。

エマは小声で文句を言った。「ねえ……私、起きてるから。待って。ちゃんと歩けるわ」

「君の靴は捨ててしまっただろう。雪が降ってる」スチュアートだ。彼の低い、冬の夜のような静かな声が耳元で語りかけた。

私の靴。そうだった。エマはうなずいた。あまりにもぼうっとしていて、怒りをよみがえらせることができなかったのだ。彼女はスチュアートにされるがまま、腕を上げて彼の肩にかけた。「今、何時？」

「ちょうど九時を回ったところだ」彼は背後にある家の明かりに照らされていた。前かがみになり、体が半分馬車の中、もう半分が外に出た状態で、足を台に乗せているほうの膝が上がっている。背後では、どっしりした家の一階でさらに明かりがついた。中にいる人々が主人の到着に気づいたのだろう。

座席の向こうから引っ張られ、スチュアートの腕にしっかりつかまれたときは少しびっくりしたが、もう一つ驚くことがあった。エマは毛皮の裏がついた彼の外套の下で横になっていたのだ。こんなに暖かくて心地よかったのは、シルクのように軽くて柔らかいチンチラの毛皮にくるまっていたからだった。暗い影と化した子爵がエマの上に身をかがめ、さらにしっかりと彼女を外套でくるんだかと思うと、体の下に両腕を入れてすくい上げた。

彼の温かい胸に引き寄せられるのがわかり、自分が無力な存在に思えた。それから、彼はエマを持ち上げたまま、後ろ向きで馬車を降り、夜風の中に出た。寒い。昼間よりずっと寒い。それに、彼が言ったとおり、また雪が静かに降っている。エマは少々品のないこんな格好で子供のように抱きかかえられ、大またで歩く領主本人の穏やかなリズムに合わせて小刻みに揺れながらドゥノード城の裏手の道を進んでいった。木々のあいだから、屋敷がぼんやりと姿を現す。尖った山型の建物が高々とそびえ立ち、建物と空との境目は見ることができない。壁も、両わきに広がる森林にものみ込まれないほど巨大だった。

召使たちが急いで二人を出迎えた。屋敷の執事を先頭に、燕尾服を着た副執事、家政婦、その後ろから、ひだ飾りのついた小さな帽子をかぶったメイドがぞろぞろ続き、道を歩いてくる。誰かが手袋をしたフットマンからかばんを受け取った。とにかく人がうようよいる。ほかの者たちは明かりのついた戸口に控えており、目の上に手をかざしたり、暗闇に向かって目を細めたりしている。到着したあるじを出迎えたとき、側近たちのあいだには、ほんのわずかではあったが、はっきりと見て取れる緊張感が漂っていた。皆、気に入られようと愛想をよくしていたが、声や姿勢、何かを申し出たり、気遣いをしたりする様子には不安も感じられた。彼らも召使の数が多すぎることはわかっており、皆それぞれ、必要な人物に見られたいと思っているのだ。

エマとスチュアートが道を進んでいくと、やがて頭の上に天蓋形のひさしが現れ、風と雪から二人を守ってくれた。周囲には様々なことを礼儀正しく問い尋ねる声が、宙を舞う雪片のごとく、これでもかというほど漂っている。

お食事はなさいますか？　ほかにお客様は？　お仕事は順調でしょうか？　お留守のあいだに、お客様からお預かりした名刺はご覧になりますか？　ロンドンから紳士がお二方、訪ねてこられたのですが。名刺と郵便物は書斎の整理箱に置いてございます。庭師の見習いが一人、足の骨を折ってしまいまして……。ほかにも日常の細々したことがあった。閣下、この件は今夜、ご検討していただけますか？　それとも明日までお待ちしたほうがよろしいでしょうか？　それから、気まずそうに、というより、エマにとって気まずいことだったのだが、こんな声が聞こえてきた。こちらのご婦人のために、別のお部屋をご用意したほうがよろしいでしょうか？

　スチュアートはすべて無視していたが、最後の言葉を耳にしたときは例外だった。彼はそっけなく笑い、質問に答えた。「残念だが、そうしてくれ」肘鉄を食らった恋人のような口ぶりだ。エマはそれを聞いてほっとし、心の中では深い安堵のため息をついたが、仕方なく嬉しそうな顔をしておいた。

　ポルチコ（列柱のある屋根つきの玄関）の最後の一段を上って、いよいよ建物の中に入るとき、エマは最後は落ち着いて、わずかばかりの威厳にしがみつこうとした。しかしそのとき、片側の森のほうで鋭い金切り声がし、闇を貫いた。まるで、子供が殺されそうになって悲鳴を上げているような声だ。スチュアートはちょうど敷居をまたぎ、エマを下ろしているところで、彼女は彼の首にしがみつき、ほとんどぶら下がる格好になってしまった。スチュアートは彼女を放さず、今度はしっかり抱き寄せた。二人はそのまま家の中に入り、扉が閉まったが、エマはどうでもよかった。

「何なの？」彼女はぞっとして尋ねた。今まで聞いたこともない声だったのだ。

「クジャクだよ。五〇羽ほど放し飼いにしてるんだ。その大半は森にいる」

クジャク？　エマはほっとしてため息をつき、顔をしかめた。よりによってクジャク。でも、考えてみれば、いかにも彼らしい。ロシアの皇帝みたいな格好をした男性が派手な鳥をたくさん飼っているなんて。エマは、過去にこの城でクジャクを飼っていたという話があったかどうか、新しい子爵がしていた「模様替え」にクジャクも入っていたかどうか思い出せなかった。

明るい玄関広間で、彼の軽くて温かい外套が肩からはずされるのがわかった。ある召使が外套を二つ折りにして自分の腕にかけたのだ。エマはちょっとした側近集団のあとをついていった。裸足《はだし》でふかふかした絨毯を踏み、つま先にシルクのような柔らかい感触を覚えながら、鮮やかな色彩の複雑な模様の上を歩いていく。絨毯には光沢があり、同じ場所でも見る角度によって、パステル調から深みのある濃い色合いへと変化した。

屋敷じゅうの明かりが光り輝く中、召使を先頭に、質素な玄関ホールを皆でぞろぞろ進んでいくとき、エマはスチュアートをちらっと見た。ガス灯の明かりに囲まれていると、鋭い顔つきがだんだんそうでもなく思えてくる。ただ、もう見慣れたといってもいい平然とした表情を目にし、彼女は一人、微笑まずにはいられなかった。それでなくとも複雑なのに、私のせいでさらに複雑になってしまった家の問題を処理しながら、彼は観念したような顔をしている。

スチュアートは、誰かエマの家に出向き、羊と猫とニワトリのほか、世話や手入れの必要なものについて、すべて抜かりなく手配をしてくるようにと指示を出した。続いて、様々な質問が彼に向けられた。いったいこの人は、どれほど長く留守にしていたのだろう？　エマはそう思わずにいられなかった。いずれにせよ、彼は延々と続く質問を聞いては、早口で次々と指示を与えており、最後の質問にはこう答えた。「そうだ。夕食を用意してくれ。それから、僕の部屋の向かい側の部屋を使えるようにしておくこと。今日から数日、ミセス・ホッチキスが滞在するのでね。夕食は僕の部屋の居間のほうに運んでくれ。英国風のものがいい。あと、風呂の用意も頼む。二人分」

メイドは、主人が自分の居間にバスタブを二つとも持ってこいと言っているのかと思い、困った顔をした。

スチュアートはまた笑い声を上げたが、頭を傾け、肩越しにちらっとエマを見た。冗談だよとでも言いたげに。その一瞬の間で、エマは悟った。彼はしばらく答えずにいることで、私をからかっているんだ。にこりともせず、人をからかっている。

そんなスチュアートを見て、どういうわけか笑みを返してしまった。エマは彼の妙に乾いたユーモアにだんだん慣れてきたのだ。それに、彼の答えは――この件に関しては二度目の答えだ――二人が了解し合っていることを証明していた。

「残念ながら、そういうことじゃない」

エマはほっとため息をついた。しょっぱなから男と女の部分で相当ひどい失敗をやらかし、二人の関係は始まってしまった。けれども、どうやらスチュアートは、彼女が押しつけた段階から始めて構わないと思っているらしい。知り合って四〇分で、自分がなぜかあんなことをやってのけたという事実に対し、エマはわずかながら耐え難い気持ちになった。

だめよ、いつまでもくよくよ考えないほうがいい。

外の遠くのほうで、またクジャクの鋭い鳴き声がした。頭にこびりついて離れない声。でも明かりのたくさんついた、便利で安全な家の中で、ぬくぬくと、何の危険もない状態で耳にし、その正体がわかってみると、前よりもずっと魅力的な声に思える。

安全。エマは心強い気分だった。丘を下ったところのどこかで、私の羊は世話をしてもらえるのだろう。草地が雪で覆われている日は、干草かサトウダイコンを与えてもらえる。弱った動物たちは納屋に入れてもらえるだろうし、猫も自分の器にミルクを入れてもらえるだろう。ひょっとすると、パン焼きとか繕い物とか、村の人たちのためにやっていた雑用も本当に継続してもらえるのかもしれない。自分でもわかっているけれど、私の生活は二週間、宙に浮いた状態になる。でも、間違いない。スチュアートは、私が元の生活に戻れるように配慮してくれる。

よかった。二週間だ。二週間したら、お互い用済み、はい、さようならというわけね。これからの二週間、いつもの生活から解放されることは確かだ。

クジャクを飼っているこの家のあるじが相変わらず先を歩き、エマはそのあとを裸足でついていく。こんなにも柔らかくて美しい色合いの絨毯を一歩一歩踏みしめながら、気がつくと足の下の感覚に魅了されていた。村でいちばん大きな通りと同じくらい広い、曲線状の階段を上り始めると、スチュアートがいろいろな物を放り出していることに気づいた。手袋、スカーフ、帽子、馬車に置いてあった毛布（外套はエマに掛けてしまったので、自分は毛布を使い、屋敷の中に入るまでずっとそれをはおっていたようだ）。それを召使、メイド、執事たちが受け取ったり、拾ったりしている。

階段のいちばん上でフロック・コートが落とされ、エマは急に顔を上げた。スチュアートは通路を進みながらベストのボタンをはずしている。通路の片側には扉の閉まった部屋が並び、もう片側には欄干が続いていて、そこからのぞくと、はるか下のほうに今通ってきた広間が見える。歩いていくうちに、温かみのある甘い香りがはっきりと漂ってきて、二人を迎えているかに思えた。異国風のスパイスをきかせたろうそく、あるいは香油がどこかで燃えているようだ。

スチュアートも気づいたらしく、鼻を上げ、息を吐き出しながら笑った。「ヒヤムが来てるのか？」彼が誰かに尋ねた。

「はい。申し遅れまして、すみません。ヒヤムとアミナは二日前に到着いたしました」

スチュアートの顔に初めて心から喜んでいる表情、ああ、家に帰ってきたという表情がよぎり、エマはそれをじっと観察した。「よかった」もう一度そのにおいをかぎ、ちらっとエマを見る。「ヒヤムがやってくると、いつもにおいでわかるんだ。今夜はオレンジだな」それから、においをかぎわけているかのように、言葉を切った。「それに、シナモンとカルダモン。もし間違っていなければね」彼が再びエマに目を走らせる。「ヒヤムはうちにやってくると、勝手にろうそくとお香の担当大臣になってしまうんだ。僕の家にモスクのようなにおいが漂うまで、絶対に満足しないんだよ」

「ご親戚？」

「いや」スチュアートは目をしばたたき、一瞬困った顔をしたが、ベストを召使に渡し、クラヴァットの結び目を解き始めた。

「じゃあ、どういう人たちなの？」

「僕が後見人になって面倒を見ている女性でね。ロンドンに住んでいて、僕はそこに様子を見にいくことになっているんだ。どうやらあの二人、僕をせかす役を買って出たらしいな」

「変わった名前ね」

「トルコ人なんだ」スチュアートはある部屋の前で立ち止まり、扉を開けてエマのほうを向いた。「ここが僕の部屋」中に向かってうなずく仕草をし、それから、白い袖に包まれた長い腕で、はす向かいの部屋を示した。「君の部屋はそこ」

エマはちらっと後ろを見た。そこは廊下の曲がり角で、二人の部屋はほとんど向かい合っている。

スチュアートは、首にだらりと垂れたクラヴァットを片手でつかんだまま、戸口のすぐ内側に立ち、メイドに使う言葉遣いと似ていなくもない口調で続けた。「風呂は間もなく用意できるだろう。一時間後に会えるかな？」襟のボタンと格闘しながら、頭を後ろに少し傾け、再び部屋の中を示す。「ここで。君のほうに異論がなければ、僕は今夜から始めたい。風呂と着替えが済んだら、食事をしながら、これからやるべきこと、必要なことについて話し合おう。それで構わなければだけど」

スチュアートの態度は、彼がエマの許可を求めているのではないことを物語っていた。ここへ来いと言っているのだ。彼の部屋の居間へ。寝室のすぐ外にある居間へ来いと言うのね。ずっと奥にある戸口の向こうに大きなベッドが見える。優美なひだ飾りのついたカバーは思いのほか色鮮やかだ。オレンジ、サフラン、シナモン、ルビーの色。サリーに使われるシルクと同じくらい軽そうで、質感はビロードの枕とは対照的。枕がたくさん置いてあり、ビーズの縁飾りがきらきら光っている。典型的な英国紳士の寝室とはとても言えない。だからといって、もっと見てみたいわけではなかった。

「じゃあ、一時間後ということでいいね？」スチュアートは同意を求めているにすぎない。

「あの……よくないわ。一階で食べてもいいかしら？」

「よくないよ。下は不便なんだ」

エマは途方に暮れて唇を嚙み、自分に言い聞かせた。つべこべ言うのはやめなさい。彼は十分、親切にしてくれているでしょう。それに、お風呂。ああ、今は、その言葉がとても素敵に思えてしまう。きっとお湯を使えるのよね。きれいな温かいお湯。一度、思い浮かべてしまうと、とてもそれ以外のことに心を傾けられそうになかった。お風呂に入って、食事をして、そのあと一時間ほど詐欺の要点を彼に説明してあげたら、寝られるのだろう。もう、いつでも寝てしまえそう。本当にくたくた。彼の言うとおりにしなさい。エマはもう一度自分に言い聞かせた。

だが、心と裏腹に首を横に振っていた。

スチュアートはびっくりしている。「いったいどうして?」片手でつかんでいる襟を開き、顎を上げた。ボタンをもう一つはずしてから動きを止め、戸口に背筋を伸ばして立ち、エマをじっと見下ろしている。

エマは召使たちがいなくなっていることに気づいた。二人だけで立っていると、エマとスチュアートのあいだで何かが変わった。下の階から、木がぶつかる音が聞こえてくる。ストーブに薪がくべられたのだろう。お湯が本当に準備されている。エマの背後で、これから自分の居場所になる部屋の扉がかちっと開いた。誰かいる。女性だ。二階を担当するメイドかもしれない。その女性が部屋に入って動き回り、軽く鼻歌まで歌っている。

スチュアートの召使たちは、精力的に与えられた仕事に取りかかった。彼は自分の言ったことに逆らう人間、意に沿おうとしない人間に慣れていないのだ。

メイドの調子っぱずれな鼻歌がかすかに聞こえる中、エマはためらっていた。私はいちいち激しく抵抗しすぎなのかしら？　私が気難しいだけ？「あなたの寝室のそばはいやなの」エマは小声で伝えた。

スチュアートは何も言わず、緩めた襟からクラヴァットを引っ張ってはずしただけだった。のりの効いた生地にシルクが滑る音が聞こえ、エマの腕の産毛が逆立った。彼は一方の手で暗い色のクラヴァットをつかみ、親指で布地をぼんやりなでながら、そこに突っ立っている。

クラヴァットをもてあそぶ長い指をじっと見ていると、口が乾いてくる。目もだんだん熱くなってきた。だめよ、こんなことじゃ、とエマは思った。私はつべこべ言っているんじゃない。全然、違うわ。目の前にいるマウント・ヴィリアーズ子爵は親切にしてくれているわけじゃないし、言っていることだって、むちゃくちゃだわ。完全に支配権を握っているのだから、心が広いところを見せてくれたっていいでしょう？　それで彼は何を失うっていうの？　エマは、あまりにもうぶで、今までそんなふうに考えられなかった自分を笑いたくなった。

「書斎はあるの？」

「あるけど」スチュアートは信じられないといった様子で鼻を鳴らした。「書斎で待ってろと言うのか？　食事をそこへ運ばせろってことなのか？」

「そう。そういうこと」

スチュアートは目を大きく見開き、エマを見つめた。が、次の瞬間、例によって口元にあいまいな笑みがかすかに浮かんだ。

二人とも動かなかった。スチュアートは一方の肩を落として戸口の柱に持たせかけ、エマを見据えている。彼女がそこまで強く言うのはどういうことか考えているのだろう。寝室に通じる扉の前で、真っ白なシャツの上に重ねたベストの前を開けっ放しにして立っている。シャツの前身ごろには細かいナイフ・プリーツ（同一方向にきっちりと細くたたまれたプリーツ）が入っていて、何本も並んだ完璧な細いラインが、そのまままっすぐ、ズボンの中にたくし込まれていた。エマは、白いサスペンダーの輪についているボタンの一つをちらっと見てしまった。

スチュアートが前髪をかき上げた。髪はすぐに額に落ちてくるので、エマは視線を――少しばつが悪そうに――ズボンからそちらに戻すことができた。長すぎて言うことを聞かない、その黒い髪に。厚みのある髪はシャツの後ろで襟を覆い隠し、ぱりっとした白いシャツとはまったく対照的に、勝手な方向にカールを描いて跳ねていた。

エマは唇を濡らし、二人のちょっとしたこう着状態が終わるのをできるだけ冷静に待った。すると、スチュアートがエマを笑った。礼儀正しい態度を取ろうとさえしない。彼はエマをなめるように見つめた。首、肩、胸、腹、さらに下のほうへ。とうとうエマはその視線に気づき、彼が何をしているのか理解し、目を合わせることができなくなった。彼は半分服を脱ぎ、自分の家でくつろぎ、自分がすべての支配権を握っているという事実をあざけりながら立っている。

エマは一歩、後ずさりをした。「それじゃあ、一時間後ね？ 書斎でいいのよね？」

スチュアートの関心はエマの体の上にいつまでも留まっていたが、しぶしぶ彼女の顔に戻された。「実にいい考えだ」彼がつぶやいた。「なぜ僕は思いつかなかったんだろうな？ つまり、居間だとひどいことが起こり得るけど、書斎ならその可能性は低くなる。素晴らしい選択をしたもんだ」再びそっけなく笑い、ささやくように言い添えた。「どうぞお好きなように」

嘘つき。嘘つきが君の願いをかなえてやると言わんばかりの態度を取っている。それでも、二人の視線が再び絡み合ったとき、エマの腹部は締めつけられた。純然たる熱い興奮に襲われたのだ。

そのとき、さらに悪いことに、彼がかすかに微笑みながら本音を白状し、エマが口に出さなかった不安はすべて現実味を帯びてしまった。「君はちゃんとわかってるんだな。確かに、僕が食事をしながら、もっと親密な雰囲気で話し合いたかったことはほかにもある。君が今夜、僕のベッドで寝るという選択肢についても話したかったんだ」

エマは目をしばたたき、落ち着かない様子で笑い声を上げるとうつむき、冷たくなったつま先をじっと見下ろした。

「強要しようと思えばできるんだぞ」彼がささやいた。

「そ、そんなこと、だ、だめに――」言いたいことはよくわかる。エマの答えは「ノー」だ。だが、彼の厚かましさに動揺し、言葉がすんなり出てこないらしい。

スチュアートはふっと静かに笑った。「ゆっくりしゃべってごらん。そうすれば上手くいく」

彼はまた自分で自分を笑いものにしている。それでも、エマの口からはひと言も言葉が出てこなかった。あまりにも混乱していたのだ。彼女はおびえ、取り乱し、ひどく腹を立てていた。だが、その一方で、愚かにも嬉しくなり、どうしようもなく心惹かれていた。

スチュアートの手が伸びてきたかと思うと、温かい指先が突然、顎に当たり、そのまま顔を持ち上げて彼のほうに向けさせた。彼はエマの目を見て言った。「もちろん、強要なんかしない。決めるのは君だ。ただ、僕がそうしたいと思っただけさ。この件について、僕の考えはとてもはっきりしている。暖炉のそばでワインを楽しみながら、優しく丁寧にやりたいと思ってね」彼は大きくため息をついた。「椅子に座って三〇秒でしたときより、もうちょっと上手くやれるってことを君にわかってもらいたい」それから、またしても自分をなじるような笑みを浮かべ、視線を下ろした。「できると思う。やってみるよ」再び目を上げたとき、彼は真剣な表情を浮かべていた。その顔がどきっとするほどハンサムで、エマは喉が締めつけられた。「僕は君にとても惹かれている」こんな言い方は正しくなかったとばかりに、一瞬、間を置き、顔をしかめる。「君が持っている何かにね」これでもまだ不満らしく、鼻を鳴らし、仕方なくこう締めくくった。「二週間、僕らは恋人どうしってことにしたら、もっと面白いと思うんだが」

「私は――」エマは唇をぎゅっと結んだ。「そうは思わない」

「それは残念だ」スチュアートは半分向きを変え、後ろのドアノブに手を伸ばした。「じゃあ、書斎で食事ということで」

エマはさらに落ち着きのない笑い声を上げそうになったが、何とかそれを抑え、元気よくうなずいた。勝負あり。また勝ってしまった。いや、こんな火が出るほど顔が真っ赤にならなければ勝ったと言えたのだろう。

惹かれている、だなんて、まさか。髪はかつらで押さえつけられてぼさぼさ、地味なスカートをはいて、穴の開いた靴下でどたどた歩き回っている、背の低い女に惹かれているですって？　コートの左右のポケットにこの男性からせしめた五六ポンドを入れたまま、エマはメイドが廊下を急いで歩いていくのを見ていた。

彼にこう言ってやりたかった。私に惹かれるくらいなら、毒蛇に嚙まれたほうがましでしょう。

にもかかわらず、エマは彼のほめ言葉、二人が交わしたばかげたやり取りのすべてを思い返し、もっときれいな格好をしていて、髪もとかしてあって、服も体にぴったり合っていたらよかったのに、とうぬぼれたことを考えてしまった。彼が私のどこをいいと思ったにせよ、髪がきれいに整っているとか、きれいに装っているとか、そういうことではないのだろう。それだけは確かだ。

スチュアートが後ろに下がり、居間に一歩入ったが、片方の手は相変わらずドアノブを握っていた。彼はそこに立ったまま、しばらくエマを見ていた。まるで、彼女の気が変わって、あとからついてくるんじゃないかと思っているかのように。ああ、腹立たしい。エマは喜んでいるような、当惑したような拒絶の表情を浮かべている。彼はその微妙なニュアンスをすべてとらえていた。

「じゃあ、また食事のときに」今さら、こんなことを言ってしまった。舌が腫れぼったい感じがする。エマはようやく裸足で歩きだした。彼は私が口ごもった回数を正確に数えていたに違いない。

新しい自分の部屋に入ると、彼女は目を閉じて考えた。ねえエマ、いったいどうしちゃったの？　あそこに立っていたとんでもない男は、腹立たしいクラヴァットをまだ持ってるじゃないの。あのホテルで味わった狂気の沙汰をもっと味わいたいの？

哀れなことに、そう自問した途端、エマはぞくぞくしてしまった。

あなたは自分で自分の首を絞めているのよ、エマ・ホッチキス。まったく、たちの悪い男が好きなんだから。彼の手の届かないところにいないと、痛い目に遭うわよ。ほんとに、ばかね。

そのとき、青いベッドカバーの上に、厚みのある白いシルクの布が置かれているのが目に入った。それを手に取ると気が抜けて、いきなり笑ってしまった。男性用の寝巻きだ。スチュアートの寝巻き。滑りのいいサテン地は、布というより水のよう。どこまでも続くのではないかと思うほどするすると、エマの手のあいだからこぼれていく。これを着て寝ろ、さもないと凍え死んでしまうぞ、ということね。

最近の私は、ずいぶん選択肢に恵まれているようね。とんでもない選択肢だけど。まるで悪魔の化身だ。

一〇分後、スチュアートの「後見」を受けているというアミナが、刺繍を施した柔らかいスリッパをエマ用に持ってきてくれた。大きさはぴったりだ。だがアミナのほうは、どうも場違いな感じのする人だった。黒い目をした、感じのいい、とても美しい女性で、見たところ、年は三〇近くかと思われた。他人の世話になるにしては、ずいぶん年がいっている。それに、服装も髪型も英国風だが、言葉になまりがあり、彼女の名前を聞いたときと同様、英国生まれでないことはすぐにわかった。

10

エマが書斎を見つけたとき、スチュアートはもう部屋の中にいた。彼に違いない。けれども、立ったまま大きな机に覆いかぶさり、そこに置いてある新聞を読んでいる男性は別人のように見え、エマは一瞬、後ずさりした。湿った髪を後ろにとかしつけているため、横顔の輪郭がはっきりとわかる。尖った顎と頬にも湿り気があり、ひげを剃ったばかりのせいか、少々無防備に見える。それ以上になじみがなかったのが彼の服装だ。厚みのある、たっぷりした小麦色のニットのセーターは、スポーツ選手がよく着ているもので、今にもポロの試合に出かけていきそうな感じがする。ゆったりした黒っぽいズボンのポケットにさりげなく両手を突っ込んでいる彼は、やがてぼんやりした様子で親指をなめ、机に広げた新聞のページをめくった。読むのに熱中するあまり、エマが入ってきたことに気づいていない。

書斎は寒かった。でも、暖炉で火がぱちぱち音を立てているし、じきに暖まるだろう。テーブルに用意された夕食が本当にいいにおいを漂わせている。読書用のランプがわきにどけてあり、鳥料理が載った皿などが二人分セットされていた。

エマが咳払いをすると、スチュアートはびくっとした。「ああ、来たね。食事も今、運ばれてきたところだ」彼は二人分の食卓を示した。「さあ、座って。先に始めててくれ。僕もすぐ行くから」そう言って、ぞんざいに片手をひらつかせ、何がそんなに面白いのか、机の上の新聞に目を戻してしまった。

体に合った自分の服を着て（それと借り物のスリッパを履いて）いても、房飾りのついた大きな革張りの椅子に腰かけると、エマは自分がだらしのない格好をしていて、場違いなところにいる気分になった。ダマスク織りのテーブル・リネン、磁器の皿、銀の食器、カット・クリスタルのグラス。出されている食べ物もいつもとはわけが違う。

それでも、食事は自意識過剰を紛らしてくれた。エマは一、二分待ってみたが、言われたとおり、先に食べ始めた。まずは、いちばん美味しそうな小ぶりのコーニッシュ（英国原産のニワトリの品種）の脚から。肉汁にコショウとカボチャが浮いている。それにタマネギとスパイスの風味。食べれば食べるほど好きになる。でも今まで一度も食べたことのない味だ。キャラウェイの香りがするのはわかる。あと蜂蜜の味も。そこに、絶妙に組み合わせたスパイスが加わっているけれど……何だろう？　ショウガ、ぴりっと辛いトウガラシ、シナモン……それにミントかしら？　ミントが入ってるの？「英国風」のスパイスの組み合わせで、こんなの初めて。でも、すごく風味がいい。口の中で調和を奏でているみたい。半分食べ終えたところで、向かい側の椅子が急に引かれ、晩餐会の主人が腰を下ろした。

「申し訳ない。もうすぐ決議があるから新聞に目を通しておかないといけないんだが、まだ半分しか終わっていなくてね。困ったもんだ。でもまあ、議員仲間が続きを読んでおいてくれるだろう」スチュアートが脚つきの皿《コンポート》の銀の蓋を持ち上げた。現れたのはスライスした焼きリンゴに英国風カスタードソース《クレーム・アングレーズ》を添えたデザート。焼きリンゴなんてずいぶん久しぶり。

「うん」スチュアートが満足そうに言い、エマのほうに眉を上げてみせる。「これなら英国風と言ってもらえるかな？」

エマは声を上げて笑った。「そうでもないけど、素晴らしいお食事よ。どうもありがとう」

スチュアートはしばらくエマをじっと見つめていたが、やがてうなずいた。「よかった」

こちらの気を引くエマのやり方にはしょっちゅう驚かされてしまう。今まで、こんな美しい笑い声を耳にしたことがあっただろうか。まるで鈴、風鈴のようだ。

スチュアートは食事に目をやった。自分には英国風の味だと思えるのだが。だってコーニッシュじゃないか。まあいい。気にするな。少なくとも彼女に笑ってもらえたのだから。女性を笑わせることができる男は——しかも、相手はさらってきたも同然の女性だ——何か特別な好意を持たれているに違いない。そうだろう？　たとえ彼女がそれを認めないとしても。

数分のあいだ、二人はそれ以上何もしゃべらなかった。最初は、二人ともただお腹が空いているだけのように見え、それがある程度、真実であることは確かだった。銀の食器が磁器の皿に当たり、かたかた音を立てている。それから、ガラスのボトルとクリスタルのグラスが触れ合う音がした。スチュアートがワインを注いでくれたのだ。それも見たことのないワインだった。ただ、エマは食事を心から楽しんでいたが、同じような率直さで食事の相手を見ることはできなかった。

沈黙が続くにつれ、彼もこの状況に早くなじもうと思っているように見えた。エマは彼の寝室のすぐ外で食事をしなくて済んだことにひたすら感謝していた。私は書斎にいる。どんな人でも夢中になってしまうほど様々な本がそろった広い書斎。広いどころか、巨大だ。エマは周囲を見渡した。

イングランドの大邸宅としても、スチュアートの書斎はとても広い。何よりも独特なのは部屋の長さだった。あまりにも距離がありすぎて、夜、部屋の片側にある暖炉と机に光が灯っても、反対側まで明るくならない。本で埋め尽くされた壁はどんどんかすんでいき、やがて見えなくなってしまう。エマには書斎の長さがどれくらいあるのか判断できなかった。部屋のいちばん奥までよく見えなかったのだ。

しかし、画廊のような長さを除けば、スチュアートの書斎は驚くほど意外性がなかった。壁を覆う黒っぽい木製の書棚には、様々な色の本の背が隙間なく並んでいる。どこを見ても、本、本、本。壁という壁、床から格天井に至るまで、本がぎっしり詰まっている。高さのある車輪つきのはしごが少なくとも四台、書棚のレールに取りつけてあり、とても高い位置にある棚の本にも手が届くようになっていた。ランプが置かれた読書机……クッションの効いた椅子……鋲で縁取りをした革張りの長椅子。エマのすぐ右側には石造りの暖炉があり、その上に彫刻を施した大きなマントルピースが載っている。彼女はこの書斎がもたらす安心感が好きだった。まさに典型的ともいえる英国人気質があふれている。暗い窓のわきに置かれた男性の胸像といい、棚と棚の隙間にぼんやりと見える六枚の古い絵——立派な服装でのんびりくつろぐ紳士階級《ジェントリー》の人々の肖像画――といい。

　エマは絵を見てほぼ確信した。ほかでもない、これは歴代マウント・ヴィリアーズ子爵の肖像画だ。歴代子爵と妻、犬、馬、子供に違いない。「この絵に描かれている人たちは皆、親戚なの？」エマはパンを分厚くちぎりながら尋ね、皿に残ったソースをぬぐい取った。お抱えシェフの才能がこの食事に示されているのだとすれば、残さず味わいたいと思ったのだ。

「そう聞いているけどね。あまり気にして見てないよ」スチュアートは英国人なら誰でもするように、鶏のももをフォークで刺し、ナイフを器用に動かして骨から切り離した。アラブ人やロシア人は手で食べると聞いていたけれど……。彼が食べ物を乱暴に扱うのではないかと半分期待して見守ったが、そうはならず、エマは少しがっかりした。

　二人はもう一分ほど黙ったまま過ごした。「自分のことは話してくれないのね」とうとうエマが口を開き、笑みを浮かべた。「あなたと食事をするには長いスプーンがいるわ」

「何だって？」

「ヨークシャーではそういう言い方をするの。もしかすると、スコットランドだったかしら。とにかく母がよく口にしてたのよ。あなたは、よくわからない人だってこと」

「よくわからないって、いったい何が知りたい？」

　エマは肩をすくめた。「さあ……。じゃあ、肖像画のこと。どうして興味がないの？」

「風景画のほうが好きなんだ。じゃなければ、自分が知っている人や、行ったことのある場所の写真のほうがいい」

「自分の家族より？」

「家族なんかどうってことない存在だった。家族の絵はだいぶ売り払ってしまったし、欲しい人がいれば、最後の一枚まで売ってしまうつもりだ」

「ご両親の絵も？　それも売ってしまうつもりなの？」

スチュアートは一瞬、動きを止め、ワイングラスの縁越しにエマを見た。「いや」これ以上、言うつもりはないとばかりに言葉を止めた。やがて首を傾け、彼は話を始めた。「母は肖像画を描かせなかった。自分はとても醜いと思ってたんだ。父は結婚する直前に自分の肖像画を一枚、描かせていて、不思議なことに、母はそれをずっと飾っていた。その絵はまっ先にはずして燃やしてしまったよ」

「ああ」エマは急にばつが悪くなってしまった。父親の噂は耳にしていたのだから、家族のことは訊くべきではなかったのだ。ただ、そうは言っても、彼の母親が絵を大事にしていたのだとすれば、父親はどの程度の悪人だったのだろう？

「本当に不思議」エマはスチュアートの言葉を繰り返した。彼の母親は夫を愛していたの？公然と妻を見捨てた卑劣な男なのに。そんな男の絵を毎日眺めていられるわけないでしょう？

エマが考えていることを察したように、スチュアートは言った。「父はハンサムだった。母はその顔を見て楽しんでたんだ。ただ、顔は美しくても、父はやることが矛盾していてね。おかげで母も頭がおかしくなってしまった」彼はナプキンをテーブルに置き、椅子にもたれて笑みを浮かべたが、冷たい笑い方ではなかった。「文字どおりの意味でね。母は本当にどうにかなってしまい、罪を犯した父を誰もつかまえることができなかった。とんでもない遺産を受け継いだものさ。こんな話を聞いたら、君だって言葉に詰まるよな」

エマは目をしばたたいた。彼はまた自分をネタに冗談を言っている。真相がわかってしまえば、言葉が詰まる彼の癖はもうほとんど気にならない。「罪を犯した？　私、よく知らなかったから。お父様が噂どおりの悪い人だったなんて、お気の毒だわ。そうじゃないと思ってたの」

「悪いなんてもんじゃない」彼はこともなげに言った。「それに、悪いことを秘密にしておくのが得意だった。家族もあえて知ろうとしなかったから、父の悪事に手を貸したも同然なんだ」

エマは好奇心に駆られて待ち構えている。

スチュアートはエマを見つめ、一瞬ためらったようだが、言葉を続けた。「父は女性を傷つける男だった。そういう性的嗜好を持ってたんだ」

エマはナイフを落としてしまい、それが皿に当たって、危うく磁器が欠けるところだった。ナイフを拾い、皿に載っているものを切ったものの、何を切っているにしろ、意識を集中できなかった。実はナプキンを切り分けようとしていたのだが。

「まったく知らなかったのかい？」

エマは首を縦に振り、顔をしかめずにいられなかった。

「本当なんだ。父は母を傷つけた」

エマは最初、その意味がわからなかった。彼の父親が母親の気持ちをひどく傷つけた。そう思ったのだ。夫婦の心に亀裂が入り、二人を引き離したのだろう。

エマの穏やかな反応を見て、ぴんと来たのかもしれない。いずれにせよ、スチュアートには彼女が何を考えているのかすぐにわかった。「気持ちを傷つけたんじゃない。気持ちなら、皆が傷つけてたんだ。母は慣れっこになっていたから、それは関係なかった」彼は一瞬、話をやめ、次に口を開いたときには言葉がすらすら出てこなかった。正真正銘、言葉につかえていた。「父は母が、い、い、いやでたまらなかった」彼はしばらく目を閉じ、自分を落ち着かせた。「大嫌いだったんだ」

大嫌い。その言葉は特に強く、長く、ゆっくりと発音された。その言い方がスチュアートの心を静めたらしい。彼は話を続けたが、胸や喉の中に何か空気のような、恐怖の泡のようなものが湧き上がっていたようだ。

「母に跡継ぎを産ませるため――」彼はテーブルの向こうにいる女性に言った。「父は自分にできる唯一の手段を使った」ここでまた話が途切れたが、ほとんどけんか腰に続けた。

「父は女性を傷つける男だったと言っただろう」彼は座ったまま背中をそらした。「もっとかわいそうなのは、母がとても孤独で、子供が欲しくてたまらなかったから、父の仕打ちにじっと耐えたってことさ」

スチュアートはかつて一度、まったく同じ話を人にしていた。一一歳のとき、学校の校長に話したのだ。幸い、大人になると子供のときと違って、泣きじゃくりながら打ち明けずに済む。彼は平然と、自分の人生に起きた出来事を話して聞かせた。記憶は記憶。昔の話だ。人食い鬼やトロールが出てくるようなぞっとする話ではあるが、それ以上のものではない。

「父が母を捨てて出ていったというのがもっぱらの噂だが、それは違う。召使たちが父を追い払ったんだ。そのあとは、彼らが母の面倒を見てくれた。ついにそこまでせざるを得なくなるほど、父がいったい何をしたのか、僕にはわからない。知っているのは母の頬に隠しようのない傷がついていたことだけだ。歯形がついていたんだよ。父は母に嚙みついたんだ。母は誰にも話すまいと思った。恥ずかしかったからさ。でも、結局ほかの人たちがしゃべってしまった。父はほかにも五つの件で罪に問われていたが、死んで、自由の身になってしまった。僕は父が迷惑をかけた女性とその家族の力になろうと思って、自分にできることをしてきた。自己満足なんじゃないかという気もする。でも、父親がしたことを忘れてしまうという罪を犯したら、罪のない人たちを破滅させることになるだろう」

エマの青い目が見開かれている。彼女はしばらく何も言わず、スチュアートをじっと見つめていた。結局、何が言えたというのだろう？　しかし、ようやく口がきけるようになり、小声でつぶやいた。「お父様はあなたにひどいことをしたの？」

スチュアートは肩をすくめると、体を前に倒し、二人のグラスにワインを注ぎ足した。ワインは炉火の光にきらめきながら、どくどくと音を立て、まず一方のグラスに、次にもう一方のグラスに注がれていく。「六歳のとき、鼻の骨を折られた。もっとも、多少、偶然だったとも言えるがね」彼は椅子に深く座り直し、ワインを少し飲んでから続けた。「結局、災い転じて福となったんだ。鼻血が出たのを見て、父はぞっとした。ほら、僕は跡継ぎだろう。この血は自分の血だと考えたんだな。それからというもの、父は僕に気を遣うようになった。親切にさえしてくれたよ」ワイングラスの中を見下ろす。「ただ、はっきり言って、父のお気に入りでいるという特権は受け入れ難いものだった。若いころは特にね。おかげで、僕は長いあいだ――」彼はいったん言葉を切った。「最悪の気分を味わった」

「愛情を感じたことは――」

「ない。一度も。子供のころだって、この人が父親だという考えを受け入れたことはなかった。僕は父のいろんな噂を聞いていた。召使や町の人たちが何でもかんでも話してくれたからね。皆、父を嫌ってたんだ。僕は鼻を折られるまで父に会ったことさえなかった。あの日の午後、父が現れて、僕のことを〝自分のものだ〟と言ったらしい。それを聞かされたときはこう思い込んだ。今から一階に下りて、怪物と対面しなきゃいけないんだ、とね。でも何が恐ろしかったって、実際に対面した男がちっとも怪物には見えなかったことさ。そいつは僕とそっくりだった」

エマはぶるっと身震いした。どうしようもなかったのだ。それから、眉間にしわを寄せ、驚いた様子で首を横に振った。「さぞ悲惨な思いをしたんでしょうね」彼女はそうつぶやき、無意識のうちに手を伸ばしていた。「なんて孤独で、恐ろしい子供時代だったのかしら」スチュアートはテーブルに載せた手でワイングラスの脚を緩くつかんでおり、エマはその手に触れた。

スチュアートはぴくっと体を引き、差し出された手に目を向けたが、やがてとても静かに自分の手を引っこめた。彼女が示した哀れみからワイングラスごと身を引き、椅子に背をもたせかけ、肩をすくめた。「大丈夫だよ。もうすっかり慣れてしまった。僕のほうこそ、家庭のことで君を驚かせてしまったのなら申し訳ない」彼はワイングラスを戻し、完全にわきにどけた。「コーヒーかお茶、あるいはシェリーでもどうだい？　君の好きなものを持ってこさせるよ」

エマは途方に暮れ、スチュアートを見た。「いいえ、結構よ」彼は同情を必要としていない。何を言えばいいのかわからなかったが、とにかく次の言葉を口にしていた。それは善意から出た言葉であり、ひょっとすると、少し自分の告白もして彼を励まそうと思ったのかもしれない。「私ね――」エマは自分で言って笑ってしまった。「子供のころ、時々あなたを見かけることがあったの。丘の上の男の子だって思ってた。あなたがよく遊んでいたお屋敷の菜園《キッチンガーデン》があったでしょう。うちの北側の牧草地から見えたのよ」取り留めもなく話してみたが、何の反応も返ってこない。彼は無表情な顔をしている。「勝手に想像してたの。あなたはお城の王子様で、いつか――」エマは唇を噛んだ。ばつが悪くなってしまった。彼にこんなことを言っても何の役にも立たない。「ああ、やっぱり気にしないで。ばかげた話だったわね」そうよエマ、潔くやめて正解。感傷的な、ちょっとしたおとぎ話でもすれば、彼が詳しく話してくれた悪夢が和らぐはずだったのに……。彼女はさらにばかげたことを言ってしまった。「私、あなたは完璧な人生を送ってると思い込んでたの」

　エマのことをばかだと思ったとしても、彼はそれを顔には出さなかった。まぶたを半分閉じた黒い目は、瞬きもせず、じっと前を見つめるばかりで、何の表情も読み取れない。

　そして、彼はエマの話を一切無視した。「ちょっといいかな？」椅子の肘掛けをぐっとつかみ、体を前に倒す。席をはずしてもいいかと許可を求めているのだ。「暖炉のそばのほうがいいと思ってね」それから、エマの答えを待たず、そのまま立ち上がった。「君もそうしたいならご自由に」

　スチュアートは背を向け、反対方向、すなわち、窓辺の整理棚のほうに歩いていった。真鍮の装飾を施した、暗い色合いの飾り棚の上には例の石の胸像が載っている。引き出しは目の錯覚で、扉に彫刻をしてそのように見せているのだ。内側にはグラスやデカンターが並んでいる。

「ブランデーは？」スチュアートはエマを見ずに尋ねた。

「遠慮しとくわ」

　暗闇から渦を巻いて飛んでくる白い雪片が窓の縦仕切りにふわりと当たり、三日月を描いていた。ガラスに映ったスチュアートの影目がけて大雪が吹きつけている。彼は顔をこわばらせ、グラスにブランデーを指三本《スリー・フィンガー》分注ぐと、また戻ってきたが、エマを通り越して暖炉の前に行った。そこで枕をいくつか放って上手に積み上げたのだが、その手際のよさからして、前にも自分の好みに合わせて、こんなふうに枕の山を作ったことがあるのだろう。それから、片膝をついて身をかがめ、彼は長々と寝そべった。エマの目と鼻の先で、彼女と暖炉に挟まれて枕の上に横たわり、本当にぬくぬくとくつろいでいるように見える。

エマは前後に揺れる回転椅子をぐるっと回し、スチュアートと向き合った。クッションの入った肘掛けの端に手首を置いて椅子の背にもたれ、暖炉のほうに脚を伸ばしたが、完全に横になって温まっている彼がうらやましかった。それでも自分は姿勢を正したまま、やむを得ず距離を置いている。

「じゃあ、話してもらおうか」枕の山から彼が言った。「どうやって僕の彫像を取り戻すつもりなんだ？　いつものように叔父に裏切られることも、文句を言われることもなく彫像が戻ってくる方法を画策するのかと思うと、何ともわくわくするよ」

「あら、叔父様の裏切りはこの作戦に欠かせない条件なのよ。実は、そこを当てにするんだから」

スチュアートの眉がすっと上がる。「なるほど。ほかには？」彼は片方の肩の下にもう一つ枕を入れて首を支えると、そこにもたれてブランデーを飲み、エマのほうに顔を向けた。ゆったりしたセーターを着た長身の彼。ブーツではなく、革のスリッパを履いている。その柔らかそうなスリッパが彼の足と一緒に動いた。

「叔父様は、頭のいい人？」

「僕と同じくらいだ」

エマがいやな顔をする。「じゃあ、ものすごく切れる人ね」

スチュアートは驚いて笑い声を上げたが、否定はしなかった。

エマは大まかな戦略を話した。「叔父様を相手に、ちょっとしたイタチ牧場を経営しなきゃいけないと思うの」

「イタチ牧場」彼はおうむ返しに繰り返し、笑みを浮かべた。興味をそそられ、嬉しそうな顔をしている。

「元手なしで儲ける〝イタチ牧場〟。だって、基本的に、相手にこう説明すればいいんだもの。ネズミを餌にしてイタチを育て、イタチの皮を剥いで死骸はネズミの餌にする。だからイタチの皮がただで手に入る、ってね。これは、頭のいい人間が、こんな美味しい話はないと興味をそそられる類の計画なの。本当に驚いちゃうんだけど、頭のいい不誠実な人間がいちばんだましやすいのよ。その逆だと思うでしょう。でも、鈍い人は、美味しい話を持ちかけてもすぐに理解できないの」

「僕をペテンにかけたりしないだろうね?」スチュアートが尋ねた。

確かに彼は、頭の回転がかなり速い。「まさか。しないわよ」エマは断言した。かつて自分が使っていた決まり文句がいくつか頭をよぎっていく。人を安心させるために使っていたせりふがいろいろと思い出されたのだ。しかし、スチュアートは本当に頭が切れすぎて、そんなせりふは通用しない。そこで、エマはこう伝えた。「あなたは私の弱みをあまりにもたくさん握ってるんですもの。私、刑務所送りになっちゃうわ」

スチュアートは頭を少し上げ、思案ありげに、よく考えてみればそのとおりだと言わんばかりにうなずいた。

「彫像のこと、もっと教えて。大きさはどれくらいなの？　見た目はどんな感じ？」

「ああ、大きさはこれくらいだ」スチュアートは、ブランデー・グラスの上に手をかざした。つまり二五センチぐらいということになる。「色は緑」


エマはもっと具体的な説明をしてくれるだろうと期待した。だが、説明はなく、彼はくだけた調子で質問した。「これまで何回、信用詐欺を仕切ったんだ？」

「仕切った？　何十回とやったと思うけど、小さい仕事しかしてないの。もっと大がかりな詐欺は、片棒を担いでいただけ。毎週、何かしら新しいことをやってたわ。でも、それは昔の話だから。そこを忘れないでちょうだい」

「どんな詐欺をやったんだい？」スチュアートは皮肉たっぷりにこう言い添えた。「帳簿をごまかす以外に」

「あんなことをしたのはあれが初めてよ」エマはうつむき、肘掛けの先端に載せた手を見ながら考えた。彼は私の言うことを信じてくれるのかしら？　「ただ、サインの偽造はよくやったわ。そのおかげで、あのアイディアが浮かんだのよ」違う。彼が信じるかどうかはそれほど心配じゃない。それよりも、できるだけ漠然と話せるかどうかのほうが心配だ。何しろ、貴族院の議員に罪を告白しているのだから。「以前、ある主教さんのために本物の帳簿をつけていたの」

急に記憶がよみがえり、エマはにんまりした。「面白いたくらみをいろいろ考えたわ。面白いじゃなくて、おかしなと言うべきかしら。大半は違法ではなかったのよ。正確にはってことだけど。あるとき――」エマは笑ってしまった。「一ビン一一シリングで万能薬を売ろうと思って新聞に広告を出したの。その名も『一家の大黒柱のための精力剤』、広告の文面はこうよ。〝これを服用すれば、心からの喜びと満足、肉体的快楽がもたらす興奮と感動、男性としての鋭い感覚がよみがえること請け合いです〟」エマは再び笑った。大げさな宣伝文句をすっかり思い出し、少々ばつが悪かったのだ。「それ、下剤だったんだけど。あるいは、ザックがピカデリーのそばの街角に立って客寄せを始めるの。大きな太い声で、こう叫ぶのよ。〝男性の皆さん、いい薬がありますよ。どういう効果があるのかはわかりません。私にわかるのは、目が見えなかった私が、今は見えているという事実だけです。神のような薬でしょう。私はそう信じています。私はこれを飲んで、よくなりました。そういう人はほかにもいます。とにかくお伝えできることはただ一つ。この薬のおかげで――〟ここで、ザックが薬のビンを掲げて、ぽんと叩くの。〝私は男としてよみがえりました〟」

エマは枕の上にいる男性にちらっと目をやった。イングランドのポロ選手が、トルコのスルタンさながらに長々と横たわっている。エマは一瞬、ぼう然とした。いつの間にか彼が夢中になってこちらを見ていたのだ。もう無表情な顔はしていない。彼女の精力剤の話を聞きながら、口元に笑みさえ浮かべている。エマはなぜかうきうきした気持ちになった。「あのせりふを思い出して、よく噴き出したものよ」そう言って笑い、首を横に振っている。「だって、その手のものが必要だったのはザックご本人だったんだもの。だから、効き目があるなら、彼ががぶ飲みしてたでしょうね」彼女はそこで言葉を切り、顔をしかめた。

スチュアートが枕の山からエマの表情が変わる様子を眺めており、彼女の浮かれた気持ちは、自責の念へと変わっていった。エマは再び唇を噛み、すっと目をそらしてため息をついた。「ごめんなさい。なんて下品な話をしてるのかしら。話しだしたら、何だか止まらなくなっちゃって」目を見開き、彼を見つめる。「本当よ。ザックが生きてたころは、そんなこと一度も思わなかったのに。私たち、仲良くやってたの。上手くやってたのよ。ただ、あのときから――」エマは急に口をつぐんだ。

だが、スチュアートが代わって話を締めくくった。「ただ、今朝あんなことがあってからというもの、二人とも、この手の話題を頭から追い出せずにいる」

エマ、あなたって、相当な自信家ね。笑っちゃうわ。今、座っているような椅子に縛られて、彼に激しいキスをさせてしまったのは、たった半日前のことなのよ。この瞬間――いや、考えてみれば、今朝もそうだった――エマは自分を叱っていた。彼にキスを許すなんて、思いも寄らないことだし、想像もできない。ましてや、その先のことなんて、とんでもない。

そのとき、ドアを叩く音がした。白い手袋をしたフットマンが二人入ってきて、夕食のテーブルを片づけ、食器類を銀のトレーに載せていく。書斎の戸口で、トレーのバランスを取りながら、一人が尋ねた。「ほかに何かお持ちいたしましょうか?」スチュアートの返事がないので、フットマンは同じ質問をもう一度繰り返さねばならなかった。

彼はフットマンを見て、瞬きをした。「いや、もう結構だ。ありがとう、ミラー。おやすみ」

ドアが静かに閉まり、炎がぱちぱち燃える音だけが響いた。エマ・ホッチキスはといえば、玉座に着いた女王のごとく椅子に座っている。かわいらしい不思議な女性だ。

なんて孤独で、恐ろしい子供時代だったのかしら。確かにそうだ。だが、自分の子供時代をそういうふうに考えたことは一度もない。求められたことに対処するのに、六歳の自分がいかに無力だったかとは思うけれど。僕は失望のもとだった。父親が求めた息子にははるかに及ばず、母親が息子だと思っていた存在にもはるかに及ばなかったのだ。

エマの王子様？　笑わせるじゃないか。そんな人生とは程遠かったというのに。まさに地獄の王子様だ。その王子がこうして大人になった。今、彼女の足元に横たわっている僕は、彫像への関心よりも、彼女のスカートの裾とスリッパのあいだからのぞく足首を見上げることに興味を奪われており、それが彼女にばれないようにしているのだ。彼女の脚は短いけれど、とても形がいい。それに、この角度からの眺めはなかなかだ。

だがしばらくすると、エマは咳払いをし、座る位置をずらして、両脚を引き上げて椅子に載せてしまい、彼をがっかりさせた。彼女はスカートを引っ張って下半身を覆い隠し、片方の肘掛けに寄りかかった。「じゃあ、小さな緑色の彫像ということね？」

「だと思う」

「だと思うって、どんな彫像か覚えてないの？」

「彫像なら一〇〇回は目にしてる。いや一〇〇〇回かな」スチュアートが笑った。「でも全部、六歳になる前の話だ」

エマは小さな口をすぼめた。「その程度のことしか覚えてないんじゃ、叔父様が本物を渡すかどうか、いったいどうやって確かめればいいの？」

「見ればわかるさ」スチュアートは片方の眉を上げ、それ以上文句は言わせなかった。「こっちは彫像の出所がちゃんとわかってるんだ」彼が鼻を鳴らす。「叔父はあの彫像を持っているくせに、認めようとしない。ばかなやつさ。本物であることを証明する受領証がなければ、それだけの価値はないのにな。僕の記憶と、古い売買証書の記載事項からわかることを継ぎ合わせれば、どんな彫像かちゃんと説明できる。あれは宗教的な偶像だ。ビザンティン様式の彫像で、とても珍しい、ものすごく高価なものだ。起源は一八〇〇年近く前にさかのぼる。ただし、それは発見されたのがいつかという話であって、実際にはもっと古い物だ。僕は、彫像の発見に関する学術論文も持っている。確か、あれは小さなキマイラ（ギリシア神話に登場する火を吐く怪獣。ライオンの頭、ヤギの体、蛇の尾を持つ）のような彫像だった。踊る竜の女神といった感じかな」スチュアートは一瞬、間を置き、尋ねた。「それで、どうやって取り戻すんだ？」

エマは頬の内側を噛んでいたが、どうやら、ずっと考えていた計画を完成させたらしい。

「私は美術の専門家ということにしようと思うの。保険会社に雇われている人間で、こっそり、ちょっとしたペテンを働くのよ。前にもやったことがある手口だけど、いつも相手に持ってこさせるのはお金だった。でも、計画どおりちゃんとやれば、彫像を持ってこさせることは可能だと思う。基本的には、私が持ちかける儲け話にあなたと叔父様を巻き込んで、そのあと、叔父様があなたの目的に疑いを持つように仕向けるという作戦よ。私と叔父様がどうやってあなたをだまそうかと気をもんでいるあいだは、叔父様は私にだまされているとは気づきもしないでしょう」エマは顔をしかめ、ふっくらした唇を突き出した。「ロンドンにいたころの仲間を一人、二人、探さなきゃいけないの。といっても、ほとんど私とあなただけでやるんだけど。二人で叔父様をだますのよ。ところで、叔父様の名前は？」

「レナード。レナード・アイスガース。懐かしいレオ叔父さんだ。それと、僕が聞き間違えたのでなければ、君はあいつと親しくするつもりなのか？」スチュアートはいやな顔をした。

「それも仕事よ。上手くやれれば、叔父様はすっかり私に夢中になって、疑うことをしなくなるわ。私を信用してしまうの。〝信用詐欺〟と言うだけのことはあるでしょう。もくろみどおりにいけば、叔父様は彫像をすぐ引き渡してくれるわ。あなたの役目は、途中で叔父様の目の上のこぶになること。危険な存在になればいいの。あなたは邪魔者。あなたの裏切りによって、私と叔父様の結びつきはより密接になる。自分たちを守るために結束を固めて――」

「目の上のこぶ」スチュアートはエマの言葉を繰り返し、ブランデーを一気に流し込んだ。つまり、この計画には、僕が求めている女性が、僕の大嫌いな男と仲良くなることが含まれているんだな。それがわかっても、彼はたいした問題ではないと思おうとした。もちろん、そこで目の上のこぶになるのは道理にかなっている。でも気に入らない。

「ややこしいんだな」

天使のような顔が彼をじっと見返した。「そのとおり」エマは落ち着いて答えた。「だから、やめましょう。混乱しそうな部分がものすごくたくさんあるのよ」

「もっと簡単にできないのか？」

「あなたは、自分の知っている人から、それも、危険なほど頭のいい人から、とても価値のあるものを取り返したいと思っているんでしょう？　自分を邪魔する人物を排除すると同時に、その人物から欲しかった物を確実に手に入れ、しかも捕まらずに済ませたいと思っている。何がややこしいって、そこがややこしいの。私が説明した計画がややこしいんじゃないわ。私たちがやろうとしているのは、信用詐欺の中でも、いちばん気が利いているのよ。半分逃げ場がない状態で相手に鎌をかけてだまし、最後は血のり袋を使うというものなの」

スチュアートはエマをじっと見つめ、自分が冒すリスクがどの程度のものか押し量ろうとした。やっぱりそうか。二人の力関係に差はなくなろうとしている。それどころか、いくつかの点では、彼女が完全に支配権を握ることになるのだろう。

「私を信用してないんでしょ？」エマが椅子の上で体をひねった。再び両脚を椅子からぶらつかせ、前かがみになって座り直すと、肘を膝に置き、両手を組み合わせた。暖炉の火明かりに照らされた彼女の姿勢やかわいらしい顔は、敬虔そうに見える。この女性はきっと、僕よりも頑強な男たちに信じてはいけないことを信じさせてきたのだろう。「詐欺のパートナーどうしが不信感を抱くのは恐ろしいことなの。渦中に入ってしまったら、体の中を流れる血が血管を頼りにするように、お互いを頼りにしないといけないの。計画が走りだしたら、もう引き返せないんだから」彼女が淑女らしく小さく舌打ちをした。きっと、「何もかも、とりわけ私のことを支配しようとするのはやめるべきよ」と言いたいものの、そんなことはほぼあり得ないと思っているのだろう。スチュアートはそう解釈した。

「わかった」

「よかった！」エマは椅子の背にもたれた。「あきらめましょう。賢い決断だわ。ばかげた考えだったのよ」

「そうじゃない。わかった、やろう、ということさ。君の勝ちだ」彼女の言うとおりだ。僕は自分の思いどおりにしようとしすぎている。スチュアートはエマをしげしげと眺めた。信頼できる女性がいるとすれば、少なくとも、ある程度は信頼できる女性がいるとすれば、ここにいる彼女だ。エマは、いわば妥協を許さぬ知性を備えていて、勇敢でひるまない。彼はエマが好きだった。加えて、それだけの能力を持つ彼女が実際に何をするのか確かめてみようと考えるのは面白かった。彼女が差し出すものを何でも受け取ろう。それでいい。「ロンドンに行ったら、君のやり方でやろう」

エマは彼を見て目をしばたたいた。「まだ、やりたいの？」

「ああ。叔父はそれだけのことをしてるんだ。君もあいつに会えばわかるさ。明日、お針子に来てもらおう。計画を開始するだけの金はある。別の口座がもうじき使えるようになるからね。手続きは――」

「ちゃんとした服やお金や手の込んだ計画があればいいってもんじゃないの」エマはどうしても彼を思いとどまらせようとしたが、説得をすればするほど、彼の決意が固くなっていくのがわかった。ひねくれた人ね。でも、やっぱり思ったとおりだわ。

エマは続けた。「信用詐欺は幻想よ。舞台で演じるお芝居みたいなもの。出演者の一人、つまりカモだけが現実だと思ってるの。一瞬でも、幻想にひびが入れば、何もかも崩壊してしまうのよ」きらきら輝くエマのかわいらしい目はどう見ても、彼のことを、いや二人のことを心から心配している。「一度始めてしまったら、自分の役割から絶対に離れられないの。誰も見ていないと思うときでもだめ。ずっと役にしがみついて、最後まで演じきらなきゃいけないんだから。自分にできると思ってるの？」

「まあね。なぜ僕には無理だと思うんだ？」

「だって、叔父様の信頼が私に移っていくのをじっと見ているのはいい気分じゃないでしょう。私と叔父様が二人して、あなたを疫病神みたいに扱いだしたら、いやでしょう？　叔父様と私があなたを裏切る計画を立てているところを見たら、たとえお芝居とわかっていても、あなたはどう思うのかしら？」

「本当のことじゃなければ平気さ」

「本当のことじゃないけど、私は本当のことみたいに振る舞わなきゃいけないの」エマはそこを理解させようとした。「その難しさがあなたにわかる？　二人とも、かっとしたり、相手を問い詰めたりしちゃいけないの。お互いを信じる必要があるのよ」

「信用」彼は先ほどのエマの言葉を繰り返した。

「そのとおり」

スチュアートはうなずいた。僕はもう人を信じない人間ではなくなったんだ。あれこれ考えるのはやめよう。なかなか降参できずにいるのはエマのほうだろう。

エマは、頭がおかしいんじゃないの、と言いたげに彼を見た。「上手くいかなかったらどうなるか、わかってる？」

「エマ、人生なんて、明日にでも上手くいかなくなるかもしれないんだ。この件だってそうさ」

エマは首を横に振った。違う、そんなんじゃない。それから、ため息をつき、頭を後ろに倒して天井を見た。「こんなことを言うのはね、一二年前、ザックが役を離れてしまったせいで、カモが発砲したからなの。ザックは一瞬うぬぼれたのよ。私に笑いかけたりして」エマはスチュアートにちらっと目をやり、打ちひしがれたように小さくため息をついた。「ほんの一瞬、にやっとしたの」

あのときのことを思い出したエマは、自分が急におしゃべりになっているのがわかった。私が不安に思う理由を一つ残らずしゃべってしまいたい。そうすれば、スチュアートも私の恐怖を理解し、実感してくれるかもしれない。彼が愉快な冒険だと思っていることを考え直してくれるかもしれない。エマは再び背筋をまっすぐ伸ばして座り直し、彼の目を見た。

「私たち、もめてることになってたのに。お互い腹を立てていることになってたのよ。それなのに、ザックがやってくれちゃって。親しげに、勝ち誇ったような目を私に向けたの。カモが一瞬、それを見てしまって、私たちが作り上げた、はかない現実はそこで消滅。次の瞬間、カモが銃を発射してた。銃が発射されれば、それは明らかに警察の領域よ。銃声で真っ先にやってきたのは警官。路地を通ってやってきたの。発砲から一分と経たないうちに裏口に来ていたわ。ザックと私は運よく表玄関に向かっていたの。理由はわからないけど、そこがいちばん近かったんでしょうね。ザックは私を抱えるようにして通りを逃げていったわ。私はこめかみからひどく出血していて、前が見えなかった。目が開けられなかったの」

エマは小さく鼻を鳴らした。「ザックがよく言ってたわ。君の石頭は弾をはじき飛ばしたんだぞって。でも、あんな大量の血、あなたは見たことないでしょうね。髪の毛は血でぐっしょり。血は目を覆って、顔から首に流れて、ドレスの中に入っていったわ。耳からの出血って、信じられないほど汚らしいのよ。ジョアンナがパニックになったのはそのせい。私の姿を見て正気を失ったんだと思う。ザックと私は逃げたけど、ほかの人たちは床に横たわっているか、行ってはいけない方向に行ってしまうかのどちらかだった。ジョアンナは私たちと一緒に来ていたのに、突然立ち止まって悲鳴を上げだしたの。表玄関の向こう側に立ち尽くしてね。私とジャックは同じ玄関を通って逃げ出したのよ。だから、彼女も十分、逃げられたはずなのに、そうしようとしなかった。逃げなかったの。通りの先で、ジョアンナの叫び声が聞こえてきたわ。ショックだった。まさにそのとき警察が建物に入っていって、彼女を連れていってしまったの。ジョアンナが死んだと聞かされたとき——衰弱死だって言われたのよ――私は涙が止まらなくて、一週間、泣き続け、ザックは酔いつぶれてた」エマの知る限り、それ以来、ザックはしらふだったことがなかった。

エマは「ザックの妹は一〇年の重労働の刑を課せられたの」と言い添え、弱々しく笑った。「よりによってジョアンナが……。人のお財布より重いものは盗んだことがなかったのに」

もうたくさん。打ちひしがれた気分だ。エマは立ち上がり、両手のひらで膝を軽く叩いた。「あとは明日でいいでしょう。疲れてるの」もっと訊きたいことがあるなら、勝手に追いかけてくればいい。

どうやらスチュアートはもっと訊きたくて、追いかけることにしたようだ。「何かでつつくんだろう」彼は立ち上がりながら尋ねた。「その部分の説明はしてくれなかったじゃないか」体をゆっくり動かしていたが、目はずっとエマを見据えている。君がどこへ行こうが僕はついていくよ、と言わんばかりに。

エマは彼がどれほど背が高かったか忘れていた。スチュアートが立ち上がると、彼女はいつの間にか、頭一つ分、背が高い男性をじっと見上げていた。

「今回はハンドバッグね。その中に、私が本物の専門家だと叔父様を納得させるものをいっぱい入れておくのよ」エマは扉のほうに歩きだした。私たちは、あの扉を目指して生き残りレースをすることになるのかしら？　スチュアートはすぐ横にいた。「その段取りについては明日、話しましょう。普通のやり方ではあるけど、型どおりにいくとは限らないわ。いろんな状況を検討しなきゃいけないし、臨機応変に事を運ばなきゃいけないの。どの信用詐欺もそうだけど、その場その場で、ある程度、話をでっち上げる必要が出てくるのよ。だから、続きは明日――」

エマが立ち止まった。戸口、いや、その直前で、スチュアートの腕が彼女の進路を横切り、扉の枠に手のひらが置かれた。エマの行く手をさえぎったのだ。扉のそばにある大きな振子時計がさらに彼女を追い詰める。部屋のほうに後退するか、背の高い時計に寄りかかるか。エマは後者を選択した。後退するのでなければ何でもよかったのだ。彼女はスチュアートを見上げた。陰になった顔は、ハンドバッグや叔父やカモをつつく手段への関心はこれっぽっちも示していない。というより、少なくとも彼女が話題にしたようなことへの関心は見受けられなかった。

スチュアートは戸口を完全にふさいでいた。もっとも、強引にそうしているわけではない。ただ、そうなってしまっただけだ。長身で肩幅があるから、どこへ行っても、なぜか一人分以上の場所を取ってしまうのだ。

彼は扉の枠に置いた手に体重をかけた。

「またあんなこと、しないで」エマは息を吐き出した。

「あんなことって？」

「ああ、あきれた」エマは目をぎょろつかせ、顔を背けた。

スチュアートは体を少し横に倒し、木の戸枠に一方の肩を当てた。そこへ寄りかかり、エマをわざと自分と時計のあいだに閉じ込めた。エマの姿勢は、彼と争うつもりはないが、協力するつもりもないことを物語っている。「僕は何か悪いことでもしてるのか？」

「何も。どうあがいたって、あなたに私を操ることはできないわ」

「操る？　つまり君は操られてるって言いたいのか？」エマが答えないので、スチュアートは続けた。「じゃあ、君の飲んだくれの旦那がしたことは何なんだ？」

エマはにこりともせず、「はっ」と皮肉な笑い声を上げた。白っぽい金髪のカールが頭頂部で軽く揺れる。首を曲げると、うなじにかかるもう少し暗い銀色がかった金髪が、遠くの炉火に照らされ、白目《ピューター》のように輝いた。「これといった違いはないわ。ただ、最近の私は昔より説得しづらい人間になってるの。大人になって、賢くなったんでしょうね」

「あるいは、前より怖がりになったとか」

「何とでも呼べばいいわ」

スチュアートは顔をしかめ、ズボンのポケットに片手を突っ込んだ。「恋愛か？　君は恋愛を求めているんだろう？」

「私は愛が欲しいの。私たち、愛し合ってないじゃない」エマはその考えを笑い飛ばした。「それどころか、お互い、かろうじて我慢してるだけ。本当は嫌いなのよ」彼女は再び力なく笑い、首を横に振りながら、二人のあいだを見下ろした。「ほら、これが現実的な説明よ。私たちは憎み合ってる」

「僕は憎んでない。むしろ君が好きだ」

エマは目をしばたたいた。「あら」そして、敵を偵察する。「でも、私は嫌いよ。こんなの本当に気に入らないわ」彼女は片手を前に差し出した。「私はうちに帰りたいの」

「それは公平じゃない気がするけどね。つまり、君の言葉を借りれば、僕らはこんなふうに出会ってしまっただけさ。君は僕のものを盗み、僕はそれをやめさせた。君は今、その償いをすべきなんだ。どうして、それを喜んで受け入れてくれないのかわからないな」

「あなたは私の羊を殺したでしょう。その部分はどうなっちゃうの？」

「僕がやったかどうかさえ、定かじゃないだろう。それに、君は五六ポンド受け取ってる」

彼の理屈に、エマは一瞬、何も言えなくなってしまったかに見えた。そこに突っ立って瞬きをしていたが、ようやく口を開いた。「だからといって、あなたに私と寝る権利があるわけじゃないわ」

　勇気があるな。ずばり核心を突いてくるなんて。

　エマは何も言わなかった。ただ自分を抑え、わずかに腹を立て、女らしくじっと相手を観察している。背の高い時計で陰になった青い目を大きくして、挑むように、ほんの少しだけ懇願するように彼を見上げている。

　しばらくのあいだ、スチュアートはどうすればいいのかわからなかった。

　彼女が僕に心惹かれているのはわかっている。本当に惹かれている。ただ、同じくらい僕に激しい反発を感じている。それをどう克服すればいいのか、どうしてもわからない。スチュアートは声というより息を吐き出すように打ち明けた。「こんなことを言って、僕に対する君の的はずれな判断をぶち壊しにしないといいんだが、今朝、僕の人生に、これまで味わったことのない、最高にわくわくする、最高に官能的な瞬間が訪れたんだ。頼むから、あんなことは起こらなかったふりをしろなんて言わないでくれ」

エマは何も答えず、スチュアートはこう言い添えた。「君は起きたことを葬り去ってしまいたいんだろう。エマ、僕は今朝の出来事に勲章を贈りたいくらいなんだ。でも、君にしろ僕にしろ、自分だけの力であんなことができたわけじゃない。二人の意志が一体となり、力を合わせてああなった。それで、一度はびっくりしてしまったけど、二度と起こらないなんてふりはしちゃだめだ」

勲章ですって？　この人、正気じゃないわ。時計の針がチック、タックと時を刻み、エマのヒップ、手のひら、肩、頭など、後ろの木に触れている部分すべてにその音が感じられた。穏やかな動きが振動として伝わってくる。まるで真鍮の振り子が揺れて、彼女の内側の何かを叩いているかのようだ。目の前の男性はじっとしている。エマの胸が上下し、それが二人のあいだに見える唯一の動きだった。そして、彼女は悟った。空気を吸い込むたびに、その中に彼がいる。彼の体、服、髪の毛は、この家に漂う、香りのいいろうそくと似たにおいがする。ぜいたくで温かみのある、ほのかな芳香は、熱波のごとく次々と立ち昇っては彼女の鼻孔と目を満たし、肌や服に沈み込んでいく。

エマは正しい判断とはまったく無縁の、うっとりするような魅力に浸っていた。

起きた。今朝のことは「起きた」んじゃない。彼が「した」ことよ。彼が私を縛り上げて、そして……。エマは言葉に詰まってしまった。「あ、あんなこと、わ、私は二度と――」

スチュアートは笑いながら首を横に振った。「〝させない〟って言うんだろうな。でも、あのことを思い浮かべるたびに、君の胸は軍楽隊が連打する太鼓《ミリタリー・ドラムロール》みたいに高鳴るんだ」

ミリツリー・ドラムロール。エマの耳にはそう聞こえ、動揺はさらに大きくなった。こんなパブリック・スクール仕込みの完璧なアクセントでしゃべるなんて。彼の吃音はどこに行ってしまったのだろう？　言葉の流れを淀ませるものは何もないらしい。まったく途切れがない。彼は人がいちばん驚くような、ぞっとするようなことを口にできるのだろう。しかも、完璧な美しい発音で。

ミリツリー・ドラムロール。確かにそう聞こえた。その瞬間、エマの胸は間違いなくドラムロールを奏でていた。彼女はひどく怒って言った。「すでに決めたことよ。あなただって承知してくれたでしょう」

「じゃあ、それでいい。でも、覚えてるだろう。君の決めたことに同意できなければ、僕はそれを覆すつもりでいる」

スチュアートの手がこめかみにかかる髪に触れ、エマはびくっとした。

「どこをやられたんだい？」彼はささやくように尋ねた。彼の指が生え際の髪を分け、銃で撃たれた跡を探している。「ああ」驚きと同情のこもった小さな叫び声。「縫った跡があるじゃないか！」軽く触れている手を髪の中にそっと滑らせながら、彼はもっとよく見ようと体を前に傾けた。

どうやらスチュアートは傷跡のにおいもかぎたかったらしい。というのも、それからすぐ、彼の鼻が同じ場所に押し当てられたからだ。息を吸い込む音がし、エマは彼の体の大きさを感じ取った。彼は体重をかけることなく、できる限り彼女に近づいている。二人の服がこすれ合い、スチュアートはエマの足のあいだに一歩踏み込んだ。サンダルウッド、クローヴ、それに柑橘系の香り。彼には、こういった妙に神秘的なにおいが染みこんでいる。きっと愛用の石けんのにおいだ、とエマは思った。彼の髪は、さわやかないいにおいがする。

スチュアートのこのにおいが、どれほど五感に作用したことか。さわやかで力強い芳香が熱気となってゆらゆらと立ち昇り、エマを取り囲む。彼女の胸は、あのばかげたリズムを刻み始めた。彼がこれほど近くに寄ると必ずそうなってしまうのだ。

スチュアートはエマに対抗すべく、本人に共謀を持ちかけた。「君が言うとおりにしなかったら、刑務所行きということにしないか？」

「あなたと寝なかったからって、私を刑務所送りにしたりしないでしょう」

スチュアートは少し後ろに下がり、二人の目がほぼ同じ高さになるまで体を前にかがめた。「いいだろう。たぶん、そんなことはしない」そして、かすかに微笑んだ。「君が上手に断ってくれたらね」

一瞬、猛烈に腹が立ち、エマは唇をぎゅっと噛んだが、すぐに答えた。「そんなの、ごめんだわ」

「うーん」スチュアートは顔をしかめた。「だめだな」首を横に振り、顔を再び近づけてくる。「それじゃあ、上手な断り方とは言えない、と思う」

限られたスペースできることはただ一つ。エマは顔を背けた。だが、スチュアートの唇は彼女の頰をとらえた。彼は親指のわきをエマの顔に当て、再び自分のほうに向かせた。しばらくのあいだ、どこを向いても彼がいた。ある方向を向けば彼の唇が待ち構えており、別の方向を見れば、彼の手のひらが置かれ、彼女が動けないようにしている。その感覚は恐ろしいものだった。頭がぼうっとする。ああ、憎たらしい。エマの顔は彼の手と口に挟まれ、体は戸口の角に押し込まれていた。

そのとき、スチュアートが彼女の顔を自分が望んだ位置に持っていき、いわば正確に、真正面から唇を重ね、キスをした。

エマが急に体を引き、彫刻を施した木に頭がこつんと当たった瞬間、時計が鳴った。ボン、ボン、ボン……。午前三時にキスをされた。彼女の人生において、いちばん長い一日だったに違いない。恐ろしかったのは、彼女の中にこんなふうに捕まえてほしいと願っている自分がいたことであり、ほかに選択の道がなかったことだ。

エマはキスを返してしまった。スチュアートがうめき、体の位置をずらす。彼女は今朝と同じ唇にキスをした。正気の沙汰とは思えない二分間で味わった唇に。二分。エマは両手を彼の胸に当て——幸いなことに、今度は自由に手を動かせる——温かいニットのセーターを、いや、その下にある、とてもがっしりした男性を押したが、そのあいだずっと、彼女の唇は彼の唇の上にいつまでも留まり、その温もりを吸収していた。とても矛盾した感情が同居している。確かに、彼女の中には、彼に捕まえてもらいたいという気持ちだけでなく、肩に担ぎ上げて二階に連れていってほしい、立てなくなるほど、とても激しく、たっぷり抱いてほしいという気持ちがあった。やっぱり、だめよ、その選択肢は排除しなさい。そんなこと考えちゃだめ。

一方、スチュアートは今、自分がどんな立場にいるのか、体でちゃんとわかっていた。エマの顔をつかんでいる限り、ここで彼女を釘づけにしている限り、キスをさせてもらえる。エマはキスを堪能していることを隠そうともしなかった。そこで、スチュアートはキスをやめさせ、その仕打ちをとても楽しんだ。というのも、彼女が口を開き、彼に舌を入れさせてくれからだ。彼女の口の奥は温かくて、濡れていて、素晴らしい味がした。ああ、なんということだ。だが、腕を解いた瞬間、彼女が動いた。いや、動こうとした。スチュアートは再びエマを捕まえ、もう一度時計に押しつけた。

エマは早口でつぶやいた。「ロンドンでこんなことをしたら、自分が不利になるのよ。叔父様が現れたら、こんな態度を取るわけにはいかないんだから」

エマは震えていた。スチュアートにはそれがよい兆しなのか悪い兆しなのか判断がつきかねた。いいほうであってほしい。つかんでいる腕の脈から、彼女の心臓が激しく鼓動していることがわかる。「まだロンドンには行ってない」スチュアートはエマの腕をゆっくりと放し、自分の腕を彼女の肩のわきに持っていった。片方は戸枠に、もう片方は時計の側面に。「じゃあ、僕はどうすればいい？　君を縛ってあげようか？」彼は冷淡に笑った。「もっとすごいことを想像してたんだがね」

エマが目を大きく見開いた。わかっていることが一つ。エマは自立心をとても大切にしている。たいがいの女性は身の安全を強く求めるが、彼女は同じように自立心を大切に思っているのだ。エマはすでに、自分にのしかかる彼の重みに、二人の協定を守らせている彼の重みにひどく腹を立てている。もし圧力を緩めれば、逃げ去ってしまうだろう。圧力をさらに加えれば、戦うだろう。だからスチュアートはそのまま、じっと辛抱強く力のバランスを取ろうとしていたが、これでは彼が求めた結果も得られなかった。

おまけに、自分が何を求めていたのかさえよくわからなかった。もっと性的交渉が持ちたい。確かにそうだ。でも、それだけじゃない。セックスならしようと思えばできるだろうし、それについて彼女にできることはあまりなかっただろう。彼が求めていたのは彼女の意志だ。いや、意志以上のもの。意欲だ。今朝の彼女にはそれがあった。うっかり、わけのわからないパニックに陥り、彼を受け入れてしまったのだ。

エマが彼を責めた。「抜け目のない人ね。前にもこういうこと、してたんでしょう。女性をたぶらかして、とんでもないことをさせるのよ。よこしまなことをね」

スチュアートが笑った。「悪魔の仕業さ」そう言ってエマを見下ろしたそのとき、彼女は悟った。彼は面白がっている。からかっているんだ。でも、また自分で自分を笑っているのか、私を笑っているのかわからない。スチュアートはいっそう真剣な口調で言った。「君が思うほどじゃないけど、確かにそうだ。僕にはわかっている。まず、君が欲しがっているものを見抜き、それを餌に君を誘惑する。次に、これはもっと難しい仕事なんだが、君が必要としているものを見抜く。だが、この二つはほとんど重なっていない。必要としているもののほうが優先されるわけだが、そこで難問が生じる。エマ、君が欲しがっていることに気づいてさえいないものを与え、なおかつ、君が死ぬほど必要としているもの、それが差し出されたら、どんなにばつが悪かろうが、行儀が悪かろうが、身をゆだねるほかないものを与えてあげなきゃいけないんだ。君の燃えるような欲求とは何なんだ？　エマ・ホッチキス、君は何を必要としているんだい？　僕のような男に何を求めているんだ？」

エマは彼の言葉の意味を理解した。こんなことをあからさまに言われ、開いた口がふさがらない。やがて、彼女は尋ねた。「ど、どうして、あなたは、こんな――」最後まできちんと言うことができない。「ああ、いったい何を――」

「ああ」スチュアートが微笑んだ。「僕は君の気持ちを動かしている。二人とも、もうわかってることとさ。僕が見ると、君は赤くなる。つまり、僕がもっと、ものすごく親密なことをしたら、君の膝をそこからすくい上げることができるのさ。もし、そうできたら……さぞいい気分だろうな。僕はすっかり舞い上がって……いや、すっかり硬くなって――」彼は小さく息を継ぎ、ばつが悪そうに笑った。本当に大胆なことを言ってしまい、顔が赤くなっていた。

いい気味よ。この人も少しは恥ずかしい思いを味わって当然だわ。エマは彼をじっと見つめてから言った。「セックスでしょう。セックスのことばっかり」

「そうじゃない。信頼が伴う関係はとても親密なものなんだ。信用があればね」スチュアートはその言葉を使って皮肉を言い、また笑っている。「僕は、感情が大きく作用する関係について話しているんだ。僕らはもう、めったに感じられないようなつながりを持っている。二人のあいだには、ひそひそ打ち明け話ができるほどの親密さがあるだろう。はっきり言って、僕はこの感覚に少し驚いているし、用心深くもなっている。この感覚が何なのかよくわからないんだ」

愛。スチュアートの頭にその言葉が浮かんだ。僕らは愛について話しているのか？　そのとき突然、スタンネル夫妻のことが頭に浮かんだ。それというのも、愛という言葉が浮かんだからにほかならない。あの老夫婦を思い出し、彼はふと考えた。ひょっとすると、自分が親密と呼んだものは、言葉の響きほど秘めたものでも、みだらなものでもないのかもしれない。自分の恐れや困惑が本来の意味を覆い隠し、ゆがめてしまっているだけなのだ。

相手の欲求を受け入れ——楽しみ——それを満たしてあげること。それが愛なのか？　それが一つになることであり、交わりを持つことであり、やがて、とても満ち足りた、とても甘い、とても優しい、放棄できないものとなるのだろうか？　二人の人間がそんなふうに触れ合い、と同時に……がたの来た曲がった手を互いに差し伸べ……潤んで白濁した目をきらきらさせて見つめ合い、ウインクをし……互いの欠点も何もかも受け入れる。

エマ、君は何を必要としているんだ？　僕はそれを満たしてあげられるのか？　あるいは、せめてその一部でも与えてあげられるのか？　君の燃えるような欲求は何なんだ？

スチュアートはエマに近づき、耳元でささやいた。「キスさせてほしい。それから、今すぐスカートを上げてもいいだろう。君の肌に触れられるまで……。君のお尻の曲線に手が置けるまで」彼はそっと息を……欲望を吐き出し、目を閉じた。「それだけでいい。キスをしているあいだに……それだけでいいんだ」ああ、彼女の肌はとてもきめが細かい。きっと素晴らしい手触りがするのだろう。彼は覚えていた。あの瞬間をはっきりと覚えていた。彼女は一杯のウイスキーよりも強力だ。エマの腰に触れ、腕を回すと、一秒と経たないうちに彼女に酔ってしまった。

スチュアートはエマの背後でスカートをぐっとつかみ、くるぶしが見えるくらい持ち上げた。手は腰の後ろに置いてあるだけで、ほかには何もしていない。彼女がどんな反応を示すか確かめようと思っただけだ。彼は布地をめいっぱいつかんだこぶしを、彼女の温かいヒップのいちばん盛り上がったところに——こんなにも丸みのある女性の体の上に——置いた。

スチュアートの手がそこに載った瞬間、エマはびくっとした。彼女は後ろに手を回したが、ちょうどそのとき、彼が身を乗り出し、またキスをしようとした。エマはスカートをつかもう、引き上げられるのを阻止しようとしている。しかし、手が届いたと同時にスチュアートは前かがみになり、彼女の腕をつかんだ。

彼の唇が重なり、今度はエマももがいて抵抗をした。スチュアートはわけがわからない。エマは彼の腕の中で身をよじり、パニックになってもがいている。

次の数秒間は正気とは思えなかった。エマは不安を爆発させた。腕を振り回し、体を揺らし、手足をばたつかせている。スチュアートは叩かれないようにするため、女性が発揮する思いも寄らないエネルギーを受け止め、エマの脚をよけた。さもなければ、膝蹴りを食らっていただろう。

「落ち着けよ」身を守るべく、エマをつかんでいる手に力を入れるしかなかったのだが、おかげで、それから丸々一分間というもの、彼女は怒り狂ったかのように抵抗した。なんてこった。彼女はこんなに小柄なのに、なんて強いんだろう。「落ち着けってば」彼は同じことを言い続け、彼女の気持ちを静め、理性を取り戻してもらおうとした。

ようやくエマは息を切らし、だんだんおとなしくなった。言ってみれば、スチュアートに抱きかかえられて、その腕のしなやかな力強さに気づき、彼の行動を推し量ったのだ。

「じっとしてるよ。何もしないから」彼はエマにそう言ってから続けた。「僕を見てごらん」

エマが目を上げた。顔が青ざめ、目が大きく見開かれている。

彼女は怖がっている、とスチュアートは悟った。僕を怖がっている。何なんだ？　それから、彼をまっすぐ見つめる目にみるみる涙があふれ、猫が鳴いたようなか細い声がもれたかと思うと、エマは泣きだした。ああ、まいったな。

スチュアートはエマの背中で彼女の片腕をつかんでいたことに気づいた。いや、両腕だ。彼女を柱時計に押しつけていたのだ。彼は手を離し、後ろに下がった。戸口に空間ができた途端、エマは彼をすり抜けて駆けだした。ふんわりしたスカートを翻して、勢いよく逃げていく。

「エマ」スチュアートは消え去ろうとするスカートをつかみ、引っ張った。

そして戸口で体をくるっと回転させると、エマの動きが止まった。これ以上動いたりせずに、立ったまま、今度は穏やかに、理性的に話をすれば、この状況を切り抜けられるだろう。だが、そうするには、スカートをつかんで彼女をそこに留めておかなければならない。

エマはドレスをぐいぐい引き、体をあっちに回したり、こっちに回したりしている。まるで罠にかかったウサギ。今にも自分の脚を食いちぎってしまいそうだ。スカートをあまりにも強く引っ張ったものだから、スチュアートが手を離すまでもなく、生地が裂けてしまった。エマはいったいどうしてしまったんだ？　彼はとうとう両手を上げてみせた。ほら、何もつかんでないよ。降参だ。

「いったい、どうしたんだ？」

エマは責めるように彼をじっと見つめ、廊下の反対側の壁まで後ずさりをしていった。優に一メートル半はあっただろう。蒸気機関車のように呼吸が激しくなっている。

「動かないから。ここで、じっとしてるよ」スチュアートはエマにそう告げた。「近づいたりもしない。いったいどうしたんだ？　僕のせいなのか？　君は僕を怖がってる。なぜだ？」彼は一方の肩を下げ、戸枠にもたせかけた。少なからず気が動転している。

エマの恐怖の度合いは一気に跳ね上がり、そのときスチュアートは少なくともある程度のことは理解した。

「君は僕が——」彼は急に話をやめて笑った。「何をすると思ったんだ？　言ってごらん」

エマは答えようとしない。スチュアートは彼女が唇を噛み締め、濡らす様子を眺めた。

「いいかい、僕はとても強く迫ってしまった。君に行使できる力をすべて使ってね。君はそこが気に入らないんだろう。でも、いやはや――」そんなことはどうでもよかった。ああ、かわいらしい、愉快な女性だ。彼女は性的関心を抱いている。それは一目瞭然だ。僕はそれをかぎ取り、味わうことができる。お互い近くにいると、彼女の関心は全身の骨を震わせる。

だが、彼女は自分の関心を恐れている。そのせいで、真実ではないことを信じてしまうのだ。

彼女をからかって現実に引き戻してやろう。スチュアートは笑みを浮かべて言った。「僕がちょっとしたゲームを強要するつもりだと思ったんだろう。ゲームというか何というか。私をいじめて《ピックル・ミー》、くすぐって《ティックル・ミー》？　腹打ち飛び込み《ベリー・バンプ》？　結婚《マトリモニアル》ポルカ（いずれも性交を意味する俗語）？　エマ、君はあれを何て呼んでるんだい？」

エマは顔を赤くし、鼻をすすった。

「愛を交わす？」スチュアートはより穏やかな口調で言った。「君の同意もなく？　君も相当とっぴな想像力の持ち主だな、ミセス・ホッチキス？」今度は優しく。「しないよ。僕はそんなことはしない。君がそんなことを考えているなんて気づかなかったんだ。僕が強く迫りすぎたのなら、謝る。僕が誤解してた。だからって泣かないでくれ」

エマは目をしばたたいた。謝罪を受け入れていはいない。「あなたは女性の脚を縛ってしまえるような人だし――」

「蹴飛ばされないようにするためさ」

「あそこで……あのホテルで……あなたは……やろうと思えば何でもできるって――」

「確かに、できたかもしれないな。だから君は恐ろしい危険を冒したことになる。でも、僕にキスを返してくれたころにはもう、君は僕の限界を理解してくれたんだと思ったんだ。つまり、キスしても差し支えないと思ったのさ。まったく。力ずくで押し倒すなんてするもんか」彼は言い方を訂正する必要があった。「まあ、キス以上のことはやめておくよ。君に同意してもらわないとね」

エマは首を横に振っている。「そういうこと、考えてたくせに。したかったんでしょう。あなたはたぶん――」

その言葉にひどく腹が立った。

スチュアートはいやな顔をしたが、もう一度、自分を抑えた。「エマ、君は男を必要としていて、自分が求めている男を今、見ているんだよ」

「見てないわ」エマは目を閉じ、顔を背けた。もう自分でもよくわからなくなっている。

「僕はあんなふうに君を扱ってあげられるんだ。ぜひそうしたい。やらせてくれ。君が望むやり方で君に触らせてほしい。僕がしたいことも教えてあげよう」

エマが首を横に振り、また鼻をすする。

スチュアートはいらいらして鼻を鳴らした。「君はどうかしてる。でも、君が求めているのは完全にそういうことなんだ。とにかく、僕が誤った判断をしたことを嘆かないでくれ」

彼は首を横に振った。やっぱり、何が起きたのか、どこで間違ってしまったのかよくわからない。「ただ、君はとても強そうで――」

「本当に強いんだから」

「ああ、わかったよ」彼はうなずいた。「でも、無敵な人間なんていないんだ」スチュアートは胸の前で腕を組み、指先をわきの下に入れた。「もう寝るよ。君も一緒に寝てくれたらいいんだけどな。でも言っておくが、僕は力ずくで女性を抱いたりしない。僕は権力というものが好きだし、権力を駆使して人を支配するのが得意だ。だが、いかれた男の息子である、こんな僕にだって、やれることに限度はあるんだよ」

スチュアートはちらっと目を上げ、言い添えた。「それと、参考までに。僕が好きなのはもう一つのゲームのほうだ。椅子でするほうさ。椅子なら、論理的には僕がずっと支配権を握っていられるんだが、君は抵抗する気満々だからな」彼は何かたくらんでいるように目を細めた。「気をつけたほうがいい。僕は君をベッドに押さえつけて、いろんなことをしたいと思っている。君にキスをして、君をそっと嚙んで、僕の口が当たっていたところに跡をつける。そのあと、手も足も出なくなった君をものにする。僕はそういうのが大好きなんだ。力を誇示するやり方、自分が神になったふりができるやり方がね。ほかにも好きなゲームはある。たぶん、まだ考案してないゲームもあるだろうな。僕の性的関心がどうかといえば、青春真っただ中だ。いや――」彼は今の言葉を撤回した。「むしろ八歳児並みと言ったほうがいい。僕は楽しむからね。羞恥心なんてまったくない。あるのは想像力だけだ」彼がまた笑った。今度は皮肉っぽく、途切れ途切れの笑い方で。

「いかれてるわ」エマは彼を責めた。だが、涙が——それに、彼の冷静沈着ぶりが——判断を鈍らせているらしい。

スチュアートは顔をしかめ、片方の眉を上げた。「たぶんね」それから、肩をすくめた。「でも、上品ぶってる君はもっといかれてるだろう。僕の性的関心がどういう種類に分類されるかなんて、どうでもいいじゃないか。それを言うなら、君の性的関心だってそうさ。個人的な問題であって、他人にとやかく言われる筋合いはない」

それから、スチュアートは一息つき、せきを切ったように語り始めた。エマは、彼の口からこんなに長いせりふが、こんな早口で吐き出されるのを耳にするのは初めてだった。

「僕は、これほどの不屈の精神、才覚に富んだ女性に出会ったことがない。僕はその人の信頼と尊敬、その両方が欲しいんだ。理由はわからない。信頼と尊敬に値するかどうか自分を試したいからなのか、それがどういうものか知りたいからなのか、自分も信頼と尊敬の念を持ちたいからなのか、それを捧げたいからなのか。僕にわかるのは、君が持ち合わせているような、素晴らしく魅力的で、何事にも動じない、自意識過剰なまでの誠実さが人間にあるとは気づかなかった、ということだけさ。それを思うと、僕は愚かにも、こんなことを考えてしまう。君がこれほど激しく放してくれと思わずにいてくれたら、君は降参して、きりもみしながら落ちていく。そして、知性など必要としない、際限のない至福のときを迎えるんだ。僕は君と一緒にそこに落ちていきたい」彼のしゃべり方には、だんだん熱がこもってきた。「それは奇妙で、不思議で、邪悪で、とっぴなことに思えるだろう。そこが素晴らしいんだ。情熱とまともに向き合い、どうにもできないときを迎えたら、そういうくだらない判断はすべて捨ててしまえばいい。僕はここに立って、君の好きなことには何でも心を開き、受け止め、それを与えてあげよう。僕に身をゆだね、思いっきり僕を信頼してほしい――」

彼は急に話をやめ、息も継がずに長々としゃべったせいか、大きく息を吸い込んだ。

罠に捕らわれてしまった。エマはそんな気分だった。最初は文字どおりの意味で、次に、この男性のめちゃくちゃな理屈に、そして今は、これまで一度も耳にしたことがないような、情熱的な懇願に捕らわれていた。

エマは言葉を、答えを探した。だが、これだけの話を聞かされたあとで、彼女が自分のために言うべきことはこれだけだった。「私、上品ぶってなんかないわ」

そのひと言でさえ、スチュアートの背中に言うことになった。なぜなら、口を開いた瞬間、彼が「おやすみ」とつぶやき、背を向けてしまったからだ。

彼は広い屋敷の音楽室の近くで廊下の角を回り、消えていった。

エマは混乱したまま、怒るべきなのかどうなのかわからずにいた。いらいらし、してやられた気分だった。彼を憎む立派な理由、非の打ちどころのない正当な理由があったような気がしたのに、その大半が消え去っていた。力ずくで私を抱くつもりはないですって？　前もそうだったの？　破滅が迫ってくる感覚が一瞬、とても生々しく、とても恐ろしく思えた。

その考えはどこからともなくやってきた。私は情熱に身を任せようとは思わない。愛なんか望まない。どちらかを取ろうが、両方を取ろうが、辛すぎるもの。

11

その晩、エマはベッドの中で男性用の大きな寝巻きに身を包み、何度も寝返りを打っていた。眠ろうとすると、厚手の生地がつるつる肌を滑っていく。ああ、この寝巻きは心地よすぎるし、あまりにも簡素だ。一カ所でしばらくじっとしていると、溶けていくバターのように温まり、体の位置を変えると、冬の湖のようにひんやりした感触を覚えた。頭の下に重ねてあるふっくらした柔らかい枕に感激したことは言うまでもない。まず片方の頬を、次にもう片方の頬を洗いたての枕カバーに押し当てると、リネン・ウォーターのライラックの香りが蒸気のように立ちこめ、生地に押しつけた鼻をすっと通っていく。ぜいたくな物の数々。いかにもスチュアートらしい。と同時に、それらのぜいたく品は、かつての危険な暮らしへ後戻りする道のりの一里塚に思えた。ぜいたくな暮らしへの誘惑だ。

エマはついにベッドの上で枕や寝具の山に囲まれて体を起こした。寝具は所々、彼女の頭より高く積み重なっており、羽毛布団はふかふかで暖かく、空気のように軽かった。眠ろうとしても無駄だ。

エマは音を立てないように、用心深くベッドから出た。居間のマントルピースに載っている時計を見ると、朝の四時を少し回ったところだった。毛布にくるまり、アミナが持ってきてくれたスリッパを履き、一階にぶらぶらと下りていった。何を求めてそうしたのかはわからない。安心できる場所、もっと自分の家に近い雰囲気を探しているのかもしれない。

気がつくと当てもなく部屋をのぞいて歩いていた。ドアを次々に開け、暗闇の中、何を見たいと思っているのか自分でもよくわからないまま、部屋から部屋へと移動していく。ほとんどの部屋は工事中のにおいがし、陰になった部分は「中途半端」を称える記念碑といったところだ。掃除も途中まで、改造も途中まで、修繕も途中までしか終わっていない。結局、エマは唯一、親しみが感じられる場所に戻ってきていた。スチュアートの書斎だ。壁じゅうに並んだ本のもとに戻り、ここで楽しむため、好奇心を満たすため、ランプに火を灯して、彼の机の引き出しを調べてみた。

興味をそそるものは何も入っていない。無地の白い紙、かごに入ったインクのビン、吸い取り紙、名刺の入った箱――彼の名前が浮き出し文字で印刷された真新しい名刺が入っており、そのほかに、他人の名刺が空箱の奥にぞんざいに放り込まれていた――蔵書票、そして元帳だ。紙の上では、彼の地所はかなりの所得を産んでいた。合計すれば五桁の数字になるだろう。だが、口座は次々と「保留」されたり「制限」が設けられたりしていて、そのわきに使用が許可されそうな日が記されていた。中には数日のうちに使えそうな口座もある。

いちばん気晴らしになりそうなものは、引き出しの奥で見つかった。一ダース分のトランプだ。得点記録用紙とカード・トレーも一緒に置いてある。目下、大々的に改装をしている娯楽室から引き上げてきたものだろう。エマはトランプを一組取り出し、スチュアートの椅子を引き寄せると、机の上を少し片づけ、ちょっとのあいだ一人遊び《ソリティア》をするためのスペースを作った。

カードは新しくて、すべすべしていて、とても触り心地がいい。エマはトランプを切った。なぜか気持ちが和む。ああ、でも私の手も衰えたものね。一、二度シャッフルしただけで、カードはいとも簡単に手のあいだからひらひらこぼれ落ちてしまった。彼女はカードを貼りつけるように並べていき、一人で一〇分ほどゲームを楽しんだ。

その間、エマの心は取り留めもなくさまよった。私の知る限り、いちばん意地悪なあの男は――少なくとも私が魅力を感じた男性の中ではいちばん意地悪だ――私がさっきの続きを許したら、どんなことをするのだろう？　裸になって、女性の上で自分を解き放つスチュアートはどんな感じなのだろう？　二分以上の時間を割いたら？

とても風変わりで、並はずれた人物である彼がそばにいるとき、私の心の中では何が起きているのだろう？　まるで彼は引力を狂わせ、私がこれまで体験してきたことを否定できるかのようだ。ルールなんて関係ない。今夜のことをやり直せたら……。そんな気もする。子供の遊びのように、一人でこっそりやり直せたら……。あのあと二人がどうなったのか確かめることに身をゆだねてしまうだろう。私にしたいことを何でもしていいのよ、スチュアート。私はあなたのものだから。

ハートのキング。ハートのキングがもっと早く、二枚前に出ていてくれたら、私の勝ちだったのに。エマは自分の手に残っている九枚のカードをじっと眺めた。カードの順番は大声で叫べるほどよくわかっている。

エマは唇をぎゅっと結び、カードに向かって眉をひそめた。彼女の手のひらがハートのキングの上を通り越していく。ほら、次のカードは違う。その次も違う。ああ、見て、こんなところに。そのカードをクイーンの上に投げ出し、残りのカードがすべて収まるべきところに収まった。手の中は空っぽだ。

エマは机を見つめ、きちんと積み重ねたカードを見つめたが、どうも慰められた気がしない。

かつて、私は自分の器用なところ、臨機応変なところに慰めを見出していた。そういう資質のほうが運よりもずっと頼りになる。運を当てにするより、自分で自分の面倒を見られるほうがいいといつも思っていた。ほかの人間を当てにするなんて冗談じゃない。でも、今夜の私は、自分で何でも操れると思ってみても、それが慰めになってくれない。

「おめでとう」エマは自分に皮肉っぽく言うと、立ち上がった。それから、ベッドに戻り、ライラックの香りがするシーツの上で、再びすべすべした寝巻きを滑らせていた。

そのまま何分か眠った、いや、眠ったような気がした。夜が明け、この地域に居を構えるマウント・ヴィリアーズ子爵の意思に従い、屋敷が再び活気づいた。部屋の外で足音がし、エマは目を覚ました。この音では再び眠りに就くことはできそうにない。なにしろ、人々が「閣下」に喜んでいただこうと、いそいそ飛び回り、もっと多くのことを、もっと手早く、もっと楽々とやってみせよう、閣下にもっと満足していただこう、閣下のご機嫌を取ろうと競い合っていたからだ。

そのあとすぐ、扉をノックする音がして、キッチンメイドが朝食のトレーをワゴンに乗せて入ってきた。メイドはトレーをテーブルに置くと、今度は鼻歌を歌いながらカーテンを開けた。

エマは頭の上に枕を置いたが、羽毛の層の向こうからメイドの声が聞こえてきた。「リーズからお針子さんが到着されましたよ。とーってもきれいな生地をたくさん持ってこられました。今日は新しいドレスを作っていただけるようですね。運のいい娘さんだこと。ねえ、そう思いません？」

エマはうめくことしかできなかった。

続く三日間は慌しく過ぎていった。そのあいだ、スチュアートはいつの間にかおびただしい数の使いを出していた。どれもこれも必要な用事に思えたが、それと同時に、彼はかなりの確信を持ってこう考えていた。エマは済ませておくべき用事のリストをこしらえたが、それが彼を家から遠ざけ、彼を避ける形になっている。それに、ある意味、彼女を近づき難い存在にさせている。エマに話しかけるときは、たいていお針子たちの頭越し、おまけに彼女は両腕を突っぱって試着中ときている。

書斎で過ごしたあの晩以来、二人はずっと、お互い慎重な態度を取っていた。慎重で、不自然に礼儀正しいのだ。スチュアートはそれがいやでたまらなかった。

彼はアミナとヒヤムと一緒にいることで慰めを見出した。二人は滞在の予定を一日延ばし、ロンドンに戻っていった。探りを入れに来たんだな。彼はそれに気づき、おかしくなった。アミナとヒヤムはある時期、彼をとても頼りにしていたが、イングランドによく順応していた。ひょっとするとスチュアートより上手くやっていたかもしれない。二人とも友達がいて、だんだん自分たちに合った生活ができるようになっていた。ヒヤムには彼女のもとを訪ねてくる紳士がいる。二人とも、私たちはあなたの親戚も同然なのだから、長いつきあいになるかもしれない新参者には関心があるのよ、とばかりにエマのことを知りたがった。だが、スチュアートが彼女は二週間したらまた行ってしまうのだと説明すると、納得してくれた。

二週間。もう二週間を切っている。時間は有効に使われているようだ。そう言わざるを得ない。今のところ、イングランドでこんなに面白いと思えた計画はないのだから。エマがロンドンの洗練された「美術専門家」に変身していく様子を眺めるのは悪くなかった。このご近所の羊飼いにはますます驚かされる。彼女が生地を手に取り、色を合わせ、数は少ないながら、無駄のない衣装を用意していくにつれ、彼の手助けは支払い以外、まったく必要ないことがわかった。エマは、何が当世風かという話をお針子から聞き、自分であらゆることを決めていた。社交界好みのスタイルを知り尽くしているのだ。それどころか、彼女独自のスタイルとして、ドレスから手袋、帽子からハンカチに至るまで、なかなか美しい、女性らしさが感じられるフレアーをつけようとしているらしい。おまけにエマは社交界のエチケットや儀礼も心得ていた。上流階級に混じって身元を偽り通す力があるのかどうか疑わしいと思っていたが、その疑問も和らいだ。具体的な証拠が増えていくにつれ、スチュアートは少し誇らしげな気分さえ感じるようになっていた。エマは期待に応えてくれるだろう。いや、期待をはるかに超えているかもしれない。

何よりもその思いを強く実感したのは三日目の午後だった。その日、スチュアートは電報局に出向き、早めに帰宅した。家に入った瞬間、表の客間のほうから、エマや仕事にいそしむ二人のお針子たちの声が聞こえてきた。部屋の戸口から中に入ると、三人がそこにいた。ミセス・ホップブリーは表側の窓辺に置いたミシンに向かっており、娘のルイーズはエマの前に立って、彼女の肩に何かを刺していた。

部屋は、女性らしい、美しき混乱に満ちていた。ソファの上には何反もの生地の一部が広げられ、書き物机の上には、ブリキの缶の隣にボタンが並んでいた。見たところ、床にはレースやひだ飾りがどこまでも続いている。女たちは、青いウール地に似合うものを区別したり選んだりしているらしい。スチュアートが愛用している客間用の椅子は、巻き尺、針刺し、様々な色の糸に占領されていた。やがてハサミが布を裁つ音、ミシンの足踏みペダルが上下に動く音が聞こえ、糸車の回る音が速くなったり遅くなったりするのに合わせて、針の下から青いウール地がどんどん流れ出てきた。女たちのささやき声も聞こえてくる。三人のうち二人は口にピンをくわえており、ばらばらだったエマの衣装が一つにまとまった。暖炉のそばの洋服掛けには、ほぼ完成したドレスが三着ぶら下がっている。

「進み具合はどうだい？」スチュアートは戸口から声をかけた。

いちばん近くにいたお針子が振り向き、口にくわえていたピンを抜いた。そして視界が開け、エマの姿がはっきりと目に入ってきた。スチュアートは胸の中で何かががくんと傾くのがわかった。

今や彼は、裸になった彼女はどんなだろうとたびたび空想にふけっていた。丸みがあって、女らしくて、見事な曲線を描いていて、触ってほしいと誘っている裸のエマ。だが、着飾っている彼女を空想したことは一度もなかった。ああ、なんと。現に着飾ったエマがそこにいるじゃないか。想像の中でそのような彼女をあえて思い浮かべていたとしても、目の前の彼女のほうがはるかに美しい。シルクのストライプのブラウスと、体にぴったり合ったティアード・スカート（何段かの切り替えが入ったスカート）を身につけた姿はまるで、ボー・ピープとデリラ（聖書に登場するサムソンの愛人。彼を裏切ってペリシテ人に売り渡した）を足して二で割ったかのようだ。小柄で優しげな女性の隠れた賢さが、どことなく衣服の裁断の仕方に表れている。

スチュアートはいつの間にか帽子を取り、冷たい髪を指でかき上げていた。耳も顔も指先もほとんど感覚がなくなっている。外は風が強くて、ひどく寒かったのだ。彼はコートのボタンをはずし、スカーフをほどき、驚嘆しながらそこに立っていた。エマ・ホッチキスは小柄でかわいらしくて、幻のように美しい。

驚きが顔に出ていないといいのだが。エマは少し背が低くて、少々ずんぐりしているにしても、かわいい人だと思っていた。ひょっとすると、あか抜けないところがあると思っていたかもしれない。女性用の長いドレスよりも、いやなにおいのする羊を好む人なのだろうと思っていた。ところがだ。体にぴったり合ったスカートをはいていると、ほっそりしたウエストと、豊かな曲線を持つ小さな人形のようだ。髪はきちんと後ろに流してあり、ブロンドの巻き毛がきらきら輝いて、王女のように慎ましく見える。それに彼女の目……彼女の顔……ああ……。彼はしばらくのあいだ、あ然とするばかりだった。

社交シーズンの真っただ中だったら、エマはロンドンで噂になっていただろう。彼女なら注目されるに決まっているし、今の服装は本人もそのつもりであることを物語っている。

「あら」エマはスチュアートの姿を目にすると、恥ずかしそうに微笑んだ。「悪くないでしょう?」そう言って、さらにいたずらっぽく目をぱちぱちさせている。男を誘惑する妖婦だ。

「きれいだよ」スチュアートは笑った。「まるで——」そこで急に言葉が途切れた。「そうだな、貴婦人のようだ。僕がこれまでお目にかかった貴婦人たちに負けないくらい気品がある」それから、こう言い添えた。なぜなら、それが真実だったから。「ただし、君のほうがかわいいけどね。もっとお近づきになりたいと思うような貴婦人だ」

その言葉で、エマはまた複雑な反応を見せた。彼に注目されて喜んでいるが、ためらってもいる。ほめ言葉をそのまま受け止めようと思いながら、もうしばらく微笑んでいたが、やがて首を横に振り、唇をすぼめ、うつむいてしまった。彼女の反応は、どこまでが本心の表れで、どこまでが見せかけなのかまったくわからない。ときには心の純真さ、優しさがこれでもかというほど表れていることもあり、それを信じずにはいられなくなるが、次の瞬間、とても皮肉っぽい、ずるそうな表情を見せるので、ああ、だまされたと、ため息をつくことになるのだ。

スチュアートはしばらく戸口に立ったまま、彼女をこのままじっと見つめているための、さらなる口実を考えだそうとしていた。後ろに控えていた執事が彼のコートを受け取り、咳払いをした。

「閣下」スチュアートの耳に執事がつぶやく声がぼんやりと聞こえてきた。「郵便物はマントルピースに置いてございます。厩舎で馬が一頭、問題を起こしました。副執事の一人が病気になりまして、休暇を取らせないといけません。造園技師が設計図に閣下の署名をいただきたいと申しております。娯楽室の梁材が届きましたが、そのうち一本は、真ん中にひびが入っておりまして……」こういった問題が、主人に対処してもらうべく待ち構えていた。スチュアートは気をそらされて振り向き、自分のやるべきことに取り組んだ。

しかし、体に合わない服を脱ぎ捨て、まゆの中から現れたようなエマ・ホッチキスの姿にひどく心を動かされ、その晩、彼女の夢を見てしまった。彼はエマをエスコートして様々なパーティに出かけ、二人にしかわからないジョークで、ひどく気取った友人たちをからかって楽しんでいた。彼はエマをこんなふうに紹介をした。「こちらは、ヨークシャーのお仲間でね、牧羊業を営んでおられる地主さんなんだ」嘘ではないが、彼女の金持ち風の格好は事実にそぐわない。

というより、その逆だ。目が覚めたとき、彼はそう思った。ヨークシャーの地主、羊飼いというものは、ひょっとすると、僕が最初に考えていたよりも優れた存在なのかもしれない。

ドゥノード城での四日目が始まり、エマにしてみれば、それまでの日々とほぼ同じように過ぎていった。夜が明けるころにはもう起きていて、片手でコーヒーを飲みながら、もう片方の手を伸ばしていた。そうすれば、二人のお針子がウエストからわきの下にかけての縫い目を直すことができるからだ。お昼には、ドレスの半分をピンで留められた状態でミートパイを食べ、午後はほとんど立ったまま過ごし、夕方になると、様々な衣服が彼女の周りで形を成していった。夕食の時間までには最後のひと針が刺され、最後のリボンが留められた。ドレスは五着出来上がり、前もってロンドンに送っておくことになっているナイトガウンが二着、ウールのコートが一着用意された。前の晩には、青いキッド革の美しい編み上げブーツと、かなり華やかなイヴニング・スリッパ（ローヒールのドレッシーなパンプス）が一足ずつ、スチュアートのわきに抱えられて到着している。ヘア・リボンと宝石類——模造品だが、それでもエマの目にはとても美しく見えた——も用意されたが、スチュアートにはさらに調達すべきものがあった。スカーフ、キッド革の手袋、帽子……。

それに、ビーズで飾られたシルクのバッグ。エマは、その中に入れるべき物のリストを新しい詐欺のパートナーに渡してあった。彼は暗くなっても——それどころか夕食が終わっても——姿を見せず、かなり遅くなってからようやく帰ってきた。

寝室にいたエマは、玄関の扉が開く音を耳にした。そのとき、降ろすべき荷物は一つもなく、御者は表玄関の前であるじを降ろしてから、馬車置き場のほうに馬を回した。エマは踊り場に出て、バルコニーの向こうに目を向けた。

「全部、調達できたの？」

スチュアートは大またですたすた歩いており、広々した階段のバルコニーの下を通り過ぎようとしていた。歩きながら物を渡していくという、いつものぞんざいなやり方で、帽子、コート、手袋を次々と放り出し、召使たちがそれを競うように受け取っている。エマは手すりから身を乗りだし、階下を見下ろしていた。

彼女の言葉でスチュアートは足を止めた。「少しははかどったけどね。それで精いっぱいだ」

「夕食のあと、お針子さんたちは帰ったわ。叔父様のほうはどうだった？」

「電報をよこしたよ。ロンドンで会おうと言ってきたが、日曜以降じゃないとだめだそうだ。それまでハンプシャーにいるらしい」

あと三日だ、とエマは思った。三日したら、私たちは始めるんだ。

そのとき、心臓が止まるほど恐ろしい言葉が耳に入った。「ここでできる限りのことはやったと思う。もういいだろう。明日、ロンドンに向かおう。荷造りは朝、すればいい」

エマはそれがどういうことか理解し、唇を嚙んだ。ロンドン。

残りの準備を整えるのに、今週いっぱいかかるだろう。でも彼の言うとおりだ。準備をするならロンドンがいちばんふさわしい。チャンスを与えてくれる街。ええ、そうね。エマは強くうなずいた。

「じゃあ、おやすみなさい」エマはそう言って、自分には理解できないハンサムな男性を見下ろした。私を不安にさせるようなやり方で魅了する人。

スチュアートはもうしばらくエマを見上げていた。「おやすみ」それから、彼は前に進み、バルコニーの下に入ってしまった。

エマはいつの間にか、手すりからさらに身を乗りだし、彼を目で追おうとしていたが、暗がりに消えていく頭頂部と広い背中しか見ることができなかった。

あれは神に関する詩の一節だった、とスチュアートは思った。何しろ、イスラム教の神秘《スーフ》主義《ィー》者の詩人たちが書いたものは、ほぼそれに尽きると言っていいからな。あと砂糖だ。確か、神と砂糖だった。ほんの数行ではあったが、ルーミー（イスラム最大のスーフィー詩人の一人）の詩が、今スチュアートの心に響いていた。彼はベッドに横たわり、少し取りつかれたように、その詩を思い出そうとしてる。いやむしろ、何か自分のことに取りつかれていたのかもしれない。というのも、なかなか眠れそうになかったからだ。彼は頭の下に手を入れて、しばらく天井をじっと見つめ、詩の全文、完全な意味を記憶から呼びだそうとしていた。だが、とうとう起き上がり、丈のあるゆったりしたローブ――お気に入りの古いビシュト（アラブの男性が着る盛装用の外衣）――をはおって、スリッパを履くと、廊下を進んで階段を下り、例の詩について詳しく調べるべく、書斎に向かった。本がどこにあるかはわかっている。

机のランプが灯っているのを見て、スチュアートはびっくりした。執事はもう休んでいるから、きっと僕が消し忘れたのだろう。彼は人気《ひとけ》のない部屋の中で燃えているランプに向かって肩をすくめた。それから、暖炉の火も消えていないことがわかり、顔をしかめた。まあ、ちょうどいいさ。彼は自分を納得させ、残り火にまきをもう一本くべた。あの本を持ってきて、ここで読めばいいし、少しはうとうとできるかもしれない。彼は立ち上がり、ランプを持ってはしごを登ろうかと思ったが、やめた。必要なら取りに戻ればいいだろう。

だが、はしごのてっぺんまで来ると、レールに沿って書架の仕掛けを片手で十数センチ移動させる必要があった。例の本は最初に思った場所にはなく、さらに奥の暗いところまで探さなければならなかったのだ。とはいえ、本は著者順に分類されているから、すぐに見つかるだろう。スチュアートは自分とはしごを一緒に引っ張りながら、並んだ本の背を指でたどり、アラビア語と英語のタイトルを確認しようとした。だがすぐに、いやだめだ、もっと明るくないと背表紙が読めないと判断した。ランプを取ってこようとはしごの下の段に目をやったそのとき、物音がして彼はびくっと飛び上がり、部屋の向こうの戸口に目を向けた。

なんとエマ・ホッチキスだ。エマが彼の寝巻きを着て毛布をまとい、トルコのスリッパを履いて書斎に入ってくるではないか。ほどいた髪が毛布の上から背中を転げ落ちるように垂れており、一方の肩にかかっている。銀色がかった金色の巻き毛は一メートル近くあり、上下するバネのごとく細かく揺れ動いていた。

スチュアートは一瞬、動きを止めたが、すぐに笑いたくなった。エマは暖炉の火に気づき、火がひとりでについたとでも思ったのか、はっとしたように見直した。それから辺りを見回し、しばらく彼をまともに見ているような気がしたが、彼女の目はそこを通り越していった。見えていないのだな。どうやら、僕は薄暗い部屋の奥に入りすぎているらしい。それに、はしごのてっぺんにいるので、そんなに高いところまで視線が届かなかったのだろう。

エマは自分独りしかいないと確信すると、暖炉まで歩いていき、さらに何本もまきをくべ、まきが入れてあったかごは空っぽになってしまった。おやおや。スチュアートはひそかに笑った。彼女はしばらくここにいるつもりらしい。それに、僕の家で難なくくつろいでいる。

スチュアートはそれが嬉しかった。そしてエマが、彼女には少し重すぎるまきをぽいと放り、火花よけの金網を閉めてから、前に垂れてきた髪を押し戻す様子を見守った。彼女は体を起こしながら頭を振った。無意識の動作なのだろう。こんな美しい髪を持つ女性を見るのは初めてだ。たっぷりしていて、健康そうで、とても微妙な色をしている。

それから、エマは勝手知ったる様子で彼の机まで歩いていき、いちばん下の引き出しに手を伸ばした。そしてトランプを一組取り出し、彼の議会用の書類をわきに押しのけ、ソリティアをしようというのか、カードを一列に並べた。いいぞ。どうやら、二人とも同じ問題を抱えているらしい。眠れぬ夜という敵に立ち向かうため、僕は詩を武器に、彼女はトランプを武器にしようということか。

スチュアートは肘で体を支え、はしごの一段上の横木に片足を引っかけ、くつろいだ姿勢で気づかれるのを待った。

エマが勢いよくカードを置いていく。パタン、パタン、パタン……。これほど素早くカードを並べる人は見たことがない。まるでモンテカルロの賭博場のディーラーみたいだ。髪を下ろし、毛布が一方の肩からずり落ちている様を見ていると、彼女ならきっと、ああいうところで歓迎される類の女性になっただろうと思えてくる。

一分ほどすると、エマはカードの配置を眺めて顔をしかめ、一瞬、片手を上げて、指をぴくぴく動かした。それから、うんざりしたように鼻を鳴らし、そこにある混乱を丸ごと投げ捨てた。カードは、パタパタパタパタと音を立てて机の上から反対側の床に全部落ちてしまった。

エマはため息をつくと、立ち上がって向こう側に回り、手当たり次第に何枚かのカードを拾ったが、すぐに残りのカードと一緒にはしなかった。何をやってるんだ？　スチュアートが目を細め、体を少し前に倒すと、暗くなった窓のほうに歩いていき、そこでくるっと背中を向ける彼女が目に入った。彼女がさらに遠ざかり、彼はつられてバランスを崩しそうになった。彼女はここに来た最初の日に目にした胸像――実はレナードの胸像だったのだが――にカードを載せていた。出っ張った額とそり返った鼻の中間にカードを置いたものだから、叔父はさながらサーカスのアザラシのようになっている。彼女はマウント・ヴィリアーズの伝統に何の敬意も払っていない。その事実にスチュアートは思いっきり微笑んでしまった。なぜなら、おかげで二人の共通点がさらに増えたからだ。

「あら、いいんじゃない」エマは自分のいたずらに上機嫌で、くすくす笑っている。その声は書斎の奥までよく届いた。「お似合いよ。お屋敷のご主人がここにいなくて残念。もし彼がいたら、そうねえ、ここにもう一枚挟んだかしら」エマはカードを一枚めくり、石の胸像の耳に挟んだ。

　スチュアートは、彼女がさらに三枚のカードを飾っていく様子を見守った。胸像の男は首の部分にこぶしを当てており、彼女はそこに扇のようにカードを並べた。その結果、叔父はカードを一枚鼻に載せてバランスを取りつつ、胸の近くで残りのカードを持っているという、芸達者なアザラシのトランプ詐欺師に変身した。

　エマは胸像の縮こまった口にカードを挿し込もうとするが、なかなか上手くいかない。カードをいじり回し、何度も置き直しているうちに毛布がずれて、片方の腕に完全に落ちてしまった。背中に垂れた髪はランプの光に照らされて、言ってみれば、波打ち流れる淡い金色といったところだ。彼女は横顔を見せ、独りでくすくす笑いながら遊んでいたが、膝のところで落ちた毛布をひったくるようにつかみ、元の位置に引き上げた。小妖精《エルフ》だ、とスチュアートは思った。

　毛布が再びずれ、彼の寝巻きがエマの体の上で動いた。生地は一瞬、ヒップの部分で丸みを帯びたが、彼女が腰を揺らしたと同時にすとんと下がった。いつもなら彼の胸の上にまっすぐ走っているプリーツが、今は小刻みに揺れる乳房の上で震えている。そしてエマは陽気に笑い、楽しんでいる。なんて美しい声で笑う人なんだろう。

　スチュアートの体の一部が持ち上がり、変化するのがわかった。暗闇の中、しばらくのあいだ、頭を垂れてはしごの横木を、すなわち自分の足元をじっと見下ろしていたが、突然、彼女をただ観察しているなんて、お人よしにもほどがあると思えてきた。エマは寝巻きを着ているんだぞ。厳密にいえば、僕の寝巻きだが。咳払いでもして、「お屋敷のご主人」はここにいると知らせてやるべきだろう。スチュアートの顔がほころんだ。彼女は寝巻きのどこかに欲しいものは何だって、しまい込んでしまうに違いない。

　そのとき、エマが再び向きを変えた。スチュアートは体を引き、はしごに張りついた。彼女がまっすぐこちらに歩いてくる。間違いなく僕を見ている。少しのあいだ、エマはまさに彼が立っている書架の最上段をじっと見上げているような、そんな印象を受けた。あるいは、はしごそのものを見ているのかもしれない。彼のほうへ九メートルほど歩いてきたが、目はちらちら、わきにそれてばかりいる。関心は壁に並んだ本にあったのだ。手を伸ばし、指先で背表紙をたどっていく。彼女が歩くにつれ、指が小さな軽い音を立てる。パタ、パタ、パタ、パタ……。スチュアートが立っているはしごのところでも、エマはためらうことさえしなかった。彼女が真下を歩いていく。スチュアートは自分の足と壁のあいだを通り抜けていくエマを見下ろし、微笑んだ。彼女は少し先で立ち止まると、前かがみになって一枚の写真に近づき、真っ暗といってもいい暗がりで、何が写っているのか確かめようとした。だが、あきらめたようだ。

　エマは書斎をぐるっと一回りした。この家の中ではここがいちばんお気に入り。彼女の目は棚という棚に並んだ本をいつまでも眺めていた。ああ、こんなにたくさん。全部読もうと思ったら、一生かかってしまうだろう。英語のほかに、いろいろな言語の本がある。ついでにいえば、普通のアルファベット以外の文字もある。キリル文字、アラビア文字、ラテン文字。サンスクリット文字以外、何でもあるように思える。小さな本、薄い本、大きな本、色鮮やかな本、くすんだ色の本。そういった本たちが部屋を囲んでいる。突き当たりの暗がりから出ると、部屋の両側に続く書架の隙間は数々の写真に占領されていた。かつて家族の肖像画が掛かっていた場所だ。壁が変色しているのは、肖像画が長年そこに飾られていて、最近やっとはずされたことを示している。暖炉のそばで、エマは明るく照らされた写真のコレクションに引き寄せられた。セピア色の写真が、暖炉の火と机の明かりが織りなす銀色の光の層を反射している。

そこに写っているのは別世界だった。でも、驚くほどはっきりとした、驚くほど真実味のある写真の数々。砂漠、背の低いヤシの木、ラクダ。ゆったりした服を着た外国の人々。彼らは頭を布で覆い、丈の長い衣服をなびかせている。隊商《キャラバン》。ある写真には、房飾りや装飾品のついた鞍を載せたラクダが一列に並び、その前にアラブの男性が三人写っていた。そのうち一人はどこかで見たような……。色黒の痩せこけた顔、強烈な印象の黒っぽい目、黒い顎ひげ。本か新聞で見た顔だから知っているのだろう。エマはそう考えた。きっと有名なアラブ人。サウド家の王子とか、ペルシアのカリフとか。

エマはここ数日、夜になるとこれらの写真をじっくり観賞していたのだ。スチュアートは家族の肖像画を少しずつ現代的な外国の写真に取り替えており、それらはいつだってエマの興味を引きつけた。まるで謎解きのように。だが、答えを出してくれたことは一度もない。

エマは今夜もいつもと同様、写真のことはさっさと忘れ、静かな足取りでカードを集めにいった。まず床に落ちた分を拾い、続いて窓辺の胸像に飾った分を回収する。

なんてばかなことをしたんだろう。エマは机に向かい、今度は慎重にカードを並べた。切るときはじっと目を離さず、指先を何度か素早くはじいてカードをつまみ、ピシャッ、ピシャッ、ピシャッと打ちつけるように置いていく。「じゃーん」エマは物憂げに言った。「エマ、またあなたの勝ちよ」

「君はずるをしている」太い声が言った。その声は暗闇からあふれ出て彼女を笑い、飛び上がらせた。低い声、紛れもなく悪魔の笑い声だ。

エマは思い切り飛び上がり、その反動で椅子にどしんと尻もちをついてしまった。驚いて息を切らしている。悪魔のほうがましだった。というのも、部屋の奥の暗闇から、まるで彼女に呼び出された幽霊のように、スチュアート・アイスガースが現れたからだ。丈のある、ゆったりした濃い紫色のローブをまとった彼自身、カリフに見えなくもない。エマは片手を喉に当てた。パレードする音楽隊の太鼓のように心臓が高鳴っている。

「び、びっくりするじゃない」エマは声を絞り出した。「ど、どうして――」

スチュアートは自分の後ろを指で示した。「本を探してたんだ」そう言っても、エマはまだわからないらしく、彼は笑みを浮かべた。「あそこで、はしごのてっぺんにいたんだよ。君が入ってきたときにね。君は僕の真下を通っていった」それから、こう弁解した。「仕方なかったんだ。君がすごく、こそこそしているように見えたし――」ここで一瞬の間。「それに、僕の寝巻きを着ている君がとても素敵だったし、何をたくらんでいるのか監視しないではいられなかったのさ」彼はあからさまに笑いながら続けた。「そこで、なかなかの手さばきを披露していたね」そう言って指差したのは窓辺の胸像だった。「とても独創的だ。君はソリティアをするとき、いつもずるをするのか？」

「しないわ」エマは口を開き、あきれたように目をぐるっと回した。「まったく――」だが、急に言葉を切り、彼に言われたことを認めた。「たまにね」それから、すっかり白状した。「ええ、最近はそうなの」

スチュアートが明るい場所に全身を現した。ゆったりしたローブは生地が二重になっていて、片側は黒に近い紫、もう片側は青に近い紫。暖かそうなローブだ。彼はその下に寝巻きを着ていた。エマが着ているものとたいして変わらないが、彼女のほうは足首の辺りで裾がだぶついている。一方、彼のは同じくプリーツの入った白いたっぷりした寝巻きだが、すねの前で止まっている。

「勝たないでどうするの？　一人遊びをする意味がないじゃない？」エマはあくびをした。それから、彼の目を気にしながらカードを一つにまとめ、机の上で束をそろえてから箱にしまった。もう自分の部屋に戻ろうと思ったのだ。ただ、帰る前に相手に気を遣うべきかと思い、礼儀として尋ねた。「ここで何をしていたの？　どうして起きてるの？」

スチュアートはその質問に対し、片手を上げることで答えた。手には小さな赤い革装の本が握られている。二人とも、それ以上、言うことが思い浮かばなかったのか、彼が言い添えた。「ルーミー。詩人だ。スーフィーでもある」

「スーフィーって？」

スチュアートは説明をする代わりに本のページをめくった。「読んであげよう」そう言って、あるページに指を置き、詩を読み始めた。

砂糖を溶かす君、私を溶かしておくれ。
今がそのときなら、その手や眼差しで私をかすめ、
穏やかに溶かしておくれ。
夜が明けるたびに期待してしまうのだ。
あれは夜明けの出来事だったと。
さもなくば、死刑執行のように一気に溶かしておくれ。

スチュアートは一息つき、エマを見上げた。朗読する彼の声はうっとりするほど美しく、言葉の切り方は、この詩に、決してまねのできない独特の抑揚を与えていた。彼は本を見ることなく、静かに詩を語り終えた。

君は私によそよそしい。

だが、私を遠ざけることは私を惹きつけることなのだ。

エマは唇を濡らし、瞬きをした。「あなたなのね」暖炉のわきの壁にちらっと目を向ける。

「何が?」

「写真に写ってる男性。顎ひげをはやしてる人、見覚えがあるなと思って。あれは、あなただわ」そのとき、エマは気づいた。ふさふさした顎ひげをたくわえ、それなりの服を着れば、彼はアラブ人と言っても完全に通用するだろう。「上手く溶け込んでたのね?」

スチュアートは壁に目をやり、彼女が示した写真のほうにぶらぶら歩いていった。「確かに努力はした。あの程度のことはね。少なくともしばらくは」彼は読書机に本を置いた。

「あれはどこで撮ったの?」エマは彼のあとについていった。

「カイロの近くだ」

エマは彼の隣に立ち、あらためてそれらの写真を念入りに見た。やっぱりそうだ。若き日のスチュアート・ウィンストン・アイスガースがカメラを見つめている。この愁いを帯びた目は紛れもなく彼の目だ。どうして見逃したのだろう? ただ、本当にはっきり写っているのは顔の上のほうだけだった。流れるようなローブをまとい、頭から布をかぶり、ねじったひもで留めている彼は、痩せて、筋骨たくましく見える。形のはっきりしない衣服は、出っ張った額の滑らかなラインや頰骨の辺りのごつごつした感じを強調していた。というのも、顎ひげで顔のほかの部分はすべて隠れていたからだ。日に焼けて浅黒い肌をした彼がレンズにまっすぐ目を向けている。どこから見ても、生まれながらのアラブ人かペルシア人かトルコ人だ。

「そこには長くいたの？」

「いや。当時、僕はイスタンブールで暮らしてたんだ。かなり旅行はしたけどね。イスタンブールには三年いた」

「そのあとは？」

「ロシア。サンクト・ペテルブルグにアパートメント、ツァールスコエ・セロに家が一軒、それと、オデッサの郊外に別荘があった。たいてい、その三カ所を行ったり来たりしていたが、いちばんのお気に入りはピーターズで、いられるときはそこにいることにしていた」

「ピーターズ？」

「ペテルブルグのことだ」

「ロシア」エマはその地名を口にし、やっぱり私は地理にうといと思い知った。それでも、彼が文化的な意味で、イングランドとできるかぎりの距離を置いていたことぐらいは理解できる。よその土地への好奇心に駆られ、エマは思わず尋ねた。「皇帝には会ったことある？」

「週に何度もね。宮廷で、僕はイングランドの人間にしてはかなり珍しい存在だと思われていたから、会いたいと思えばいつでも会えたんだ」

エマはびっくりして尋ねた。「皇帝はどんな人？」

スチュアートは肩をすくめた。「親切で、善意の人さ。でも不安を抱いていた。独裁政権の長も暗殺の影響を受けていたんだよ（一八八一年に先代のアレクサンドル二世が暗殺されている）。宮廷は豪華で素晴らしいが、国そのものは混乱している。貧困が広範囲に及んでいて、どん底の状態だ。バルト海のこっち側にいる君には想像もできないだろうけど」

「そういう国の言葉は全部しゃべれるの？　英語のほかにも、ロシア語とかアラビア語とか？」

スチュアートが鼻を鳴らす。「ああ、僕らしく、つっかえつっかえ、しゃべれるよ。ロシア語、トルコ語、アラビア語、フランス語、それにペルシア語とウルドゥー語とパンジャブ語を少し。あと、クルド語をほんの片言」彼は自分をあざけった。

これに続く反応として何がいちばん気に入ったかといえば、エマが彼の言葉を否定せず、そのうえすぐにしゃべってくれたことだ。「私、あなたが話すときのリズムが好きよ。面白いわ」エマは目をしばたたき、おずおずと、まじめくさった様子で言い添えた。「私ね……時々気をつけなきゃいけないの。さもないと、つい、まねしてしまいそうで。同じリズムで答えてしまったり、同じことをそっくりそのまま言ってしまいそうになるの」そして首を横に振った。「上手にまねできるわけないわよね。でも、時々あなたがしゃべる直前に、それがどういう言い方になるかわかってしまって、私も一緒に言いたくなってしまうのよ。まるであなたと一緒に踊りたいと思うみたいにね」

スチュアートは腕を組み、エマをじっと見下ろした。今のお世辞に続いて「でも」とか「ただし」といった言葉が発せられるのを待ちながら。だが、自分のほうが口を閉じなくてはならなかった。いつの間にか口が軽く開いていたからだ。彼女は本気で言ったんだ。そう思うと言葉も出ない。

君の言葉がどれほど僕の心を打ったことか。皆が快く我慢してくれるわけではない僕の欠点をほめてくれるなんて。彼は一瞬、微笑み、それから自分の腕を見下ろした。僕はこんなささいなことをばかみたいに喜んでいる。それを彼女にわかってもらえたらと思っているのかどうか、自分でもよくわからない。

「ずいぶん、あちこち旅行したのね」

「そのとおり」スチュアートは振り返って写真を見た。書斎にはたくさんの写真が飾られているが、中近東で撮ったものにはやはり目を引かれてしまう。彼は別の写真を指差した。それは壁に並んだ次の一組の一枚で、白い木々と、新古典主義（一八～九世紀前半にかけての建築様式。ギリシア古典建築様式を模範とする）の大きな円柱の前にひっそりと並ぶ白いベンチが写っていた。カザン聖堂だ。吹雪が舞ったばかりで、白く輝いている。「ロシアでは――」スチュアートは嬉しそうに記憶を呼び起こした。「寒い時季、上流階級の人間はモスクワに行ってしまうんだ。僕は違ったけどね。皇帝と宮廷の連中がいなくなり、空っぽになったときのペテルブルグがいちばん好きだった」思い出すと笑みがこぼれる。「晴れた寒い日が大好きだったな。あれほど静かで穏やかな日々はなかった。膝の高さまである雪を蹴り上げながら、街を歩くんだ。あまりにも人がいなくて、街をほとんど独り占めしていたよ」

エマはとりあえずわかったような目つきで彼を見た。「ペテルブルグ？」それから、ひどくがっかりして、実はよくわかっていないの、ごめんなさいとばかりにチッと舌を鳴らした。

「ロシアの首都。そうよね？　ものすごく北のほうにあるんでしょう？　ここより寒いの？」

「ああ、どこよりも寒い。フィンランド湾に面してるんだ。そこから南のほうへいくとデンマーク。ロシアでペテルブルグより北にあるのはツンドラだけさ。僕はそこも横断したことがある」

「ツンドラ」エマがおうむ返しに言った。何の話をしているのかさっぱりわからないという顔をしている。

スチュアートはかすかに微笑み、目をそらした。確かに、彼女を困らせてしまったな。

「こんな話、退屈だろう」

「ううん」エマはすかさず言った。「ちっとも」背中をそらし、体をひねって毛布を肩のところまでぐっと引き上げたが、そのあいだずっと写真を代わる代わる見つめていた。体勢を整えると、彼女が言った。「ほかの場所で暮らすなんて、私には想像できない。その話、聞きたいわ」

「どこまで耐えられるかな」スチュアートはそう言って笑ったが、彼女が関心を持ってくれて、とても嬉しかった。「ツンドラは、言ってみれば氷の平原だ。北極のほうにある。雨が降って、川が流れれば、湿地になるかもしれない。ただし、低温で土地が深いところまでずっと凍ったまんまでね。何メートル凍っているのか誰もわからないくらい深くまで凍ってるんだ。陸地と同じくらい頑丈な氷ってことさ。どこを向いても、見渡す限り白一色」

エマが考えているのは僕のことだ、とスチュアートは気づいた。ツンドラじゃない。「どうして？」彼女が尋ねた。「どうして……そういう場所が気に入った……というか、気に入っているの？」

「英国じゃないからさ」スチュアートは即座に答え、鼻を鳴らした。「ヨーロッパ大陸でもない。まあ、ペテルブルグはヨーロッパと言えないこともないけどね。ほかの場所についてはきっと、英国人の父親、英国人としての責任から、できるだけ身を遠ざけていられるってことと関係しているに違いない」自分をとがめるように、また鼻を鳴らす。「今にしてみれば、遠くに行きすぎた。僕はコーカサスの近くでクマ狩りをしていたんだ。ペテルブルグの家からでもかなりの長旅でね。そのとき、父が死んだという知らせが届いたんだ。あの悪魔はまだ五七だった。ドノヴァン・アイスガースのような卑劣な男は一〇〇まで生きると思ってたよ。あまりにもいやらしい男だから、死神だって、用心しなければ近づけないと思ってたんだ。父は自分で勝手に事を運び、死神さえ思いのままにしてしまった」

エマがぽかんとした顔をしている。この件についても、彼女は詳しくないのだろう。僕の父親に関することは知らないのだ。

スチュアートははっきり言った。「銃で自殺したんだ」

「ああ」エマがうなずいた。「そうだったわね。確か新聞で読んだと思う。お気の毒に」

「やめてくれ。あいつは皆の願いをかなえてくれたんだ」

エマが顔をしかめている。自分の父親を忌み嫌う男を心配する表情だ。

だが、彼女も理解さえしていたら、そうした表情は、あんな父親を嫌わずにいる男のために取っておいただろう。「父はひどい男だった」

ひどい。それはドノヴァン・アイスガースを要約した言葉ではない。軽すぎる。だが、スチュアートは彼女をうんざりさせてしまうことを恐れ、露骨な表現で言い直す気にはなれなかった。自分の血管には父親の血が流れているからだ。

「どうかな」彼はくるっと向きを変えると、再び机のほうに歩いていった。「これじゃあ、君のスプーンは必要以上に短くなってしまうかな?」ここにやってきた最初の晩、エマが口にしたスコットランドの言い回しを拝借したのだ。

エマはわかっていない。だが、すぐに何のことか気づき、美しい、軽やかな笑い声をまた聞かせてくれた。

その笑い声にはいつも不意を突かれてしまう。それに、今夜の彼女の姿にも。彼女は日に日に美しくなっていないか? そんなこと、あり得るのか? ああ、今夜の彼女は夢のように美しい。いつもよりくつろいでいる。

「そうね。ちょっとした世界旅行だったわ。案内してくれてありがとう。あなたの写真、すごくいいと思う」

ここで別れるのはいやだ。僕らはいつになく、ものすごくいい雰囲気になっているじゃないか。それなのに、彼女は別れを告げようとしている。

そのとき、部屋の隅であの振り子時計が鳴り、二人とも注意を引かれた。時刻は三時半。ボーンと響く低い音を耳にすると、スチュアートは最初の晩のエマの拒絶ぶり、彼女の恐怖、涙、自分がしたことを思い出し、苦々しい気分になった。あのときは、快活な彼女に傷つきやすい面があるのを考慮しなかったのだ。次のチャンスが与えられれば、少なくとも早々と間違いを犯すことはないだろう。

突然、いい考えが思い浮かび、スチュアートは彼女が使っていたトランプを拾って差し出した。「ゲームをしよう。二人とも眠れないんだから、いいだろう？」

彼は挑むように一方の眉を上げた。この女性は、冷静なディーラーを相手に、詐欺を働くこともできるのだ。

「ポーカーはどう？　ドロー・ポーカー（手札五枚のうち、三枚まで取り換えられる）だ。ワイルド・カード（どのカードの代用にもできるカード通常ジョーカー）はなし。こいつを賭けて――」彼は引き出しに手を入れると、ルーレット用のチップを一箱、机の上にぽんと置いた。「勝ったほうはご褒美がもらえるってことにしよう。ゲームを面白くするためにね」

エマは少々面食らっていたが、カードとチップが彼女を引き止めた。彼女がそれを見たとき、目がきらっと光ったのを彼は見逃さなかった。

「ご褒美に何が欲しいの？」エマが尋ねた。

「ああ、僕が勝ったら、君を椅子に縛りつけることにするよ」スチュアートは彼女をからかい、期待しているようなふりをして、目を大きく見開いた。

「もう、冗談はやめて」

「いや、僕は本気だ」

エマが笑った。

それでもスチュアートは彼女に笑いかけながら、勝ち誇った気分で眉を小刻みに動かした。「ちょっと待った。君は僕のアイディアが気に入ってるんだな。わかった。やっぱりこうしよう。君が勝ったら、椅子に縛りつけてあげるよ」彼は遠慮なく笑った。

「やめて」エマは首を横に振った。といっても、笑顔がすっかり消えてしまったわけではなく、口元にその痕跡が残っていた。

「五分でいい」彼は、本当に条件を提示するかのように言った。「そのあいだ、僕はしたいことが何でもできる」

エマは大目に見てあげるわと言いたげな顔を向けたが、その表情は、こんな子供じみた態度を取れば、あなただって当然屈辱的な思いをすることになるのよと暗に語っていた。「私がそんなこと許すわけないとわかってるんでしょう。本当は何が欲しいの？」

エマはほのぼのした、くつろいだ気分だった。二人が過ごした最初の奇妙な一時間について話ができるなんて。どういうわけかこんな真夜中に、そのことでからかったりできるなんて。

「僕が本当にしたいことは今、言ったじゃないか」スチュアートはあくまでも言い張った。

エマが鼻を鳴らす。「あなたって、すごく変よ」

「じゃあ、ずっとそう言っていればいい」彼は机の向こうで伸びをした。変人呼ばわりされても動じていない。「変かもしれないし、そうじゃないかもしれない」背中をそらし、肩を上げながら両腕を広げる。かなり大げさに肩をすくめたといった感じだ。

　エマはじっと観察した。そこまでしたかったわけではないのに、注意深く観察していた。彼女がスチュアートに目を走らせると――広い胸、肩、長い腕の端から端まで――彼は伸ばしていた腕の筋肉を緩めた。私に見せるためにやっているんじゃないかしら？　変わっていて、権力欲が強くて、人を上手に操れて、そういうことをまったく隠そうとしない人。不本意ながら、私はこの人に惹かれている。

　スチュアートは伸びをやめ、今度は背中を少し丸めて体に腕を巻きつけた。その姿勢で首をかしげ、口元にかすかな笑みを浮かべている。「君が変人の言いなりになっていると考えると、君を困らせるのも楽しいよ。それは間違いない」彼は体を楽にし、椅子を引いた。

「でも、君を泣かせるようなことまではしないから。あれは本当に悪かったと思ってる」首を横に振りながら笑い、再びエマをからかい始めたが、その笑い方は感じがいいとは言えなかった。「だが、言わせてもらえば、おかしいのは君のほうだ。エマ、君はすごく無理をしているだろう。自分はおかしくないと言って喜んでいる。それこそ変だよ」

　スチュアートは椅子に座ってそり返り、いつもの片眉を上げる表情で尋ねた。「君はパパとママに認めてもらえないようなことは、一切しないのか？」

　まさか。そんなわけないでしょう。毎日してたんだから。「私はたった一三で、ロンドンに逃げたのよ」だが、そう口にした途端、自分の人生では最も「愚かな」冒険でも、それをロンドンに住んでいる人に話してしまうのは退屈なことに思えた。何しろ、この人はロシアまで逃げたのだから。エマは机の上のカードに目を向けた。「もし私が勝ったら、自由にしてほしい。明日、州長官がうちにやってくる心配をしないで、ここから出ていきたいの」

「ああ、なるほど」彼は鼻を鳴らした。「二人とも、無茶な要求をしているというわけか」

一瞬、エマは腹が立った。彼はもう、さんざん人を負かしてきたくせに。それが今度は、ただ私ににじり寄ればいいと思っている。二人は友達になれると思っているんだわ。友達なんかじゃないのに。エマはとげとげしい言葉を探した。意地悪な言葉、私に対して絶対的な権限を持っているのは私だということをわからせる言葉なら何でもいい。「私はあなたを楽しませるために、ここにいるんじゃないの。いろんなごたごたを免れるためにいるのよ。夜、あなたとキス・ゲームなんかして、ごたごたに輪をかけるつもりはまったくないわ」そのとき、ロンドンで耳にしたある言葉が思い浮かんだ。「気に入らないなら——」エマがその言葉を口にし、腕組みをする。「あなたが出ていけ《ソー・イット・オフ》ばいいのよ」（「出ていけ」のつもりで言っているが、「のこぎりで切る」という意味の動詞「saw」を使ったスラングだと勘違いしている）

スチュアートがぴくっと引きつり、目をしばたたいた。

ええ、それでいいのよ、とエマは思った。それこそ私が求めていた反応だわ。彼は本当にびっくりしている。エマ・ホッチキスをからかっちゃだめなのよ。

スチュアートは一瞬、困った顔をしたが、やがて首をかしげ、なぜか疑うように眉をひそめた。目は細めているものの、彼女が期待した純然たる怒りの表情というわけではない。それどころか、ほとんど微笑んでいるように見える。私は彼を侮辱したんじゃないの？　私が知る限り、いちばん相手をけなす言葉を使ったのに。

「失せろ《ソード・オフ》と言いたいのかい？」（sod off＝「消え失せろ、出ていけ」を意味するスラング。こちらが正しい言い方）

「ソード・オフ？」エマはおうむ返しに言った。そういうことなの？ 私が何か間違えているのかもしれない。「ソー・イット・オフ」は正しい言い方じゃなかったのね？ でも、そんなのわかるわけないじゃない。一度、耳にしたきりなんだもの。しかも、何年も前に男性用のクラブの外で聞いたんだから。「そうよ、出ていったら《ソード・オフ》いいのよ」エマは言い方を訂正した。このほうが発音は少し近いような気がするけれど、意味がわかりづらくなってしまう（現在形のsawではなく過去形のsawedにすればいいのかと勘違いしている）。

スチュアートは鼻を鳴らしたが、もう笑顔になっている。「のこぎりで切ること《ソーイング》とはまったく関係ない表現なんだけどな」彼は確証を探すように、エマが理解してくれた兆候を探すように彼女を見つめた。

「切り落とした《ソード・オフ》じゃないってこと？」エマは瞬きをした。どこかで勘違いをしていたの？ そのとき、ふと気がついた。「あっちのソード？」彼女の目がひとりでに大きくなる。すっかり怒りが冷めてしまった。「男色《ソドミー》の親戚のほう？」エマは急に息苦しくなった。

「そう」

エマは口を開けたまま、閉じることができない。自分にぞっとしたのだ。

だが、そのときにはもう、スチュアートは笑いだしていた。抑えることができないようだ。

「切り落とせ《ソー・イット・オフ》も相当恐ろしく聞こえるけどね」

「私もそう思ったの」それでも、ソドミーのほうがずっとひどい。エマは顔を赤らめ、うつむいた。頬がかっと熱くなり、しまいには暖炉で燃えているまきのように真っ赤になった。どこを見ればいいのかわからない。

スチュアートは本当にゲームを始めようとしていたが、大笑いしすぎて、片手を腹に当てていた。かろうじて椅子から落ちずに済んでいる。

彼はいつ見ても、目を見張るほどのハンサムだ。でも、笑うとスチュアート・アイスガースは親しみやすい人になる。今まで出会った中で、いちばん魅力的な男性だ。彼の目に笑いじわができた。口も広がって笑いじわができ、きらっと白い歯が見えた。そして、滑らかな太い笑い声が響いている。弓で奏でるチェロがいちばん低い弦を響かせて笑えるとしたら、スチュアートの笑い声はそれに似ているのだろう。

しばらくすると、自分の勘違いがあまりにもできすぎに思え、エマもいつの間にか笑っていた。ああ、私ったら。ほんとにもう。「切り落とせ《ソー・イット・オフ》」エマは同じことを言った。二人はそこに座って五分間、笑っていた。ばつが悪いやら、おかしいやらで、エマは涙がこぼれるほど笑った。

それから、スチュアートが言った。「君は最高だ。自分でわかってるのか？　これまで出会った中で、君は最高の女性だ」

「間抜けなのよ」エマは上機嫌だったが、彼のほめ言葉を事実で薄めておきたかったのだ。勘違いをしたのにほめられるなんて。しかも卑猥なことを言ってしまったのに。そんな私と一緒にいるのが楽しいだなんて。

「君は面白い」スチュアートが言った。「キツネ並みに間抜けだな。冒険好きで、大胆で、気取ったところがない。エマ、君はたいしたもんだ」

たいしたもんでしょう。エマは顎を上げ、笑顔を見せた。

笑い声が徐々に収まり、やがて二人は互いをじっと見つめた。目と目が合ったが、二人とも視線をそらそうとしない。どうやら、情愛に満ちた空気が流れているらしい。それがはっきりと感じられ、気持ちが浮き立った。エマはそこに漂っていた。これ以上ないほど優しく、暖かなそよ風に乗って空高く漂っているような気分だった。

「君って人は……。手に負えないな。いかがわしい表現を教えてあげるよ。君が知りたくてたまらないのがそういう方面のことならね。五カ国語で教えてあげよう」彼はふざけて、きわどい感じで舌を鳴らしてから言った。「君が勝ったら、カードで僕の耳をひっぱたくっていうのはどうだい？」

エマは少し顔を赤らめながら、自分に対して首を横に振った。ああ、スチュアート。あなたなんか大嫌いよ。私を楽しませ、笑わせる人。私を怖がらせ、怒らせる人。私を涙が出るほど笑わせる人。

「僕のほうはキスをしてもらおうかな。僕が勝った場合、望むのはそれだけだ。でも、長いキスがいい。ということで、君も僕の耳をカードでひっぱたければ満足だろう？　キス・ゲームってやつと釣り合うんじゃないかな？　さあ、ミセス・ホッチキス、いくら賭けるか言って、カードを配ってくれ」

エマは眉をひそめて彼を見た。「〝長いキス〟って、どれくらい？」

「五分」

エマは首を横に振った。危うく笑いそうになったが、何とか持ちこたえ「長すぎるわ」と真顔で言った。

「三分」

「一分」

スチュアートはわざとらしく咳払いをした。「君は何でも、小さいほうがいいんだな。一分じゃ、ほとんど価値がない。どういうつもりなんだ？」

どうなるかわからなかったが、エマはこう切り出した。「私が勝ったら――」いったん言葉を切り、きっぱりと言った。「私が勝ったら、こういうことはやめてちょうだい。人に勲章を与えるようなことは……何ていうか、しなかったほうがよかった行いに勲章を贈るようなことはもうしないで。もう、こういう――」彼女はあえて意識してこの言葉を口にしなければならなかった。「性的なことは考えないで。一切やめてほしいの」エマは机のこちら側で手をついて体を前に傾け、真剣な眼差しで彼をじっと見下ろした。「私たち、どう見ても、こんなことをするわけにはいかないし、いらいらするのよ」

「わかった。君が勝ったらね」

つまり、私が負けたら彼に好きにさせる権利を与えることになりそうだ。「あと、あなたのコートも」エマは条件を付け加えた。「だって、私が勝ったら、あなたはもう私を帰さなきゃいけないでしょう」

「僕のコート？」スチュアートはびっくりして笑った。「君に一分キスするのに対して？ それじゃ釣り合うとは思えないな。一〇分ならいいけど」

「五分」

「いいだろう。それと僕のと似たコートってことにしよう。どっちみち僕のコートは君にはサイズが合わない。言ってくれれば、そのコートに何でも好きな毛皮の裏をつけてあげるよ。君が勝ったらね」

「いいわ」

二人は顔を見合わせた。それからエマは椅子をつかんで机のほうに運んでいき、彼の向かい側に置いて腰を下ろし、手を差し出した。「私が配るわ」

「いや、だめだ。やっぱりカードを引いて決めよう」

ともかく、ゲームの準備がなされた。二人はそれぞれ一五個ずつチップを数えたが、エマはこれではあまりにも少なすぎると文句を言った。確かにそのとおりだ。二勝負目でスチュアートが残りのチップを全部賭けたとき、エマにはコール（相手と同じ額を積むこと）できるだけのチップがなかった。

「はったりでしょう」エマが言った。「たった一勝負しただけなのに、自分のほうがたくさんチップを持っているから勝てると思ってるのね。ずるいわ。残りのチップでコールさせて」

「君のチップは四個しか残ってない。僕は八個積んだ」

「四個、戻して」

「だめだ。こっちはいい手があるんでね。これでがっぽり稼ぎたい」

「はったりでしょう」エマが繰り返した。

「まあ、いいだろう。コールしていいよ。チップ四個と僕の寝巻きでね。君が着ているやつを賭ければいい。それに、今、寝巻きで支払えとは言わないよ。君が本当に負けるまで着ていていいから」

　エマは口をゆがめ、舌を横にずらした。彼はいい手なんか持ってないのよ。私は持ってる。クイーンとジャックのツーペア。「いいわ」エマは早口で答え、残った四個のチップを机の真ん中に押し出した。

　スチュアートが出したのは、キングが三枚のフルハウス。エマは口をすぼめ、顔をしかめて彼のカードを見た。

「チップがもっといるわ」

「まず寝巻きだ」

　エマは目を上げて彼を見た。「一勝負しかしてないじゃない。ゲームを面白くするにはもっとチップがいるって、さっきも言ったでしょう」

「僕は面白いと思っているけどね」彼は譲らず、笑みを浮かべて、エマがそれまでとてものんきに着ていた寝巻きを指差した。

エマはひるみ、にこっと笑って彼を上手くおだてようとした。「意地悪しないで」

スチュアートが口元をゆがめる。「いや、いざとなれば、やるべきことは徹底的にやらせてもらう。でも、君が潔く負けを認めないなら、まあ、いいさ」彼はさらに十数個のチップを配り、指を突き出して、ぶつぶつ小言を言った。「僕は金を賭けることにする。つまり、僕が二回負けたら、かなり高価なコートで借金を全額支払うよ。さあ、これで僕は二回勝たなきゃいけないわけで――」

エマはチップを積んでから、そのうちの四個差し出した。「これで寝巻きを買い戻したいの」

「だめだ」スチュアートがにやっと笑った。「勝って取り戻せばいい。寝巻きはそのままにしておこう。取り戻したいなら、それを賭けるんだ」

うぬぼれちゃって、いやなやつ、とエマは思った。彼を負かしてやるわ。私のほうが経験豊富なのよ。だが、次の勝負では、三枚引いても彼女が手にしたのは九のワンペアとジャック・ハイ（ジャックを最高点とするバラのカード）だけだった。彼はいかさまをしているの？ どうにかして、カードをこっそり並べ替えてしまったとか？

エマはあたかもフラッシュを持っているように微笑んだ。

そして、スチュアートがすべてのチップを机の中央に押し出す様子をじっと見つめた。

彼女はカードを投げ出し、立ち上がった。「ああ、まったく。何なの、このゲームは？ ずるをしてるんでしょう」

スチュアートは素早く手を伸ばすと、エマの分も含め、すべてのカードを机の中央に集めて束にした。「脱ぐんだ」

「何ですって？」エマは彼がカードを机に打ちつけてきれいにまとめるのを見て、あきれると同時にいらいらした。「ちょっと待って。そうやって、さっさとカードを集めてしまうのは、いちばん古臭い野暮なやり方だわ。負けそうなプレーヤーが使う手よ」

「寝巻きをもらおうか。僕の勝ちだ」

「違うわ。勝ってない。私のカードを一緒にしちゃったじゃない。コールするつもりだったのに。あなたは何を持ってたの？」

スチュアートが笑った。「そんなことはどうでもいい。君はゲームを降りた」

「降りてないわ。コールする前に、カードを取り上げられちゃったのよ。キングのワンペアだったのに」エマは嘘をついた。「本当に、あなたの手は何だったの？」

「ロイヤル・ストレート・フラッシュだ」スチュアートはそう言って腹を抱えて笑った。

「惜しかったな。さあ、寝巻きを脱ぐんだ」両手の親指でカードのへりをきれいにそろえてから、彼はほとんど上の空でカードを切った。カードは彼の手の中でぱたぱた音を立てながら、素直に言うことを聞いている。「僕はモンテカルロに一年住んでたんだ。その話はしなかったかな？　そこではギャンブルばかりしていた。ほとんどがカード・ゲームさ。僕が勝ったんだよ、エマ」スチュアートは顔を上げ、例によって意地悪そうに笑った。「男にとって、自分の寝巻きを着て目の前に立っている女性に勝るものといったら、それを脱いで立っている女性しかいないだろう。なにしろ、三のワンペアではったりをかけて、彼女を勝負から引かせてしまったんだからな。さあ、脱ぐんだ」

「だましたのね！」

「はったりをかけたんだ。君は僕のほうがいい手を持っていると思ったから、カードを伏せて勝負を降りた。エマ、僕はルールには従うたちなんだ。議員なんでね……。忘れたのかい？　僕らがルールを作った。人をだましているのは君のほうだろう」

「こんなのずるい！」

「はったりをかけることがかい？」スチュアートが笑った。「ゲームとはそういうものだろう。そこがゲームの真髄さ」

エマは女学生のような言い方をしている自分がいやでたまらなかったが、大人らしいことは何一つ考えられなかった。「ルールになんか従わないで。あなたは紳士でしょう」

「いや、実は違う。僕は紳士なんかじゃない。これもはったりさ。頼むよ、エマ。そんなこと、君はもうわかってるだろう」

「モンテカルロ……」エマがつぶやいた。彼は私をだましたんだ。

ひどく腹が立ったが、何かが心の奥底で笑っている。おかしい。私ったら、滑稽だわ。それに、ペテン師のごまかしは、まだ終わっていないのよ。私には彼がまだ知らない奥の手がある。

エマは立ち上がり、毛布をはおったまま後ずさりをし、大げさにため息をついてみせた。

観念した女性のため息だ。「キスする前に寝巻きが欲しいと思っているなら、考え直してち
ょうだい。最初にキス。そのあと寝巻きにして」
スチュアートは目をしばたたき、椅子から腰を浮かせた。やや混乱した表情をしている。
こんな度肝を抜かれるような目に遭ったことがないのだろう。まさか私がすっかり借りを返
すとは思っていなかったのね。
とんでもない。耳をそろえて返してあげるわ。彼に濃厚なキスをして、全裸になって、そ
れから、彼を見捨てて出ていってやるの。いい気味よ。
事が上手く動き始めた。スチュアートはエマをずっと見つめたまま、用心深く机のわきを
回り、彼女の手を取って抱き寄せた。そして、毛布を引き上げてきちんと巻いてやってから、
片方の腕をその下に滑り込ませ、自分の体に彼女を押しつけた。
彼は寝巻きの下に何も着ていなかった。当たり前だ。寝巻きの下に何か着る男性はいない。
それでも、同じく寝巻きの下に何も着ていない自分の体でそれを実感するのは一種の驚きだ
った。それから、スチュアートが唇を重ねてきた。
これがどれくらい続くのか？　何が肝心だったのか？　どうして二人はこんなことになっ
たのか？　彼にキスされたとき、エマはどれもこれもよく思い出せなかった。ただ、覚えて
いたのは、自分の意志で彼にキスを返し、それを楽しんだこと、彼を誘惑さえしたことだっ
た。そうよ、私はこうするつもりだったの。文句のつけようがない見事な計画。絡み合う舌、
ぶつかり合う歯……優しく触れ合う温かい唇……私を抱き締める力強い腕……私に押しつけ

られる、引き締まった、長身のたくましい体。彼の肉体はたちまち男性らしい関心を示した。男性の肉体の中で、とても軽いはずの部分がどんどん大きくなって、重たくなり、彼女の下腹部を突き始めた。

スチュアートが手を放すと、エマは頭がくらくらし、少しよろめいたが、何とかバランスを保った。「も、もういいでしょう」

スチュアートはもう笑っていなかった。真剣な表情で胸を上下させ、それに合わせて彼の息遣いが聞こえてくる。

エマは後ずさりをし、首を横に振って小声でつぶやいた。「ばかなまねはよしましょう。私たち、こんなゲームを考えついてしまったけど――」口を真一文字に結ぶ。「やめるべきよ。こんなことをしたら、ロンドンでものすごく仕事がやりづらくなるわ。それに、これが終わったら――。ああ、そうよ、この件が終わっても、私は相変わらずのあなたの近くで、この丘を下ったところで暮らすんだから。もうおやすみを言いましょう。ここでやめるべきよ」

スチュアートは首を横に振った。「寝巻きを脱ぐんだ」彼がささやいた。

エマは苦々しい顔をした。「こんなことしても、何にもならない。私、わかったのよ。こんなこと――」彼女は急に言葉を切った。彼は私が言っていることを信じていない。でなければ、まったく気にしていない。「じゃあ、いいわ。ばかなまねをすればいいのよ。脱いであげる。そして、あなたを見捨てて出ていくわ」

だが、スチュアートはこう答えただけだった。「暖炉のほうに行こう。冷えてしまうぞ」完全に本気だ。

エマは一番目のボタンをはずし、勇気を奮い起こした。両手が震えている。

スチュアートは唇を濡らすと、一歩後ろに下がり、二人のあいだに、彼女の全身が眺められるだけのスペースを取った。

嫌味っぽく、意地悪そうにエマは言った。「それで、頭から脱いでほしい？　それとも肩から？」

彼女に選択権さえあったことに彼は驚いているらしい。「えっ？」もう英語はしゃべれなくなった、といった感じだ。

「寝巻きよ。上から脱ぐのがいい？　それとも下ろして脱ぐのがいい？」

「ああ、ここで僕にやらせてくれ」スチュアートが前に出た。

「あら、だめよ」エマは後ろに下がり、彼から離れた。「あなたは自分の寝巻きを勝ち取って、私がそれをあげるんだから。でも、あなたが手を出して脱がせたら、私の同意もなく〝ピックル・ミー・ティックル・ミー〟をしたも同然とみなすわよ」エマは自分が笑顔になるのがわかった。まるで笑顔がお腹に住んでいて、そこを温めていたかのように。

スチュアートは一瞬びっくりした顔をしたが、すぐに低い穏やかな声で笑った。これは駆け引きだ。二人は真剣な駆け引きを演じており、すっかり夢中になっている。二人ともこのゲームがどんな結末を迎えるのかわかっていなかった。なぜなら、どちらも主導権を完全に握ってはいなかったからだ。

「わかった。君には触らない」スチュアートはそう言ったが、次にわかったのは、彼がエマのすぐ傍らに来て、毛布を引き剝がしたことだった。

「やめて」エマはすかさず、少し怒りも込めて言った。「私に触らないで」

「もちろん触らないさ。僕は自分の寝巻きに触ったんだ。正々堂々と勝ち取った寝巻きにね」彼は自分でボタンをはずし始め、実にてきぱきと前を開いていく。エマが見守っていると、中に指を滑り込ませ、乳房の内側の曲線を勝手にのぞき見していた。「素晴らしい――」彼は息を吐き出した。「君の丸みは本当に素敵だ」

エマはまたしても興奮し、少しショックを覚えた。その感覚には恐ろしいほどの力がある。興奮は下腹部に居座り、彼女は口を結んでスチュアートを見つめた。二人は自分たちで考え出したゲームを続け、エマは半ば慌てながらも、半ばそのゲームに釘づけになり、没頭していた。

エマは両腕をぐっと伸ばした。「いいわ。私に触らず、寝巻きを脱がせられるなら――」最後まで言い終わる間もなく、スチュアートの両手がウエストをつかみ、寝巻きごと彼女を持ち上げた。「な、何してるの？　私に触ってるじゃない！」

「いや、違う。自分の寝巻きを暖炉のそばの枕まで持っていこうと思ってね。君はたまたまその中に入っているだけさ。本当は感謝すべきなんだぞ。これがなくなったら、凍えてしまうだろう」

スチュアートは並んだ枕の上にエマをいきなり、どさりと落とし、寝巻きに沿って手を滑らせた。鎖骨から胸の上を通り、腹部へ至ると、手を少し丸めてさらにその下へ——。

エマはびくっとし、身をくねらせながら早口で言った。「ああ、もうだめ、早くこのいまいましい寝巻きをどけてちょうだい！」

少々奇妙な戦いが続いた。ほかでもない彼女が、寝巻きから逃れようと、じたばたもがいており、片やスチュアートは寝巻きを脱がそうとはせず、その上から彼女に触っていた。言葉で言い表せないほど、罪な触り方で……。

そして悪戦苦闘の末、エマが勝利した。息を切らし、両腕を上に投げだした彼女の体の上を冷気が吹き抜けていく。暖炉のそばの枕の上で裸になり、身につけているのはスリッパだけだ。一方のスチュアートは膝をつき、エマの上であえぎながら、彼女をじっと見下ろしている。

勝ったの？　火のそばにいても鳥肌が立っている。

「じゃあ、起きて出ていけよ」彼は膝立ちでエマをまたいでいるくせに、矛盾したことをつぶやいた。そして、とてもずるい、とんでもないことをした。エマの全身に下からゆっくりと目を走らせ、視線が彼女の顔まで至ると、首を横に振りながら、とても優しく、とても真剣にこう言ったのだ。「僕は君に夢中なんだよ、エマ・ホッチキス。月の上にいるみたいだ。君がそばにいると、有頂天になってしまう。君に触れていると、最高に幸せなんだ」

そして、エマの肩の両わきに手を置いて、彼女をすっかり覆うように全身を下ろし、前腕で体を支えながら体重をかけていく。彼の体が重なった。ずしりとした、しなやかな感触。それに温かい。本当に温かい。

彼はさらに続けた。「起き上がって、いつでも、どこにでも行かれると思っているのなら、君の考えは間違っている」

そして自分が着ていたローブを二人の上にかぶせた。生地が二重になったローブは柔らかくて、軽くて温かい。彼はドラキュラ伯爵のマントのようにローブを引き上げ、その中に二人を包み込んでしまった。しかも、彼の最初の行為は、エマの首に口を当て、そっと噛むことだったのだ。ああ……。彼がやりやすいように頭の向きを変えたエマは、自分の中で何かが勢いよくほとばしるのがわかった。まるで、自分を取り戻したような、今までそこに存在していたことにも気づかなかった流れに身を任せて泳いでいるような気分だ。彼に身を任せるのは、力強い流れに乗ってどんどん流れていくのと同じくらい簡単なことに思える。

二人をかくまっているローブの下では、スチュアートが自分の寝巻きを剝ぎ取っていた。まず肩から袖をはずし、生地を丸めて二人のあいだから抜き取っており、エマはいつの間にか手を貸していた。そして、ついに肌が触れ合った。スチュアートの肌が重なると、彼の肉体の湿った熱、重みが感じられ、エマは頭がくらくらした。一瞬、彼の厚みに挟まれて身動きが取れない気がしたが、彼は両腕をついて体を押し上げ、体重を移動させた。

エマを見下ろす彼の暗い目は瞳孔が広がり、黒くなっている。「言ってくれ」

「何を？」

「中に入ってほしいと言ってくれ」

エマの体が震えた。彼に入ってほしくてたまらず、少し体を浮かせて、手を伸ばした。

「ええ」ああ、どうしよう。「そうよ、あなたが欲しい」

スチュアートは中に入ってきた。素早く、深くまで突き、エマは彼を迎えるべく腰を浮かせた。彼はエマの上で腕をまっすぐ伸ばしたまま、肩と胸をそらせ、二人の体が一つにつながった。二人ともその姿勢を保ち、見つめ合っている。

絡み合う二人の視線。

その瞬間、二人が同時に感じていたのは、衝撃以外の何ものでもなかった。体の感じやすい部分がとても優しく、とてもしっかりと一つに結びついているという、はっきりとした純然たる喜びだ。二人を結びつけるもの。それは肉体の結びつきを超えた何かだった。かすかに痛みを伴う甘美な感覚、してはいけないことをしているという感覚であることはわかる。思いがけないことだったが、今始まったばかりのこの結びつきは、息をのむほど強烈で、どう呼べばいいのかわからなかった。

スチュアートが体の位置を変えて角度を調節すると、エマは頭がだんだんふらふらしてきた。このうえなく素晴らしい感覚。彼の指先が顔をかすめていく。エマはスチュアートを求め、彼の髪、広い肩に向かって手を伸ばし、スチュアートはエマの中に深く自分をうずめた。エマは彼をつかんで満足げに小さく息を吐き出し、体を弓なりにして、さらにきつく彼に押しつけた。目を閉じ、頭を後ろにだらりと倒している。スチュアートは枕の上で彼女の背中をそらせた。

ああ、スチュアートが中にいる喜び。ヘイワード・オン・エイムズで過ごした、あの正気とは思えない朝が鮮明によみがえり、あのときとよく似た喜びを覚えたが、もっと素晴らしいことは疑いようもない。今度はゆっくりと、注意深く進んでいるから。時々薄目を開けると、彼の貫くような視線がすぐそばで彼女をとらえていた。しばらくすると、彼はかすかに微笑み、かつて二人を虜にしたリズミカルな動きで彼女に腰を押しつけた。歯を食いしばり、静かにうめきながら、自分を抑えようとしている。

だが無駄だった。暖炉の光に照らされて互いにじっと見つめ合い、顔と顔、体と体を合わせていると、まるで一気に押し寄せる流れのように、興奮が二人をさらっていく。

エマはびくんと体を引きつらせ、あえいだ。この感覚。痙攣するような、文句のつけようがない満足感が彼女の中で頂点に達した。だが次の瞬間、信じられないことに、その感覚はさらに強さを増し、高まっていった。しかし、まだ終わらない。スチュアートは押し殺した叫びを上げ、身を震わせている。エマの体は再びそれに応えた。彼は彼女の中に自分を押し込み、つぶやくように何かを訴え、祈り、懇願し、肘を曲げて体を下ろすと、自分の首のそばにある彼女の首、腕の内側にキスをした。快楽がもたらす小さな衝撃が続く中、彼女の体は収縮し、どうすることもできなかった。快感は次々と、何度も何度も押し寄せてくる。

スチュアートはエマに腰を押しつけ、静かにうめきながら果て、彼女の鎖骨をなめた。すると、彼女はぞくぞくし、再び激しく身を震わせた。もう二度と止められないのではないかと、半分怖くなった。

だが、興奮はようやく余韻へと変わった。スチュアートは膝をついて身を引き、エマの腹部、膝の裏にキスをした。彼が動くにつれ、髪の毛がエマのウエストを、次に左右の頬をくすぐっていく。そして、彼は彼女の乳房を吸った。まず片方を、次にもう片方を。結局、彼は再びエマの唇を何度も何度もふさぐことになった。それは情熱に濡れた、激しく力強いキスだった。

スチュアートはもう一度始めようとしていた。彼の体は準備万端だったが、むしろゆっくり、自分と彼女を再び活気づかせていく。エマの体はきわめて敏感に反応した。電気が走ったようにぞくぞくし、少し触れられただけでも、頂点に達してしまいそうだった。

今回、彼は体を揺すりながら彼女の奥深くまで入り込んだ。一突きし、自分をすべてうずめるたびに、どくどくと脈打つ快感に襲われ、最後のところで動きを止めていた。それから、ゆっくりと、狂おしい気分で、ぎりぎりのところまで体を引き、再び素早い動きで彼女を虜にした。

スチュアートはこうしてエマと愛を交わし、解放に向かって果てしなく昇っていきそうになる自分を何とか抑えていた。やがてエマの下腹部で渦巻く熱い鼓動が体じゅうの血を沸き上がらせ、皮膚の表面で脈打ち、彼女は身もだえした。彼は両手でいっそう大胆にエマの体を探り始め、彼女と一緒に寝返りを打つように体を横に傾け、枕を動かした。彼の硬くてたくましい広い胸が一瞬エマの柔らかい胸をぺしゃんこにしたが、次の瞬間、肩に押し当てられた。二人の肌は暖炉の火との触れ合いで温まり、滑らかに、するすると動きながら互いを包み込んでいる。波打つ腰、絡まる脚。ああ、やり残したことは何もない。してもらえなかったことも何もない。時の経過とともに、エマは新たな角度で彼をとらえた。熱烈に彼を求め、その激しさで体が二つに折れてしまいそうだった。彼を受け入れ、のみ込み、自分の内側で彼をずっとつかみ、締めつけていたい。

「さあ……」エマが駆り立てるようにささやいた。「早く……」攻めているのは彼女のほうだ。

スチュアートははっとしてうめき声を上げ、陥落した。彼女に向かって二度目に自らを解き放ったとき、その勢いはほとんど暴力的といってもよかった。次の瞬間、二人はともに闇の中へ解放され、底知れぬ深みへと落ちていった。自分が何者かわからない……。わかるのは、喜びだけ。けがれのない、はっきりとした、純粋な喜び、至福ともいえる喜び。喜びは爆発し、どきどき脈打ちながら、延々と続いていく……。

二人はあえぎながらそこに横たわっていた。スチュアートがエマにのしかかった格好で、二人とも、寒い夜に、汗ばんだ体をほてらせていた。エマは目を閉じ、彼の感触、重みを味わいながら、手足を重ね合わせ、ぐったりしている。動くことができない。

後悔する理由はいくらでもあったが、それは本音とはかけ離れていた。それどころか、エマはくつろいだ気分だった。脚がうずき、下腹部が潤ってしまうほど安心していた。彼女の中でこんな声がした。**やっと終わった、ああよかった。**だが、もう一人の自分がこう言っていた。どうしよう。これで何もかも面倒なことになってしまう。

そうでしょう?

「大丈夫かい?」スチュアートが尋ねた。

大丈夫ですとも。二人は眠らず、とうとう夜明けの気配が部屋の中に漂ってきた。暗い本の列のあいだに丈のあるカーテンが掛かっており、薄手の生地を通して太陽のほのかな光が幾筋も注いでいる。そのころになってようやく二人は眠りにつき、広げたローブと、エマが取り戻した毛布の下で、行き当たりばったりに手足を絡ませながら、枕の山に埋もれていた。エマはスチュアートの腕に抱かれ、彼の裸の胸に半分もたれかかっていると、そこが素晴らしく寝心地のいい場所だと実感できた。エマは意識を失ったも同然に何時間も横たわっていたが、それは彼も同じだった。もう何カ月も忘れていたような、満ち足りた深い眠り。

いや、何カ月ではなく、何年もだ。

とうとう召使たちがやってきて、少々気まずそうに二人を起こした。「閣下、失礼ですが……」戸口でスチュアートの執事が、あてつけがましく二人の頭を眺めながら言った。「一時間後に出発する列車の切符を手配していらっしゃいますね」ここから三〇分かかるハロゲート発の列車のことだ。「使いをやって、切符を買い換えておきましょうか?」

ロンドン行きの最終列車に間に合わせるにしても、かなり急がなければならない。二人は別々のコンパートメントの切符を取っていた。別行動を取り、他人になりすます心の準備を始めることにしたのだ。だが、目を閉じれば、二人は一緒だった。一瞬で想像の中に彼を呼び出すことができる。私を見下ろし、私の上で動き回っていた彼の表情……彼と目が合ったときの気持ち……それを思い出すと……二人をつないでいた肉体の快楽、二人には関係なかった部屋の寒さ、二人が分かち合った温もりがよみがえってくる。

こんなのぼせたことを考えてしまうのだから、ここで別れておいて正解だ。ハンサムなスチュアート……裸になった彼の体はとてもたくましくて、忘れられないほど美しかったし……眼差しは、自分が見下ろしているものに恋い焦がれているように見えた。というより、少なくともあの瞬間、二人のあいだで起きていたことに心を奪われ、すっかり夢中になっていた気がする。

12

ハロゲートへ向かう途中、ちょっとした出来事があった。駅が目前に迫り、馬車が飛ばしに飛ばしていたそのとき、キツネが一匹、道を横切ったのだ。御者はキツネが踏みつぶされるのを避けるべく、急いで手綱を引いた。キツネのためではなく、速駆《ギャロップ》けしている馬たちの傷つきやすい脚を守るためだ。その操作は注目すべきものではないはずだった。あまりにも月並みな操作で、いつもなら馬車の乗客にはほとんど気づかれなかっただろう。だが、そうはいかなかった。御者が「どうどう」と第一声を上げてから、優に二分から三分、大きな混乱が続くことになった。馬車は揺れながら田舎道をジグザグに進んだ。八頭の馬は、まず一頭が暴れ、続いて残りの馬も暴れだし、酔っ払ったようにふらついており、馬車の中にいる二人は、まるで台風に巻き込まれたかのように、バランスを取ろうと悪戦苦闘した。

ようやく騒ぎが収まり、自分の声が聞こえるようになると、スチュアートは車体を叩き、御者に馬車を止めるよう指示した。道の傍らで馬車を降りた彼はひどく苛立っていた。「いったい、どういうことだ？」

「左の先頭の馬です」御者が叫んだ。それは、スタンネル農場に向かう直前に問題を起こした例の馬だった。「手綱を強く引くと、とにかく動くもののほうへ向かっていってしまうのです」

「馬を減らせ」スチュアートが怒鳴った。「ロンドンでは六頭立てでいく」馬車と馬は鉄道で送ることになっていた。かなり費用はかかるが、今風の便利な方法だ。「ロンドンには、あの馬がどうなってしまったのかわかる調教師がいるだろうから、そいつを雇って見てもらおう。元の状態に戻せるかどうか確かめるんだ」

戸口に頭を突っ込んで馬車の中に入るスチュアートの様子は、単に、言うことを聞かない馬に苛立っているという感じではなかった。彼は怒っている。椅子にどさりと腰を下ろしてふんぞり返り、エマにちらっと目を走らせた。「これでいいだろう?」まるでこの件に彼女が関係していたかのような口ぶりだ。「ハロゲートに着いたら、もう、こんなめまいがするような荒っぽい乗り物とはおさらばできる」

エマはわけがわからなかったが、とりあえず答えた。「正しい判断だと思う」

しかし、スチュアートは気に入らないようだ。いちばん脚が速くて、いちばん力があるかもしれない馬と、その相棒をはずし、馬車を六頭立てにすることは、彼にとって「めまいがするような荒っぽい乗り物」を放棄する以上の意味があるらしい。何かほかのものを放棄していると見なしているのだ。私には理解できない何かを。ただ、それについては何も話してくれないのだろうけど。

その後、駅に到着すると、スチュアートは座席のあいだの空間をすっと横切り、エマをつかんで引き寄せ、唇にキスをした。熱に浮かされたようなキス。冬用の衣服を着込んだまま、二人は情熱的に、熱くなった唇を重ねている。彼が少しぎこちなく頭を傾けているおかげで二人の帽子は落ちずに済んでいた。こんな具合だったにもかかわらず、そのキスには激しい渇望がこもっていた。

　しばらくして、スチュアートはエマを抱き締めたまま、帽子のつばの陰で暗い目を細め、彼女をじっと見つめて尋ねた。「必ず来てくれるね？」

「ええ。さもないと刑務所行きでしょ。私はそう理解してるわ」

　スチュアートが深く息を吸いこんだ。彼はうなずいてエマを解放し、手を伸ばして馬車のドアを開けてやった。彼女がスカートを持ち上げ、身をかがめて前を通り過ぎたとき、彼は後ろから声をかけた。「エマ？」

　彼女が踏み台に片足を置き、振り返る。

「自分でも理由が説明できない。でもこれは僕にとっては大事なことで、できれば――」スチュアートは急に言葉を切り、うつむいた。目は帽子の陰になり、まったく見ることができない。「できれば」同じ言葉を繰り返す。「君が来てくれるのは――」またしても間。「叔父がどんな男かよく知っている、あるいは、僕や彫像のことを僕以上によく知っている、そんな理由だったらよかったのに、と思ってしまうんだ」彼は再びうつむき、鼻を鳴らして自分をあざけった。「あるいは、ただ単に、僕がちゃんと納得させて、君がこの件にかかわってもいいと思ってくれたから、そして――」彼は口ごもり、再び笑った。「君が僕の話すリズムを気に入ってくれたから来てくれるんだと思いたい」

しばらくして、エマが答えた。「ええ、それは本当に気に入ってるわ」それから向きを変え、彼女は踏み台を降りた。

扉が閉まる。そして、スチュアートの巨大な馬車は、トロイカの鈴を鳴らしながら、八頭の見事な雄馬に引かれて去っていった。なんという光景だろう。エマは、この馬車を放棄したくないと思った彼を責める気になれなかった。

彼は私だけじゃなく、この馬車が列車に積み込まれるのも確認するのだろう。そして、私からずっと離れたところで一等コンパートメントを陣取るのだ。

ロンドン。夜の闇の中でも、街のにおいや、パカッ、パカッと響く馬車の音、街灯、カーブや曲がり角だらけの通りの様子はよくわかる。ああ、この街は昔とほとんど変わっていない。

エマは駅で辻馬車を拾い、ベルグレイヴ・スクエアから少し行ったところにあるカーライル・ホテルに向かった。そして目的地に到着すると、穏やかな冬の夜へと――つまり、雨が降り、強い風が吹く、気温四度の夜へと――降り立った。彼女は傘の下から、かつて三度使ったことのあるホテルの正面をちらっと見た。とてつもない富の持ち主になりすますとすれば、ロンドンで使えるホテルはほんの一握りしかない。カーライルがその一つであることは確かだ。淡い色のれんがとしっくいの正面《ファサード》をガス灯が照らし、ホテルは十数年前と少しも変わらぬように見える。しかし、ここの特徴は建物ではない。カーライルの何が評判かといえば、内装であり、サービスであり、設備だった。とりわけ評判だったのは、その顧客。ここに泊まりにやってくる金持ちの有名人たちだ。

中に入ると、男性のフロック・コートは丈が長くなり、女性のドレスはほんの少し自然なデザインになっていたが、それを除けば、カーライルの豪華なホワイエと読書室は、十数年前の世界を垣間見せてくれる窓だと言ってもよかった。宿泊客は、自分たちこそホテルの華だと言わんばかりに、シャンデリアに照らされた室内を流れるように歩いている。宿帳にサインをしたエマは、スチュアートが最上階にある高額なスイート・ルームを取っておいてくれたことを知った。かつて目に留めたことさえない部屋だ。トランクを持ってきてと指示し、コンシェルジュ、二人のベルボーイ、メイド、一緒についてきた制服姿のもう一人の男性――彼の職務は客室で暖炉の準備をし、火を入れることだった――のサービスを受けながら、エマはこのホテルが頑として貫くイングランドの伝統に深い感銘を受けた。ここには、偽物、まがい物が一切ない。たとえ、その伝統のご相伴にあずかる女性の素性が必ずしも本物ではないとしても。

絨毯敷きの階段を上がって二階に行くと有名なレストランがある。ロンドンの裕福な作家、芸術家たちが集まり、仲間や閣僚や資本家たちと並んで食事をする場所だ。そこから最新式のエレベーターに乗り、最上階に上がるとエマのスイート・ルームがある。荷物はすでに室内に運んであり、モスグリーンと青を織り込んだ分厚い絨毯の上に、新しいぴかぴかのトランクが並んでいた。こんな大きなトランクを持つのは初めてだったが、この部屋だとそれも小さく見えてしまう。金色に縁取られた水色の高い天井、天蓋つきの大きなベッド、出窓も広々していて、小さなダイニング・テーブルとクッションつきの椅子が二脚置けるほど。これなら広場を見下ろしながら食事ができる。

その晩、彼女がしたことはまさにそれだった。軽めの夕食を頼んだところ、少々面白いものがやってきた。ケッパーとグリーン・サラダを添えたウズラの胸肉のロースト、白インゲンのカスレー（豚肉、羊肉などを豆と一緒に煮た南仏風のシチュー）、洋ナシのコンポートとサクランボとチーズ。食べ物をつまみながら、エマは自分に言い聞かせた。孤独を感じるのは、うちの羊や猫や近所の人たちに会えなくて寂しいからよ。けれども、そういったものすべてが遠い存在に思えた。

スチュアート……。私の心はこの思いから離れられない――わずか数ブロック先のどこかで夕食を取っているであろう男性のことを考えずにはいられない。

エマは一晩じゅう、自分の部屋で過ごした。人と会ったり、必要もないのに別人のふりをする気にはなれなかった。早々とベッドに入ると、彼の夢を見た。あまりにも鮮明な夢だったため、翌朝、白いシーツが目に入ると、一瞬はっとした。シーツはしわくちゃになっていたが、そこには誰もおらず、彼の浅黒い手足も、乱れた黒い髪も見当たらなかった。スチュアート……。

ああ、エマ。彼女はため息をついた。すっかり夢中になってしまったのね。どうすればいいの？

どうもこうもない。やるべきことは何もない。予定どおり、九時に美術館で彼と落ち合うこと以外には。そして、彼が大金をはたいて準備したゲーム、彼にとって、とても「大事な」ゲームを始めること以外には。

ヘンリー名画美術館は広さはあるが、比較的新しい展示場だった。寄付金で成り立つ小さな美術学校、サー・アーサー・ヘンリー・アート・インスティテュートとつながりがあり、ロンドンでもあまりぱっとしない地域に立っていた。エマは当初、そこで落ち合うというスチュアートの提案に賛成しなかったのだが、彼は譲らなかった。自分が頼りにするであろう人たちに会い、これからどういう事態になるのか、彼女があらゆることをどう準備するのか知りたかったのだ。エマが反対した主な理由は、二人が一緒にいるところを人に見られてはいけないから、というものだった。だが、彼女はすぐに態度を和らげた。美術館はベルグラヴィアやメイフェア（いずれもハイドパーク近くの高級住宅街）からかなり離れたところにあるし、この時季はロンドン自体、ほとんど人がいなくなるからだ。それに、スチュアートの存在、彼の見た目は、この計画を支える資金の信用性を高めてくれるだろう。昔の仲間を見つけたら、彼らはスチュアートを一目見て、この企ては儲かると確信できるはず。

そんなわけで、翌朝早く、エマがその美術館に入っていくと、スチュアートはすでに中央階段のそばに立っており、帽子のつばでじれったそうにズボンを叩いていた。

「遅刻だ」

「怒りっぽい人ね」

彼はいやな顔をし、眉間にしわを寄せてそっぽを向いた。

エマは、レンブラントのコレクションのところで、名画の模写を専門にしていた昔の仲間にばったり会えないものかと思っていたが、その辺りに人はいなかった。少しがっかりしたものの、もともとたいして期待していたわけでもない。

一流のコレクションは一日中、芸術家の卵たちを惹きつけ、皆、それぞれ時間を決めてやってくる。ここに来ると、彼らは画架を立て、自分が選んだ傑作の前で、それを一筆一筆、模写し始めるのだ。実は、そういう画家の中には見事な模写をやってのける者がいる。エマが探している人物、ベイリーが描いた絵はまさに原画そっくりで、専門家が綿密に調べてもだまされてしまい、一度は画家本人までだまされてしまったほどだ。

「最近では多くの画家が傑作を模写して絵の描き方を学んでいるのよ」エマがスチュアートに言った。「模写が原画より十分大きいか小さいかなら、完全に合法なの」

だが彫刻の場合、事情は違ってくる。彫刻家がある「傑作」を模写しなさいと言われる場合、人体のデザインの仕方を学ぶのであって、実際には、学生は生身の人間をモデルに自分の作品を作っていく。とはいえ、中にはそうでない人もいる。案の定、小型の彫像が展示された最初の部屋で、年配の男性が一人、前かがみの姿勢で座り、小さなギリシアの彫像をスケッチしていた。かなり珍しいやり方だ……。

エマはその男性の正面に回り、彼の視界に入る位置で尋ねた。「チャーリー？」彼女の顔がほころぶ。チャーリー・ヴァンダーキャンプだ。「お元気？」

「エマ？」男性の声は弱々しく、かつての半分しか力が感じられなかった。「エマじゃないか！」

彼女は自分の顔に笑みが広がるのがわかった。「そうよ」両手を差し出し、ありとあらゆることを意味する言葉を口にした。「嬉しいわ、あなたに会えるなんて信じられない！」

チャーリーが立ち上がり——背中が十数年前よりも少し曲がっている——すかさず尋ねた。

「ザックは元気かい？」

エマは首を横に振った。「亡くなったの。もう一年近くになるわ」

「ああ、かわいそうに。悪いことを訊いてしまった」

「いいのよ。まだやってるのね」エマは彼のスケッチを指差した。

「俺にはこれしかないからな。最近はたいした金にならんよ」

「今も腕は確かなんでしょう」

しわの寄った口元にちらっと笑みが浮かぶ。「見たいかね？」その目は一瞬、ほとんど無表情になったが、すぐにきらっと光が躍った。

イーストエンドにあるチャーリー・ヴァンダーキャンプのとても質素なフラットに行ってみると、彼がスケッチしていた彫像はほとんど出来上がっていた。あとは細かい仕上げをするだけだ。

「これ、何日か借りてもいいかしら？」エマは小さな「プシュケ」（エロスが愛した蝶の羽を持つ美少女）の彫像を掲げて尋ねた。「それと、ベイリーかテッドはこの辺りにいるの？　小さいサイズのレンブラントがあればいいなと思ってたんだけど。『円柱に縛られるキリスト』みたいな作品の複製画が二、三枚」

チャーリーは目を大きく見開き、いつの間にかにやにやしている。「美術品保険か！」彼はそう言って笑い、スチュアートをちらっと見た。エマはどちらも紹介しておらず、二人の男性が互いに目を走らせ、自分なりの結論を出すに任せておいた。

「大きな声では言えないんだけど」エマがチャーリーに告げた。「ホテルのメイドになりますます手を使おうかと思ってるの。カーライル・ホテルの制服を着てね」

「ああ、エマ、君ってやつは。昔も怖いもの知らずだったな」

「私を信用してくれる？」

「ずっとしてただろう」

「じゃあ、信用してくれるのね？」

「もちろん」

「まだこの辺りにいる人をほかにも知ってる？」

「ベイリーはいない。やつは死んだ。でも、テッドは裏に住んでるよ。それにメイドの役ならメアリ・ベスがわかってるし、彼女がマークの居場所を知ってるかもしれない」

「よかった。メアリにはぜひお願いしなくちゃ。あと、テッドかマーク、それにあなたの繊細な専門技術が必要なの。ひょっとして誰か、もう描き終えている絵が何枚かないかしら？

戸棚にしまいこんじゃうようなやつでいいんだけど」

チャーリーが丸まった肩をすくめた。「きっとあるよ」彼はエマに優しく微笑んだ。「俺たちは皆、作品を使ってもらえると嬉しいもんでね」

「話がわかるわね。カーライルにいるから連絡して」

チャーリーがにこっとした。「カーライルとは懐かしいなあ。君にぴったりだよ、エム」

エマは首を横に振り、その賞賛を辞退した。「ほんの数日だけよ。終わったら羊のもとに帰るんだから」

それでも、このとき感じた喜びは思いがけない贈り物だった。私は、スチュアートが手癖の悪い叔父をだます手助けをするだけじゃない。若いころ大好きだった人たちも助けてあげられる。私ほど運に恵まれなかった人たちを。チャーリー、テッド、ベイリー、マークはいずれも投獄された。チャーリーは撃たれたせいで脚を引きずるようになった。エマは彼に弾が当たる瞬間を見ていたのだ。

フラットを出るとき、チャーリーがエマの腕をつかみ、彼女の頭越しにスチュアートをじろじろ見た。懐かしい友人は彼女を引き寄せ、スチュアートに聞こえるような声で言った。「彼をおとりにするなら、イングランドの腕のいい仕立て屋が必要だな、エム。ただし、見た目の美しさにごまかされちゃいかん。彼は上流の人間とは見なされんだろう」

エマが声を上げて笑った。「だめかしら?」それから、笑みを浮かべて続けた。「外国人ということにしてもだめ?」

チャーリーは口をすぼめ、スチュアートに目を走らせた。「なまりはまねできるのか？」

「さあ。でもチャーリー、彼は本当に上流の人間なの」

しかし、旧友は不満そうに顔をしかめた。

「彼なら大丈夫よ」

チャーリーが頭を振った。「そうかもしれん。君がそう言うなら」エマは戸口を抜けて廊下に出た。屋根が雨漏りしていることを物語るバケツが置いてあり、仕方なくそれをまたいでいると、チャーリーが再び心配そうに言い添えた。「ザックは残念だったな、エム。本当に気の毒だ」

「ありがとう。彼、長くは苦しまなかったの。あっという間だったのよ」

「ならよかった。でも、気の毒だ。本当に気の毒だ。いいやつだったのに。あいつは最高だった」

エマは一瞬、チャーリーを見つめ、ようやく微笑むことができた。「そうね」

馬車の中で――六頭立てになった馬車を目にするたびにスチュアートは思わずため息をついた――彼が尋ねた。「君が叔父をだますために計画していることだけど、ご主人と前にもやってたのか？」

エマがうなずく。「似たようなことをね。美術品保険の詐欺はザックのおはこだったの。彼がチャーリーに教わったアメリカ流の信用詐欺を応用して考え出した手口よ」彼女はゆったり背中をもたせかけ、馬車に備えつけてある毛布を引き上げた。気温は再び氷点下に落ちており、明日は雪になりそうだった。

「どんな人だったんだ？」

「誰が？」エマは尋ねたものの、わかってるわ、とばかりに肩をすくめた。「ザックのことね」

スチュアートが帽子を取った。馬車が縁石から離れていく。「なぜ彼と結婚したんだい？」

「さあ」エマは窓の外を眺めた。この話はこれぐらいにしておこうと思ったが、次の瞬間、目の前を過ぎていく花売りの屋台に向かってしゃべっていた。「初めて会ったとき、彼が司祭だなんて信じられなかった。司祭って、堅苦しい人たちに違いないと思ってたんだもの。わかるでしょう」エマは笑った。「まあ、いいわ」彼女は座席のクッションに頭を載せた。「ポーカーのテーブルで出会ったの。チャーリーが私の面倒を見てくれるようになったのは、そのわずか一週間前のことよ。そんなわけで、チャーリーとテッドとベイリーがチェイニー街のパブでポーカーをやってるのを初めて見物していたときに――ほとんどスリーカード・モンテ（最初の一枚は伏せ、残りのカードを表にして配り、その都度賭ける）だったんだけど――あの牧師が入ってきたのよ。ちゃんと白いカラーもつけて、聖書も持ってね。チャーリーたちは、いかさまをして彼をカモにしたの。彼に配らせて、カードを素早くすり替える手を使ったのよ。でも問題は、ザックもそのときすでに詐欺師だったということ。教会で集めたお金でギャンブルをしたり、いかがわしい美術品を売りさばいたりしてね。気味が悪くなるほど札束を持ってたわ。彼はさらに賭け金を上げて、やり返してしまったよ。それで三人はザックに真相を話したの。ザック・ホッチキスほどの才能の持ち主を利用しない手はないだろう、とチャーリーは言ってた。ザックにしてみれば、あれは一種の啓示だったのね。〝欲の深い、不誠実な人たちを金から切り離してやってるんだ〟って言ってたから。彼は天罰を楽しんでたのよ。詐欺そのものを正義だと考えているところがちょっとあってね。もっとも、私もそのときは気づいてなかったんだと思うけど。彼はただ楽しんでいるように見えたし、頭がよさそうだったし、私は彼の生意気なところにやられちゃったのよ。彼はとうとう、三流の詐欺師が考えたこともないような、もっと大きなペテンを計画したの。おかげで、私たちはしばらくのあいだお金持ちでいられたわ」

馬車は先を争うように進んでいる。カーブを曲がるタイミングに合わせてエマはため息をつき、スチュアートの質問を独り言も同然に繰り返した。「なぜ彼と結婚したか？」そして答えを出した。「若かったからよ。彼は勇敢だと思ったから」エマはまたため息をついた。「でも、彼は歩くいんちきだった。彼が知ってたトリックは一つだけ。もっと早く手を動かせ。それだけよ」

エマはそれ以上、何も言わなかった。もうたくさん。

そのとき、スチュアートが急に言葉を差し挟んだ。「彼は魅力的だったんだろ」

エマは不意を突かれ、瞬きをして彼を見つめた。陰になった赤い座席を背に、彼の暗い顔色と服が際立っている。エマは笑った。少し哀れっぽく。「ザックは、君は僕の世界の太陽だと言わんばかりの笑顔を見せてくれたわ。ただし、彼の世界では一〇分ごとに新しい太陽が昇ってたけど」それに、彼のいちばんのお気に入りはジンだった。

「じゃあ、教区牧師の仕事も詐欺にすぎなかったのか？」向かいにいる男性が皮肉な訊き方をした。

「ザックの教区のこと？　彼が住んでいたマルザードでそうしていたかってこと？」

　スチュアートがうなずいた。熱心に耳を傾け、真相を探ろうとしている。とはいえ、エマは質問の要点がよくわからなかった。

「そうでもないわ。彼は一年間、ケンブリッジで神学を勉強して、国教会の神学校に二年間いたの。若いころは牧師になりたいと思ってたのよ。その後、本人の言葉を借りれば、別の方法で人をだますほうがいいと結論を下したというわけ。宗教を一種の信用詐欺と考えるようになったのよ。そう思っていられたのも、計画がすっかり失敗してしまうまでの話だけど。私が撃たれた夜、彼は祈ったの。彼があんなふうに祈るのを、それまで一度も聞いたことがなかった。私に生きていてほしい、妹が解放されてほしいと願ったの」エマは口をゆがめて笑った。「神様は二つのうち一つをかなえてくださったんだと思う」

「相反する感情を持つ、不可知論者（神の存在を認識することは不可能だと唱える人）の牧師というわけか。実に興味深い」

「あら、そうじゃないわ。彼は信じてたのよ。ただ、認めようとしなかっただけ。心の奥底ではいつも、天国は存在すると本当に信じてた。そして、当の本人は地獄へ向かっていて、最期を迎えるころにはすでに地獄へ着いていたの」

スチュアートの表情は石のように固まっている。彼はエマをじっと見つめていた。最初は、間違ったことを口にしてしまったように思い、気持ちが落ち込んだ。神に対する見解のせいでスチュアートを怒らせてしまった。あるいは、自分の夫を地獄へ追いやったせいでそう思ったのかもしれない。

残りの部分はあえて話す気にはなれなかった。撃たれたこと、病気のこと、汽車に乗って行きたくない場所へ、故郷へ向かったこと、自分が詐欺の被害者になった気分だったこと。列車で帰るあいだずっと、手に負えない無法者だった夫は、私に向かって祈りの言葉をめいっぱいつぶやいていた。国教会の祈禱書をすっかり暗記していたのだ。そのときの「裏切られた」という感覚は複雑だった。ザックが本物の聖職者、あるいはそれに近い人だとわかったことがいやだったのではない。いざというときに、彼がずるずる信仰に逃げたのがいやだったのだ。ザックは逆の立場から偽善者を演じていた。古典的な悪徳牧師を演じ、自分は他人よりも神の教えに従順だと見せかけていたが、結局、その逆だとわかった。つまり、あまり信心深くない、世知に長けた俗っぽい人間のふりをしていたのだ。聖人ぶることの逆は何か？　その答えはザックだ。神を軽蔑する非行少年——そう思ったから彼と結婚したのに。難しいことではあったけれど、よく考えて、納得して結婚したのに。

スチュアートにしてみれば、ザック・ホッチキスの転落ぶりを耳にして味わえたであろう喜びも——たとえ死んでいるとはいえ——気まぐれな夫のふざけた行為がエマを笑わせていたという事実によって弱まってしまったことになる。

エマは再びスチュアートをちらっと見た。彼は顔をしっかり上げており、帽子の下にある目が彼女の目をとらえた。そして、とっさに作り笑いをした。慰めてくれたのだろうか。

落ち込んでいた気分が少し晴れ、別の気持ちへと変わっていく。ある可能性が見えてきた。独りよがりな、大きな期待のように。スチュアートはザックに嫉妬している。ザックが嫌いなんだ。マウント・ヴィリアーズ子爵が、私の男性の好みに――もっとも、好みは複雑なんだけど――腹を立てている。私が結婚していた男性、もう死んでしまった夫に腹を立てている。そんなことがあり得るの？

エマは顔を背けて窓の外に目をやり、ほんの少し浮かんだ笑みを隠そうとした。笑うなんてまずい。でも勝手に浮かんできてしまう。胃の中の重苦しさが消えたような気がした。それは舞い上がったような、喜びに似た感覚だった。

スチュアートが？　嫉妬？　ザックを嫌っている？　彼はザック・ホッチキスがいやでいやでたまらないんだ。ザックがすでに死んだ人物でなければ、スチュアートは「あんなやつ、死んでくれればいいのに」と思ったことだろう。

昼になり、やるべきことは終わった。エマの友人ヴァンダーキャンプから連絡が来るまで、これ以上、二人にできることはない。スチュアートをひどく苛立たせたのは、いつもよりおしゃれに着飾ったエマが丸いヒップを揺らして独りで辻馬車に乗り込み、ホテルへ去っていく様子を見守るしかなかったことだ。そして彼は、カーライルからわずか三ブロック半しか離れていない自分の家に戻らなければならなかった。午後も一緒にいたいと言いたかったのに。僕のうちでお茶をしよう。散歩をしよう。おしゃべりをしよう。いや、それ以上に、もしできることなら、彼女をただ見ていたかったのだ。

と同時に、自分は彼女を危険にさらしているという考えが、ふと頭に浮かんだ。初めて、確信を持ってそう実感し、あの彫像とわずかばかりの宝石は、はたして、こんなことをするだけの価値があるのだろうかと心が揺れた。

これまでは、レナードの気取った顔の記憶があらゆる疑問に勝っていた。鼻持ちならないあの親戚に、子供時代を美しく彩ってくれた大切な物を奪う権利はない。あれは、ドゥノードから呼び起こすことができる数少ない、楽しい思い出の一部なのだ。

それから新たな感情が湧き上がった。感謝の気持ちだ。僕はエマを完全に信頼し、力になってもらえることを心から喜んでいる。エマがさっそうと事を進めるにつれ、彼女の力量には驚かされたが、少し不安にもなった。彼女はいとも簡単に僕を出し抜き、手にするすべての金はもちろん、高価な彫像も持って姿をくらます可能性だってあるのだ。ただ、エマがそうすると思ってるわけじゃない。彼女は丘を下りて僕から離れ、自分の羊農場で暮らしたいと思っているのだし。それに、彼女の意図を知るとか、腹を探るとか、そんなことはもうどうでもいいんだ。彼女に僕を信頼してほしいと一度懇願したじゃないか。物がすとんと落ちるように、自然にそう言ってしまった。だから、信頼してもらう代わりに僕は彼女を信じるのだ。

エマ、僕をどう扱おうが君の自由だ。僕は君を信頼している。

二人が一緒にいる理由は、あと一週間と一日分残っている。スチュアートは突然、それでは足りないと気づいた。丘を下りるだって？　丘の上で僕と一緒に暮らしたっていいじゃないか。あるいは、僕が家を買ってあげて、そこで一緒に暮らすとか？　君はもっといい暮らしをするべきだ。僕が面倒を見てあげるよ。エマにそう言ってみよう。彼女は毎日、女性用の青いキッド革のアンクル・ブーツを履くべきだ。あのブーツを履いていると、彼女の足首と小さな足はピンのように細くて素敵に見える。

その日の午後遅く、一枚のメモがスチュアートのもとにエマを引き寄せてくれた。彼女は辻馬車の闇にくるまれて彼の家の前の縁石に到着し、玄関まで御者を使いにやった。「馬車のお客様が、すぐに来ていただきたいとおっしゃっておられます」御者はスチュアートにメモを渡した。

チャーリー・ヴァンダーキャンプからのメッセージ。なんていいやつなんだ。スチュアートはコートに袖を通しながら思った。

テッドの腕は昔のままとは言えない。これが我々の結論だ。あまりにも時が経ちすぎた。マークの行方はまだわからない。だがベイリーの息子の居場所がわかった。未完成の複製画も二枚見つかった。君がもっと必要ならという話だが。彼は理解が速い。家族の伝統をぜひとも引き継ぎたいと思っており、金に困っている。今日の午後、ヘンリー美術館で彼と会いなさい。背の低い、痩せた赤毛の男だ。絵の見本を持っていくだろうから、それを見て判断してくれ。

それ以上の情報はなかったが、エマはいたって冷静だった。「たぶん、いつどこへ行けばいいのかよくわかっていないのよ。彼を探しながら待たなきゃいけないわね」

君が喜んでその男を相手にするというなら、僕もそうしよう。

「これ以上、いい方法はないでしょう」エマが言った。「彼は、私たちがちょっとした油絵を必要としていることをわかっているし、お父さんの半分の腕前だとしても、素晴らしい絵を描いてくれるわ」

とにかくエマと一緒に午後を過ごせるとわかって、スチュアートは満足し、その男が夕方まで姿を見せずにいてくれることを願った。

最初、エマはいらいらしていたが、やがて、本館の奥にある新しいコレクションをぶらぶら見て歩くのを楽しむようになった。「私のお気に入りの画家、教えてあげましょうか？」二人でフランス絵画の部屋を歩いているとき、エマが思いついたように尋ねた。

「いいよ、誰なんだ？」

「マネ」

「どうして？」

エマがにこっと笑った。「ぱっと見たときの感じが好きだから。それだけよ。マネの油絵はただ見ればいいの。それ以上のことは何も要求しないわ。絵そのものが上手くできているから」

「僕は『フォリー＝ベルジェール劇場のバー』（現実にはあり得ない構図で有名な作品）が好きだ」

「私も！　大好きな絵よ！」エマが叫んだ。「観察者が鏡に映っていないところと（真正面に描かれた女給の背後に鏡があるが、彼女と向き合っているはずの人物が鏡に映っていない）、わきに描かれているシルクハットの男性がいいのよね」

「それと、空想にふける女給。彼女は何を考えてるんだろうな？」

エマは二人の意見が一致したことに微笑み、彼と一緒に歩きながらうつむいた。辺りにはほとんど人がいない。そこは二人だけの場所だった。「ゾラの言葉を借りると――」エマが言った。「マネの絵を楽しむには、芸術に関する知識をすべて忘れなくてはいけないの」

スチュアートはエマを見て笑った。「ああ、君がマネを好きだという理由がわかったぞ。ルールを破る人間だからさ」その瞬間、彼は自分の眉間にしわが寄るのがわかった。口元には相変わらず笑みが浮かんでいるというのに。「それと、いつフランスの新聞を読んだんだ？」

「え？」

「ゾラだよ」

だが、エマが答えるまでもなかった。スチュアートは彼女の顔を一目見てうめき、彼女に代わって答えを出した。「ザッカリー・ホッチキス牧師は神のごとく、いつでも、どこにでも存在するんだな。僕がどれほどその男を嫌っているかわかるかい?」

エマは弁解するように言った。「彼はそういう、どうでもいいことをたくさん知ってたの。まるで雑学事典」彼女が笑った。「これでもかというほど知ってるのよ。へべれけのときでも知識を披露できたんだから。それどころか、彼が知識を思いっきりぶちまけるのは、たいがい酔っ払ってるときだった。牧師服のカラーが斜めになっちゃって、耳の横で屈辱的にまっすぐ立ってたわ。まるでこう言わんばかりにね。〝どうして、これほど頭がよくて、教養のある男が、こんな惨めなひどい有様なんだ?〟」エマは言葉を切った。ザックの飲酒にどれほど腹を立てていたか、声に出して言えるのはここまでが精いっぱい。問題が本当に根深かったことは自分でもわかっている。ああ、ぞっとする。あれは、ほかの問題を何もかもはっきりさせてしまった痛ましくも悲しい事実なのだ。エマはゆっくりと、深いため息をついてから言った。「彼はひどく役立たずになってしまうことがあったの。私が悲しくなったり、怒ったり、頭が混乱したりして、彼のところへ行くと、ただ手をひらつかせてこう言うの。〝ああ、エム、そんなこと自分で考えろよ。君はいつもそうしてるだろう〟ってね。で、もちろん私はそうしたわ。ほかにどうしようもないでしょう?」

「立たなかったんだろう? 彼はそっちの方面でもずっと役立たずだった」

エマは急に顔をぐるっと回し、スチュアートを見た。一つにはその言い方にびっくりしたのだが、驚くほど品のない表現を耳にしたせいでもあった。自分ならスチュアートに対してこんなことは訊かなかっただろう。彼は恩着せがましいことを言っているの? 私のためにこんな言い方をしているの？「何ですって？」

「わかってるくせに。前にも言ってたじゃないか。あまり詳しくは話してくれなかったけど。彼はそっちの方面で君を大事にしてくれたのかってことさ。いったい、どういう言い方をすればいいんだ？」

「それでわかるわ」そう思うことにしよう。正直に答えるべき？　ああ、ぜひそうすべきよ。「答えはノーよ。つまり、少なくとも、妹が死んでからはだめだったってこと」というより、そのころにはもう、ザックは酒におぼれていて、大いに集中力を要することはできなかったのだ。

スチュアートの顔にゆっくりと笑みが広がる。ずるそうな笑みだ。「僕は大丈夫だ。それに、気持ちの面でも君を大事にできる。ホテルで君と一緒に夜を過ごすべきだと思う。じゃなければ、君が僕のうちに来て、一緒に過ごすかだ。レナードがロンドンに来るまでに、もう一日ある。それと、この件が終わって、もしも君がそれでよければ、こっちで僕と一緒に暮らしてもいいんだ。あるいは、君の家を見つけてあげるから――」

「やめて――」

「いやだ。僕は君にふさわしい男だ。認めろよ。僕と一緒にいる数日間、君は前よりも素敵に見える。僕と一緒なら、快適に過ごせること請け合いさ」

素敵に見える？　彼の言うとおりなのだろう。愚痴をこぼせる相手、こちらの話を聞いて、ちゃんとわかってくれる相手がいるのはいいことだ。だが、彼女はすぐに顔をしかめた。

「そうね、あなたがそうすることにしたっていうなら、私の問題を聞いてもらってもいいわ。でも私たちは、ロンドンではずっと役割があるし、そのあと私は羊のもとへ帰るのよ。あなたの愛人になるつもりはないわ。その点で、調子のいい空想《ホイッスル・ディキシー》をするのは勝手だけど。この言い方、知ってる？」

「いや」

「〝ディキシー〟はアメリカ南部の音楽よ」ロンドンにいる多くの詐欺師はアメリカ人だった。「南部の讃歌。負けているほうが自分たちを讃えて歌っているってことよ」エマはそう言って笑った。「あなたがこの話題で私にしつこく迫ってくる様子は、まさにそれ」

「いろんなことを知ってるんだな」

「いろんなことを学んだのよ」ザックから。いいえ、自分の功績は認めなくちゃ。「ザックの本をたくさん読んだの」エマは鼻を鳴らした。「彼が本を売ってしまうまではね。それに、ロンドンにいたころは、彼の友達と夜ふけまで延々とおしゃべりしたし。その中に、ものすごく教養のある人がたくさんいたのよ。詐欺は最高に頭を使うゲームでしょ」彼女はそこで笑った。「賢い泥棒なの」

「君は知識に飢えてる」

私が？「そうかもしれない」

「大学へ行くべきだ」

それを聞いて、エマは本当に声を上げて笑ってしまった。なんて滑稽なアイディアなの！

「あら、いいわね、スチュアート。これが終わったらすぐ、農場を閉めて、村でやるべき仕事も全部やめて、羊もほっぽりだして、ハンナにまたがってはるばるガートンまで行けっていうのね」ガートンはケンブリッジ大学にある女性専用の全寮制カレッジだ。「きっと入学できるわ。三〇間近で、自分のお金は一銭もないけど」笑い方がだんだん皮肉っぽくなっていく。「そして、大学は喜んで優等卒業試験《トライポス》を受けさせてくれるでしょうけど、女性には正式な学位なんか認めてくれないし、ケンブリッジの学生としても認めてくれないのよ。そんなことして何になるの？　ケンブリッジでハンナを入学させてもいいわね。私たち、どっちも女だから」エマは眉をひそめ、まじめぶった顔でスチュアートを見た。「そうしましょう。ラバのハンナの代理として申し込めばいいわ」

　その瞬間、エマは実感した。私の愚かさときたら、ラバ並みね。自分の怒りをこんなにもさらけ出してしまうなんて。私はケンブリッジのことを知りすぎている。カレッジのこと、女性に対する大学の方針、中でも貧しい者に対する方針はいやというほどわかっている。

　ザックとともに初めて故郷に戻ってきたとき、大学に入れてもらえる可能性について、彼に話をしたことがあった。というのも、当時彼はトリニティ・カレッジの一学期限りの学生だったから。私はなんて田舎者だったのだろう。彼のコネで入れてもらえるかもしれないと思ってしまったのだ。でも一学期限りの学生にできることは何もなく、私はまた、彼の無力を指摘しただけ。そして、教育を受けてみよう、受けてみたいと考える私に、ザックは本当に腹を立ててしまい、私はその話題を打ち切った。大学なんて。絶対に無理だったのよ。ヨークシャーの貧しい小娘が、羊毛刈りの娘が、地元の教区牧師の妻となった女が正式な教育を受けたがるなんて。なんて滑稽だったのだろう。

「行けるさ」スチュアートが言った。彼はエマをしげしげと見つめている。「でも、もっと開放的な新しい大学があるから、そのどれかをお勧めするよ。ケンブリッジの女子カレッジだと、家庭の切り盛りとか、ダンスとか、芸術といったことでかなり時間を無駄にしてしまう。そういうのは君の好みではないんだろう。数学が向いてるんじゃないかな。君なら一番になれると思う」

エマは彼をじっと見つめ、何か感情を表そうとした。でも、何を？　驚き？　不安？　動揺？　抗議？　どんな感情にせよ、彼女は大笑いをしながらそれを表に出した。ただただ目がくらむばかりだった。「ああ、スチュアート、自分は何でもできると思ってるのね。そこがあなたの大きな魅力の一つだけど、いちばん癪に障るところでもあるのよ。動かせない山を動かせると思っているときのあなたはね。私にはやりくりしなきゃいけない農場があるし、羊が大好きなの」

「じゃあ、もし大学に行ったら、何を勉強してると思う？　君は何を学びたいんだ？」

「数学じゃないわ」エマはすぐに答えた。だが、その問いに対する自分の気持ちを知るのに時間はかからなかった。「書くことを学びたい。もっと自分を上手に表現する方法を学びたいわ。いつか本を書くのもいいかも」

「何について？」

「さあ、何かしら。自分が知っていることについて」そして、突然、名案が浮かんだかのように言った。「ヨークシャーのこと」それから、うつむいて自分を笑った。「羊と詐欺のこと。私が知っているのはそれだと思う」エマは首を横に振り、その考えそのものを頭から追い出した。

あとになってようやくわかったのだが、彼はそれほどロンドンが好きというわけではなく、ロンドンにある自分の家はどうでもいいとさえ思っていた。一緒に住もうと申し出たのは、まさにあの街、あの家、彼が軽蔑している父親の家だった。あんなところに住むのかと思うとぞっとする（地下室に拷問用の仕掛けがあるんじゃないかしら？　あるいは、大釘に刺さったドクロがぐらぐら揺れているかもしれない）。でも、どうやらスチュアートはその気になっている。私を喜ばせるためだ。エマは心を動かされた。とても深く。だが、「エマの教育」に関する話そのものを再開することなく、その気持ちを伝える手段が思い浮かばない。だから彼女は何も言わなかった。

しかし、その後ずっと、エマは努めてスチュアートに感じよく接するようにした。結局、二人はお目当ての若い画家と会い、彼が持ってきてくれた絵の代金を支払ったが、その前に一緒に美術館をぶらつき、部屋から部屋へと絵画を見て回りながら穏やかで楽しいひとときを過ごしたのだった。エマは美術館という発想が大いに気に入った。たくさんの美しい絵画が一カ所にそろっていて、人はその素晴らしさにすっかり圧倒されてしまうのだ。エマとスチュアートはあるベンチに同時に腰を下ろし、エル・グレコのキリストの絵を、お互い黙ったまま、長いあいだ一緒に見上げ、一緒に声も出ないほど感動していた。また、三〇分後にも似たようなことがあった。二人ともまったく同時に、山高帽をかぶった男性を見て、笑いの発作に襲われたのだ。男は、きちんと折りたたまれ、黒いカバーに包まれた長いウォーキング・アンブレラ（杖兼用の傘）を持っていた。ロンドンの地味な紳士のあいだでおしゃれな装身具となりつつある、細長い形の傘だ。

男が通り過ぎると、二人は顔を見合わせてにやっと笑った。「アンブラクラム」スチュアートは楽しげに、仕立て屋のように大げさな言い方をした。ラテン語だ。

それを耳にすると、エマは顔が赤くなった。というのも、スチュアートはほぼ何でも、ラテン語かロシア語かフランス語で言うことができ、エマはそこがとても気に入っていたからだ。

彼女が喜んでいるとわかると、スチュアートはこう言い添えた。「クニクラス」

エマは期待をこめて尋ねた。「それ、どういう意味？」

「地下道」スチュアートは何か隠しているような、気取った笑みを浮かべ、いつもの手を使った。彼女に目を走らせたのだ。頭のてっぺんから足の先まで。

性的なことだ。エマはすぐに気づき、顔を背けた。

でも知りたくてたまらない。彼は何を考えているの？　クニク……何と言ったかしら？　あの歌に似ている。「フニクリ・フニクラ」という歌。もう一度、言って。だが、彼は言おうとしなかったし、説明もしてくれなかった。しばらくしてから勇気を奮い起こし、ぶしつけに尋ねてみてもだめだった。性的な意味だけじゃなく、卑猥な意味もあるに違いない。スチュアートは、シルクハットをかぶり、シルクのような美しいマナーを身につけながら、最高にいかれたことを口にできる人なのだ。

でも私が知る限り、彼は最高に素敵な変人。私好みの変人だ。二人は一緒に美術館の絵を楽しみ、それと同じくらい、時々見かけるもったいぶった英国紳士を笑い飛ばしていた。困ったものね。でも、私とスチュアートは似たものどうし。二人とも、地味な国で大げさなことばかりして、それをとても楽しんでいる。

背教者、はみ出し者。二人の心のどこかに無法者が住んでいる。たとえ二人のうち一人が貴族院の議員だとしても、二人は限界を押し広げることを選択し、自分たちのやり方に従っているのだ。

そんなこんなで、二人は次の行動に移った。まずエマの友人に彼女の写真を撮ってもらい、それを暗室で本物のルーベンスの絵の写真――実際に盗まれ、数カ月前に発見された絵だ――に重ねて焼きつけ、出来上がったものを新聞用紙に印刷した。それから、完全に使えるようになったスチュアートの口座から二〇〇〇ポンドを引き出し、最後の詰めとして、こまごました用事を片づけた。二人は互いにとても心を配り、関心を持ち、仲たがいもせずに過ごした。激しく言い争うことなど考えられなかった。知り合って最初の四カ月、書類の上では激しく争った二人ではあったけれど。

「エマ、これが終わっても、丘のふもとに消えてしまわないでくれ」スチュアートは自分の馬車の暗闇の中でエマにささやいた。彼らは通りで馬車を止め、エマを再び辻馬車に乗り換えさせ、独りでカーライルへ帰すところだった。「僕らは恋人どうしだ。認めろよ。時間が許すまでピックル・ミー・ティックル・ミーをして――」彼は言葉を切り、からかうように言った。「君はあれのことを口にしてくれないんだな」

だが、二人の雰囲気がよくなればなるほど、立場が入れ替わっていくように思えた。スチュアートは前よりも楽しげで、気取りがなくなり、エマは逆に不機嫌になり、ほとんど口をきかなくなっていた。

「〝性交〟よ」エマが言った。「私は大人向けの表現を使ってるの」彼女は馬車を出ようと、急いで体を前に倒した。

スチュアートがそばで身をかがめ、彼女の腕をつかんでささやいた。「ああ、申し訳ない。そういえば、僕らは大人だったね。よかった……」彼はエマを必要以上に苦しめて楽しんでいる。そうしないではいられないのだ。「言うまでもないが、君は医学的な表現を使っているんだな？　かなり知的で、不自然な〝大人〟の言い方だ」彼が笑った。

「笑い事じゃないわ。子供ができる原因になるんだから」

「なるほど」彼は先ほどよりもまじめに言った。「もし君が……。そうだな、もしそういうことになって――」暗闇の中、スチュアートは眉をひそめた。馬のひづめの音とともに、彼女が乗るはずの辻馬車が到着し、二人のわきで動きを止めた。身をかがめて出ていこうとするエマに、彼はささやきかけた。「妊娠したかどうか、まだわからないんだろう?」

「ええ」彼女のシルエットが首を振った。「それはないと思う」

「よかった。先走りして心配してもしょうがない。それに、僕は責任感のある男だ。君に独りでどうにかしろなどと言うつもりはない。ちゃんと教えてくれよ。もしも――。つまり、そういうことさ」

エマが鼻を鳴らした。「多少、慰めになるわ。妊娠したら、あなたは潔く認めてくれるのね。それで、意地悪な人たちが私や父親のいない子供のそばに来なくなれば、あなたはなんて責任感のある人なんだろうって、必ず思い出してあげるわ」

「どうして怒ってるんだ?　まだ子供はできてないだろう。意地悪な人間について言えば、確かに、マルザードにはそういう連中がたくさんいる。おびえた醜い女性を家に閉じこもらせてしまうほどたくさんいたんだ」

エマは椅子に浅く座り、彼を見ようとした。彼の膝と上半身はわかるが、街灯のせいで顔と肩が陰になり、表情を確認することはできない。

彼は母親の話をしたのだ。あの村には、確かに彼女にひどい仕打ちをする人たちがいた。悪口を言い、からかう人たちがいた。エマ自身、「醜いアナ」というあだ名でしかその女性のことを知らず、ずいぶん経ってから本名や肩書き、彼女の過去を知った。というのも、子爵夫人は人目を避けるあまり、めったに外出しなかったし、ひどく内気で、外出しても、たいていあっという間に逃げ帰ってしまったからだ。それに、異様なほど流行遅れな格好と魅力のない容姿のせいで、あざけりの的となっていた。

スチュアートが言った。「意地悪な人から君を守ってあげることはできない。そういう人間はどこにでもいるからだ。でも、僕は君に親切にしてあげるよ。それだけは約束する」

「じゃあ、私が妊娠したら、結婚して」

彼は腕を組み、身動き一つせず、暗闇から彼女をじっと見つめていたが、やがて口を開いた。「そういう親切じゃない」

彼が紳士気取りの俗物だからだ、とエマは思った。そうよ、傲慢な上流階級の人間だから、こんなことを言うんだわ。「責任」を果たす限り、地元の女性といちゃつくのは完全に自分の権利だと思っている。責任を取るという考え方が女性そのものを売春婦にしていることは言うまでもない。

しかし、スチュアートが実際に考えていたことは、エマの想像とはかけ離れていた。彼はエマに目を向け、彼女が街灯の光の中へ出ていく様子を見守った。

スチュアートは自分の夢見がちな性質に絶望した。結婚するなら、相手の女性に恋をしたから、有頂天になるほど夢中になっているからという理由でしたかった。ほかの理由はいらない。僕が望む結婚は、たとえば――。

たとえば何なんだ？　誰のようになりたい？　両親の結婚はぞっとするほど悲惨だった。それは確かだ。

そのとき、またスタンネル夫妻のことが突然頭に浮かんだ。月遅れのクリスマスツリーを飾ろうとしていたおかしな老夫婦。互いに微笑みあったり、ぶつかり合ったりしながら、自分たちの共通の目的、共有している人生にとても満足していた。あの夫婦にはびっくりさせられた。二人の関係はいったいどんなふうに始まったのだろう？　六七年も二人を分かつことなく、しっかり結びつけてきたものは何だったのか？

　そんなことはどうでもいい。スチュアートは妊娠させたという理由だけでは、相手が王女でも結婚しなかっただろう。誰からも強制されるわけにはいかない。両親が結婚していたって、僕の子供時代はよくはならなかった。まったく逆だ。

　僕はエマに恋をしているのだろうか？　それはわからない。わかるのは、彼女を愛さなければ満足できないということだけだ。僕にしても、彼女にしても、あの満足感に劣るものを受けつけるわけにはいかないのだ。

　スチュアートが見守る中、頭上のガス灯に照らされながら、辻馬車の御者が扉を半分開いた。そして、エマは中に乗り込み、椅子にもたれ、視界から去っていった。

13

レナード・アイスガースはスチュアートの父親の弟に当たり、兄より一歳三カ月年下、もうじき五七歳になるという。少なくとも、それなりの角度から見ればハンサムな男だ。長身で、髪は濃いが白いものが交じり、その様子は「気品がある」と評されることもしばしばだった。長い指と長い手脚を持つ骨ばった体格、くぼみのある広い顎、彫りの深い顔立ち。これらは一族の男性の特徴だった。レナードの黒っぽい髪と目も、代々受け継がれてきたアイスガース一族の特徴をはずしておらず、家族のあいだではこんな冗談が交わされていた。

「アイスガース一族は遺伝子まで支配的だ」

しかし、甥と似ているのもそこまで、と思わせる部分がかなりたくさんあった。かつてひょろ長かった体はこれでもかというほど太って太鼓腹がたわんでおり、フロック・コートが開いていると、ベストとズボンの隙間からシャツが横に細長くのぞいていた。ズボンのウエストをあと一二センチ伸ばす必要があったが、それは認めず、哀れと言おうか、むしろボタンは腹の下で留めるべきだと思っているのだ。

ズボンのウエスト・サイズは小さすぎるものの、レナードが持っているほかのものはすべて、彼を大きく見せるべく作られていた。彼の家は――少なくともスチュアートに言わせれば――滑稽なほど、これ見よがしに造られていた。まさにレナード・アイスガースをまつる殿堂といったところだ。彼が一二歳のときから手にしてきた賞は一つ残らず、跳躍競技でもらったリボン、自分のことが取り上げられている社交欄の記事、どこかの貴族にもらった短い手紙に至るまで、飾る価値のあるものは何でも壁に飾っていた。勲爵士《ナイト》の未亡人から夫の葬儀に参列してくれたことへの礼状が届けば、それを額に入れて飾るのだ。まるで、世の人々が抱いている敬意がどんどん重くなり、ついに証明書が発行されたかのように、まるで、自分の価値を示す目に見える証拠が必要であるかのように。

スチュアートが「こんばんは《グッド・イヴニング》」と挨拶した。

その日の夕方、レナードはカーライルの二階にあるレストラン「ラ・トスカ」で窓際の席に着いていた。「おまえには、いい《グッド》かもしれんがな」と叔父が答える。「私の基準からすれば、天気がよろしくない。それに三分遅刻だ」

ああ、さすがレナード叔父さんだ。これだけ人を喜ばせる才能を持った人間はいない。誰もかないっこない。

スチュアートは腰を下ろした。とんだ男が相手だが、このレストランは素晴らしい食事を提供してくれるだろうし、それを楽しむとしよう。僕がやるべきは、今夜、どんな事態が待ち受けているのか考えることだけだ。

ウエイターがやってきて、レナードはローストビーフを、スチュアートはウズラの胸肉を注文した。それから、シャンパンのボトルとともに、前菜として、生クリームと三角形にカットしたトーストを添えたロシア産のキャビアが運ばれてきた。

「まだ、魚の卵なんか食べているのか？」レナードはシャンパンを注ぎながら、いやそうに尋ねた。彼が顔を上げてスチュアートを見たとき、その顎は腹と似たような様相を呈していた。最近生やしている顎ひげと襟が小競り合いをした結果、クラヴァットの上に新しい肉の垂れ蓋ができていたのだ。

「ええ」

「それで、今夜はなぜ、おまえと食事をしているんだろうなあ、スチュアート。我々は犬猿の仲だ」

「彫像ですよ。もう売ってしまったんですか？」

「彫像など持っておらん。前からそう言っているだろう」

「あれの来歴（美術品が作者の手を離れた後、いつどのような所蔵者の手を経て現在に至るかを示した記録）が見つかったんです」

「あれの何だって？」

「この二世紀分の売り渡し証書ですよ。彫像が本物であることを証明する類のもので、それがあると価値がもっと上がるんです」

レナードが肩をすくめたが、自分の前にスープが置かれると、それを口に運びながらスチュアートをじっと見つめた。

売ろうとしたんだな。スチュアートはそう判断した。そして叔父は問題を抱えているに違いない。僕やエマが期待していたような問題を。つまり、大金を注ぎ込める収集家は、ただの泥棒にすぎない叔父よりもずっと、美術に関する見識があるということだ。

スチュアートは自分のスープをわきにどけ、キャビアを口に運んだ。「折り合いをつけてはどうかと思いまして。あれを売って、僕もあなたも儲かるようにするんです」

レナードは傲慢そうに高笑いをした。「この前、聞いたところでは、あの醜い女絡みの何やら感傷的な理由で売りたくないと言ってたじゃないか」

「何ですって?」

「おまえの母親のことさ」

スチュアートは目を伏せ、濃厚なクリームに小さなトーストの端をじかに突っ込みながら、一気に込み上げてきた怒りをこらえている。彼の知る限り、それまで叔父がアナ・アイスガースの容貌について厚かましく悪口を言ったことは一度もなかった。今は母に代わって傷ついたところで意味がない。だが、彼の表情が本音をばらしてしまったに違いない。

「むっとしてるな」レナードが言った。

「侮辱するなら、ほかの人の母親にしてください」

レナードは不正に検閲されたかのように苛立っている。「二本足で歩く生き物の中で、彼女はいちばん醜かったわけじゃない、なんてことを言いだすんじゃないだろうな」

スチュアートは体をこわばらせ、叔父をじっと見上げた。「母にはいろいろな面がありました。でも、僕の頭に浮かぶのは、醜さじゃない。母は優しい人だったんです。ここそ人のあら探しをしたりしなかった。それを言うなら、本人のいるところでもしませんでしたけどね。決して人に意地悪はしなかったんです」彼は思わずうつむいて、真珠のように光る灰色のキャビアを見つめ、トーストの上に載せた。そうすべきときに自己主張しようとせず、人を傷つけようとしなかったところこそ、母が身を滅ぼす原因だったのだ。

レナードは一瞬、眉をひそめ、まるでスチュアートから難しい謎かけをされたかのように、途方に暮れた顔をした。次の瞬間、彼はいきなり、ばつが悪そうに笑いだし、テーブル越しに手を伸ばして、愛想のいいペテン師よろしくスチュアートの肩を叩いた。「まさか、あの母親と血がつながっているとは、おまえも想像できなかったんだろうな」慰めてやるよと言わんばかりの口ぶりだ。

「実は、母親のほうに似たかったんですけどね」スチュアートがつぶやいたが、レナードは聞いていなかった。そのときにはもうウエイターに何やら合図をしていたのだ。

スチュアートは椅子に座ったまま体をずらした。「失礼。足を踏んでしまったかな?」

「いや」レナードがスチュアートに続いて白いテーブルクロスを持ち上げ、二人の男がテーブルの下をのぞき込んだ。

そこにあったのはシルクにビーズの飾りを施した女性用の青い巾着型のバッグ。先に手を伸ばしたのはレナードのほうだった。

「何ですか、これは?」スチュアートが手を伸ばす。

レナードがそれを引き戻す。「ご婦人のバッグのようだ」彼はためらいもせず、さっそくバッグを開けた。

スチュアートはおかしくてたまらず、シャンパン・グラスの底を見つめ、顔に出さないようにしなければならなかった。

レナードはバッグをテーブルに載せると同時に、女性用のサテンの小銭入れの中身を広げた。一シリング硬貨が四枚、五〇ポンド札が八枚。それに銀の名刺入れ。中には十数枚の名刺が入っている。レディ・エマ・ハートリー、美術鑑定士、保険協会代理人、ロイズ保険業者組合、ニューヨーク、パリ、ロンドン。さらに、エマ・ハートリー宛の未開封の電報とフランスの新聞の切り抜き。切り抜きには説明つきの写真が載っており、撮られまいとして腕を上げている女性が写っていた。説明にはこう書かれている。「レディ・ハートリー、ラ・ヴーヴ・ドゥ・シュヴァリエ・アングレ、サー・アーサー・ハートリー」

訳してくれ、とレナードが記事を渡す。スチュアートは目を通し、内容を伝えた。「この人は、英国のナイトの未亡人ですね。記事によれば、このご婦人は、盗まれた美術品を探しだし、持ち主に戻すことにかけて、今や一流の探偵だそうですよ。後ろに写っているのは、ルーヴル美術館に展示されているルーベンスのとても大きな、価値のある絵ですが、彼女は昨年、そのような盗難品を四つも見つけだしていて、ルーベンスはその一つにすぎないそうです」彼は目を上げて叔父を見た。「で、レディ・ハートリーはこのホテルに泊まっていると思いますか？」

「だと思うがね。あるいは、ここで食事をしただけで、バッグを置き忘れていったのかもしれん」レナードはずっとバッグをあさっている。やれやれ。

「ああ！」彼は勝ち誇ったように叫んだ。「ほら、鍵があったぞ！」叔父が鍵を掲げた。「これはスイートのものだな。最上階の部屋だ。部屋番号は三。いやはや、豪勢だな」

スチュアートは眉を小刻みに動かした。「行ってみましょうか？　カーライルのスイートは見たことがないんですよ」

レナードはいやに気取って口をすぼめた。「このご婦人にバッグをすぐに返してあげんとな。とても心配しておられるだろう」

「食事はどうします？」

「さっさと済ませよう」いらいらしている甥っ子よりも、バッグをなくした美しい女性のほうがずっと興味深いということだ。

レナードはスチュアートに向かって、手に持ったフォークで急げと合図をし、ローストビーフを大急ぎで平らげた。その間、口にした話題はただ一つ。レディ・ハートリーがどれほど感謝してくれるかということだけだった。

それに、紳士は招かれもしないのに女性を訪ねていったりはしないというエチケットも守らなかった。「我々を見て感激するぞ」レナードは高揚しながらスチュアートに断言した。

ところが、麗しいミセス・ホッチキス兼レディ・ハートリーは、スチュアートの愛しいエマは、彼を驚かせた。彼女は明らかに感激などしていない。これっぽっちも。

彼女はカチッと音をさせて扉を開け、「何かご用？」と、いらいらしたように尋ねた。

レナードが咳払いをする。「我々は、その――」

「新聞社の方でしたら、何も申し上げることはございませんので。お引き取りください」

「違うんです」スチュアートがすかさず言った。「あなたのバッグを見つけたものですから」

ドアがもう少し開いた。「何を見つけたですって？　私のバッグ？　ご冗談でしょ」

レナードがバッグを掲げた。「冗談なものですか。これはあなたのでは？」

扉がすっかり開き、エマが美しい青い目を大きく見開いた。スチュアートはそのとき初めて、彼女の背後にあるスイート・ルームをのぞき込んだ。「どうぞ、お入りになって」エマが言った。

彼女はこの部屋でずいぶんゆったりとくつろいでいたのだろう。前の日に二人で買ったショールが、出窓のそばに置かれたクッションつきの椅子の背にかかっていた。かばん類はどこかに隠したのか、見当たらず、部屋全体がきちんと整頓されている。何着かあるナイトガウンのうちの一つが、ベッドの枕の上に広げてあり、スリッパが床に置いてあった。寝支度をしていた、という印象だ。

書き物机を見ると――ああ、丸めたカンバスが三枚載っている。スチュアートは待ちきれなかった。

レナードは気づいておらず、居ずまいを正し彼女に尋ねた。「もちろん、ご自分の物だと証明していただけますね」

エマがバッグの中身を一つ一つ丁寧に挙げていく。「ええ。中には私の名刺が入っていて、エマ・ハートリー、保険代理人、美術鑑定士と書いてあります。あと、お財布に小銭が少しと、お札で三〇〇ポンドか四〇〇ポンドぐらい入っているはずですわ」彼女はそこで眉をひそめた。「まだ読んでいない電報が一通」それから、いやな顔をする。「ああ、そういえば、新聞の切り抜きも入っていたわ。例のルーベンスが管理人のクローゼットに隠されていたことを突き止めて以来、新聞記者たちがほとんど放っておいてくれませんの」

「間違いなく、あなたのお持ち物です」レナードがバッグを差し出した。

エマは実にさりげなく背中を向けると、バッグを受け取らずにキャビネットのほうへ行き、扉を開けた。「お二人とも、ブランデーはいかが？　遠慮なさらないでね。そのあいだに私は電報を読ませていただくわ。読む間もなく、なくしてしまったものですから。お二人のおかげで、どれほど助かったことか」そう話しながら、彼女はグラスとブランデーを取り出した。その日の朝、調達したフランス産の高級コニャックだ。「本当に、恩に着ますわ。さあ、どうぞ」三人分のブランデーが載ったトレーを運び、サイドテーブルに置く。それからバッグを手に取り、開きながら言った。「お礼をさせてください」彼女は二人の男性を順番に見た。「五〇ポンドずつということでいかが？」

スチュアートはすぐに手を振って断った「とんでもない。お役に立てて何よりです」

レナードは一瞬、何か言いかけたが、グラスを取り、琥珀色の液体を透かし見ることに甘んじている。「ブランデーを少々いただければ結構」

エマは自分のグラスを掲げ、にこっと微笑んだが、そのまばゆさにはスチュアートも不意を突かれてしまった。「お二人の勇敢な行為に」エマが言った。「命ある限り、その勇気がお二人とともにありますように」

レナードが赤面し、咳払いをした。スチュアートは彼女をまともに見ていることができず、丸めたカンバスに再び目を走らせた。正直なところ、彼はあっけに取られていた——エマがこんなに上手くやれるなんて、びっくりだ。

「どれほど恩義を感じているか、言葉では言い表せません」エマは続けた。「バッグがなくなって、とても困っていたんです。では、ちょっと失礼して、電報を読ませていただくわ」二人が見守る中、静かに電報を開くと、目で文字を追い、満面の笑みを浮かべた。エマが二人を見る。「三人」彼女はそこを強調した。「三人、買い手がついたわ。すごい。今夜は本当に素敵。信じられない」またしても輝くばかりの笑みを浮かべ、スチュアートはただただ圧倒されるばかりだった。叔父が彼女をどう扱うのか想像もできないが、芝居だとわかっていてさえ、この状況を耐えるのはとても辛い。「お金を受け取っていただけないのでしたら、別の方法でお礼をさせてください」

このひと言がレナードの注意を引いた。

エマはためらい、耳たぶをこすっている。考え込んでいるような、かすかな仕草。この二人をどこまで信用すべきか検討している、といった感じだ。そして、二人にこう告げたとき、彼女の声にはまったくためらいがなかった。「私、ちょっとしたビジネスをやっているんです。とても儲かるビジネスをね。二四時間以内に五〇ポンドよりも、もっと儲けさせてさしあげるというのはどうかしら？　誰にも費用は一切かかりませんし、損もしない取引なんですの」

「聞かせていただきましょう」レナードがグラス越しに彼女を見つめながら言った。

「では」エマは手をぐっと伸ばし、優雅な仕草で書き物机を示した。「あちらなんです。いえ、ここにいらして。私がお見せしましょう」エマは机のほうに歩いていき、丸めてあったカンバスを広げた。「わかります？」

エマが絵の縁からこちらに目をやり、スチュアートとレナードは、あの若い赤毛の画家が描いたレンブラントの『円柱に縛られるキリスト』の複製をまじまじと見つめた。

「これは贋作」エマは陽気な声で言い、二人を呼んだ。「もっと近づいて、ご覧になって」彼女は後ろに手を伸ばし、机の引き出しを一つ開けた。「これが絵の来歴」

レナードはその言葉にぴくっと反応し、顔をしかめ、エマが引き出しから分厚い書類の束を取り出すのを見守った。「売り渡し証書や書類、展示契約書、パンフレットといったものです。比較的新しいものもあれば、古いものもありますが、どれも、絵の歴史に関する書類で、これがあると、買い手に証明ができるのです」エマはそこで笑った。「絵が本物であることをね」

レナードが一瞬、眉をひそめた。「あなたは何というか、本物の美術専門家だと思っておりましたが」

「本物ですとも。しかもロイズの仕事を請け負っているんですよ。私はいたってまともな専門家ですわ。ただ、一部の小規模な会社とちょっとしたサイドビジネスをしておりますの。これが、皆を満足させてくれるビジネスなんです。仕組みをご説明しましょう」

エマは用意しておいた説明を始めた。「鍵を握るのは保険会社です。まず第一に、当然のことながら、保険会社はどうしても、美術品を大量に買いつける収集家、すなわち、熱狂的愛好家を顧客に抱えることになりますよね。私はそのような顧客とお近づきになり、食事に誘うんです。こういった顧客とおつきあいをしているうちに、合法的には入手できない名作を欲しがる人、そうではない人がわかってくるのです。第二に、美術館の守衛は、たいてい保険会社に雇われています。私と提携している保険会社が、まあ、言ってみれば、お金と引き換えに、ある絵画をあまり人目のつかない場所に一日か二日、置いておいてくれる守衛を見つけたら……私の出番。美術館が所蔵する名作を欲しがりそうな人たちを気前よくもてなし、その気持ちがどの程度本気か探ります。そして、ようやく、目が執念で燃えている人、心から願いをかなえたいと思っている人が見つかるというわけ。美術館では、例の守衛のおかげで、名画はしばらく、といってもせいぜい一、二時間行方不明になります。新聞に載るにはそれだけあれば十分でしょう。たいてい、笑ってしまうような記事が出るんですけどね。でも、お客さんのほうは、ああ、これで交換が行われたのだ、本物の絵が偽物にすり替えられ、自分のもとへ向かっているところなのだとわかるのです。そして、私はとても賢い人間ですから、行方不明になった作品を見つけ出します。そう、ルーベンスのときと同じように、郵便の仕分け室だとか、そういった場所で荷造りされ、どこかの私書箱へ今にも発送されそうになっているところを押さえるのです。こうして本物の絵は美術館に戻ってくる。会社は保険金を払わずに済むだけではなく、かけがえのない名作を見つけだしたことで、英雄にもなれるのです。買い手のほうには、美術館にあるような作品が本物かどうか確認する人はいませんよと説明します。万が一、本物かどうかどうしても確認したいという人がいれば、私がそれを証明してあげるか、その手はずを整えます。と同時に、保険会社の鑑定士は顧客に対して、あなたが手に入れた作品も来歴も本物だと保証し、顧客はこっそり大金を払うことになるのです。私はたいてい複製画を三、四枚作っておいて、盗まれた作品を複数の人に売っています。これでおわかりかと思いますが、この計画はリスクを伴いません。というのも、盗んだ犯人をつかまえることを職務とする人間が絵を盗んでいたんですからね。絶対に失敗しないやり方、全員が成功するやり方なのです」

「不法なやり方に聞こえますが」スチュアートが言った。

「確かに不法です」エマはあっさり認めたが、またすぐ満面の笑みとなった。「でも、不法であってはいけないのです」楽しげにそう言ってから、こう言い添えた。「私が申し上げたいのは、この絵に関して、思いがけず三番目の買い手が見つかったということ」エマは三枚あるレンブラントの複製を示し、三枚目を机の上に戻した。「私の仲間がたまたま三枚描いてしまったのですが、来歴が二つしかなくて、買い手も二人しか見つからなかったのです。ところが今になって、もう一人の人物が電報をよこして、気が変わった、絵を買いたいと言ってきたのです。私が先ほどご提案した五〇ポンドは預からせてくださいね。このお金で売り渡し証書をもう一つ作ってもらうことにします。それから、三枚目を売って、お二人はその利益を得る。私のおごりということで。ぜひそうさせてください」

レナードの目が大きくなった。「利益と言いますと、どういった類のものですかな?」

「二〇〇〇ポンドです。一人、一〇〇〇ポンドずつ」エマは詫びるように肩をすくめた。「これっぽっちでは、何にもなりませんわね。これをご覧になったでしょう?」エマはリカー・キャビネットの上にある新聞の切り抜きを示し、腹立たしげに指を振った。彼女がカメラから身を隠そうとしている例の写真だ。その背後には非常に大きなルーベンスの絵がかかっている。これはエマの友人の写真家が撮ったもので、これをもう一枚の画像に重ね焼きした結果、エマは友人の暗室経由でパリを訪れたことになっている。スチュアートとエマは、叔父をだます準備の一環として、粒子の粗い新聞写真を作ってもらったのだ。

エマが首を横に振った。「こういう新聞記者は私の仕事を台無しにしていると言わざるを得ません。こう騒がれてしまっては、ほとぼりが冷めるまで一休みして、ニュースにならない小さな絵を扱うしかありませんわ」それから、彼女はにこっと笑い、新聞記事の話題から離れた。「でも、ほとんど問題ありません。私は相変わらず保険の手数料をいただいておりますから」笑顔がずるそうな表情になっていく。「それに、ちょっとした副収入もありますしね」

レナードがスチュアートを見たが、その顔にはこう書いてあった。**ちょっとしただって?ちょっとした「副収入」が一枚につき二〇〇〇ポンド、三枚で六〇〇〇ポンドだぞ。**

「よく考えてみれば――」エマは全員に二杯目のブランデーを注ぎながら言った。「実際、誰も損をしません。美術館は作品を失わずに済む。保険会社はお金を失わずに済む。それどころか、手際のいい会社だ、できる会社だと思われます。一方、収集家のほうは、原画を手に入れるというひそかな喜びを味わうことになります。本物じゃなくたって構いやしません。収集家の喜びは正真正銘、本物ですから。そして、私たちは、一儲けできるというわけ。これは確実な取引です。全員が投資して、全員が儲かります。いかがですか？」エマは長いまつ毛をぱちぱちさせながら尋ねた。「お二人が受け取ってくださらないお金を使って、三番目の買い手を喜ばせてさしあげても構わないかしら？　すぐにちゃんとした来歴を用意して、お二人の儲けをお渡しするということでいいですよね？　どのみち私が差し上げようと思っていた金額以上の費用はまったくかかりませんが、私の感謝の気持ちをもっと大きな形で示せるようになるのです。一〇〇〇ポンドあれば、ロンドンで楽しく過ごすことができますでしょう。ずっと最高級のホテルに滞在できます。いかがですか？　そうしましょうよ。そうしていただければ、私も嬉しいですわ」

エマ・ホッチキスを喜ばせることができるんだぞ。ああ、それ以上の高望みをする男など、この瞬間、ロンドンには一人だっていないだろう。

そのとき、エマが片手を上げて言った。「やっぱり、何もおっしゃらないで」彼女は戸口へ歩いていき、とても愛想よく扉を開けて、外に向かって手を伸ばした。「今日はこのままお引き取りください。そして明日の朝、フロントに封書を預けておきますから、それを受け取ってくだされば、私はお二人に喜んでいただけたものと判断します。受け取っていただけなかったら、お互い恨みっこなしということで。お二人の気持ちを理解し、あらためて感謝いたしますわ」

かくしてエマは二人の男性を外に出し、帽子を手渡した。

スチュアートはずっとかたずをのんでいた。僕の愛しいエマは、かわいいエマは、一流の詐欺師だ。もっとも、一流の詐欺師というものに出会ったことがあればの話だが。それにしても、彼女は僕が理解していたよりもはるかにすごい。

翌朝、叔父と甥は、朝食に向かうべく顔を合わせた。スチュアートは、いまいましい親戚とこれほど頻繁に顔を合わせたことがなかった。だが、すべて計画どおり運べば、これがもっと続くことになるのだ。

二階のレストランに行く途中で、モーニング・スーツ、縦縞のネクタイ、紫がかった灰色のコートというでたちのコンシェルジュがフロント・デスクから二人に微笑みかけた。二人が問い合わせる間もなく、コンシェルジュのほうから声をかけてきた。「お客様、こちらをお預かりしております」二通の封筒。それぞれ、一〇〇ポンド札が一〇枚ずつ入っている。一〇〇〇ポンドだ。

「どうやって、こんなに早く用意したんだ？」レナードが尋ねた。

スチュアートは――今や、これが彼の仕事だったのだが――叔父の不安を和らげてやった。

「きっと彼女の買い手はロンドンにいて、皆、待ち構えてたんですよ。こういうことを素早く、人を介さずにやれるところが強みですね」

レナードはうなずき、自分の封筒の中身を再び念入りに調べた。札の枚数を数え、驚いている。「彼女は頭がいかれているな」

スチュアートが笑った。「間違いなく。こんな頭のいい、いかれた女性にお目にかかるのは初めてです」

二人の男はそろってうなずいた。

レナードが言い添えた。「気に入ったよ」彼は封筒をのぞかずにはいられなかった。朝食のテーブルに着き、また金を数えている。

スチュアートはお茶が来るのを待ってから言った。「僕と同じことを考えてるんですか?」

レナードがちらっと目を上げた。

スチュアートは続けた。「例の彫像ですよ。彼女が彫刻や工芸品もどうにかできるのかどうかわかりませんが、訊いてみることはできます。美術界にいろいろコネがあるみたいですからね。で、僕は来歴を、あなたは彫像そのものを提供する。あなたの望みは、あれを売って金にすることだけだった。だから、複製を三つ作らせ、偽の来歴も三つ用意するんです。複製のほうを売るんですよ。そして、僕は本物の彫像と、偽物一つ分の売り上げを頂戴する。あなたはその倍、つまり、偽物二つ分の売り上げを取る。何らかの形で彼女に分け前を取ってもらってもいいでしょう。この計画を気に入ってくれればですけど」

レナードが唇を噛む。認めるのは気が進まなかったのだ。それから、これがどういうことかわかりかけてきたのか、「そう……だな」と自白の言葉を長く伸ばした。「いいかもしれん」

わずかながら、最初の成果だ。レナードが彫像を持っていると認めたのだから。

スチュアートが微笑んだ。「彼女に会いに行きましょうか？」

レナードは目をしばたたき、すぐにうなずいた。「そうしよう」

朝食を取るという考えはさっさと放棄し、二人はナプキンを置いた。

エマの言い方を借りれば、レナード叔父は食いついてきた。まんまと引っかかったのだ。

片やスチュアートは、喜びと期待で有頂天になっていた。

スチュアートは自分が用意した二〇〇〇ポンドをエマが取り戻す様子を見守り、嬉しくてたまらなかった。彼女は二人から封筒を受け取ると、書き物机の真ん中の引き出しに金をしまった。「お二人とも、本当にわかってらっしゃる」それでいいのよとばかりに、にこっと微笑み、戻ってきた金を守るように引き出しに背をもたせかけ、二人のほうにきちんと顔を向けた。「思いかげず手にしたこのお金で一財産築く方法を考えついたというわけね」

「全額、必要かね？」レナードが尋ねた。エマの後ろにある机を心配そうに見ている。

「複製はいくつ必要なのかしら？」

「三つ」

「しかるべき書類を用意して、その作品に完全な価値を与えるとすると――」エマは目を細めた。ソロバンのように頭を働かせ、費用を合算している。「二〇〇〇ポンドあれば何とかなるでしょう」それから、ぎょっとするような質問をした。「もう少し必要ということになったら、すぐに工面できますか?」

レナードとスチュアートが顔を見合わせた。

だが、エマは詳しく説明した。まずレナードは所有者として、彫像に対して彼女が提携しているどこかの保険会社と契約を結ぶ必要があるのだとか。「保険は完全に合法的なものです」エマはレナードを安心させた。「彫像に万が一のことがあれば、保険会社はあなたに賠償金を払わなければいけなくなるの。なんて賢い方なんでしょう」レナードの胸をぽんと叩き、彼の前を通りすぎる。「一日前にはなかったお金を使って、唯一のリスクから身を守ることになるんですからね。つまりあなたの彫像と――」エマはスチュアートにうなずいてみせた。「来歴を守るためです。恐れ入りました。この状況を最大限に生かす方法がちゃんとわかってらっしゃるのね。お二人のお話がすべて真実なら、彫像は一〇万ポンド以上で売れるようにいたしましょう」

レナードの目がクランペット（パンケーキに似たイギリスの丸いパン）のように丸くなっていく。エマは、保険のほかにも費用がかかるのだと説明した。来歴を偽造する人、彫像の偽物を作る彫刻家に払う報酬もあるし、彫像に人造宝石を施すことになるので、その職人に払う費用もあるという。

「珍しい古い物だと、買い手はやたらといじり回したりしません。とても慎重に扱うはずですから、見た目や材質や重さがそれなりに本物らしければ、高価な材料を使う必要はないと思います」例の彫像は、様々な貴石や半貴石はもちろんのこと、一部は翡翠《ひすい》でできていた。

「お気づきかと思いますが――」エマはしゅっと衣擦れの音をさせて向きを変えた。今日はラベンダー色のドレスを着ている。それがとてもぴったりしているから、男はすっかりその気になって、彼女の体の線を見てしまう。おかげでスチュアートは、彼女の話にほとんどついていくことができなかった。エマと二人で演じているゲームにおいて、彼がこの瞬間に果たすべき主な役割は、彼女をじろじろ見ることであり、今の彼にはそれがとても都合がよく感じられた。「この件では、守衛にお金をつかませる必要はありませんし、とても個人的な取引なので、新聞も取り上げないでしょう。そこが理想的なのです」

「こうしませんか」レナードが切り出した。「もし、あなたが儲けの一部を受け取るべきだと思われるなら――」

「そのようなお申し出は、絶対に受け入れられません。私はしかるべき人たちの力を借りられるようにお膳立てをいたしますが、お二人にもめいっぱい足を使っていただくことになるのです。それに、私は保険から手数料をいただくのですよ。それだけでもう十分です。喜んでやらせていただきますわ。昨日、バッグがなくなったとき、私は正気を失うんじゃないかと思いました。お二人は私を救ってくださったのです。今日は私の知り合いを少し、ご紹介させていただきますね。ぜひそうさせてください」エマは何度も同じことを言った。

「さて、申し訳ないのですが――」エマはせわしなく動きながら「私もちょっと用事がございますので。これをお持ちになって」と言い、ホテルに備えつけてある便箋に、ある人物の名前と住所をメモした。「この男性を訪ねてください。私に言われて来たとおっしゃってね。あなたの彫像に関しては、この方がとても素晴らしい仕事をしてくれますわ。間違いありません」

スチュアートがメモを受け取ろうと手を伸ばした。すると、エマは彼を見上げ、眉をひそめて、ぴくっと体を引いた。このような反応が返ってくるだろうとは思っていたが、具体的にどんな仕打ちをされるのか、スチュアートはわかっていなかったのだ。エマは彼への不信感を示す段階に入っている。それが演技だとわかっていても、レナードがメモを受け取り、エマが温かい笑顔を見せるのを目にすると、みぞおちが締めつけられた。

エマが続ける。「一刻も早く、本物の彫像を持ってきていただかないと困りますわ。彼には、彫像がじきに届くこと、最初の支払いをするつもりだということを伝えます」エマは金が入っている引き出しのほうにうなずいてみせ、今度はスチュアートにちらっと目を走らせた。「本物の来歴も持ってきてくださいね」その言い方は冷ややかだった。それから、レナードに向かって、またしても太陽の光のような温かい笑顔を浮かべた。「あとは私たちのほうでやりますので」

レナードはエマの態度をすべて見ていたが、すっかりだまされているわけでもなく、ためらっていた。「一〇万ポンドの彫像を他人に、はいどうぞと渡すつもりはない」

エマは両手を上げたが、もちろん、動じることはなく、相変わらず微笑んでいる。「指揮するのはあなたなんですよ。彼に彫像のどこをどうしてほしいか伝えてください。作りを簡単にすれば、その分、ことは速やかに運びます。でも、くれぐれも気を楽にして。私に言えるのは、これまでも彼と取引してきたということだけです。もう八回も……」エマはほとんど上の空で、朝食が用意されたテーブルのほうに歩いていった。トレーには電報が数通載っており、彼女はその中の一通を手に取ると、封筒の垂れ蓋にまず爪を刺し、次に指を滑らせ、言葉を続けた。「私はこれまでも、彼を完全に信頼してきました。それに、彼がまた私と一緒に仕事をしたいと思ってくれるものと信じています。大丈夫、あなたの彫像は安全ですよ」エマはもう一度、優しく微笑み、電報を開封した。「おまけに、保険に入っているのですから。今日の日付で証書を作っておきましょう。でも、こまごましたことを全部きちんとするためには、彫像を一刻も早く確認する必要があるのです」エマは電報に目を落とし、つぶやいた。「では、出口はおわかりですね。彫像と来歴を調達でき次第、お会いいたしましょう」

階下に向かうエレベーターの中で、スチュアートはチェーンやケーブルが触れ合う金属音に消されない程度の声でささやいた。「来歴はヨークシャーにあるんです」それは嘘だった。本当は持ってきているのだ。「取りにいくのに一日、戻ってくるのに一日かかってしまいます。彫像は遠くにあるんですか？」

エレベーターの運転係がゆらゆら揺れるケーブルに沿って二人をゆっくりと降ろすあいだに、レナードがささやいた。「ロンドンにある」

くんですか？」

やったぞ！　さんざん持っていないと否定されたが、とうとう彫像のありかを聞くことができた！　スチュアートは空想の中でエマの頬にキスをした。「例の男のところへ持っていくんですか？」

レナードはうなずいたが、多少疑うような口ぶりで言った。「まず、どんな人物か一目見てこようと思ったのだ。彼女を信じていいのかどうかわからんからな」

「おっしゃりたいことはわかります」スチュアートはまじめくさって言った。「何もかも、簡単に進みすぎているような気がするんです。僕は彼女を信用していません」

大儲けできるという誘惑と、甥と対立してきた過去が相まって、レナードは心配そうにスチュアートをちらっと見た。「じゃあ、おまえは来歴を取りにいかないつもりなのか？」

スチュアートは、騒々しいエレベーターがもう一つ階を降りるのを待ってから小声で言った。「まさか。取りにいきますよ。ただ慎重に事を進めるべきだと思うんです」

スチュアートと叔父がエレベーターの格子の向こうに目を注いでいると、ロビーがせり上がるように、ゆっくりと視界に入ってきた。そして、レナードが言った。「もちろんだとも。彼女も言うように、ちゃんと保険をかけるんだ。たとえ彼女の仲間が突然、彫像を奪ったとしても心配ない」

スチュアートは時が刻まれていくのをやり過ごしつつ、少しのあいだ考えにふけり、やがて口を開いた。「彼女から保険証書を手に入れて、どこの保険会社か教えてください。僕のクラブで、それとなく探りを入れてみましょう。誰か、その会社のことを知っているかどうか――」

「とんでもない」レナードが甥の腕をつかんだ。「そんなこと、貴族院のお仲間にしゃべっちゃいかん。ばか者」

スチュアートは片方の眉を上げ、叔父につかまれているコートの袖をじっと見つめた。

レナードが続けた。「いいか、慎重に行動するんだ。この件については、誰にも話してはいかん。それがいちばん安全なんだ」

「わかりました」スチュアートは喜んで同意した。

エレベーターの蛇腹式の扉が開き、運転係が言った。「ロビーです」

外に出る際、レナードが決めつけるようにささやいた。「おまえが彼女を信用しないのは、彼女が私を気に入っているからだ」

「彼女があなたを?」並んで歩きながら、スチュアートは肩越しに叔父をちらっと見た。

「それは気づきませんでした」

「それに、おまえは気に入られていない」

スチュアートは立ち止まり、それはどうですかねと言いたげに眉を上げ、叔父を見た。

二人はロビーの端で、大きなヤシの鉢植えの横に立った。叔父は甥を見てにやにや笑っている。「だが、彼女から目を離せないんだろう。レディ・ハートリー。愛しいエマ。おまえは彼女に気がある」

スチュアートは冷静な振りをした。「それで、何がおっしゃりたいんですか?」

レナードはクックックッと笑った。「彼女は下半身が少々でかい。そう思わんか？　ちょっと、むっちりしてるだろう？」

「エマが？」スチュアートは顔をしかめた。一瞬、エレベーターのケーブルを叔父の首に巻きつけ、レバーを動かし、奈落の底に落としてやりたいと思った。「エマのウエストは――」彼は両手の指で小さな輪を作った。「こんなもんですよ」

レナードはその直径を見て笑ったが、好奇心をあらわにした。「どうしてわかるんだ？」

スチュアートは片方の眉を上げた。自分に対してそうしたのだ。彼は雑念を取り払おうと、咳払いをした。「ゆうべ、あれから彼女の部屋に戻ったんです」これならそう悪くもなさそうだ――嘘としても、この先起こりそうなこととしても。「手袋をなくしてしまった、探しても構わないかと尋ねました」

「それで？」

「手袋はありませんでした」

叔父は皮肉な顔を向けた。「どうなったんだ？」

スチュアートは肩をすくめ、唇のあいだから大きな音とともに息を吐き出した。「どうもこうも」首を横に振り、ずるそうに微笑んだ。「でも、彼女のウエストが細いということは言えますね。小さなガゼルみたいに引き締まっています」それに、雌鹿のようにかわいらしい。ハトのように柔らかい。彼女の髪に触れると、そこにはっきりと現れた月光を指ですいている気分になる。

「わかっておる」レナードが言った。「彼女はたいした女性だ。かわいらしい、魅力的な人だ」ついに意見が一致したなとばかりに、叔父は甥にちらっと目をやった。「おまえをちょっとからかっただけさ」叔父が笑った。「まったく。彼女がいないとどうしても困るというのでなければ、私が挑戦していたな」

スチュアートは心臓が目の裏まで上がってきて鼓動しているような気がした。「彫像を取ってきてくれるんですよね？　それと、余計なお世話はやめてください。私生活でどうしようと僕の勝手です」

「この計画をぶち壊しにするなら、とんでもない話だ。勝手は許されないんだぞ。彼女に構うな。今朝の彼女は、明らかに、おまえと距離を置くのに苦労していた。ゆうべ、おまえがへまをやらかしたと考えれば、それも納得だな」

スチュアートは口をきつく結び、言い返したいところをぐっと抑えた。エマがレナードをひいきするふりをするのも計画の一部であり、道化役を演じるのはあまりにも簡単だったが、この状況に耐えるのは想像していた以上に難しかった。

叔父が続けた。「彼女をわずらわせることなく、仕事をしてもらおうじゃないか。我々は彼女の好意に頼ってるんだからな」彼は真剣な目でスチュアートを見つめている。

つまり、この悪ふざけを何もかも、とても真剣に受け取っているということだ。

スチュアートはぞんざいにうなずいた。今、彼にできることはそれが精いっぱいだったのだ。それから「おっしゃるとおり」と言ったが、言葉はほとんど喉に詰まっており、歯のあいだから吐き出された。

だが、これがかえってよかったのだ。今の状態をしっかり維持できたのだから。レナードは甥に向かって含み笑いをし、珍しいことだが、甥を気遣う優しい叔父といった感じで首を横に振った。そして、ホテルのロビーから通りに出るまでのあいだもずっと、にやにやしっぱなしだった。

というわけで、スチュアートの叔父はまんまと乗せられ、何よりも大事な、待望の品を取りにいくことになった。行方不明のイヤリングについては、スチュアートもエマも、どういう方法を取ればいいのかわからなかった。ただエマは、万事上手く運んではいるものの、スチュアートが出かけているあいだに、レナードにもっと接近してみようと思っていた。その先のことを考えると心が乱れる。けれども、イヤリングに関する情報をもたらす手段としては、いちばん期待が持てるだろう。

14

　スチュアートはレナードが行ってしまったことを確認してからカーライルに戻ろうと思い、馬車でホテルの付近を一回りしていた。エマとちょっとしたお祝いをしたい気分だったのだ。それに、ここには見せたい書類が二つある。一つはどちらかといえば自己満足の書類。一種のプレゼントだ。そうであってほしい。僕がひょっこりホテルに現れたら、彼女はいい顔をしないだろうが、構うもんか。レナードにはやるべきことがある。まったく安全だ。

　おまけに、スチュアートは安全かどうかさえ、どうでもいい心境になりつつあった。もし、エマのもとへ戻るところをレナードに見つかっても、叔父からますます、ばかな男だと思われるだけのことさ。

　ばかな男。ほら、思ったとおりだ。エマ・ホッチキスのことになると、僕は愚か者になってしまう。叔父がそれをわかっていようがいまいが、僕はわかっている。あの女性に恋をしかかっているのだ。

　いや、完全に恋をしている。それこそまさに、今、感じている気持ちに違いない。だが、その感情は僕を不安にさせ、うきうきさせる。愛情とは——仮にも自分にそんな感情が芽生えるとすれば――もっと清らかで、純粋な感情かと思っていたし、自分が愛する人はもっと……天使のような女性かと思っていた。スチュアートは独りで笑ってしまった。エマは天使のように見えるだけだな。何とも、ありがたいことだ。悪魔のような女性のそばに立ち、彼女を見つめて話しかけ、その肌に触れていると、このうえなくいい気分になってしまう。

ああ、そうだとも。エマに触れるのだ。この数日、せいぜい偶然ぶつかるぐらいのことしかできなかったのだから、彼女に触れたらさぞかし素敵だろう。もしも運がよければ、もしも叔父のいない隙に、この企てが上手くいけば……。

彼女にどう気持ちを伝えればいいのだろう？　自分でもはっきりわかっていない。だから、彼女の耳に入れるべき、ふさわしい言葉がなかなか浮かんでこない。スチュアートはしばらく考え、口に出して言ってみなければならなかった。でも、残念ながら、今すぐ胸の内をすべて打ち明けたところで、言葉がつかえるばかりで、ひどい有様になってしまうだろう。それから、彼は独り笑みを浮かべ、わきにある書類を軽く叩いた。きっと、これがきっかけになってくれる。

イートン・スクエアに差しかかり、スチュアートは何台か前を走っているレナードの馬車を観察した。厄介払いができるぞ。広場を巡りながら、御者にキングズ・ロードに入り、カーライルに戻るよう合図を送った。かくして、彼は幸せな気分で馬車に揺られ、午前のひんやりした空気を楽しんでいた。自分の家があるベルグラヴィア地区――とても洗練された住宅街だ――をじっと眺め、目の前を過ぎていく家々の庭、大きな通りを観察する。イングランドの大通りを叩くひづめの音を背景に、往来のいつもの音が、聞き慣れたトロイカのかすかな鈴の音と重なって響いていた。

ところが、カーライルが再び視界に入ってくるころにはもう、スチュアートは小声で悪態をついていた。あのいまいましい叔父が、反対回りで彼と同じことをしていたのだ。急いで馬車の天井を叩くと、後ろの窓にフットマンが顔を出した。「御者に言って、進路を変えさせろ。大きく迂回するんだ。パレス・ガーデンを回ったところで降ろしてくれ。僕は歩いていく」スチュアートの馬車は目立ちすぎるので、中で待つわけにはいかなかった。「ハルキン・ストリートで待っていてくれ」


エマは扉を開けた。と同時に軽い動揺を隠さなければならなかった。レナード・アイスガースが彼女を求めてやってくるにしては少し早すぎるが、彼はエマが滞在するスイートの外の廊下に立っていた。甥に心底不満を抱いている様子はまったくない――まだ今のところは。じゃあ、どうしてここにいるの？　エマはこんなにも早くカモの信頼を得てしまい、まったく落ち着かなかった。つまり、このような信頼はあっさり失われる可能性があるということ。実にもろいものなのだ。

「まあ、アイスガースさん」エマは、予想外のことに喜んでいるといった感じの口調で言った。「どうして戻っていらしたの？」

レナードは一瞬、そこに立ち尽くした。仕立てのいい服に身を包み、手袋をした英国紳士が、脱いだ帽子のつばをつかんで、くるくる回している。それから「お忙しいのは承知しております」と言い、神経質そうに短く笑った。「しかし、あなたのような多忙なご婦人でも、ちょっと気分転換をするぐらいの時間はきっとおありでしょう」彼はここでにこっと微笑んだ。きっと上品に、感じよく笑ったつもりなのだろう。「お茶でもいかがですか？」英国では、時間に余裕があれば、一一時に午前のお茶をいただくのが伝統になっている。

エマは背後にちらっと目をやり、仕事の「山」を見た。それから、取り組むべき仕事など、どこにも存在しないことがばれないように扉を少し閉め、ためらいがちに微笑を返した。

「お仕事のお話なら――」

「いや、そうじゃない」レナードは間髪を入れずに言った。

なんて妙なのだろう。

「仕事の話はもう済んでいる。そうではなくて、美味しいお茶を飲みながら甘いものをつまむのにおつきあいいただけたらと思っただけですよ。カーライルはモーニング・ティとアフタヌーン・ティのサービスで有名ですからね。ロンドンではここが一番です。ご一緒にいかがですか？」

エマは目をしばたたき、もう一瞬ためらったが、答えた。「ええ、ぜひ。お腹が空いておりますの。ショールを取ってまいります」

喫茶室はホテルの一階にあり、小さな中庭の庭園が見渡せた。レナードはまずエマの椅子を引いてやり、それから自分の外套を脱ぎ、手袋と帽子を取った。

「いいお天気ですな」給仕頭が案内してくれた席で、レナードがテーブルのわきにある窓を示した。ロンドンに到着してからというもの、エマが太陽を目にするのはこの日が初めてだった。確かにいいお天気だ。

エマはうなずき、もう少し笑みを見せた。そして喉元に手をやって鎖骨を指でたどり、瞬きをし、巻き毛を触り、お茶の種類が簡単に解説してある模造羊皮紙のリストを受け取った。レナードは、どうして私をここに連れてきたのだろう？　ずっとそれを考えていた。

ああ、そうか、スチュアートの悪口を言うためね。「生まれたその日からずっと、甥は手に負えないやつでした。ゆうべ、彼があなたにしたことはわかっておりますし、私はあなたのために参ったのだとわかっていただきたい。あなたが助けを必要としているといけませんのでね。あいつの父親は――」レナードは首を横に振り、あの父子が大変似ているとほのめかした。ウエイターがやってきて、二人はクリーム・ティを注文したが、エマはずっと考えていた。ゆうべ、スチュアートはいったい何をしたのだろう？　彼はどこかで即興を演じている。でも、その理由がわからない。

ウエイターが下がると、レナードは声を落として言った。「父親は――それに、私は息子もそうじゃないかと思っておるのですが――こと女性に関しては、信用できない男だったのです。ですから、あなたにも用心していただけたらと思いましてね。あいつはいかれている。カエルの子はカエルってことです。私の申し上げていることがおわかりかな？」

エマは顔を上げ、半分うなずいた。だが、笑いたくもあった。この人、まじめに言ってるの？「お気遣い、感謝いたしますわ」

レナードは礼には及ばぬとばかりに手をひらつかせ、スチュアートの母親までこきおろした。「兄は結婚したくなかったのです。だから、スチュアートが生まれたのは大きな驚きでした。結婚式の前の晩、兄は私に手紙をよこし、こう言ってきた。〝頼む、何とかして両親を説得してもらえないか。あの女とは結婚したくない。彼女はこれまで目にした中で、誰よりも不器量で、退屈で、ネズミのように臆病な女だ。結婚式の日だって、丸一日、彼女に礼儀正しくなんかできるわけないのに、一生なんて。私にはとても無理だ。レオ、どうか助けてほしい。家族のせいで私の人生が台無しにならぬよう、両親の私利私欲を満たすために私が犠牲にならぬよう、力を貸してくれ〟」

お茶が来た。白い磁器のポットでダージリンが湯気を立てており、お茶と一緒に、スコーンなどの焼き菓子、皿に入ったクロテッド・クリームとラズベリー・ジャムが三段トレーに載って運ばれてきた。

レナードが続けた。「いったいどうやってスチュアートをもうけたのやら、私にはさっぱりわからない。もうずいぶん昔の話ですが、私は兄の花嫁となる人を一目見て確信した。兄の次にマウント・ヴィリアーズ子爵となるのは私だ、兄は裕福な人生を送るだろうが、跡継ぎは生まれない、とね。ところが、ご覧のとおり、結婚してほぼすぐに、あの小柄なヒキガエルは身ごもったのです」

エマはお茶を一口すすって飲み込み、気持ち悪そうな表情を無理に保っていなければならなかった。かわいそうに。ヒキガエルだなんて……。

レナードはさらに話を続け、エマを大いにもてなした――スチュアートが生まれたおかげで被った不公正について、一族の関係者全員が味わった惨めな思いについて、彼が耐えねばならなかった苦悩について……。

焼き菓子はレナードに任せ、エマは耳たぶをいじりながら答えを見つけだそうとしていた。こんなことをだらだらしゃべって、彼が得るものは何だろう？

そのとき、レナードがテーブルの向こうから微笑みかけてきた。ぐるになっている仲間を見るように。ああ、わかった。レナード叔父様は私の気を引こうとしているのね。なんて……好都合な？　ばかげている？　吐き気がするほど自己中心的な男性に好意を寄せられて、その気になる女性なんているのかしら？

それでもエマは笑みを返し、自分も彼の気を引くようなことをしようと、左の耳に留めてある真珠のイヤリングを指の背で軽く触れてみた。真珠は模造ながらとてもよくできている。大きさは小さめのビー玉ぐらい。耳たぶをいじりながら、真珠とイヤリングの台のあいだに親指の爪を刺し込んでみる。これで真珠がはずれるかどうかやってみよう……。そして……

「あ、いけない」エマは体をぴくっと動かし、手のひらを見下ろした。

やっぱり、はずれるのね。ピンク色がかった模造真珠が丸めた手のひらに載っている。エマはがっかりして、チッと舌を鳴らした。「どうしましょう、また宝石店に行かなきゃいけないわ」テーブル越しにレナードに笑いかける。「きれいなイヤリングに目がなくて。困ったものね」

「真珠ですか？」レナードがエマの手の中をのぞきこんだ。

「あら、気になさらないで」エマは念入りに見られてしまう前に手のひらの真珠を握り締めた。レナードに本物と偽物の区別がつくのかどうかわからなかったからだ。彼女は真珠をスカートの上に置いてから、頭を傾けてイヤリングの金具を耳からはずした。「素敵なイヤリングがあるんです。ガラード（王室御用達の宝石商）に。ぶら下がるタイプのもので、最近、目をつけているんですけどね」エマははにかんだような笑い声を上げ、巾着型のバッグに金具と真珠をしまってから、レナードにちらっと笑みを投げた。「私の中には欲しい物を求めてさまよう放浪癖があるんだと思います」

レナードはぽかんとして彼女を見ている。イヤリングよ、レナード。あなたが盗んだスチュアートのお母様のイヤリングはどこなの？　どうして盗んだの？　それをどうするつもり？

しかし、共謀相手は手を伸ばし、エマの手を軽く叩いた。心得顔で微笑んでいる。「イヤリングか」

エマはうなずいたが、胃が少しむかむかした。私があるイヤリングと引き換えに、何やら、親密なおつきあいを提供しようとしていると彼は思っている。そう悟ったのだ。

レナードは片方の眉を上げた。甥とそっくりの仕草だが、同じくらいの気迫があるかというと、少し足りない。「もうじき、金はたんまり手に入るでしょうから、私の好きなご婦人に、美しいものをたくさん買ってあげられますな」それから、ため息をつき、両手を差し出した。「しかし今は……」彼の声が次第に小さくなっていく。

そうよ、レナード。その調子。あなたがすでに持っているイヤリングのことよ。思い出せる？　そんなもの持っていて、どうするっていうの？　そんなに大切なものなの？　女性用のイヤリングをつけて独りで踊り回っているの？

進展なし。レナードはこんな話しかしなかった。「ところで、あなたもお気づきかな。スチュアートの第一印象は、英国紳士らしいとは申せません。そこのところをよく知っておいていただきたい。もちろん——」彼は咳払いをした。実にわざとらしい。「英国にあまり住んでいなかったせいです。彼は父親と同じ街、同じ国で暮らすのが耐えられなかった。同じ大陸にいるのさえいやだったのです」レナードは、悟りきったように、人生にうんざりしたように首を横に振った。「だが、息子というものは父親から本当に逃れることはできない。そうでしょう？　つまり彼の血管の中では、あの男が泳いでいるということです」

それだ。いつだったかスチュアートをひどく動揺させたのは、その考え方じゃなかったかしら？

「いずれにしても、甥はトルコに行き、しばらく野蛮人の中で暮らしていた」レナードは正しいのは自分だけだと言いたげに低くうめいた。「彼を不道徳と呼ぶべきか、それとも――」口調はやはり独善的で厳しい。「単に青臭いと呼ぶべきか、よくわかりませんがね。彼がトルコに行ったのは、あそこならハーレムが持てるからです」

エマは目をしばたたき、体を前に傾けた。聞き間違えたかもしれない……。

レナードは、エマの顔に浮かんだ驚きの表情を見て大笑いをした。「ハーレムですよ」と同じ言葉を繰り返す。「私の甥はイスタンブールで何年もハーレムを持っていた。囲っていた女性は六人以上いたと思います。何ともぜいたくな話じゃないですか」なおもくすくす笑っている。「紳士がやりたがる類のこととしては、とても文化的とは申せませんな」

それはどうかしら？　私が知り合った紳士の半分は、ちょっとしたハーレムこそ、自分たちに必要なものだと思っていたみたいだし。でも、スチュアートもそういう紳士の仲間だったのかと思うと、がっかりなんてもんじゃない。

レナードはいやに気取った調子で続けた。「当のご本人もとても野蛮な男でしてね」エマのほうに身を乗り出し、秘密を打ち明けるように言い添えた。「彼のことが気がかりなんですよ、本当のことを言うと。彼は確かに頭が冴えている。しかし――」彼はそこで言葉を切った。間違いない、劇的効果を狙っているのだ。「はっきり言って変人です。そう思いませんか？」

ええ、確かに変人。はっきり言って、面白い変人ぶりだけど。エマはそれからさらに一〇分、大げさで口数の多いナルシストと一緒にお茶を飲まなければならなかった。しばらく耐え忍ぶはめになった災難としては、過去最悪だ。エマはとうとう腰を浮かせた。「さてと。どうもありがとう、レナード」そう言って微笑みかけると、彼も立ち上がった。「レナードとお呼びしても構いませんわね？」

「レオだ」

「じゃあ、レオってことで。素敵な呼び方ね」エマはショールを引き上げた。「私、仕事に戻らないと」

「ああ、そうだね。仕事、仕事、仕事。忙しいお嬢さんだな。感心してしまうよ」レナードは心から言った。「私は心から《ハーティリー》感心しているんだよ、レディ・ハーティリー」下手なしゃれだ。

　エマは何とか、申し訳程度に微笑んだ。

「私は君に対する責任をとても真剣に受け止めている。心配なんだ」レナードは背筋を伸ばした。「スチュアートはいざとなったら怖気づくかもしれないし、言ってはならない人に、言ってはならないことを言うかもしれない。自分のクラブで、ほかの議員仲間とこの件を話題にしてみようかなどと一瞬、言いだしたこともあったのだ」彼はまるで重大ニュースを伝えるように言った。「ご存じかな？　実はあいつは貴族院通いをしているのだよ。定期的に。あそこで親交を深めているんだ。いろいろな政治的理由でね」ああ、なるほど、このゲームはとても面倒なことになりかねないと言いたいのね。「いやはや。あいつは信用してはいけない連中を信用して、我々に取り返しのつかない損害を与えるかもしれない」

　しかし、その日の午前中については、信用など問題ではなかった。エマは必要以上に信用されてしまったといっていい。彼女にとって問題は忍耐力だった。レナード・アイスガースは、ひどくいやらしい男であるばかりか、とんでもなく退屈な男だった。

何事もなく過ごせるだろう、ゆっくり休めるだろうとさえ思っていたエマの朝は、驚きの連続となった。部屋に戻ると、出窓のわきのテーブルに銀のトレーが載っていた。その上には小さな封筒が一通。部屋を留守にしていたあいだに届けられたものだ。手書きの文字を見ても誰の筆跡かわからなかったが、エマは封を開けて笑ってしまった。見覚えのない文字で、サインもなかったが、差出人はほとんど疑いようもない。そこにはこう書かれていた。

ハルキン・ストリートにいる。馬車の中で待っているから。僕の馬車はわかるね。そこまで来てくれ。さもなければ僕が訪ねていく。レナードが邪魔をするなら、あの最低な大ばか野郎の鼻をぶん殴ってやる。

エマはエレベーターでレストランのある階まで降り、そこのクロークからフードのついた丈の長いケープを拝借し——一〇分以内に帰ってきて戻しておくつもりだったから、この程度の変装で十分だったのだ——それに身をくるんで出かけた。ハルキン・ストリートまで来いだなんて。エマは歩きながらずっとスチュアートに悪態をついていた。無視するべきだった……。

しかし、ベルグレイヴ・スクエアの角を曲がったとき、目の前に現れた光景に気持ちが少し高まるのを否定することはできなかった。艶やかな六頭の馬の後ろで、彼の馬車が道のわきに止まっている。馬車は落ち着かない様子で待っていた。人目を避けるように窓の日よけという日よけが下ろされ、すべてが覆い隠されている。エマが近づくと、フットマンはぎくっとしたが、すぐに彼女を馬車の中に入れてくれた。

日の光を浴びながら扉が閉まる。馬車の中は洞くつのように真っ暗だ。

「ランプをつけようか？」落ち着き払った低い声。声の主は誰だかすぐにわかった。スチュアートはこんなメロドラマみたいなことをわざわざもくろんだの？　それとも、こういうのが彼の性《しょう》に合っているのかしら？　まるでコウモリの洞くつ。彼はドラキュラ伯爵だ。

「ええ、お願い」

火花が散り、炎が揺らめいた。長い指がマッチをつかみ、黒っぽい優美な手がそれを覆っている。彼の手が彼女のほうに近づくと、筋張った、いかつい顔が照らし出された。彼暗闇の王子《サタン》の顔だ。スチュアートは、エマの右上にある小さなランプに火を灯しながら、彼女のそばをいつまでも離れずにいる。毛皮の裏地がついた外套の前が開き、その内側から彼の体温が伝わってくるようだ。そして、ランプの芯が燃えだした。クリスタルの覆いがかたんと閉まり、馬車の狭い室内に光を放つ。スチュアートの顔も明るく照らしだされ、一瞬近くに感じたが、彼はすぐに、チンチラの毛皮がたまった座席に深く座り、ブーツを履いた脚を膝の上で交差させた。

彼の帽子は、わきの座席の上で逆さまになっており、その内側に向かって手袋がだらりと垂れている。彼は仕立てのいいロシア製の外套に包まれた腕を上げると、ベンチシートに背をもたせかけ、緊張を解いた。

「何の用？　エマ・ハートリーは、マウント・ヴィリアーズ子爵と馬車の中で会ったりしないのよ。こういうことは危険なの。理由はもう説明したでしょう」最高に気取った態度でそこに座っていると、エマの胸の中で心臓がとても激しく高鳴った。そうよ、思い出した。この前、私のパートナーは、ゲームのルールにあまり気を留めていなかった。

　そのとき、驚いたことに馬車ががくんと動き、通りに出て走りだしてしまった。

　首を回したが無駄だった。窓の景色はすべて日よけでさえぎられていたからだ。「どこへ行くつもり？　いったい何してるのよ？」エマは顔をしかめた。声が高くなっている。

「君を僕のうちに連れていく」

「ああ、それもいいわねえ、スチュアート」エマがスカートの下で脚を組むと、タフタと柔らかいウールが勢いよく、ふわっと跳ね上がった。「そんな面倒くさいことしないで、レナードのところへ私を連れていったらいいじゃない。二人はぐるなんだって伝えたら？　どんな間柄か教えてあげなさいよ。それで、彼が私たちとパブで一杯やりたいかどうか確認したら？」

「それ以上、威張り散らす前に、僕が君と二人だけで話したいと思った理由を知りたくないのかい？」

　エマは何も言わず、腕組みをした。

「君にある物を持っていくところだったんだ。訊きたいことがあってね。でもそのとき、レナードに先を越されたとわかった」スチュアートは不満げに鼻を鳴らした。「僕は、この役はあまり好きじゃない」

「どんなことになるか、説明したでしょう――」

「ああ。でも、聞くのと実際にやるのとでは大違いだ」

「それも言ってあったでしょう。やめたいなら、いつでもやめられるのよ」

スチュアートはまた鼻を鳴らし、クリップで留めた紙の束をエマに投げてよこした。紙は彼女のシルクで覆われた膝の上に、パサッと落ちた。

「来歴だ。君は一ページ抜いておけって言ったけど、どのページを抜くんだ？　これで効果があるのか？」彼は間を置き、それから長いため息をついて、自分のブーツに目をやった。「わかった、白状するよ。僕は君を見たかった。ちゃんと自分の役割を演じているだろうかとか、僕が君に関心を向けたら、どこかのばか野郎は何を考え、何をするだろうとか、そういう心配をしないで君を見たかったんだ。レナードがどう思うか心配しなきゃいけないなんて、生まれて初めてだ。耐え難いんだよ、控えめに言ってもね。こういうのは得意じゃないんだ」長々としゃべって苦しくなったのか、スチュアートは息を吸い込んだ。

エマは一瞬、同情を禁じえなかった。女心をくすぐられ、ぽっと温かい気持ちにさえなった。彼女は顔をしかめ、マウント・ヴィリアーズ子爵閣下を見た。美しい外套を着て、ぜいたくな馬車に乗っている彼。肩幅があって、腕が長くて、がっしりしていて、男らしい。あの銀行で出会ったときのままだ。そのとき、ふと「ハーレム」という言葉が頭に浮かび、エマは眉をひそめた。

ハーレム。彼の叔父がついた悪意のある嘘だと思いたい。でも、スチュアートにぴったりだ。あのアミナと、何とかっていう名前の謎めいた女の人たちは、そういうことだったんだ。彼がトルコで楽しんだ六人ほどの女性の残党に違いない。ハーレムだなんて。でも、おかしくはないでしょう？　ここに座っている男性は、ハーレムが持てるほどハンサムで、お金持ちだもの。何人でも好きなだけ女性を見つめていられて、それを妨げる理由なんかなかったのよ。彼は今も「被後見人」と寝ているのかしら？

できるだけ早く彼から逃れよう。エマはそう考えながら、膝の上の書類を手に取った。売り渡し証書、美術展のパンフレット……。親指で書類をめくりながら、いちばん新しい書類、すなわち、彫像に対する相続権を請求する書類を探した。省くとすればそれがいい。やがて書類は見つかったが、彼女は顔をしかめ、瞬きをし、それをじっと見直していた。それから、目を凝らして書類全体をあらためて確認した。順番、内容。そして、売り渡し証書を念入りに調べると、彼女の両腕に鳥肌が立った。

エマは顔を上げてスチュアートを見つめ、笑いだした。「信じられないでしょうけど、この書類、本物じゃないわ。この書類、というか、こういう書類は見ればわかるのよ。偽造していた人を知ってるから」

スチュアートが口を開いた。何も言わず、眉根を寄せていたが、やがて小声でつぶやいた。「本物じゃないって、どういうことだ？」そして、次の瞬間、理解した。「おい、ちょっと待ってくれよ――」かすかに微笑み、目をしばたたき、低い声でクックッと笑いだした。「君の仲間なのか？　仲間の誰かが、僕の父親に、偽物の来歴をつけて、偽物の彫像を売ったと思ってるのか？」彼はブーツを叩きながら首を横に振り、向かいの席から腕を伸ばし、手を開いた。書類をくれということらしい。

エマはそれを渡した。

スチュアートはにこにこしながら書類に目を通し、がっかりするどころか、こう言った。「なんて愉快な話だ！　どっちにしろ、これはレナードから奪ってやろう」

エマはぽかんとしている。「どうして？」

一瞬、スチュアートにも理由がわからなかった。彼が顔を上げた。「上手く言えないけど、そういう気分なんだ。ものすごく個人的な……感情。ぼんやりと覚えてるんだが、子供のころ――」彼は目を細めた。無理にでも、もっとよく思い出そうとしたが、細かいところは思い出せず、がっかりしているらしい。「僕はあの彫像が怖かった。そんな気がする。と同時に、あの彫像に惹かれていたんだ。きらきらしていて、見てるとわくわくした。でも、どこか気味が悪くてね。僕はあれが大嫌いだった。それでも、僕がこれだけの気持ちを抱くものは何であれ、叔父にそれを盗む権利はない。偽物であろうがなかろうが」彼は自分が認めたばかりの事実を退けるかのように肩をすくめた。「人の心をかき乱すあの彫像がまた見たいんだ。なぜか、それが大切なことのように思えるんだよ。あと、イヤリングだ。それを忘れないでくれ。あれだって叔父には盗む権利はない。あれは僕のものだ。僕の子供時代と結びついているものなんだよ。僕はまたあのイヤリングをこの手で握り締めたいんだ」

「イヤリングは取り戻せるかどうかわからない。今朝、その件でちょっとつっついてみたんだけど、あの人、当惑している様子はまったくなかったわ。全然、わかってない感じだった。本当に叔父様が盗んだの？　ひょっとすると、たまたま叔父様があそこにいた時期に、メイドやフットマンが盗んだのかもしれないでしょう？」

「違う。僕が帰国の途に就いたとわかると、叔父は城から持ち出せる物は何でも持ち出し、とんずらした。母の宝石も全部、盗んだのさ。ほかの物はどうでもいい。でも、あのイヤリングだけはなぜか覚えている。楽しい思い出と結びついているからだろうね。たった一つしかない楽しい思い出が、あの卑劣な叔父のものになるなんて、そんなこと、あってたまるもんか」スチュアートは例によって眉を上げ、口元を引き、珍しく満面の笑みを浮かべた。

「ドノヴァン・アイスガースをだまし続けた彫像にお目にかかるのが楽しみだよ。母は知ってたと思うかい？　彫像をずっと持っていたのは母なんだ。僕は、あれがドゥノード城にあったのを覚えているんだが。ああ、エマ……」彼はそう言って、笑いながら首を横に振った。

「君は素晴らしい」そして来歴をもう一度、手に取った。「つまり、これを作った人物を知っているんだね？」

「知ってたの」

「誰なんだ？　あの亡くなったベイリーとかいう男か？」そう訊いてくる彼の顔は子供のように面白がっている。

誰の仕業か思い出してみると、それを伝えたところで彼の心が明るくなるとは思えない。エマは答える気になれなかった。

スチュアートは待ち、それから再び目を細めた。一瞬、答えはほかの人物であってほしいと思い、次の瞬間、答えがその人物であることは避けられないと悟ったのだ。

彼は書類をエマに投げつけた。紙があちこちに散らばり、走る馬車の中で蝶の大群が突然、逃げだしたかのように、ひらひらと舞っている。そのうちの一枚がエマの鼻をかすめて膝の上に落ち、残りは座席と床に落ちた。

エマの相棒はしばらくしゃべらなかったが、やがて口を開いた。理不尽なほど腹を立てている。「彼はまともじゃなかったんだろう」激しい言い方だった。「君は無能な男《ピエロ》と結婚したんだ」

エマは顎を上げ、最後まで忠誠を尽くした。「ピエロは人を笑わせてくれるのよ。彼も時にはそうしてくれたわ」

スチュアートは、突き飛ばしてやりたいと思いながら、エマを見つめた。ちくしょう。こんな変わらぬ忠誠を僕に対して持たせるには何を与えればいい？　何をすべきなんだ？　牧師になればいいのか？　後光や翼を背負えばいいのか？　そのとき、過去二四時間が丸ごと彼に襲いかかり、顔をひっぱたかれた気がした。叔父に対する怒りも入り混じり、死人であるホッチキスに抱いていた憤りを増大させた。ザックめ。なんてこった。僕はあの男を憎んでいる。まさか死んだ男を憎むなんて。僕の中には創造的敵意が存在しているな。

おい、スチュアート、おまえは正気を失おうとしているんだ。

だが、さらに腹立たしいことに、エマが突然、こう切り出した。明らかな言いがかりだ。「あなたがトルコでハーレムを持ってたって」

「レオから聞いたの――」嘘だろ、レオだって？

「それで、君はあいつの話を信じたんだな」スチュアートはびっくりして口元をゆがめた。

「持っていたか、いなかったかのどちらかよ」

スチュアートはだんだんむきになってきた。「一九のときの話だ。つまらん考えを起こしたのさ。一一カ月続いたが――」

「本当に持ってたのね？　奥さんは何人いたの？」

「一人もいない。中近東のハーレムは、女性たちがその家の一員として暮らすところなんだ。皆、妻より身分が低い」

「つまり、どういうこと？」

「愛人だ。エマ、トルコでは完全にまともなことなんだよ」

「ここでは違うわ」

「ここではハーレムなんか持ってない。あれは若気の至りだった。やってみようと思ったこと自体、めちゃくちゃだったのさ。女性たちはいつも腹を立ててたよ。僕が自分の役割をちっともわきまえていなかったんでね。ハーレムというのは組織化されていて、一人の男がその手の責任をすべて負うことになってるんだ」彼はため息をついた。「もつれた問題を解決し、女性たちが全員、望んだ暮らしができるよう配慮するのに三年かかった。ヒヤムとアミナは僕の家族として一緒に来ることを選んだんだ。前にも言ったけど、被後見人としてやってきたんだよ。二人は妹みたいなものさ」

「あの人たちと寝てたのね？」

彼は目を伏せた。「状況は変わる。もうあんなことはしていない。もう何年もしてないんだ」

エマは前かがみになり、体を左右に揺らしながら、尻の下でずれてしまったケープを引っ張り出そうとした。するとスチュアートが座席のへりまで体を滑らせ、身をかがめた。手を貸してくれるのね。エマはそう思ったに違いない。

彼は自分をあざむいたわけでも、彼女をだましたわけでもなかった。エマの顔が徐々にこわばり、彼をじっと見つめている。だが、スチュアートはそんなことで思いとどまろうとはしなかった。それどころか、腕をさらに伸ばして彼女にそっと巻きつけ、腰の辺りをつかんでしまった。車輪が敷石のくぼみを通過したときは、もう片方の手をわきについて倒れないようにしなければならなかったが、それでも何とかエマを前に引き寄せた。

スチュアートはエマにキスをした。なぜなら、ただ単に彼女の唇に触れたいと願い、それが可能だったから。それに、自分が今ベッドをともにしたい相手が誰か伝えるためだったのかもしれない。その女性は一人だけ。エマだ。それを伝えるのに言葉を使う気になれず、彼はふさわしい身振りを探した。

エマの温かい唇が応えてくれるのがわかる。スチュアートは彼女の滑らかな頬から漂うパウダーのさわやかな香りをかぎ、喉からもれる、これ以上ないほど柔らかな吐息を聞いている。彼が触れるたびに、彼女の心の中のある部分は、花火がいっぱい上がった空のように輝いた。だが、別の部分は支配権を握っている彼にひどく腹を立てている。彼はエマを放す以外にほとんど選択肢がなくなり、仕方なくそうした。

スチュアートは前かがみになったまま後ろに下がり、楽な姿勢を取るために体の位置をずらさなければならなかった。下半身が反応しかけている。欲求不満が大きすぎたのだ。彼は自分の立場を悟ると顔をしかめ、口に手を当てた。無意識のうちに、一瞬前まで彼女の顔があった場所をふさいでいる。ほんの少し残っている彼女の味を無駄にせず、そこにしまっておこうとするかのように。

エマが彼をじっと見ている。こんなに大きく見開かれた、こんな青い目で見つめられるのは初めてだ。豊満な乳房が盛り上がる様は見るものを魅了する。だが、エマは彼と目を合わせるのではなく、目を閉じてしまった。

ああ、エマ。君は何を求め、何を必要としているんだ……。気持ちと、実際にしていることの隔たりが大きすぎるじゃないか。君が自分をもっとよく理解するまで、僕は実際よりもひどい悪党に見えてしまうだろう。

スチュアートがつぶやいた。「英国の女性はわけがわからないよ」

「それはきっと、いちばんわけのわからない女と知り合いになってしまった男性《ひと》の意見ね」

馬車が勢いよく角を曲がっていく。スチュアートには、わきに置いてある別の書類、すなわち、今や馬車の床にぶちまけてしまったものではなく、もう一つの書類で彼女を口説く計画があった。エマを口説き、ロンドンの家の裏口から中に入り、暗闇の中、彼女に家を案内してあげようと思っていたのだ。誰もいないことをわからせるため、どこにも明かりはつけていない。召使も一人もいない。主人はヨークシャーにいることになっており、全員、二日間の休暇を取っている。彼女を二階に連れていき……自分の嫉妬や不安を取り除こう……。

そのとき、エマが尋ねた。「誰かを傷つけたことがあるの？」

スチュアートは不意を突かれた。

何か答える間もなく、彼女が小声で言った。「絶対に私を傷つけないでほしい」

「じゃあ、決してそんなことしない」永遠とも思える瞬間が過ぎたあと、彼はそれでもなお、言ってみた。「でも、エマ、我慢をしてはいけないよ。どんなことでもね。興味があるけど恥ずかしい、口に出せない、考えられないというなら、僕にはとても豊かな想像力があるということも伝えておこう。君は僕の手に身を任せさえすればいいんだ」

エマはぞっとして顔をしかめた。「あなたって――」

スチュアートがそれをさえぎった。「君は口癖のように、僕のことを不健全だと言うし、そのとおりなのかもしれない。でも今、ここでは違う。僕は偏見を持っていないし、大胆だ。つまり、寛大で、人生の多様性がよくわかっているという点ではまったく健全なんだよ。エマ――」

エマが彼を見た。

「君は勇気がある。それに善良だ。どうして、自分を探求する気になれないんだい？　自分の暗い部分を隅々まで探ったらいいだろう？　君のすべてに魅了されている誰かと一緒に探求したらいい。君はふしだらな女じゃない。単なる一人の人間さ。人間にはある程度――」

彼は首をかしげた。「いわゆる〝恐ろしい〟部分があって当然なんだ。考えてごらん。互いの欲求や求めるものを伝え合い、尊重している限り、悪いことなんか起こるはずないだろう？」

馬車が止まるのがわかり、エマの耳に御者が降りる音が聞こえてきた。目的地に着いたのだ。あっという間だった。

「あなたと一緒に中に入るつもりはないわ。ロンドンでは私に決定権があるということにしたでしょう。説明したはずよ。こういうことは、予測もできない事態を招く可能性があるの。私は外に出て、歩いて帰りますから。止めないでちょうだい。あともついてこないで。こんなこと、二度としないで。私のやり方に従うつもりがないなら、あなたが望むものを手に入れるお手伝いはできないわ。人の言うことを聞くべきよ」

「それは得意じゃないんだ」言われたことを認め、彼は顎を引いた。謙虚な言い方ではあったが、顎の筋肉が引きつっている。

スチュアートはがっくりして、たまたま座席のわきにちらっと目をやった。そこに置いてあったのは彼のささやかな贈り物だ。もっといい状況でプレゼントできると思っていたのに。

だが、彼は深く息を吸い、自分なりの誠意を語り始めた。「ほら」入手した五枚の書類を掲げる。「これに詳しいことがたくさん書いてある。通信で履修できる大学講座の案内書だ」

エマが笑いだした。信じられない。「スチュアート、私に郵便詐欺を仕掛けようというのね」

「まさか。これは本物さ。僕がよく知っている大学だ。ロンドンにある新しい学校で、完全に公平なところだよ。ただ、通信教育だと学位はもらえない。試しに一つ受講してみたらいい」彼が持ってきた書類には「通信講座」の一覧が載っていた。「それで、その学科や教科書が気に入って、学位を取りたいと思えば、何の学科であれ、僕が手続きをしてあげるよ。二人でロンドンに滞在してもいい。君が大学を終えるまで、ロンドンの家はずっと使えるようにしておこう」

ああ、そういうこと。教養ある愛人を囲おうというわけね。自分の情婦に学位を持たせたがるなんて、実にマウント・ヴィリアーズ子爵らしい。

エマは書類を返した。「せっかくだけど、結構よ。私はこのままでいいの」

スチュアートは眉をひそめた。まるで誤解されたかのように。ひょっとすると、傷ついたのかもしれない。「今までの君がよくないということじゃない」

「保護する相手が欲しいなら、自分で別の人を見つけてちょうだい。私はもうザックと詐欺大学をさんざん満喫したからいいの」

スチュアートは当惑しているようだ。「他人の言葉で自分を決めつけてはだめだ」ふと、ラバのハンナにまつわる話を思い出した。彼女は、大学に入学したり、試験を受けたりする資格は自分にはないと思い込んでいる。

エマは顔をしかめた。「そうね。私は五月祭の女王《メイ・クイーン》（春の訪れを祝う祭りで選ばれる女王）よ」

「そうじゃなくて。僕は自分が何者か定義しろと言ってるんじゃない。君は本当の自分にな、い、れるんだと言ってるんだ。それに、自分がどんな人間か考えるのは、君自身であって、ほかの誰でもない。自分に関するすべての知識を持っているのは君だけなんだ」

エマは美しい顔を彩る大きな青い目を見開き、彼をじっと見つめた。まるで、手に負えないほど錯乱した人間を見ているかのようだ。「大学なんか必要ないわ」

スチュアートはブーツをトンと踏み鳴らしてからうなずき、降参だと言わんばかりに両手を上げた。座席に再び手を下ろしたとき、彼はうっかり大学の書類を床にぶちまけてしまった。

エマは身をかがめた。最初はただ散らばったものを片づけているだけだったが、書類を集めているうちに、つま先の下から引っ張り出したものに目を通したい衝動と戦うはめになった。古典？　紙が逆さまだけど、そう書いてあるのかしら？　ラテン語？　ウェルギリウス（ローマの詩人）について？　ギリシア語？　それに、新しい趣向のロシア文学講座もある。プーシキンですって。だが、彼女は膝の上で書類をまとめながら、逆さまに並んだ字を読まねばならなかった。まさか、この講座の講師はマウント・ヴィリアーズ子爵じゃないでしょうね。

エマは例の来歴も拾い集め、それを大学の案内書の上に重ね、わりときれいな山にして、馬車の後ろのスペースに戻しておいた。「ここに置くわよ」

羊飼いにとっては紙くずも同然の書類がしかるべき順番にまとめられている。そのうちの何枚かは、ザックが自ら偽造した来歴だ。

エマはケープを引き上げ、髪の毛をフードの下にしっかり押し込んだ。それから、顔の前でケープを重ね、布地を肩の回りにきつく巻きつけて、全身をできるだけ隠した。ケープを片手で押さえながら、もう片方の手を伸ばし、自分で馬車の扉を開けた。スチュアートは彼女を外に出してやったが、もう忠告の言葉は発しなかった。

外は身が引き締まるほど寒かったが、よく晴れている。彼の家はずっと後ろのほうにあり、エマはそれを目にしなくて済んだ。だが、どんどん進んでいくと、背の高い古木が敷地内の歩道に枝を張り出しており、何らかの常緑植物で作られた高い生け垣が塀をはい上がっていた。塀のてっぺんには槍の切っ先のような黒い鉄が突き出ている。敷地の正面の塀は街区の半分以上も続いていた。

15

ホテルのレストランには個室があった。パブで見かけるような、人目につかない、内輪の夕食会に使われる小部屋だ。ただし、こちらのほうがはるかに格調が高い。ボタン留めをあしらった青いビロードの寝椅子、壁に飾られた酒の神《バッカス》やニンフの絵は、ここでどのようなことが行われているのかを大いに物語っている。また、部屋には夜になると閉じられる丈の長い優美なカーテンが掛かっており、個人専用のリカー・キャビネット、大きなダイニング・テーブル、ふかふかのクッションがついた背もたれの高い椅子がそろっていた。会合を開くにはうってつけの場所だ。だが今夜は、会合といっても集まるのは三名。エマは、ヨークシャーから戻ったばかりのスチュアートと、彼の叔父と食事をすることになっていた。叔父は彫像を持ってくるか――エマはそちらを期待していた――自分でチャーリーのところへ届けているかのどちらかで、もし、届けたとすれば、チャーリーがスチュアートの家に彫像を直接、送ることになるだろう。だが、今のところ何の連絡もない。

エマは夜用の盛装をしていた。ネックラインに羽飾りのついたダーク・ブルーの夜会服は肩が出るほど襟ぐりが深く、イヴニング・スリッパで歩くと、そのたびに衣擦れの音がした。

イヤリングのサファイイヤは人造宝石ながら、彼女の顔に美しく映えている。レストランに下りて行く前に鏡の中の自分を見つめ、エマは考えた。私がこんなきれいな格好をしている理由はただ一つ。誰かをそそのかし、そうでもしなければ手放してもらえない物を手に入れるためよ。詐欺をするため。それから、彼女はそこに立って思った。こんな靴じゃなくて、ゴム長靴を履けたらいいのに。

まあ、いいわ。エマは扇とビーズ製の巾着型バッグ、裏地のついたイヴニング・ケープを持って、レストランのある階に下りていった。

レナードは早々と到着しており、独りで待っていた。燕尾服に白いネクタイを締めているが、白いベストの下から腹が突き出ている。ありがたいことに、それから二分と経たないうちにスチュアートが部屋に入ってきた。いつ見てもハンサムだが、今夜の彼はとびきり素敵だった。黒い夜会服、後ろにきちんとなでつけた髪――お風呂から出てすぐにとかしたのね、とエマは思った――シルクの白いスカーフ。彼は外套と一緒にシルクハットを脱いだ。いつもの外套だ。夜の食事の席にも着てくるということは、どうやらお気に入りらしい。波打つ裾のどこかにインクの染みがついているというのに。

「彫像は持ってきていただけましたか?」彼の第一声は叔父に向けられた。

「いや。自分でヴァンダーキャンプ氏のところへ持っていくつもりだ。せっかくだが、心配には及ばん。昨日、彼を訪ねてみたのだよ」レナードはわけ知り顔で、スチュアートとエマに交互に笑いかけた。「とても有能な芸術家だ」

つまり、今のところ、彫像はまだスチュアートとエマのものではないということだ。しかし、どうやら、もうすぐ手に入りそうだ。チャーリー・ヴァンダーキャンプは見事な演技を披露してくれたのだろう。

エマが口を挟んだ。「時間はたっぷりあります。来歴は持ってきていただけたのかしら？」

スチュアートは外套を寝椅子の上に置くと、内ポケットに手を入れ、売り渡し証書とカタログを取り出し、エマに渡した。

彼女はとりあえず書類を置き、テーブルに着いた。クーラーに入ったシャンパンがそばに用意されていたからだ。「お食事まではいることができませんの。でも、お招きいただき、感謝しております」このような人目を避けた会合を計画したのはレナードだった。「お二人の成功を祝して、喜んで乾杯させていただきますわ」

レナードは一瞬、がっかりした顔をしたが、さっそくシャンパンのコルクを抜いた。ボトルが傾けられ、注ぎ口から煙のように液体が流れ出る。

それからすぐ、三人はそれぞれのグラスを掲げた。「突然の富に乾杯。そして、お二人の騎士道精神に」エマはそう言ってシャンパンを一口すすってから、来歴を取り上げ、ちらっと目を走らせた。

そして眉をひそめ、グラスを置き、書類をまとめていたクリップをはずして一枚ずつ目を通していく。この彫像を使って何かを手に入れるため、ザックはここまで手間をかけようとしたのね。エマはその徹底ぶりに、あらためて驚いてしまった。彫像の発見に関するフランス人学者の論文がある。フランス語から英語に翻訳したものだ。学術論文はほかにもある。それに彫像を発掘した調査旅行に関する記録。二つの異なる鑑定結果。年代に八〇年の隔たりがあり、彫像の価値が一〇倍増することを示している。それに加えて、いつも使う展示会関連の書類、譲渡や所有権に関する書類もある。エマは首を横に振り、顔をしかめた。必要な書類がそろっていないとスチュアートを厳しく責めるところなのだ。足りない書類は二人がこっそり、わざと抜いておいたもの。すべてはスチュアートを悪者に仕立て、レナードにエマを口説かせるための作戦の一部だ。

「何か問題でも？」レナードが尋ねた。

「一八七三年までの記録しかないんです」エマは和気あいあいとしたテーブルの向こうにいるスチュアートに目を向けた。「売り渡し証書が見当たりません。これでは彫像の所有者はお父様だったことになってしまいます」

スチュアートはのんきにシャンパンを飲みながら眉を上げた。「それがどうかしたんですか？」

「最終的な売り渡し証書があってようやく、来歴が全部そろったことになり、彫像を売る法的権利が得られるんです」

「でも、あれは僕のものですよ。誰も文句は言いません」スチュアートは叔父のほうに口をゆがめてみせた。「叔父を除けばね。それに、叔父は僕と一緒に、あれを売ろうとしているんですよ」

エマは混乱したように顔をしかめた。「彫像の持ち主はどちらなの?」

レナードとスチュアートは同時に「私だ」「僕だ」と言った。

エマは目をぱちぱちさせながら二人を交互に見た。「どちらでも構いませんが、いずれにせよ、買い手には所有者がきちんと書かれた売り渡し証書を提出する必要があります。この場合、複数の買い手ということになりますけど」

「あなたが持っているものがすべてですよ」スチュアートが二人に言った。「僕の知る限り、あの家にあったのはそれだけだ」

「これでは不十分です」

レナードが心配そうに尋ねた。「つまり、この計画はやり通せないということかね?」

「まあ、やれることはやれますけど」エマが説明する。「しかるべき人にお金を払って、その……ちょっと後始末をしてもらう必要があります」

「金を払う?」レナードはがっかりしている。「大金なのか?」

「いいえ」エマはこう告げた。「数百ポンドですわ」

今度はスチュアートが説明する。「実は、叔父と僕は、ちょっとした意見の不一致がありまして。裁判沙汰になったんです。おかげで、二人ともすぐには大金を用意できないんですよ」

エマの眉毛が上がる。「じゃあ、どうやってやり繰りしてらっしゃるの?」

「つけです」スチュアートが答えた。彼にしてみれば、その答えは正しいとは言えなかった。

口座はもう、一つを除けばすべて自由に使えるようになっていたが、事態が進展したのはごく最近のこと。レナードはまだその事実を知らなかった。スチュアートは大きな負担から解放され、裁判費用を支払えるだけの経済力は十分あったのだ。しかし、レナードがそのような幸運に恵まれていないことはほぼ間違いない。借金は膨れ上がって、あちこちに広がっており、これまでスチュアートの弁護士たちがその面倒を見てきたのだった。

「まあ」レディ・エマ・ハートリーが二人の男性を交互に見た。目を見開き、口を固く結び、まさに子供を叱る親の顔と言うにふさわしい。レナードに、こんな子供じみた失敗をするとは恥ずかしいと思わせ、彼が弱い立場にあることも思い知らせてやろう、というわけだ。

「となると……」エマが言った。「二人とも、困ったことになりましたね」彼女はぎゅっと唇を結び、顔をしかめて首を横に振った。

「私は彫像を持ってる」レナードはそのひと言で、責任はすべてスチュアートにあることをはっきりさせようとした。「明日、ヴァンダーキャンプ氏のところへ届けられるぞ」しかし、声の調子には嘘偽りのない不安が感じられる。「二〇〇〇ポンドはもう払ってしまったのかね？」

エマがうなずいた。「保険証書を提出しなければいけなかったので。お金はもうありません。証書の写しをお持ちしました」彼女はコートやスカーフが重ねてある寝椅子のところまで行き、書類が入った紙ばさみを一つ取り出した。きれいに印刷された紙が何ページもつづられていて、いちばん上のページには、渦巻きのような書体で「カンブリック・オヴ・ロンドン」とあった。エマが言葉を続けた。「ここは小さな会社ですが、評判がいいし、まあ、言ってみれば、とても協力的なんです。それから、お手伝いしてくれる人たちにもお金を払う必要がありました。ヴァンダーキャンプさん、宝石職人、それに、来歴を作ってもらう人。報酬の一部を前払いしておくんです。そうすれば、彼らはすぐ仕事に取りかかってくれますし、その後いくらもらえるかわかっているから、仕事を速やかに進めてくれるでしょう。皆、待っているんですよ。私はできるだけ早く、すべてのお膳立てを済ませなくてはいけないのです。お二人のために買い手を確保しているところなんですから」

「まあ、私は自分の務めを果たしたがね」レナードは断固とした調子で言い、ずうずうしくも、私は常に甥を出し抜いているのだとばかりに、皮肉っぽく口元までゆがめている。

スチュアートは目を伏せ、シャンパン・グラスの中を見つめていた。こんなことを言われて、我慢ならないのだろう。エマにもそれがわかった。だが、彼はそつなく役割を果たしている。黙って責めを負ったのだ。

「お気になさらないで。私が何とかいたしましょう」エマは文句をつけるように舌を鳴らし、スチュアートに尋ねた。「お父様が彫像を誰から買ったのかご存じ?」

「フランスの男です」

「フランスの男性はたくさんいますけど」エマは首を横に振り、レナードを見た。どうしようもない甥御さんね——これがお決まりのせりふであり、今やエマとレナードを結びつけるテーマとなっていた。「まあ、大丈夫でしょう。私たちが前の持ち主をたどれないとすれば、ほかの人にもわかりっこありません。お父様のお名前は何とおっしゃるの？　最後の売り渡し証書の複製を作ってもらうことにします」

「複製？」

レナードは子供に説明してやるような口調で言った。「偽造するのだよ、スチュアート。彼女は、おまえがなくした最後の売り渡し証書を、仲間に頼んで、でっち上げてもらうと言ってるんだ」

スチュアートが顔をしかめる。「僕がなくしたんじゃない。あそこにはなかったんだ」それから、彼はエマに目を向けた。「それに、余計なものに払う金なんかありませんよ」

「ありますわ」エマはバッグから取り出した小さな帳面に何やら走り書きをした。「これ以上、おっしゃらないで。こちらの銀行に口座を持っていますから。会社はいい顔をしないでしょうけど、この費用は私のほうで出しておきます。お金が手に入ったら、そこから返してくだされば結構よ。この計画が完結するまでのちょっとした貸付ということで。長くはかからないでしょう」

「本当かね？」レナードが叫んだ。「ああ、君は素晴らしい人だ」目は彼女に釘づけだった。

「こんなふうに困ってらっしゃるお二人を放ってはおけませんわ。ほかにできることなんてありませんもの」エマはスチュアートに非難の目を向け、次にレナードに愛想よく笑いかけた。「ここであなたがたを見捨てたら、何もお礼ができませんでしょう」腰を下ろすと、バッグから何も書かれていない銀行小切手と万年筆を取り出し、その場で金額を書き始めた。

レナードは立ちすくんでいる。

エマは書きながら「本当のところ、私の感謝の気持ちが、あまりご迷惑にならないことを願っていたのですが」と言い、まだインクの乾ききっていない小切手を――もちろん口座名はいんちきだ――スチュアートに差し出し、首を横に振った。「お二人が困った立場になることを知っておくべきでしたね。この住所に、これをお持ちになって」エマは帳面から先ほど記したメモを切り取った。「あなたが持っている来歴をこの男性に渡して、私が今、大まかに言ったように、問題点を説明してください。余分にお金を払えば、彼が何とかしてくれるでしょう。お金が足りなければ、私のところへ来るようにと伝えてください」

エマは立ち上がり、グラスに残っていたシャンパンを飲み干した。「さあ、もう失礼しないと。お客様と食事の約束をしておりますの。慌しくてごめんなさい」エマは明るく微笑んだ。「でも、わかっていただけますよね」そう言って、自分の持ち物を拾い上げた。

レナードは個室の戸口で彼女を引きとめ、手を取った。「ああ、レディ・ハートリー、私にできることがあれば何でもいたしましょう」彼は眉尻を下げ、これ以上ないほどの感謝の気持ちを表した。それから、手袋をしている彼女の手に名刺を握らせた。「できることがあれば」

ええ、あればどころか、これからしてもらうことがあるのよ、レオ。エマは心の中ではそう言ったもの、感謝をこめて微笑んだ。「とんでもない。数日前に、あなたと甥御さんはもう私のためにに力を尽くしてくださったでしょう。私はその恩返しが、今から順調に進むことを願うばかりですわ」

　彼女が行ってしまうと、スチュアートは与えられた役を演じ続けた。

「僕は彼女を信用していません。あの金はもうないんですよ。議員仲間の誰かに聞いてみようかと思ってます。モトマルシェなら美術や保険について多少、知識がありますし――」

「とんでもない。だめだ。それだけはやめてくれ！」レナードは譲らなかった。「いいか、私は彼女の仲間がほかの客用に作っている彫像を見てきたのだ。いや、実に見事だった。私は彼女を完全に信用している」

　やがてデザートを食べながら叔父が言った。「この保険会社のことがわかるといいんだがな。私はロイズ・オヴ・ロンドンではないかと期待していたのだよ」

「ああ、その会社なら知ってますよ」スチュアートが言った。「規模は小さいですが、ボンド・ストリートにオフィスを構えている会社ですね」

　こんな調子で話は進んだ。レナードが疑問を口にすると、スチュアートがそれを取り除く。その一方で、スチュアートはエマのことを激しく非難した。そうすることで、レナードは彼女に対する甥の信頼を高めてやる必要に迫られ、自分の彼女への信頼も高める結果となったのだ。スチュアートはその間ずっと、警察、議員仲間、友人など、誰かに問い合わせてみると言って叔父を脅し続けた。

　かつてこれほど長時間、苦痛に耐えた夕食はなかったが、スチュアートは外套を手に取りながら、かなり確信を持っていた。レナードは状況をこう理解している。彼が嫌っている甥は、危険なほど気持ちがぐらついているにもかかわらず、自分はへまばかりしている計画の上がりを半分もらえるものと思っている。そして、憧れの的となりつつある、いとしい女性、賢いレディ・ハートリーは惜しみなく尽力してくれるが、彼女はそれ以上の何かを受け取るに値する人だ、と。


　エマがベッドで本を読んでいたときだった。何かが動いた。影らしきものが、隣のスイートのバルコニーから彼女の部屋のバルコニーに飛ぶように移動してきたのだ。寝室のフレンチドアが静かに開き、軽やかなカーテンがキャラバン隊のスカーフのごとく部屋の内側に大きく膨らんだかと思うと、その影が入ってきた。エマはたじろぎ、目を大きく見開いて寝具を顎まで引き上げた。背後で片方の肘が枕に当たるのがわかった。「だ、誰なの……」

「落ち着けよ」聞き覚えのある声。安心感さえ覚えてしまう。スチュアートだ。ベッドサイドのランプに照らされ、足元にやってきた彼の姿形がはっきりと浮かび上がる。

「こんなところで何してるのよ?」エマがささやいた。

「もうたくさんだ」

「たくさんって、何が?」その瞬間、エマは悟った。彼は知らないのかもしれない……。

「スチュアート、さっき読書室に入っていったら、レナードが待ってたの」エマは声を落としてくすくす笑った。「夕食のときのあなたのお芝居、最高だったわ。上手すぎるぐらい。おかげで、レナードは廊下の向こう側に部屋を取っちゃったのよ」

「何だって?」

「彼はあなたを信用してないわ」エマはまた息を吐き出すように笑った。「もう行かなきゃだめよ。早く。明日の朝、あなたを裏切る計画を持ちかけるつもり。彼はもう心の準備ができてるわ。あとは背中を押してあげればいい。何もかも上手くいけば、お昼にはもう、ゲームは終わってるでしょうね。だから、あなたにここにいられては危険なのよ」

カーテンに映るシルエットはエマの言葉を理解したが、何となく肩をすくめただけだった。彼はしばらく答えなかった。というより、答えを言葉にできなかったのだ。危険なのはスチュアート自身だった。彼はエマの目から口元へ、さらに乳房へと視線を下ろしていく。それから、またゆっくりと視線を上にはわせていくと、彼を見つめる彼女と目が合った。エマは、吸血鬼が部屋から入ってきたような、コウモリが一羽、人間の姿になって、超自然的な美を備えた人間となって舞い込んできたような気がしていた。

それに、暗闇が舞い込んできたような気がする。

「もう、うーんざりだ」スチュアートは時間をかけてその言葉を口にした。音を伸ばしたのはふざけてやったのではないか、とエマは思った。「もう待っていられない。僕は独りで、自分の家の中をうろうろ歩き回ってるんだ。眠れないんだよ。そのあいだ、僕が思っているのは、エマ、君のことだけさ。君に近づく男に一人残らず嫉妬してしまうんだ。ホテルに入ってきた君に鍵を渡すコンシェルジュも憎たらしい。君が出入りをするたびに、それをじっと見ているドアマンも妬ましい。それにレナードだ。もしあいつがほかの男のように君を見たら、僕はあいつを殺したくなってしまう。おまけに、死んだ夫までいるじゃないか。妙な話だが、とりわけ君の亡くなった旦那は、墓から遺体を掘り出して粉々に砕いてしまいたくなるんだよ」

締めくくりはこうだ。「レナードがどこにいようと構うもんか。僕はもう八方ふさがりで、いらいらしている。だから、どうにかしようと思って、ここにいるんだ」

「あの……」エマは首を横に振った。次々と挙げられた不満に対する答えを考え出そうとしていたが、そのあいだずっと、声を落としていなければならなかった。「スチュアート、言ったでしょう。自分の役割を離れるのは危険なことで――」

スチュアートが耳障りな笑い声を上げた。「君には、僕が役を離れているように思えるのか？」

「わかってるでしょうけど、私たちはお互い怒りを感じていることになっているのよ」

「怒りなら多少、かき立てることはできるだろう。君を無理やり押し倒してあげるよ。朝になったら、あいつに文句を言えばいい。君は一度イエスと言い、あとで好きなだけノーと言う。そして僕は、これもゲームの一環なんだと悟るというわけさ。僕はゲームが得意なんだよ」

ええ、確かにそう思えてきたわ。エマは首を激しく横に振った。こんなこと、まったく計画に入っていなかったのに。

「上手くいくさ。あいつがここにずかずか入ってきて、僕を撃たない限りはね。だから、声はずっと落としてなきゃだめだ。朝になって僕のことを訊かれたら、あの男は悪党だ、卑劣なやつだと言えばいい。実際、僕はそういう男なんだ。君の意思を無視して自分のものにしてしまったと言えばいい。君はそれを望んでいるんだろう？　そうだと言えよ。君の気持ちを教えてくれ」これで全部、説明したぞとばかりに彼は両手を上げた。

「スチュアート――」

「君は同じことばかり言っている。それに――」彼は声を落とした。「あいつが廊下の向こうにいるなら、起こしてしまうかもしれない。静かにするんだ。さもないと、あいつがここに来てしまうぞ。しかも銃を持って」彼がベッドの角を回り、ランプを吹き消した。見えるものは月明かりと、近づいてくる彼の影だけだ。その影が言った。「暗い中だと――」低い含み笑いが聞こえた。「あいつは狙い損なって、君を撃ってしまうかもしれないな。僕の大事な協力者を。さあ、少し協力してもらおうか。君はどんなふうに襲ってほしい？」

「し……してほしくないわ、そんなこと！」エマは続けて「やめて！」と言おうとした。しかし、口を開いたときにはもう、彼は唇に指を置けるほどそばに来ており、とても静かに「しーっ」と言った。

どうしてこんな言葉に心が和んでしまうのだろう？　理由はわからない。でも、和んでしまう。彼の声とにおいだ。ああ、彼のこのにおい。ペルシアの風呂のようなぜいたくな香りがする。カルダモン、オレンジの皮、バラの花びらの上に勢いよく湧き立つ蒸気のようなにおいが

「しーっ」という声が聞こえてきた。どうしてスチュアートは腹立たしいほどいいにおいが

するのだろう？

スチュアートがエマの上に身をかがめ、彼の唇が彼女の首をかすめていく。彼はそれまで外にいたのだろう。唇も肌もひんやりしている。エマはいつの間にか彼の温かいにおいを吸い込んでいた。英国の暗い寝室にもたらされた、陽光あふれるスパイス市場……色鮮やかな粉を入れた麦わらのバスケット……赤褐色《アンバー》……黄褐色《オークル》、サフラン……シナモン、あずき色《ラセット》、赤、オレンジ……火、熱、まばゆいばかりの色彩が空中でさざなみを立てている。

スチュアートが彼女の耳にそっとささやいた。「君が気を悪くしないといいんだが――」そこで言葉が途切れた。気を悪くするって何を？　想像の途切れが言葉の途切れとなって表れたのだろう。彼は息を切らしながら、約束を果たすべく言葉を続けた。「どうしようもないんだ。ああ……」はっきりと声に出し、小さなため息をつく。「あの椅子に座っていた君の姿が忘れられない。あれを思い出すと頭がおかしくなってしまうんだ。だから、また君を縛って、最初のときみたいにしたいと思ってる」

エマはすでにこれ以上ないほど首を激しく横に振っていた。「いやよ、私は――」

「わかった。じゃあ、ベッドにしよう。うつ伏せになってごらん」

これが私に与えられた選択肢？　椅子に縛られるか、ベッドで腹ばいになるかなの？　影法師が首元にある何かをぐいと引っ張った。あのいまいましいクラヴァットだ。この人は正気じゃない。「ねえ、スチュアート――」エマが動きだした。「場所を空けてあげるから」彼女は座ったまま横にずれた。

「ああ、それはいいかもしれない」彼の気持ちはすぐに静まった——が、そのとき、小さく鼻を鳴らす音が聞こえた。ということは、ひょっとすると、目的は最初からこれだったのかもしれない……。スチュアートがベッドに入ってくる。「ほら、少し脚を開いて。これは、なかなかいい慰めになりそうだな」

エマは息を吐き出した。それは不安と——ああ、神様、お助けください——興奮の吐息だった。

「もうちょっと広げられる?」スチュアートが訊き、エマは肘をついて体を起こし、脚を動かした。

「一分もらえるかな?」

スチュアートはそう言って上掛けを押しやると、エマの足首をつかんで寝台の支柱まで引っ張っていった。エマは、足を支柱に縛りつけようとする彼のほうに体をずらすしかなかった。

「スチュアート、わ……私、自由に動けないのはいや。怖いのよ」

「わかってる。だから、助けてあげようと思ってるんじゃないか」スチュアートはエマの背中をベッドにぴたりと押しつけ、彼女の肘を体の下から出した。「力を抜いてごらん」彼は彼女の片方の膝を曲げ、両脚を自分の好きなだけ広げられるようにした。

それから、間髪を入れずに彼女のナイトガウンを体に沿って押し上げた。そして、とうとう彼女の上に、彼だけが目にしている裸体の上に、月明かりが流れ込んできた。

ああ、何という感覚だろう。エマは再び肘をついて腹を持ち上げ、スチュアートを見つめた。彼は膝をつき、覆いかぶさるようにしてベッドまで上がってくると、クラヴァットで彼女の足を支柱にゆるく縛りつけた。そして彼女の体に目を走らせ、上からじっと見下ろした。彼はひたすら見つめている。まるで暗い中でも確実にものが感知できるコウモリのように。月の光を浴びながら。私はさらし者にされている。それは確かな感覚だったが、それだけでは済まなかった。彼の腕が伸びてきて、彼女の脚のあいだを手のひらで覆い、圧迫したのだ。

エマは背中をそらせ、頭を後ろに倒し、何かのみ込んだような声を発した。喜びの声だ。スチュアートが温かい手のひらを上下に軽く動かし、彼女をさすり、入場を許されたのだと実感しながら、自分が求めていた場所へと通じる扉の前に到着したことを告げている。スチュアート。美しくも、よこしまなスチュアート。彼が私の肉体に熱い指先の感触を塗りつけている。

低い笑い声が聞こえてきた。「はっきり言って、今の君は従順すぎる」彼がつぶやいた。「もう僕に屈服してしまったからなんだろう」

ええ、そのとおりよ！　スチュアートが指を中に滑り込ませると、エマは彼を止めなくちゃ、自分を守らなくちゃと考えることさえしなかった。自ら脚を大きく開き、足先をばたつかせてクラヴァットを——本気で縛りつけてはいなかったのだ——はずしてしまった。エマは彼に向かって両腕を上げた。「来て」ささやくように言ったが、その声はあまりにもかすれていて、かろうじて自分の声だとわかるほどだった。

「僕のペースで、僕のやり方でやる」

スチュアートはエマを見つめながら、ゆっくりとシャツのボタンをはずした。それから裸の胸をさらして身をかがめ、彼女のナイトガウンの結び目をほどき、腕に沿ってガウンを上へ上へと押し上げた。「腕を上げて」彼はそっとささやき、ガウンを頭から脱がせた。そして少し身を引いて彼女の裸をもう一度見つめてから、今度はその上に自分の体を重ねた。ズボンの前はすでに開いている。それは一瞬の出来事だった。エマの理性が勢いよく流れ去る。プライバシーもどこかに行ってしまった……。そこにあるのは親密な触れ合い……。スチュアートの体。私に触れているのは、むき出しになった彼の肉体。

中に入ってきたとき、彼は太くて、硬くて、熱かった。少しのあいだ、彼は抑え気味にエマと交わっていたが、二人が互いを求める気持ちはあまりにも激しかった。数分のうちに、エマは今にも叫び声を上げそうになり……興奮はみるみる高まり……クライマックスへと近づいていく……。スチュアートはエマの唇を自分の唇でふさいだまま、彼女の叫びをのみ込み、自分の叫びも喉の奥にのみ込んだ。頂点に上りつめたとき、二人はともに身を震わせていた。スチュアートは静かに笑っている。

それから、彼は再びエマの耳元でささやいた。「ずいぶん従順だな。寝返りを打ってごらん。両手を頭の上に持っていくんだ」彼はむき出しになった彼女の背中に両手をしっかりとはわせて、あばら、ウエスト、ヒップをもんでいく……。よこしまなスチュアートにルールなどないのだ。ただ一つを除いて。エマが恍惚となり、喜びに身を震わせるようなことがあれば、その行為を続ける。それがルールだ。そして、彼の体も湿り気を帯び、熱くなり、興奮し、淡い光が照らす中、汗で艶やかに光るのだ。彼女の耳の中で、激しくあえぎながら息を切らしている声が響いている……。

エマは再び叫びそうになった。大声を上げたい衝動。ずっと唇を嚙み締め、喉に力を入れていたが、無駄だった。それに気づいたとき、彼女は恐怖で目を見開いた。これでは、自分のしていることが、近くにいる誰かにわかってしまう。誰かを起こしてしまう……皆を起こしてしまう……。

スチュアートがささやいた。「君はホテルじゅうの人を起こしてしまいそうだ。レナードも含めてね。屋上に上がらないとだめだな」

「屋上?」

「ああ。そこまで裸で歩いていこう。廊下の端に非常階段がある。ここから六部屋ほど行ったところだよ。外に出て左に曲がるんだ。非常階段を上っていくと、行き止まりの通路に出る。通路は暗いし、厨房の上にあるから、ちょっとにおいがするけど、この時間、厨房は閉まっている。誰にも見られないさ。全部、確認してきたんだ。信用して大丈夫だよ。あそこは安全だ」

「屋上まで裸で歩いていこうともくろんでたの?」

「そうだよ。僕は遊ぶのが好きなんだ。きっと楽しいだろうと思ってね」

「楽しい?」エマはうろたえた。「いやよ」小声で反論する。「裸で廊下なんか歩かないし、非常階段にだって行くもんですか」ばからしくて笑ってしまう。安全。そう、安全のためよ。「スチュアート、人に見られるでしょう。それに、真冬なのよ。凍死しちゃうわ」まったく、この人には監視役が必要ね。精神科の病院で働いていた人が望ましいわ。

「誰も見やしないさ。真夜中なんだぞ。それに、蒸気が出ている通気孔があるんだ。暖房装置の蒸気かランドリーの蒸気かわからないけど、とにかくパイプがあって、小さなブリキの蓋が載っている。そこらじゅうに温かい蒸気が直接、吹き込んでくるんだよ。僕はそれを一目見て、君のことを考えた」スチュアートは息の混じった思わせぶりな笑い方をした。「裸で、通気孔の下の温かいところで――」

「いいんじゃない。どうぞご自由に。行ってきたら？　私はここにいるわ。ここで満足。スチュアート、私はこんななのよ。背は低いし、ちょっと……ずんぐりしてるでしょ。でも、あなたはそうじゃない。わかってるの。裸のあなたを見たら、皆、ほれぼれするでしょうね」エマはまた笑った。「つまり、裸の子爵に遭遇したショックから立ち直ったらってこと。でも、私のほうはそうはいかないわ。皆、私のお腹を見て笑うだろうし――」

このおめでたい男性は、すぐに彼女の話をさえぎった。「まさか、そんなはずはない」それが嘘偽りのない気持ちであるかのように、彼は言い添えた。ひょっとすると、彼女の言葉に驚いてさえいたのかもしれない。「エマ、君のお腹は美しい」

「ルーベンス風だわ」エマは鼻を鳴らした。

「まさしく」

「つまり、太ってるってことよ、スチュアート。もちろん、いい意味でね」彼は私をちゃんと見てないんじゃない？　私はぽっちゃりしてるの。太ってるのよ、いい意味で。自分の体が気に入らないというわけじゃない。気に入ってるわ。ただ、世の中の人たちが皆、肉づきのいい、丸みのある裸を見て楽しんでくれるだろうなどと間違った幻想は抱いていないだけ。でも、スチュアートはきっと楽しんでいるんだと思う。それは事実に違いない。エマは自分を賛美してくれる男性に伝えた。「ねえ、私は礼儀をわきまえているから行かないなんて言うつもりはないの。そんなふりをするのは、ちょっとうぬぼれてるわよね。でも、一流ホテルの廊下はおろか、人目につくところを裸で歩いたりしないわ」

だが、結局、エマは廊下を裸で走ることになった。なぜなら、次の瞬間、スチュアートが片方の腕でエマを抱え上げ、もう片方の腕にかさばる羽毛の掛け布団を抱えてスイート・ルームの表側の居間を抜け、部屋の鍵を口にくわえて、扉の外に連れ去ったからだ。彼は通路で扉を閉じた。要するに、エマと布団を締め出したのだ。その結果、彼女は身をくねらせ、彼を叩き、はってでも中に戻ろうとしたが、すべての動作は、言ってみれば無言のパントマイムだった。何しろ、向かい側の隣人はもちろん、誰かに聞かれたら、とんでもないことになってしまうのだから。

スチュアートはエマを下ろすと同時に、頭の上に手を伸ばし、巨大な両開きの扉の側柱の上に鍵を置いてしまった。エマは一瞬、途方に暮れ、そこをじっと見上げた。そんなわけで、気がつくと彼女はくすくす笑いながら、誰もが使う廊下を真っ裸で駆け抜けており、そのあとをスチュアートが追いかけた。

屋上に出ると、蒸気の通気孔の下で掛け布団に横たわり、スチュアートは頭上の惑星に見守られながら、エマに好きなだけ叫ばせてやった。彼女は夜に向かって、星に向かって叫んでいた。あるとき、スチュアートは彼女の上に乗ったまま言った。「僕の左の肩越しに空を見てごらん。今夜は金星《ヴィーナス》が見える」それから、上掛けを引き離し、それを取り戻そうとする彼女と格闘しながら大きな声で続けた。「こちらをご覧あれ、金星人の皆さん」片腕を上げ、天空の地平線を描くように動かしている。「そして、遠くにおられる、そのほかの惑星の皆さん、地球でいちばん美しい女性を大の字に縛りつけておきました。どうぞお楽しみください！」スチュアートが笑った。「僕が自由にできる人なんですよ、うーん……」彼は身をかがめ、歯と唇と口とでエマの首を少しずつかじり、キスをした。

何という夜を過ごしているのだろう！　二人は正常なの？　私は今まで、正常という言葉が自分に当てはまると本当に思っていたのかしら？　だとすれば撤回しよう。私はもう「正常」の愛好家ではない。「正常」は、「平凡」「ありきたり」と同じ意味に思えてしまう。エマはそのとき、他人のサイズに無理やり合わせるのではなく、きちんとあつらえた、オーダーメードの人生を求めていた。私の体型はまあまあよね。ちゃんと自分に合った服を着なくちゃ。それ以外の服は全部ぶかぶかで私には似合わないわ。こうしてエマは新しい性の領域に入っていった。それは想像力に満ちた、邪悪で、桁はずれに楽しい、真剣な遊びだった。

一心不乱に没頭できる遊びだ。子供のころにしたような冒険ごっこ。ただし、この場合、感覚の冒険、すなわち彼女の肉体の冒険だった。

その後、二人は一緒に羽毛布団にくるまり、横たわっていた。通気孔はだんだん温かくなってきた。翌日使うシーツの洗濯が終わったか、室内で蒸気の勢いが弱まったのかもしれない。スチュアートは体を丸め、エマとの時間をできるだけ長引かせていた。二人はこんなことをしている場合ではないのに、あらゆる困難をものともせず、楽しんでいる。

「ハーレムですって」エマはスチュアートの首に向かってつぶやき、とうとうその考えを笑ってしまった。「ハーレムを持ってたなんて、信じられない。あなたって、面白い人ね」

スチュアートが笑った。自分を笑ったのだ。「僕は男が嫌いだった。女性が大好きでね。すべての女性を自分のものにしたかったのさ。で、僕にはそれが当然のことに思えたから、女性を集め始めたんだ」

「びっくりするような人生を送ってきたのね」彼の人生と比べると、自分の人生が平凡に思えてしまう。

「二人とも、びっくりするような人生を送ってきたじゃないか」スチュアートが答えた。「それに、どちらにとっても、人生はまだ終わってはいない。人生とは、それ自体、実に驚くべきものなんだ」彼は星に向かって微笑んだ。「そして、僕らはここにいる。君がロンドンで暮らす家、僕に買わせてくれるだろう？　自分の家を持ちたくないかい？　それとも、僕のところに来る？　何でも君の望みどおりにしたらいい」

「結婚よ」エマが言った。「それが私の望み」彼に体を押しつけて丸まっていると、気持ちが大胆になってしまう。私ったら、彼にこんなことを言うなんて信じられない。羊飼いが子爵に向かって、私が欲しいなら結婚するべきだと告げるなんて。でも、私が抱いている希望はやっぱりこれ。その思いを抑えるつもりはない。かつての結婚はひどい結果に終わったけれど、それでも、結婚という考えそのものは何もおかしくない。ただ、自分が選んだパートナーに問題があっただけ。「私、結婚はいいものだと信じているの」エマはそう告げた。「夫を持つのはいいことよ。私は献身、忠誠というものを信じてる。結婚式とか、友達とか、村の教会とか、仲間に見守られて結ばれるとか」

もちろん、それは難しい問題だった。スチュアートは貴族。私は違う。

月と星の明かりだけに照らされた顔が眉をひそめ、エマをじっと見つめた。彼は何も言わなかった。

エマは、彼がスタンネル夫妻に「僕らは結婚できない」とあっさり言ってのけたことを思い出した。それに、子供ができたら、非嫡出子として面倒は見ると言っていたことも。彼は素っ気なく「そういう親切じゃない」と言っていたっけ。ええ、そうよ、二人が夫と妻として生きることは決してないだろう。

私は彼が求めている答えではない。彼は私のものではない。

スチュアートは無言の理解を示すようにうなずいてから言った。「君の望みを尊重できるようにやってみるよ。努力はしてるんだ。あまり得意ではないけどね」彼は笑い、エマの顔を見下ろした。手のひらを彼女の頭に当て、髪をなでている。「生まれながらの暴君は、生まれたときから世界を支配する稽古をしていたんだな」彼は微笑み、話題を変えた。「君はたいしたもんだ」

「そうでもないわ」エマは悲しげに笑った。

彼はエマの言葉を否定した。「前にこう言ってたね。〝ピエロは人を笑わせてくれる〟って。でもエマ、君は自分を笑わせているんだよ。人生の滑稽な部分や楽しい部分を見ているんだ。はたして、君のそばにいて、笑わずにいられる男なんているんだろうか？」

エマの心の奥にある何かがため息をついた。そんなふうに言われて嬉しかったし、彼が本気で言っているとわかって嬉しかったのだ。そういえば、スチュアートはめったに笑わない人だけど、私と一緒にいるときはよく笑う。

私は自分を笑わせていたの？　かつてザックがしてくれたことを、自分でできるようになってしまったのかしら？　ザックがやめてしまったから？　エマは毛布の下でスチュアートの裸の胸をなでながら考えた。私の欲求、欲望は次の段階に進んでいたのかしら？

それはあり得る気がする。一七歳のころだったら、スチュアートに怖気づいていただろう。彼をだますことはできたかもしれないけれど、はらはら、どきどきしながら、できるだけ早く逃げ出そうと必死になっていたはず。だって、あのころの私なら、彼の支配力と自信にも威圧されていたはずだもの。彼を絶対、近づけないようにしていたはず。

「それで、彼は人をペテンにかける以外に得意なことはあったのかい？」スチュアートが出し抜けに尋ねた。「きっと君にとっては愛すべき男だったんだろうな。いい牧師だったのかもしれない」

「普通の牧師よ。まあまあだったと思うけど」

村の人たちはザックが好きだった。皆、彼のところにやってきたもの。彼は自分の職務を精いっぱい果たしていた。もっとも、できることは限られていたけれど。ザックは魅力的な人だった。しらふに近い状態のときは特に。多くの人たちが魔法をかけられて、よりよい人生を送り、よりよい考え方、言動をするようになった。それは間違いない。そして、まっすぐ天国へと召されていったのだ。昔はよく、そう考えようと思ったものだけど。あのザックがとうとう、かつての才能を、神を利用することに傾けるようになったのだ。

神を利用した理由が慈悲や親切心ではなく、すべて罪悪感からだとしても、それは価値があることかしら？

あるわ。エマはそう思いたかった。人を善良な行為に走らせる動機が何であれ、神は気にしない。神が評価するのは、いいことをしようとするその人の意志だけであり、ザックの意志には一点の曇りもなかった。体を酷使し、一生懸命やっている限り、神は動機を理由に人の善行を減点したりはしない。それどころか、善行のために必死で努力をしなければいけなかったとすれば、その行為はさらに価値が高まるのかもしれない。ザックはほめられたような立派な業績はあまり残さず亡くなったが、へべれけに酔っ払っているか、飲み騒いでいた点を考えると、それだけのことをするにも大変な努力を要したのだ。その一方で、汗をかき、ぶるぶる震えるような二日酔いに耐え、自分を愛してくれるすべての人たちをがっかりさせてしまったとの思いに――実際、彼にはがっかりさせられることが多かったのだが――常に暗く沈んでいた。欠点があるとしても、彼はいい人だった。

「彼はいくつだったんだ？」地平線に太陽が姿を見せ始めたが、エマと同様、スチュアートも眠れずに横たわっていた。二人とも、明日のことを思うと、嬉しさのあまり、あるいは少し不安で眠れなかったのだ。とにかく二人はお互い協調しなければならない。

「亡くなったときは五一」

「五一！　若い男かと思ってたよ！」

「若かったわ。頭の中はね。私の知り限り、いちばん子供っぽい人だった。でも、言っとくけど、そういう人と一緒にいると面白いのよ。出会ったとき、彼は三五だったけど、ポケットに爆竹をいっぱい入れた一二歳の男の子より面白かったわ。いたずら好きでね。ああ、あの人がしでかすいたずらときたら！」

「それに、酒飲みだった。君は彼が酔っ払っていたと言ってたけど、どの程度だったんだ？かなり飲んでいたのか？」

エマはため息をついた。「飲んだくれよ。大酒飲みだったの」ああ、ついに言ってしまった。死んだ夫のことを最後まで話してしまった。彼と共謀して隠してきた秘密を、私がばらしてしまった。

そして、スチュアートはその話を聞いて大喜びしてるじゃないの！「ザッカリー・ホッチキスは不能で、年を食った大酒飲みだったとはな！」彼は勝ち誇ったように笑った。悪魔を解き放ち、ザックの数々の弱点を面白がって、大笑いしている。

ザックが笑いものになるような話をしてしまい、少し不誠実なことをした気分になったのは確かだ。でも、死んでしまった人に誠実である必要があるの？　そもそも、これほどの忠誠心を受けるべき人ではなかったのかもしれない。

もっとも、スチュアートにこのような励ましの言葉は必要なかった。彼はさらにザックを攻撃する言葉を重ねた。「彼と出会ったとき、君は若かった。その後、君は大人になったが、彼は違った。それに、どっちみち第一希望の男じゃなかったんだ。確かそう言ってただろう」

「そうよ。私の第一希望は――」自分がよく知っているイングランドの男性で、同じ身分の人がいい――そんなことを考えていたら、気まずい間ができてしまい、エマは慌てて言葉をつないだ。「初めてロンドンに来たときに出会った一六歳の少年だった。世慣れた人で、自分の勘定書に私の名前を書くようになったの。私にはそれをやめさせることができなかったから、代わりにザックのもとに走ったのよ」

「ザック」スチュアートが言った。彼はめったにその名前を口にしないので、こうして耳にすると、奇妙な感じがする。「ああ、僕がどれほど彼を憎んできたか、君がわかってくれさえすれば。僕は君の夫、教区牧師、酒浸りだったかもしれない模範的人物が気に入らないんだ。年を食っていて、いっつも酔っ払っていたとはな」彼は我を忘れて笑い、大喜びしている。「しかも、肝心なときにしおれっぱなしときたら――」

「ちょっと！　そう簡単に受け入れられることじゃなかったんだから。そんな大喜びしないで」

「喜んでないさ」スチュアートは首を横に振った。真剣な表情になっている。「きっと悲惨な日々だったに違いない」だが、彼はまた噴き出してしまった。「ああ、喜んでるとも。わくわくする。てっきり君はあいつを愛してたんだと思っていたのでね」

「愛してたわ。かなり愛してた。何度も何度も同じことを繰り返して、人を苦しめる相手を愛せる限りはね。私はいつも彼の尻拭いばかりしていたの。彼は行くと言った場所に行ったためしがなかった。それで、よく羊が病気をしたわ。餌をやり忘れて、それを私に言わなかったから。酔いつぶれて、一日中、気を失っていたことを私に知られたくなかったのよ。彼はそういうことを何日も続けられるの。時には何週間も。そして、私はこう悟ったわ。真冬の納屋の中で一日中、気を失っていたのに彼が凍死しなかった理由はただ一つ。血液内のアルコールの量が多すぎて、普通の人間と同じようには凍らなかったんだ、とね」エマは笑った。それは乾いた笑いであって、純然たるユーモアではなかった。でも、この話題で自分が笑っているのを耳にするなんて、驚くべきことだ。私の羊。私は羊が大好きだった。二人の羊。羊は病気になり、おまけにザックも死んでいたかもしれない。それでも、今、思い出すと、何ともばからしくて笑ってしまう。ただ、あの当時は、おかしくもなかったし、とてもばからしいとは思えなかった。寒さで死ぬですって？　ああ、私はいつか彼を殺してやろうと思っていたんだ。

「彼、仕事はどうしてたんだ？　たとえば、説教の原稿を書くときとか。いつも大酒を飲んでいたのなら……」

「ああ、彼はごまかすのが得意だったのよ。生涯かけて訓練してきたことだもの。それに、お説教を書いていたのはほとんど私だったから」

「君が？」信じられないといった口ぶりだったが、やがて彼は納得したように鼻を鳴らした。

「考えてみれば、想像はつくな」

エマはスチュアートの腕の中で体をひねり、彼を見て口元を引いた。彼はまた私が信心家ぶっていると思っている。

「つまり、君が原稿を書いて、彼が説教をして、手柄を持っていってしまったんだね？」

「あら、そういうことじゃないのよ」エマは首を横に振った。「彼はいつも泥酔状態で何も書けなかったけど、日曜日がやってきて、私が彼の頭に原稿を叩き込むことができれば、喜んで説教壇に立ってたわ。もうろうとして、目も見えてなかったんだけど、前の晩に私が書いた原稿を皆に読んで聞かせたの。たいがい一本調子でね。神について、公平とは何かについて、あるいは私がたまたま陥ってしまった不道徳について」エマは自分をあざけった。

「家族の誰かが年がら年中酔っ払っている場合、ほかの家族や女性が感じるであろう怒りに関するお説教だったこともあるわ」彼女は次第におとなしくなっていく。「いずれにしても、彼は必ずどこかで心を動かされて泣きだしたの。そして、一気に調子が上がるのよ。魔法みたいだった。私の原稿はすっかり置き去り。立派な演説者になってたわ。詐欺師が、教会にいるすべての人たちの信用を勝ち取ってしまったの。お説教が終わるころにはもう、涙で目を濡らしていない人は一人もいなかったんだから。ホッチキス牧師は、とても感動的なお説教をしたの。半分は私の言葉、半分はその場で出てきた彼自身の言葉。一〇〇パーセント、悔い改める気持ちと、神の救いを求める祈りに満ちたお説教だったわ」

スチュアートがエマを見た。「君の目は例外。涙に濡れちゃいなかったんだろ?」

「私の目?」

「君は彼の説教で泣かなかった」

「当たり前じゃない」エマは目をしばたたいた。どうして当たり前なの? それに、どうしてスチュアートにそれがわかるの? なぜ彼はそんなことを訊いたの?「だって、自分が書いたスピーチよ。私はお説教でどんな話をするのかわかっていたし、ザックのこともよくわかってた。彼がどういう方向に話をもっていくか、いつもわかってたのよ」

「君は誰にもだまされない」スチュアートが言ったのはそれだけだった。「自分にもだまされない」

エマは少しためらい、顔をしかめて彼の胸を見つめた。「もう、さんざん嘆いたのよ。自分が抱いていた不満のほとんどについて。さんざん泣いて、先に進んだの。苦痛を引き延ばしたって何もならないでしょう」

「でも、ザックはそうじゃなかった」

「そうね」エマはうなずき、さらにおとなしくなった。まったくじっとしている。ザック。そう、彼は苦痛に心を奪われていた。痛みを求めようとする彼の情熱には、どんな女性も太刀打ちできなかっただろう。

そこに横たわったまま、エマは突然、稲妻に貫かれたように、正直な気持ちに襲われた。正直にならなくちゃ。修道女が懺悔《ざんげ》をしにいくように、彼女は正直になろうと努力した。

「スチュアート?」

「ん?」

「私、彼と別れようとしていたの」そこには誰にもわからない何かがあった。彼女は教区牧師の妻という肩書き、仕事、牧師の妻として受け入れた村をあれほど愛していたのに、それと縁を切ろうとしたのだ。「私はもう彼とは一緒にいられないと、二人で結論を出した途端、彼の具合が悪くなってしまってね。もう長くはないんだろうなと思って、私は残って看病したの。亡くなる何日か前に、彼はこう言ったわ。〝エム、せめて、こんな状態でだらだら生き延びなかったことだけは潔かっただろう。情けないが、君にしてあげられたいちばんの親切はたぶんこれだな。さっさと死ぬことだ〟」

そのとき——驚いたことに!——彼女はすすり泣きを始めた。しゃっくりのように、どこからともなく、何の前触れもなく涙がこみ上げてきて、止めるすべもわからないといった感じだ。そして、涙が次から次へとこみ上げてきたかと思うと、彼女は突然、声を上げて泣きだした。スチュアートの腕に抱かれ、少なくとも一〇分は泣いていた。ことによるともっと長かったかもしれない。こんなに悲しみをぶちまけるなんて。まるでクリスマスのお祝いができなくなった子供みたいだ。

この悲しみはどこから来たのだろう？　心の痛み、怒り、純然たる悲しみ。だが、それは死んだ男に向けられた悲しみというより、かつて彼女が知っていたザックに向けられた悲しみだった。自分が何をしているのか、自分が何者かわかっていたころのザック。二面性があって、とても賢くて、教養があったザック。あるいは、少なくとも人にそう思わせることができたザック。ああ、それに、私は自分を悲しんでいる。ザックについて、自らをだましていたことを悲しんでいるんだ。自分にもだまされないですって？　**私は自分をだましているの。自分がカモだったのよ。**エマはスチュアートの胸に向かってそのような言葉をつぶやき、シルクのように滑らかな髪を乱して泣いた。涙と、それに続く、とても見られたものではない鼻水とで、彼の素肌は艶々光っていた。

しかし、彼は気づいていないようだ。ただ彼女の頭を愛撫し、震えているむき出しの肩を抱いている。裸の二人。性的衝動という力を借りずとも、二つの裸体はあっさり天使になれてしまうのだ、欲望の山、オリュンポス山の神と女神になれてしまうのだ、とエマは思った。「ああ、僕らは――」涙の勢いが収まってしばらくすると、スチュアートはむき出しになった腕のくぼみと胸とでエマを包みながら言った。「孤児なんだよ」つまり二人は変わっている、はみ出し者、背教者だということ。そのような人間にとって、自分の居場所を見つけるのは難しいということだ。確かに彼の言うとおり。

私たちは孤児。私たちは皆、孤児なのです――ザックがよくミサで語っていた説教だ。これは彼の言葉であって、エマの言葉ではない。孤児は我が家を探し求めている。我が家に戻ってきなさい――ザックはそう説教をした。

私には当てはまらない言葉だ。私は家を出てザックと出会い、少なくとも気持ちのうえではザックのもとを離れた。あまりにも辛くて、一緒にいることができなかったから。そして、今度はスチュアートのもとを去ろうとしている。彼は気づいていないけれど。僕ら。なんていとしい言葉だろう。私が知っているはみ出し者の子爵にしては、私を溶かしてしまうほど優しさがこもっていた。

なぜ私は彼のもとを離れようとしているのだろう？　その時点では答えがわからなかった。もはや彼と一緒にいるのがそれほど悪いこととは思えない。人が何と言おうと構うもんですか。彼の納屋がある大きな庭で雌羊として暮らしたって構うもんですか。彼が私のお尻に赤い顔料の跡を残し、次の雌羊のところに行ってしまっても構うもんですか。なるようになればいい。でも、そんなこと耐えられるの？　彼から縁を切られるまで留まることができる？　彼から幸せな時間を引き出すため、自ら立ち去るのを待つことができる？　最後の瞬間まで、かけがえのない時間を過ごすため、プライドを売り渡すことができる？

たぶん、できる。このごろ二人はものすごく素敵な時間を過ごしているもの。一緒にいる機会が訪れるごとに。こんなに素晴らしいひとときなのだから、ひょっとすると彼が私を捨てることはないかも——。

エマは我に返った。私は自分をだましている。だめよ、もう二度と自分をごまかすもんですか。私はスチュアート・ウィンストン・アイスガースがどんな人物か知っている。それに、彼と地元の羊飼いとの情事がこの先、どうなるのかもわかっている。苦痛を引き延ばしたって何にもならない。結末を知るために、わざわざそこまで行ってみる必要もない。計画どおり、自分のやり方を続けるほうがいい。それに二人がともに、弁解をしたり、ため息をついたりしなくて済むようにしたほうがいいし、おそらく泣かないようにしたほうがいいのだろう。

ザックと出会ってから——いや、たぶんその前から、今までずっと、生まれつき——私はすべての人に、とりわけ自分自身に、無用な苦痛を味わわせないようにする主義を貫いてきたのだろう。

翌朝、エマはホテルのベッドに横たわっていた。かすかにいびきをかいている裸の子爵の隣で目覚め、半分ぼうっとしていると、だんだん事実がわかってきた。私は彼を愛している。まさか。ゆうべ、あれだけ涙を流したのはそのため？　スチュアートの肩にもたれて、あれだけ泣いたのはそのため？　あの涙は、ザックのためではなかった。かつてのザックのためでも、今も生きていたかもしれないザックのためでもない。自分のための涙でさえなく、自分が求め、手に入れられなかったものに対する涙でもなかった。

私は、このベッドの中にいる、この男性のために涙を流し、すすり泣いたのだ。背が高くて、ハンサムで、手足のひょろ長い、この人のために。私の隣に横たわる、生きた男性のために。彼は私のものにはならない。その現実を嘆き、子供のように泣いたのだ。

エマは彼の全身に目を走らせた。脚のあいだで眠っている性器の上まで来ると、視線はいつまでもそこに留まっていた。それから、シーツの絡まった筋骨たくましい太ももに沿って進み、骨ばったすねを通って、高さのある足の甲へ、そして優美な長いつま先へと至った。スチュアートは痩せているほうだろう。だから着ている物がとても格好よく見える。服を何枚も重ねて着ることができるし、それでもエレガントに見えるのだ。私と違って。しかも、重ね着をするとなおさら痩せて、ハンサムに見えることもある。骨格そのものが美しいからだ。

こんな具合に、エマはスチュアートに対して抱いている愛情の深さにも気がついた。それは骨身に染みるほど深い愛情だった。一度認めてしまうと、その思いは心の中のいたるところに存在するような気がしてくる。愛情が湧き上がり、胸骨を押し上げて膨らませるかのようだ。確かに、昨晩の涙は、この見た目の立派な、少々変わった貴族のために流したのだ。彼の言語道断な父親は財産目当ての結婚をしたけれど、彼自身は間違いなく、嘘偽りのない、本物の称号があるおかげで、多くの女性から求愛されるのだろう。片や私は羊飼い、元泥棒。仮面と、彼が買ってくれた服以外、身につけたことがない。

スチュアートはまだその点がわかっていないのだ。そのうちわかるだろうけど、今の彼は、自分の心はあまり善良ではないという不安にさいなまれている。親切なことをするだけでは決して満足できず、その行為に走らせた動機が純粋であってほしいと思っている。ああ、なんという人だろう。なんという男性だろう。私はそんな彼をどれほど愛していることか。彼が私と永遠に一緒にいたいなら、私を自分のものにしておきたいなら、私を誘いたいのなら、私と結婚したいのなら、彼が示すべき理由として愛に勝るものは見つからない。悲しいかな、私はそのことを嘆いて涙を流したのだ。そして、ザックとの暮らしで、愛のない結婚ほど不完全で心が痛むものはないと、いやというほど思い知らされたことを嘆いたのだ。

16

エマは「朝食をご一緒に」とレナードにメモを送った。それから、レストランでいちばん奥の隅に席を取り、お茶を注文し、ウエイターには、こちらから合図をするまで運んでこないようにと伝えた。

レナードが近づいてくると、エマは彼が椅子に座るのも待たずに切り出した。「ああ、しばらく二人きりになれて本当に嬉しいわ。実はゆうべ――」そこで言葉を切り、顔を背けて、こぶしを口元に持っていく。「ああ」一瞬、ばつが悪そうに彼を再び見てから目を伏せ「ゆうべ――」とつぶやき、自分の言葉を訂正するように、これ以上、話したくないのだけれどとばかりに「ゆうべね――」とさらに繰り返し、もったいをつけた。「私……あなたがおっしゃっていた、いろんなことについて考えたの。スチュアートは本当に、仲間とは言えないわ。お金を出し渋ったし、びくびくしているし。議会での自分の立場を心配してるのよ。友達がいるものだから。私、彼が誰かにもらすんじゃないかと心配で」エマは胸を大きく膨らませ、ため息をついた。「彼ははずすべきね」

「本当に？」歓喜と勝利と、哀れにさえ見える抑えがたい欲望とで、レナードの目は飛び出さんばかりだった。「その理由は？」彼はぼう然として腰を下ろした。

エマがすかさず答える。「だいたいのことは、ゆうべあなたが全部、説明してくれたでしょう」

「何かあったんだな」レナードは見抜いたように言った。万事好都合よ。彼は第二幕を待とうともしなかった。話を小出しにしようと思っていたけど、そんな必要はなさそうね。彼はすぐに食いついてきた。残らずしゃべってしまったほうがよさそうだ。エマはうつむき、ひと言、ひと言、気が進まないといった様子で語った。「ゆうべ、彼が私の部屋に無理やり入ってきて……。彼は――」

「なぜ私を呼ばなかった？　すぐ向かいにいたんだぞ！」

エマはテーブル越しにささやいた。「騒ぎを起こしたくなかったの。自分でどうにかできると思ったのよ」

「でも、できなかったんだな！」レナードは断言した。「あいつは君に乱暴したのか？」

レナードったら、女性の味方ね。悩みを打ち明けてもいいかしら？「危ないところだったわ」エマは彼をやきもきさせるために言った。とにかく、きわどく誘惑するほうがいい。「私、すっかり怖くなってしまって。スキャンダルにしたくなかったのよ。わかるでしょう？　彼はあなたの甥御さんですもの」エマは、あんなひどい親戚をお持ちで同情するわとばかりに顔をしかめた。「それに、私たちには進めている計画があるでしょう。人目につくのは困るのよ。とにかく、最後には上手く説得できたんだけど、その前に……ああ……」エマは顔を背けた。あんな屈辱的なこと、すべてお話しできないわ、といった様子で。

「その前に何なんだ！」レナードは両手をついて前かがみになり、さらにテーブルの上に少し身を乗り出した。きわどい話が詳しく知りたくて、居ても立ってもいられないのだ。

エマは首を横に振った。慎み深い私には話せないの……。「気にしないで。要するに、彼は完全にはずすべきだってこと」

「まったく君の言うとおりだ。これ以上正しい判断はあり得んくらいだよ。あいつは危険な男だ。私の兄、つまりあいつの父親と同じようにな。我々は……」

レナードはしゃべりまくり、エマは気が済むまでわめかせておいた。そして、彼女が出した結論……私はレナードの信頼を完全にものにした。言ってみれば、彼は、この仕事に転向し、彼女を完全に信頼するようになったのだ。彼は全面的にこう信じている——自分は今、まさに大金持ちになろうとしている。あの彫像を取り戻し、そのうえエマまで手に入れることができ、さらに甥を裏切ってやれるかもしれないのだ。負けてなるものかと、とてつもない敵意を抱いてきた、あの甥を。

レナードは一つだけ脱線した。「びっくりしているのだよ」紳士らしい侮辱がこもった言い方だ。「我が最愛のエマよ、私はとても動揺している。スチュアートがそれほど下劣な男とは。君はどうやって耐えたんだね？　あいつはいったい何をしたんだ？　いや、だめだ、言わんでいい。きっと思い出すのも辛いだろう。だが、ありがたい。彼は目的を遂げなかったのだな。とはいえ、スチュアートが女性の寝室に無理やり入っていくほどずうずうしい男だとは思わなかった。いや、あいつはそんなたまじゃない。下品な言い方をお許し願えればだがね」

たま？　なんてお上品な表現！　それなら彼はちゃんと持ってたわ。私、見たんだから。

「あなたは、わかってないのよ」エマはレナードに向かって芝居がかったように言った。「私たち、すぐに動かなきゃ。だって彼は……つまり、予断を許さないの」

「すぐに？」

「ええ。今日、彫像を持ってこなきゃだめよ。今すぐに」

「今すぐ！」レナードはびくっとした。「しかし、偽の来歴はまだ用意できていないのだし、スチュアートは――」そのとき、レナードにもようやく事がわかりかけてきた。というより、それに気づき、大いに喜んでいる。エマはこれまでにも、本人の意地汚い欲望と不名誉な行為を利用して男性をだましてきたが、状況を理解するのにいちばん時間がかかったのがレナードだ。「ああ……」彼は驚き、なるほどと言いたげに頭をもたげた。こんな計画を編み出した彼女への最高の敬意を表するのに、ほぼ一分かかってしまったのだ。

「そういうことよ」お利口さんね、とエマは思った。「二人で逃げるの。何もかも持って。それから、たとえばニューヨークとか、安全なところで計画を進めればいいわ。スチュアート抜きでね」

エマはレナードを出発させるのに手間取った。彼が二人の「素晴らしいアイディア」、「かつて人が考え出した中では最高の信用詐欺」を祝いたがったのだ。結局、エマは昨晩「辛い体験」をしたおかげで、神経があまりにも高ぶっているから、と言い訳しなければならなかった。体を休める必要があったことは確かだ。まったく嘘というわけでない。何しろ、一晩中スチュアートの意のままになっていたのだから。二人はあれからエマの寝室に移り、彼はさらに二回奮起した。本当に驚くべき男性《ひと》。二人は一晩で、エマの結婚生活最後の一〇年間よりもたくさん、多くのやり方で愛し合ったのだ。とても素敵な体験だった。あのようなことに慣れていない体には少しこたえたとしても……。つまり、二人とも、今日ちゃんと歩けたとしたら、それはほとんど奇跡に近いということだ。

エマは慎重に立ち上がったが、そのときも大げさに振る舞う必要はなかった。「少し横になろうと思って」その言い方は、深い悲しみが声に表れないように勇気を振り絞っている、という感じだった。

「ぜひ、そうしなさい」レナードはそう言って同情を示したが、少し心を奪われているように見えた。こんなことを想像して歓喜していたのかもしれない——これで、甥の背中にナイフを突き立てることができる。

かくして、レナードは意気揚々とホテルをあとにし、彫像を取りにいった。だが、彼が通りにふらふら出ていって、肝心なものを取ってくる前に馬車にひかれて死んでしまうのではないかと、エマは心配になった。

スチュアートは遅れていた。エマは、大またでやってくるブーツの足音が聞こえてくるまでのあいだに、彼をヨークシャーの裁判所に呼び出すための召喚状をでっち上げようと奮闘していたが、なかなか満足のいくものができずにいた。ロンドンで二人の仕事が終わったらすぐ彼を追い出せるよう、誰か人を雇って召喚状を届けてもらおうと考えていたのだ。

頼まれたことをやり終え、彼が彫像を取り戻したら、私はできるだけ早く出ていくべきだ。エマはそう決心していた。もう言い争ったり、お願いしたり、話し合ったりはしたくない。それから、まだ引き出しに入っている二〇〇〇ポンドについて思いを巡らせた。これを全部もらってしまえば、私はどこであれ、新たなスタートを切ることができる。これは彼のお金だけど、そこに入っている……。私の良心がこれをもらってしまうことを許すかどうかだ。でも、決めるのはあとにしよう。まずは私を追いかけてこられないほど彼を遠くへ追っ払ってしまうこと。今はそれが重要な問題だろう。それと私の羊。羊と農場と猫と友達のことも。

それでも、再びドゥノード城の陰でどう暮らせばいいのか、はたして幸せに暮らせるのか考えることができなかった。

やがてスチュアートが到着し、エマは召喚状のお粗末な複製を作るという作業から解放された。というのも彼自身、レナードの件が片づいたらすぐ、ホテルを出なければいけない理由ができてしまったからだ。

彼はエマの部屋に素早く入り、息を切らしながら言った。「今朝、馬を連れていかれてしまったんだ。三〇分文句を言って、それから急いで来たんだが。遅れて申し訳ない」

「いいのよ。レナードは、急いだとしても四〇分は戻ってこないでしょうから」もちろん、レナードが二度と戻ってこない可能性は常にある。あるいは、警察を連れてきて、私とスチュアートを逮捕させるかもしれない。

「馬はどうして連れていかれたの？」

「調教師の助手が引き綱を引っ張ったんだが、どうやら引き方がちょっと強かったらしい。馬が助手に飛びかかったんだ。そいつを殺そうとしたんだよ。最終的な判断は先延ばしにすることができたけど、馬は連れていかれ、檻に入れられてしまった。これが終わり次第、話し合いに行かなきゃならない。助手は馬を処分したいと言っていて、調教師にはどうにもできないんだ」

「お気の毒に。もしレナードが本当に戻ってきて、本当に彫像を持ってきたら、すぐここから出してあげるわ。どれくらいなら待てる？」

スチュアートは懐中時計を取り出した。「叔父が一時間以内に来なかったら、彼を待たせておくことはできるかい？」

エマがうなずいた。

レナードは時間どおり、四〇分以内にやってきた。階段を使ったので息を切らしている。エレベーターが混んでおり、帽子箱を――この中に大事な彫像が入っている――持っているところを人に見られたくなかったのだ。彼が部屋に入ると、当然、エマは一人だった。

「持ってきたぞ」彼は箱を窓際のテーブルの上に置いた。

女性用のピンク色の帽子箱だ。スチュアートの母親の物にほぼ間違いない。エマは待ちきれず、蓋を開けて中をのぞき込んだ。古新聞がたくさん入っている。それをわきにどけ、現れたものを見下ろし、彼女は顔をしかめた。

期待はずれだった。こんなに小さいなんて。しかも緑色で、けばけばしい。宝石だらけだ。獣のような顔が彼女をじっと見上げている。残忍な顔。ずるそうに歯をのぞかせ、陽気に笑っている。箱から取り出し、手に持って向きをいろいろ変えてみる。特定の動物というのではなく、いくつかの動物をごたごた寄せ集めたものだ。確かに、古代の神か何かに見える。醜さという点では強烈だ。東洋の唐獅子のよう。エマは彫像を古新聞の中に戻し、前よりもいっそう頭をひねってしまった。こんなものを欲しがる人がいるわけないじゃない。つまり、ザックは私が思っていたよりもずっと優秀な詐欺師だったということだ。彼がこれを今は亡き子爵に売ったのだとしたら。

「これで準備は整ったかね？」レナードが目を輝かせて尋ねた。

荷造りの済んだエマのかばん類が扉のそばに置いてある。彼女はコートを取りにいった。スチュアートは叔父が階段を上ってくる音を聞いていたはず。それに、彼とチャーリーの仲間が二名、隣の部屋で待機している。ここからはタイミングがすべてだ。

エマがコートを持って寝室から出てきたまさにそのとき、スイート・ルームの両開きの扉が勢いよく引かれ、スチュアートが押し入ってきた。

彼は顔を赤くし、激怒した表情を浮かべている。隣の部屋でマークとメアリの指導のもと、息を止めて、頬を叩いてきたのだ。表情はとても大切。というのも、頬の裏に七面鳥の血が入った袋があり、何か言っても袋が舌を邪魔してしまうので、しゃべるのは最小限に留めなければいけないのだ。「そ、そんなことだろうと思った！」スチュアートはそう言って、まず叔父を、次にエマを指差した。「あ、あんたも……君も……」

レナードはスチュアートを見たショックで顔面蒼白になっている。「いったいどうして──」

スチュアートは頬を膨らませ、吐き捨てるように言葉を続けた。「あんたは、僕の土地を盗み──」ここでうなり声。「称号を盗み──」一瞬の間。「僕が求めている女性を盗み──」底知れない、とても不気味な怖い顔に、エマはぞっとした。本物の表情でないとわかっていたが、思わず後ずさりをしてしまった。「僕を裏切って──」

レナードがすかさず言った。「これは、裏切りというわけじゃない──」彼は後ろへ下がる。

「はっ。笑わせるな」スチュアートは叔父に近づいていく。レナードと彫像のあいだに入り込もうという寸法だ。計画はかなり上手くいった。彼が叔父に迫っていくと、相手は後ずさりをし、エマにちらちら目をやりながら、彼女をよけてドアに向かっていく。その調子よ、レナード。

「あんたの血を絞り取って──」スチュアートが言った。あんなものを口に入れているのに、見事にやってのけている。

「動かないで」ここでエマがハンドバッグからペッパー・ボックス型ピストル（五、六本の回転式銃身を持つ一八世紀後半のピストル）を取り出した。いや、実際には、取り出すふりをした。ごそごそ手探りするのはいやだったので、寝室に行ったときから手に持っていたのだ。

レナードは銃を見て目が飛び出しそうになり、顔から血の気が失せた。壁に沿って一歩、横にずれ、出口にじりじり近づいていく。完璧だ。

「そこにいなさい」エマが言った。

スチュアートが動きを止め、両手を少し上げる。後ろの右側ではレナードが次第に動けなくなり、そこに立ち尽くしてしまった。

「私たちは、おいとまさせていただくわ」エマがスチュアートに言った。「そっちへ行きなさい」彼女は銃で指図した。

スチュアートは笑い、実に真に迫った演技で、ばかにしたように鼻を鳴らし、次のせりふをすらすらと口にした。「そんなおもちゃ、僕に向かって使うつもりじゃないだろうね」彼は一歩、彼女に近づいた。

エマは引き金を引いた。どうか完全にはずれますように。空砲でも至近距離で撃てば多少傷つけてしまうかもしれない。スチュアートは血のり袋を嚙むと同時に、白いシャツの前をつかんだ。手にはもう一つ、血のり袋を持っていたのだ。彼の口から血が噴き出した。指のあいだからも血がもれている。上出来よ。スチュアートはよろめき、ショックを受けた表情を浮かべて卒倒し、仕上げとして、最大の効果を狙ってごろんと仰向けになった。胸は真っ赤、頭は横に力なく傾いている。そして、口からは血が流れ出ていた。

エマはつかんでいたヘビを手放すかのように銃を落とし、片手を口に当てた。本当に心臓がどきどきしている。あのときの、あの場所の光景とあまりにもそっくりで。床に横たわるスチュアートを見ると、ひどく心がかき乱された。

エマは顔を上げ、レナードを見つめた。ある種、本当の悲しみが喉にこみ上げてきている。

「出ましょう」

「何だって!」レナードは彫像に目を走らせた。

ちょうどそのとき――銃声から六つ数えたところで――メイドの制服を着たメアリ・ベスが開いた戸口に現れた。両手に新しいシーツを抱えている。「あっ!」メアリが声を上げ、白いシーツを白いエプロンに押しつけた。「人殺し!」メアリは一瞬、エマを見てから、レナードをじっと見据えた。

「わ、わ、私じゃ――」あ然とするあまり、レナードは否定の言葉も口にできない。

エマにとってはここからが正念場だ。スチュアートが隣の部屋を出た時点で、マークが最上階までエレベーターを呼び出すことになっていた。マークはエレベーターに乗ったまま、操作係にあれこれ注文を出し続け、エレベーターに足止めを食わせているはずだった。これから混乱は大きくなるだろうが、何の騒ぎか知りたがる人たちがいるとすれば、非常階段を六階まで上るはめになる。

メアリが悲鳴を上げると、エマはレナードに駆け寄り、彼の腕をつかんで、引き出しつきの小さな机まで引っ張っていった。「よく聞いて」悲鳴に負けない声で、彼女はプロらしく、落ち着き払って言った。「手に負えなくなってしまったわね。はい、これ」小さな紙の束を渡し、動かし難い事実を説明した。「ニューヨーク行きの切符。今夜、サウサンプトンから出る定期船よ。それに乗って。私の姿が見えても見えなくてもね。私は別の船に乗るから。大丈夫、上手くいくわ。ニューヨークに着いたら、ワイオミングというところへ行ってちょうだい。とてもへんぴな場所で、人はあまり住んでないけど、身を隠すには都合がいいの。本当よ。誰もあなたのことを知らないんだから。すぐに集められるだけお金を集めてワイオミングに行って。危険がなくなったら、そこで落ち合いましょう」

「しかし……しかし――」レナードはおびえているだけでなく、ひどく落胆している。「彼が死んだとすれば――」彼はスチュアートのほうにぐいと片手を動かした。「私が相続人になるんだぞ。私が彫像も何もかも相続することになるんだ」彫像が入っている箱に、最後に一目、憧れの眼差しを向けている。エマと同様、レナードもわかっているのだ。

エマが言った。「殺人犯は相続できないのよ。さあ、行きましょう」

メアリがうめくような声で助けを呼び、二人の話をさえぎった。

レナードは最後の最後に、彫像と、ぴくりとも動かないスチュアートをちらっと見てから尋ねた。「ワイオミングのどこへ行けばいい？　それは州全体の名前だ」

そうなの？　あら大変。「州都よ」エマは、そんなことわかってると思ってたのにと言いたげに目をぎょろつかせた。

レナードがうなずく。「シャイアンだな」

驚いた。この人、地理に詳しいのね。エマは大学を出ている男性が大好きだった。これは例外のない原則。頭のいい男性は最高のカモになる。彼らは自分自身の裏をかいてくれるのだ。「そのとおりよ」完璧。

「私が彫像を持っていくべきだ」レナードがスチュアートの体をまたごうとしている。

ありがたいことに、そのときメアリが甲高い悲鳴を上げ、彼を阻止してくれた。

エマは再びレナードの腕をしっかりつかむと、背伸びをして彼のほうに体を傾け、耳元で怒りを込めてささやいた。「縛り首になりたいの?」

レナードは彼女の腕の中で、まるで子供のように振り向いた。事情がわかってきたのか、はた目にもわかるほど衝撃の表情が広がっていく。何もかも、すべて失ったのだ。もう逃げるしかない。

エマは手早く、絶対確実な説得力のある説明をした。「あなたと彼が激しく言い争っていたことは皆、知ってるのよ。特にこの彫像を巡ってね。売り渡し証書は、彫像が彼の物だと証明するものばかり。そんな状況で彼が死んで、あなたが彫像を持っていたらどうなるの? これを手に入れるために彼を殺したと思われるわ。少なくとも、何かたくらんでいたと思われることだけは確かね」エマは乗船券を彼の手に載せ、自分の両手をできるだけ優しく重ねて、それを握らせた。それから、これで彼の運命が決まりますようにと願いながら、頰に素早くキスをした。「彫像は置いていくの。美術品はほかにもあるわ。でも私もあなたも、命は一つしかないのよ。さあ、行きましょう!」

エマは自分のコートとかばんを集めた。レナードはぼう然とするあまり、手伝うこともできずにいる。彼女は彼の腕をつかんで非常口のほうに引っ張っていった。廊下に出ると、人々が階段を上がってくる足音が聞こえてきた。

外に出て、非常階段をいちばん下まで降りると、レナードは、確認するように先ほどの言葉を繰り返した。「ワイオミングのシャイアンだな」

「ええ」エマは明るく微笑んだ。「そこで会いましょう！」こんなヒキガエルみたいな人とはおさらばよ。

レナードとエマは別々の方向へ立ち去った。ただし、エマは建物をぐるっと回って通用口からロビーに入り、静かで平穏なホワイエの読書室を抜けていった。

ワイオミング州シャイアン。ああ、レナード、どうぞそこで末永くお元気で。そして、もう二度と戻ってきませんように。

一方、スチュアートは、メイド役のメアリに手伝ってもらいながら、顔の血を拭き、シャツを引き剝がすように脱ぎ、新しいものに着替えた。何事かと階下からぞろぞろやってきた人たちが、ついに戸口に現れると、彼はメイドがネズミを見て騒いだが、もう退治したと説明した。人々はがっかりし、少しずつ去っていった。ここまでで一〇分もかかっていない。

その後、スチュアートは平然と階下に向かい、正面玄関からホテルの外に出た。そこで御者と議論を始めたが、心の片隅ではずっとエマのことを考えていた。僕はいかれた男の相手を彼女一人に任せてしまった……。

レナードが突然、もっと信用できる証拠を求めたら？　もしも彼女に敵意を向けたら？　彼女が彫像を取りに戻るのを目撃したらどうなる？　自分の都合で役割からはずれるわけにはいかない。スチュアートは気をもんだ。僕は役に立っているはずだ。

御者はある程度までしか承知してくれなかった。「閣下、こんなことを申し上げるのも何ですが、あの馬は手間をかけるほどの価値はございません」

「僕はあいつをかばってやりたい。調教師たちには、これからは放牧をさせると言うつもりだ。もう二度と道に出したり、人間に近づけたりしない」

「処分するべきです」

「そんなの、ばかげてる。もう、あいつは馬車にはつながない。別の調教師を雇おう。新しい調教師を」

「閣下はご自分のおっしゃっていることがわかっておられないのです」御者は譲らなかったが、次の瞬間、自分が何を言ってしまったか悟り、言い添えた。「恐れながら……」

スチュアートは目をしばたたいた。御者が主人に公然と反論するとは。

御者も自分のしたことに気づき、後ずさりした。「申し訳ございません。私は決して――」

「いいんだ」御者と議論をするなんて。今までになかったことだ。彼は一息つき、それも悪くないなと肝に銘じなければならなかった。何かしら学ぶものがあるだろう。「なぜ処分するべきだと思うんだ？」

御者はその言葉に勇気づけられた。「あの馬は私を嚙み、蹴飛ばそうとしました。それに、羊のほうにそれていってしまうんですよ」

「何だって？」

「道に何か小さなものがあると、それを追いかけてしまうんです。あの馬は正気ではありません」

「鞭打たれたせいさ」スチュアートは御者に対し、馬をかばおうとしている。なぜこの馬がそんなに大事なのだろう？　愚かな馬のために奮闘しつつも、心のどこかに、何もかも大げさに考えすぎだと思っている自分もいる。

「恐れながら、ほかの馬も皆、鞭打たれておりました。あの馬はいかれているのです」

本当にそうなのか？　救いようがない？　正直に認めるんだ。エマ流の誠実さが欲しい。彼女のやり方で現実と向き合いたい。それが僕の求めていることだ。だが、今は現実と向き合おうとすると、少々むかついてしまう。何よりも恐れていたことだが、僕の馬は……お気に入りの素晴らしい馬は回復の見込みがない。その認識を受け入れるのがとても不愉快なのだ。

あきらめろ。彼は自分に言い聞かせた。ほかの七頭の馬はかなり上手くやってるじゃないか。危険なのは一頭だけ。たった一頭だ。ひょっとすると、父のせいであああなったのではないのかもしれない。もともといかれた馬で、父がした仕打ちは、それが表に出る一因となっただけなのかも。そういう動物は、どう扱うのが妥当なのだろう？　正しいことは何だろう？

僕はあの馬を失うのがいやなんだ。彼はそれに気づき、一種の解放感を味わった。法律が適用されるのなら、それでいい。あの馬は役に立たない。当の馬が協力してくれなければ、助けてやれないのだ。それなのに、僕は確かにあいつを助けようとしていた。

どっちみち、エマのことを考えれば、馬など、どうでもいいじゃないか。彼女は今、二人ですするつもりだったことを独りで何とかしているんだぞ。部屋に戻って、彼女が大丈夫かどうか、レナードが計画どおり逃げていったかどうか確かめるべきだ。僕は何を考えていたのだろう？　乱暴な行為をやめようとしない馬に割く時間はない。エマが僕を必要としているかもしれないときに、そんな時間はないんだ。

「わかった。いいだろう」彼は御者に言った。「君が行ってきてくれ。僕はあいつを処分したくない、こちらに引き渡してくれれば、これからは放牧させるつもりだと伝えてくれ。それ以上、やるべきことが思いつかない。先方に僕の希望を伝え、あとは成り行きに任せよう。僕はあいつを助けるために最後の労を取った。あいつは勝手にすればいいんだ」

かばんを取りにいこう、できればあのお金も……と思いながら部屋に戻ったエマは、スチュアートの姿を見てひどくびっくりした。彼は帽子とコートと手袋を身につけ、正面の居間でいたって元気そうに立っていた。

「ああ、無事だったんだね」彼は心からほっとしている。「あいつは行ってしまったのか？

切符は持っていったのか？」

「赤ん坊が哺乳瓶に手を伸ばすみたいに持ってってたわ。私の知る限り、彼は私たちが用意してあげた現実以外の可能性は考えないでしょう。ニューヨークに着くまではね」エマは肩をすくめて微笑んだ。「たぶん、シャイアンにたどり着くまで」

でも、スチュアートのことはどうしよう？

そのとき、扉をノックする音がした。「ああ、ここですか」警官が一人、戸口に立っている。「騒ぎがあったと通報がありましてね。悲鳴が聞こえたそうで。銃声かと思った人もいたんですが。問題はありませんか？」警官が中に入ってきた。

エマはスチュアートを一目見た。彼が私を待っている。いとしい彼が。それから、彼女は警官を見て言った。「実はあるんです。そこのごみ箱を見ていただければ、この人宛の召喚状があるはずですわ。ヨークシャーの裁判所への召喚状です。それを交付した方が、さっきまでここにいらしたのですが、マウント・ヴィリアーズ卿は出頭を拒否しました。その方をひどく殴ったのです。相手が逃げだすまで。寝室のごみ箱に血のついたシャツがあるはずです」

スチュアートは口を少し開けたまま、まっすぐ立っていたが、肩をがっくり落としている。ああ、こんな姿、見るのはいや。エマは彼に言いたかった。ねえ、仕方がないの。私は行かなきゃいけないし、あなたに追いかけてきてもらっては困るのよ。

警官が例のシャツと、お粗末な召喚状を持って戻ってきた。エマが上手くまねできずごみ箱行きになった召喚状だが、どうやらロンドンの警官にはこれで間に合ったらしい。「確かに、合法的書類に見えますな」警官がスチュアートに尋ねた。「閣下、これは本当ですか？つまり……召喚に応じようとしなかったのですか？」警官は書類に目を落とした。「羊殺しにかかわる事案における法廷侮辱罪に問われていますが？」

スチュアートが目をしばたたいた。「違う。そんなの嘘だ」法廷侮辱罪は、議員の不逮捕特権の原則に対する数少ない例外の一つだった。

「これは間違いなく罪を問われることになりますね」警官は疑わしそうに口をぎゅっと結び、スチュアートを見つめた。

スチュアートは目を上げ、エマをじっと見据えた。

エマは少し怖くなってきた。もし、これが上手くいかなかったら、彼が何をするかわかったもんじゃない。彼は静かに、言ってみれば警戒態勢を取っており、それが心配だった。「こちらにいらっしゃるマウント・ヴィリアーズさんは間違いを犯しました。おとなしく言うことを聞くと言って、そうしなかったのです」

エマと小柄な警官は同時に、身長一八〇センチを超える男性のほうを見た。肩幅のある厚手のコートを着ていると、実際よりも、もっと大きく見える。

エマはさらに続けた。「彼は危険で、ずるい人なんです。ちゃんと拘束しないと、逃げられてしまいます」

スチュアートがぽかんとしている。「何だって？」

エマは警官のそばに行ってささやいた。「この人は限度というものを知りません。ものすごく強いんです。閉じ込めてしまうのがいちばんですわ。さもないと、ご自分の不注意のせいで最悪の結果を覚悟することになりますよ」

「僕は紳士だ」スチュアートはエマに向かって言い、次に帽子を拾いながら警官に言った。「警察署で話をつけましょう。そのほうがよろしければ」そして、再びエマに向き直った。「君との話はあとだ」

「せめて手錠だけでもかけるべきです」エマは警官に直訴した。

スチュアートは首を回し、口をぽかんと開け、信じられないという顔をしている。手の届くところにいたら、私を本当に叩いていたかもしれない、とエマは思った。

実際に彼が少し身を乗り出し、警官をよけてエマと視線を合わせようとしたとき、彼女は警官の後ろにひょいと隠れてしまった。警官はこれで最悪の場合を想定したらしい。

スチュアートの腕をぞんざいにつかみ、警官は「お気の毒ですが」と言った。それに続いて金属がぶつかり合う音が聞こえ、エマは満足した。

掛け金がガチャンとはまる音とともに、スチュアートは後ろ手に、ぴかぴか光る真新しい手錠をかけられた。はっとするスチュアート。片方の目が引きつり、頬が紅潮し、エマは初めてそこに怒りの表情が走るのを見て取った。

ああ、なんてこと。彼はたちまち癇癪を起こして、あっという間にものすごく怒った顔になってしまった。恐怖心からだったのか、形勢が逆転したことが愉快だったせいなのかはわからないが、エマは、私にはほんの少し卑劣なところがあると自覚しつつ、警官のわきをかすめ、ポケットから手錠の鍵をすり取った。そして、警官の背後でスチュアートに鍵を示してみせた。

スチュアートが早口で言った。「彼女が鍵を取りましたよ」

「誰が取ったですって？」制服の男が尋ねた。「何の鍵を？」

「手錠の鍵、だと思います。それと、取ったのはホッチキス夫人です。見てごらんなさい」

スチュアートはエマのほうにうなずいてみせたが、彼女から絶対に目を離さなかった。

警官がポケットを叩く。「ばかなことを言わんでください。鍵ならちゃんとここに」

「確認すべきだ。入ってませんよ」

エマは実に手際よく鍵をポケットに戻し、その直後、警官がポケットに手を突っ込んで中をあさった。そして、鍵を取り出し、スチュアートの顔の前に掲げた。「残念ですな」警官は再び鍵をポケットに戻した。というより、本人はそう思い込んでいる。実は、エマがポケットを軽くつかんで閉じてしまい、自分の手のひらに鍵がじかに落ちるようにしてしまったのだ。

「また取られましたけど」スチュアートが言った。今度はもうあきらめの表情だ。警官に信じてもらえるとは思っていないらしく、ただ彼女をじっと見つめて首を横に振るばかりだった。

エマは送風式の暖炉のほうに後ずさりをした。咳払いをしながら火床の中に鍵を落とし、そのまま咳をし続けて、モルタルで塗り固められたれんがのどこかに鍵がぶつかる音をごまかした。これで鍵は永遠に消えてしまった。炉床を引き剝そうとでもしない限り、出てくることはないだろう。

「さようなら、スチュアート」エマがそう言ったと同時に、彼は警官にぐいと引っ張られ、部屋の外に連れていかれた。さようなら、いとしい人……。

何もかも思ったより簡単に終わってしまった。もうあきらめよう、今から自分がすべきことはわかっている。というより、わかっていると思い込んでいた。エマは二〇〇〇ポンドが入った封筒を手に取り、彫像の入った帽子箱を拾い上げた。

突然、あまりにもたくさんの選択肢が目の前に広がった。それでも、本当に心に響いてくる選択肢は一つしかなかった。外の縁石のところで荷物が辻馬車に積み込まれると、エマは御者にスチュアートの家の住所を告げた。「着いたら、待っていてください。そこからキングズ・クロスに行きますので」駅に向かうのだ。私には彼が取っておいていいと言ってくれた五六ポンドがある。新しいスタートを切るには、これだけあれば十分。これは私のもの。

ところが、家の中に入ってみると、使用人の姿もなく、がらんとしており、思いも寄らなかったものをいくつか目にすることになった。

エマは書斎を見つけた。ヨークシャーの書斎ほど広くはないものの、いかにも彼らしい部屋だ。窓際に大きな机がある。エマは帽子箱を開けて彫像を取り出すと、包んである紙をはずし、まるでプレゼントを差し出すように、机の真ん中に正面を向けて置いた。それから二〇〇〇ポンドが入った封筒をバッグから出し、彫像に立てかけた。こうしておくのがとてもふさわしいように思える。

　そのとき、床にくしゃくしゃに丸められた紙がたくさん落ちていることに気づいた。中には机の向こう側に散らばっている紙もある。

　固く丸められた紙がこんなにたくさん。どうやら、ちゃんと書けたものは一枚もないようだ。

　エマは何が書いてあるのか見ずにいられず、そのうちの一枚を手に取った。「エマ、」次の言葉は横線で消され、「~~どうか僕のために~~」が「どうか僕の名誉のために」と書き直されており、そのあとは用紙いっぱいに斜めの線が走っていた。

　別の紙には「親愛なるミス・マフィン、君は僕が出会った中でたった一人の」とあり、それ以上、何も書かれていなかった。

　しかし別の一枚にはこうあった。「愛している。僕の大切な人になって――」そこから紙のいちばん下まで斜めに線が引かれ、走り書きがしてあった。「とにかく、妻になってくれ、ミス・マフェット、僕の小山《タフェット》で一緒に暮らそう、おお、僕の愛する売春婦《ストランペット》よ」

厚かましい尻。エマはあの言葉を思い出し、微笑んだ。

　彼女が置いた彫像の裏側にも丸めた紙が落ちており、そのわきに箱が一つ置いてある。開けると中には指輪が入っていた。ダイヤモンドの指輪だ。素敵な指輪を選んだのね。でも、ということは、スチュアートは……。まさか、そうじゃないわよね？　エマは箱をぱたんと閉じた。

でも、手紙には——ああ、彼は七回も書き直したんだ。エマは手紙を一つ残らずかき集めてスカートで包み、窓辺の明るいところへ持っていった。そして、何度も何度も繰り返し読んだ。とうとう辺りが暗くなり、もうこれ以上読めなくなるまで何度も読み返したのだった。それから、手紙をきちんとたたみ、それを持ってスチュアートの家を出た。

馬車は行ってしまったらしい。御者は荷物を下ろし、門のすぐ内側に置いておいてくれた。そして、エマも歩いてそこを立ち去った。彼が買ってくれたものをすべて残して。さようなら……。

しかし、通りを歩いたのは最初の街灯までだった。彼女はいつの間にか縁石に腰を下ろしていた。街灯が一つ、また一つと灯り、月明かりが差してくると、未完成の恋文のしわを伸ばし、スカートの上に広げた。エマは次々としわを伸ばしていく。まるでこうすれば、自分が犯した過ちを取り繕えるかのように。自らがつけた折り目を元どおりにできるかのように。一枚一枚、隅々までなでつけ、とうとう紙が柔らかくなり、破けそうになるまで。それから、手紙を順番に重ね、端をきちんとそろえ、理解されることのなかった、途切れ途切れの感情を一つの束にまとめた。それはエマ自身の感情だった。最後の最後まで不完全で、ほんの少ししかわかっていなかった気持ち。これが私の気持ち。今ごろ思い知ったって、もう手遅れ。信頼。詐欺をするとき、常に心がけるべきことはこれだった。自分のパートナーを信じること。決して疑ってはいけない。

まさかスチュアートがこんなことをしてくれるとは思ってもみなかった。彼が私を幸せにしてくれるだなんて。それ以外のことは何もかも無視し、彫像を取り戻すという願望さえ無視し、私を思ってくれるだなんて。でも考えてみてもよかったんじゃない？　私の他者への信頼は、特別な人への信頼は、どこにいってしまったのだろう？　そもそも私には人を信じる気持ちがあったのかしら？　立派な男性が私と出会い、私を求め、私を探しだして、ありとあらゆる反対理由にもめげず、私自身の異議にもめげず、私を一生、自分のものにしたいと言ってくれるだなんて、信じたことがあったかしら？

あったとしても、どこかであきらめてしまったのだろう。私は人を信じる気持ちを失った。彼を失ったのだ。彼を締め出し、文字どおり、鍵を投げ捨ててしまった。

エマは一度しゃくりあげ、恋文のつもりで書かれた手紙をじっと見下ろした。それから、体を折り曲げて、お腹の辺りに手紙を押しつけ、膝のあいだに腕を置いた。スカートと手紙と腕の上に崩れ落ち、自ら招いた絶望を味わったのだ。彼女は泣いていた。体を震わせ、顔を膝のあいだに押し込み、自分の肩を抱き締めながら、大きな声で三〇分泣き続けた。いや、もっと泣いていたかもしれない。自分でもよくわからなかった。

わかるのは、ともかく、その後しばらくして、何とかホテルまで戻ったこと。ドアマンがまた辻馬車を呼んでくれた。それから、エマは再び座席にどさりと腰を下ろし、馬車に揺られて駅に向かった。いつ切符を買い、どうやって列車に乗ったのかもわからない。わかるのは、それが一駅一駅止まっていく各駅停車だったこと。すべては闇の中だった。日の光を見るには一生かかるような気がしたが、二等コンパートメントのブラインドの下で日光がきらめいたとき、エマは目がくらみ、空しさを覚えた。

それに孤独だった。完全に、本当に、この先もずっと独りぼっち。自分がしたことのせいで。

〝運命は性格にあり（人の運命はその人の性格によって作られていくという意味のヘラクレイトスの言葉）〟まさにそのとおり。男の運命も、女の運命もそう。私がスチュアートより劣る男性を求めることは決してないだろう。彼は奇跡の男性《ひと》だった。彼を信じる気持ちが足りなかったばっかりに逃してしまった奇跡。私の性格にはなんて残酷な欠点があるのだろう。自分の知る限り、誰よりも信頼できる男性を信頼し損なうはめになってしまったのだから。

スチュアートの弁護士は翌朝五時にようやく彼を自由の身にしてくれた。彼がホテルに駆けつけたことは言うまでもないが、ミセス・ハートリーがチェックアウトしたとわかっても驚きはしなかった。彼はさして急ぐわけでもなく家に戻った。次に何が起きるかはわかっていると思いながら。ひょっとすると家は略奪されているかもしれないと覚悟を決めていた。もっと金はないか、貴重品はないかと家捜しされたかもしれない。手癖の悪いミセス・ホッチキスは、あの彫像さえ持っていってしまったかもしれない。あれはかなり本物らしく見えたし、本物であることを証明する書類もあったのだから。

ランプを灯す前から、夜明けのほのかな光に照らされて目にしたものが何か気づき、彼はどれほど驚いたことか。机の上に小さな立像が載っていたのだ。

彼はガス・ランプに火を灯し、小さな彫像を手に取って窓のほうに、徐々に昇ってくる朝日のほうにかざした。

「ラ・トゥリュイ・キ・ダンス」すなわち「踊る野獣」。スチュアートは、歯をむき出しにしている女性のキマイラに触れた。表面にこれでもかというほど貴石を散りばめた、奇妙な小振りの彫像だ。エメラルドの偶蹄《ぐうてい》で立つ様には不思議な気品が漂っている。豚の頭とドラゴンの尾を持ち、波打つヘビのスカートがドラゴンのすねを際立たせるべく、その周りに渦巻いており、ドラゴンの尾にもエメラルドでうろこの模様が施されていた。とてもたくさんのうろこが重なり合い、その一つ一つが何面にもカットされていて、青葉のような淡い緑から、苔のような最も暗い深緑に至るまで、ありとあらゆる濃淡の光を放っている。そして、動物の顔から豚の胸にかけての大きく膨らんだ部分は暗い色の翡翠でできていた。どこまでも緑。グロテスクな、小さな緑色の彫像だ。ヘビのスカートは、透き通った緑色のビーズをいくつも連ねて、緑がかった金色のワイヤーでつないだもので、金線細工《フィリグリー》はほかの部分にも施されている。

そのとき、驚くべき発見があった。こうしたきらめきに囲まれながら、豚の耳の小さな穴にはまっていたのだ。あのイヤリングが。それは複雑デザインながら彫像全体の雰囲気と統一が取れていた。豚とドラゴンの怪物は、スチュアートの母親のイヤリングをつけていたのだ。エメラルドとペリドットとグリーン・トルマリンをあしらった、ジプシー風のイヤリングを。奇妙な小さな生き物を持ち上げてみると、イヤリングはかちゃかちゃと懐かしい音を立てた。母のたった一つの装飾品だ。

アナ・アイスガースのお気に入りだったイヤリング。母親は陽気な「踊る野獣」からこれを拝借し、身につけていたのだろう。火を吐く伝説上の醜い存在であるにもかかわらず、楽しそうにひづめで跳ね上がっている生き物にイヤリングを貸してもらっていたのだ。

それをじっと見つめながら、スチュアートの心にまず響いたのは、母が自分自身に対して抱いていたであろう悲痛な思いではなく、むしろ豚の表情やポーズに感じられる喜びだった。豚はまったくのんきに頭をつんとそらせているように見える。まるで、自分の外見なんかまったく気にしていない、私は踊っているだけよ、と言いたげに。

母親がこうした類の幸せを味わっていたとは、一瞬たりとも考えたことがなかった。というより、火を吐くキマイラが持っていたであろう、このような力や自由を母が拝借していたとは夢にも思わなかったのだ。母親はとても控えめで、とても従順で、どこまでも忠実でおとなしい人だったから。それでも、純然たる陽気な喜びを味わっていたと考えるのが妥当のようだ。少なくとも母は空想のどこかで喜びを感じていたらしい。大きな安堵感がスチュアートの胸を貫いた。何かほかの感情とともに。もっといとしい、もっと優しい感情とともに。

というのも、子供のころの記憶では、気がふれてしまった孤独な母親は、このイヤリングをして子供部屋で床に座り、彼と一緒にマッチ棒でお城を作ってくれたからだ。

よかった、彫像が戻ってきて。彼は嬉しかった。しかし、このためにどれだけの犠牲を払ったことになるのかわからなかった。それはすべて、エマを再び見つけるのがどの程度難しいかで決まるのだろう。

17

エマは午後になって帰宅した。自分の家に戻ってみると、農場の様子はまんざら悪くもないことがわかった。近所の人とスチュアートの部下たちが十分、面倒を見てくれたおかげだ。それに、ジョン・タッカーから借りた雄羊も立派に役割を果たしてくれた。マリーゴールドは妊娠が期待できそうだった。ただ、希望は持てるものの、幸運を予測することはできない。というのも、この雌羊は年を取っていて、前回の種つけは上手くいかなかったのだ。でも、ほかの五頭の雌羊もすべて、妊娠の兆候を示している。その日の午後、エマは羊の下半身をのぞきながら歩き回り、紫がかった暗いピンク色の組織を確認して満足していた。

春にはまた子羊が生まれてくるだろう。

ああ、これで希望が持てる。帰宅した最初の晩、エマは家で落ち着きながらそう思った。けれども、ベッドに入っても眠れず、一晩中まんじりともせず考えていた。あなたは正しいことをしたの。いろんなことを考え合わせるとね。おめでとう。これであなたも大人。成熟した女性。

独りで生きていくのよ。だって、あなたは自分にふさわしくない男性に恋をしたのだから。

しかも、その人を裏切ったのよ。

家に戻って最初に迎えた朝は、冷え冷えとはしていたが、とてもいい天気だった。エマは日の出とともに起きだした。やるべきことはわかっている。いつもやっていた日常の仕事。指先のない毛糸の手袋をしてお茶をいれ、オーブンでスコーンを焼き、表側の部屋全体を暖める。スコーンに使う小麦粉は古いけれど、サルタナの干しブドウは村で買った新しいものだ。それから、格子縞のショールをはおり、裏口から外に出て、太陽のもとで朝食を取った。するとと、丘の上のあの城が目に入った。あるじのいない城。梢《こずえ》のあいだからドゥノード城の小塔がかすかにのぞいている。遠くに望むアーチ形の窓は不吉で、永遠の存在に思えた。まるで光を失った目のようで、エマのことは見ていない。小さな村のはるか上のほうから、見えないものをぼんやり見下ろしているのだ。エマはため息をついた。私はドゥノードの下で暮らしていけるかしら？　城の影の中で暮らせるの？

エマは泣きそうになった。

私は城のあるじが恋しいのかしら？

エマは目を閉じた。ああ、息をするたびに恋しくなるばかり。

でも、だんだん楽になるだろう。長距離を一生懸命走ったときの激しい横腹の痛みのように。止まることなく動いていれば、最後には痛みも和らいでくる。しかし、再び目を開けると、視線はスチュアートのいた小塔の輪郭につながり、彼がいないという心の痛みで体がよじれそうだった。エマは慌てて視線を下げ、わざと谷の向こうをじっと眺めてみたが、何も目に入っていなかった。どうして上を見たりするの？　いつからこんなことを始めてしまったのだろう？　私は高望みをしていたのかしら？　気取っていたのかしら？　私は本当の自分とは違う人間を装っていた。私は三十路間近の中途半端な羊飼い。人生に不信の念を抱くあまり、人生がもたらすとても素晴らしい贈り物、愛を裏切ったのだ。

　自分に対する不満は治まってくれなかった。それから数日間、不満はますます募り、エマはほとんど動くことも、働くこともできなかった。とうとう、ある日の真夜中、自分のほうから行動を起こさなくてはいけないと決心した。何とかして償いをしなくてはいけない。スチュアートのために何かしなくては。いちばん身近な人たちにひどい仕打ちをされた過去を持つ彼を傷つけてしまい、とても心を痛めていることを、何か目に見える形で表現しなくては。でも、お金持ちで権力も持っている子爵に、いったい何をしてあげられるのだろう？

　馬だ。彼にとって、馬車を引く馬たちはとても大切な存在だったのに、八頭では走れない状態になっていた。代わりになる馬を一頭、見つけてあげられたら、彼はまた八頭立ての馬車を走らせることができる。ああ、彼の馬車に釣り合いそうな馬が見つかりさえすれば。

　高級馬を扱うリポン（ノース・ヨークシャーの市）の仲買い業者に問い合わせてみたところ、意外にも、かなり短い期間でこれはと思える馬を本当に勧めてきた。エマはその馬を見にいき、有頂天になった。馬車用の雄馬で、脚の途中までが靴下をはいたように白い。これなら申し分ない！　ただ問題は、馬一頭の価格が、これくらいなら払えるんじゃないかと夢見た金額を上回っていることだった。

エマはジョン・タッカーに値段の話をして笑った。「そんなお金があったら、私の農場を丸ごと乗っ取れるわね」

その言葉がきっかけで名案が浮かんだ。翌日、エマは農場をジョン・タッカーに売った。支払いは現金ではできなかったが、ジョンとエマと馬商人は、ある合意に達した。ジョンは、エマが姉モードのところに滞在し、ささやかな賃金で老夫婦の手伝いができるように段取りをつけ、自分は土地代をエマに払った。ただし、その金は馬の代金として業者に直接流れることになる。つまり土地を担保にしたのだ。こうして見事な馬はエマのものに、いや、スチュアートのものになった。彼女は丁重な手紙を書き、馬は気に入ってもらえたと思う、再び八頭立ての馬車となることを祈っている、とだけ伝えた。どうかお受け取りください。お問い合わせはご遠慮願います……。

翌週、ロンドンにいるスチュアート宛に馬を発送する手続きをしたエマは、自分なりの努力ができたことで気持ちがだいぶ楽になった。

彼女はスタンネル夫妻の家に居を構えた。そこでも晴れた日にはドゥノード城が目に入ってきたが、遠くに見えるだけだった。例の馬と手紙がロンドンのスチュアートのもとに届くことになっていたまさにその日、エマは家の外にいた。モードが出産予定日に従って羊の分類をしており、その手伝いをしていたのだ。雌羊たちのお産はもうすぐやってくる。まず年老いた異種交配の雌羊、次に獰猛な若い雌羊、最後に初刈りを済ませた一歳の雌羊が出産を迎えることになるだろう。徐々に近づきつつあるヨークシャーの春は、再生、新しい世代の誕生、新たな希望をもたらす季節なのだ。

そのとき、エマとモードは大きな音を耳にし、顔を上げた。何の騒ぎかと二人は家に戻っていったが、エマはだんだん早足になり、しまいには走っていた。このやかましい音は何？　がたがたとものすごい音だけど、聞き覚えがある……。

そして彼女がポーチから目にしたものは、黒光りする六頭の馬が頭を同時に動かしながら、肩を並べて全速力で走ってくる光景だった。去年の八月もまさに、こんな猛スピードで走っていたけれど、あのときとほとんど変わらぬ勢いだ。馬が引いているのは、見覚えのある黒っぽい大きな馬車。それが彼女のほうに全力で近づいてくる。農場の門に近づくにつれ、音はさらにひどくなっていった。馬は大いに苛立ち、反抗し、不平を言うように、丸石を敷きつめた道でひづめを鳴らしている。御者が「よし」「どうどう」と叫び、馬車が揺れ、スプリングがきしみ、馬具ががちゃがちゃ鳴っている。紋章をつけた、派手で巨大な馬車は、冬場は何も植えていないスタンネル農場の野菜畑のはずれで完全に停車した。馬車を引っ張ってきた六頭の艶やかな黒い雄馬たちが、足を踏み鳴らしながらいななき、ヨークシャーの二月の空気に向かって白い息を吐き出している。

立ちすくむエマの背後でモードがつぶやいた。「私はやることがあるの。キッチンにいますからね」一方、エマの前では、フットマンが馬車の後ろから飛び降り、ぐるっと回って扉を開けた。スチュアートが現れた。晴れた気持ちのいい日であったせいか、外套は着ておらず、かぶっていた帽子も脱いだ。エマはほとんど理解できずにいる。

最悪の事態を心配し、挨拶代わりにこんな言葉を口にしてしまった。「仕返しをしに来たの？」

スチュアートは何も答えず、スタンネル家の庭の小道をどんどん歩いてくる。枝がすっかり刈り込まれて休眠状態のバラの茂みと、実がなっていない豆の蔓棚の列のあいだを進んでくる彼の様子は、素晴らしくはつらつとしていて、大またで歩く脚にフロック・コートが当たってはためいていた。彼はポーチの二段の階段をひと跳びで上がり、彼女の前に立った。

「仕返しはあきらめたよ。僕は将来のことを思いながらここに来た。過去のことじゃない」スチュアートは花を引っ張り出した。そう、ゴム長靴の片方から。もう片方の長靴も小わきに抱えている。彼が差し出した長靴から突き出ていたのは赤いバラ。エマの好きな花だ。たとえありふれた花であろうと。ありとあらゆる見え透いた気持ちを表すために誰もが買うような意外性のない花であろうと。

エマはバラをじっと見つめていたが、握り締めたこぶしを腰にあて、戸口をふさいだ。

「つまり、牢屋にはあまり長く入れておいてもらえなかったってことね？」

「ああ」スチュアートは微笑んでいる。

「どうして私の居場所がわかったの？」

「容赦なく権力を振りかざしたのさ。僕をずっと遠ざけておけると本当に思ってたのか？」

「私、農場を売ったのよ」

「知ってる」スチュアートがうなずき、顔をしかめた。「でも、よかった。あまり遠くには行かなかったんだな」

エマは肩をすくめた。「そこまでするお金がなかったから」

「手に入れようと思えばできただろう。二〇〇〇ポンド、持ってたじゃないか」スチュアートは唇をぎゅっと結び、深く考え込むように口元をゆがめた。

彼はなぜここにいるのだろう？　エマは再びいぶかしく思った。「逮捕されたこと、怒ってるの？」

スチュアートは、その質問について考えているらしい。本当に頭を絞っているといった感じだったが、やがて答えた。「いや」

「どうして？」

「僕は君の羊を殺した。かなり確信を持っている。すまなかった。知らなかったんだ。わざとやったんじゃない。僕は馬車を運転していたわけじゃないし」そして言い添えた。「お詫びの印に、どうかこの花と長靴を受け取ってほしい」彼は贈り物を再び差し出した。

エマは受け取らない。「あの御者をクビにするべきね。あの人がスピードを出しすぎるのよ」そのとき、ふと気づいた。「ロンドンにいたんじゃないのね。私、あなたにあるものを送ったんだけど。てっきり、ロンドンで受け取ってくれてると思ってた」

「何を？」

「馬よ。そうすれば八頭全部、正気の馬になるでしょう」

「でも、僕はロンドンじゃなくてここにいる。僕には君が必要なんだ」

「ええ、あなたと英国政府にはってことでしょ。詐欺の容疑でね。でも、私は誰にも捕まらないわ」

それでも、玄関の前に立っているのはスチュアートだ。私は再び彼を見ている。本当に彼なんだ！ 夢じゃない。その姿を見ただけで泣きたくなってくる。彼はこんなにハンサムな人だったんだ。それに背が高い。黒い髪が太陽の光を受けて輝いている。美しくも悲しげな大きな目、その下にはこれまで見たこともないほど暗い、印象的なくまができている。まるで「君がいないと眠れないんだ、頼むよ」と訴えているかのように。

ばかばかしい。「私、いっつも風変わりな人に興味を持っちゃうの。でも、もうごめんだわ」

「まいったな」スチュアートは一瞬たじろいだが、次の瞬間、一メートルにも満たないポーチの陰に立って笑っていた。「わかった。確かに僕は少し変わってる」言われたことを認め、両手を差し出した。片方の手にはバラの花がいっぱい入った長靴を持っている。自分の性分に逆らってもどうにもならない、と自己弁護をするかのように。「でも、ほんの少しだ！」彼は強く言い張った。「それに、たいがい、ものすごくいい形で変わってるんだ」

エマは唇をぎゅっと結んだ。気持ちが混乱し、どぎまぎしている。希望を持つ勇気がない。「ひょっとすると、君にとって申し分のない風変わりな男ではなかっただけかもしれない。でも男は皆、完璧じゃなきゃいけないのか？ 男が皆、完璧だったらどうなる？」スチュアートは人差し指を突き出し、エマに向かって振ってみせた。一本の指がつっかえつっかえ、的を射た指摘をしようとしている。「もしそうなったら、君はどうする？　君だってそれほど完璧じゃないだろう、ミス・マフィン。完璧な男にどうやってついてくるつもりなんだ？　ん？　言ってごらん」

　エマはスチュアートをじろじろ見た。片方の眉を上げ、もう片方を下げるという、彼から学んだわざを使って。私が完璧じゃないって、どういう意味？

　スチュアートはすぐに自分の間違いを悟った。「今のは撤回。君は完璧を象徴する人だ。王妃であり宝石だ。女性的な姿形、美しさを有する存在として知られる、ありとあらゆる魅力的なもののお手本なんだよ」それから声を上げて笑った。

　心にもないことを！　ふざけてるのね！　「やっぱり変わってるわ」エマがつぶやいた。

「君に恋をしてるんだ。どうにかなりそうなほど。頭から真っ逆さまに恋に落ちてしまった。この世で誰にも負けないくらい、見事に欠点だらけの女性に恋してしまった。ほかに表現のしようがない。君の欠点は、好奇心をそそる、とても魅力的な、素晴らしい部分だと思う」スチュアートは再び笑った。うぬぼれ屋の笑い方だ。「君の欠点の一部は、君のいちばんいいところでもある」

　これは気に入った？　そうでもない。まあいいわ、気に入った。少なくとも「恋をしている」の部分は。

　彼は私に恋をしているの？

「してないわよ」エマは素っ気なく言った。

「何だって?」

「あなたは恋なんかしてない」

「花を持ってきただろう?」スチュアートは笑って続けた。「それに長靴も」

確かに。

それから彼の告白が始まった。「僕はロンドンで、馬を救う手段を考えようともしなかった。君のほうが心配だったからさ。そんなわけで、馬は射殺された。僕は馬を失ったんだ」

彼は声を上ずらせ、うつむいた。

「ああ、スチュアート。本当にお気の毒だわ」彼のあの馬は死んでしまったんだ。エマは彼を励まそうとした。「あの馬は、あなたにはふさわしくなかったのよ。よくない馬だったの。病んでたのよ。いろんなものを傷つけてたじゃない」

「あいつは鞭打たれてた。あいつのほうが傷ついてたんだ」

「お父様が破壊しようとしたものをすべて救うことはできないわ」

「ぼ、僕の父は……」彼が口にすることができたのはそれだけだった。

彼の気持ちを思うとエマは喉が詰まった。「わ、私……あなたのために新しい見事な馬を買ったのよ。今日そちらに届くことになってるの。あの馬に負けないぐらい素晴らしい馬。そんなの信じられないでしょうけど。また八頭で走れるのよ!」

「いや」スチュアートは首を横に振った。「余っていた一頭をある女性に売ってしまったんだ」彼の片眉がすっと上がる。「ああ、そうだ、買い手はヨークシャーの女性だった。君だったのか？」

エマが顔をしかめる。二人は同時に事の次第を悟り、一緒に笑ってしまった。

しばらくして、スチュアートは地面に目を落とし、ゆっくりした口調で説明を始めた。「御者が言うには、あの馬は手綱を引くと必ず、ほかの馬より興奮してしまうんだそうだ。か、彼は、あいつが子羊を追いかけていったんだと思ってる。き、き——」次の言葉が出てこない。エマは辛抱強く待った。「き、傷つけようと思って追いかけたんだ」唇を真一文字に結び、悲しそうな顔をしている。本当に悲しそうだ。それでも、彼は説明を続けようとした。「あ、あれは、まあ、言ってみれば間違いだったんだ。あの馬は、手綱を強く引かれたときの圧力がいやで、どういうわけか子羊を敵だと勘違いした。自分は恐ろしいものに支配されている、手綱とあの子羊は何か関係があると思ったんだ」

「そうね」エマは驚き、ふと思ったことを口にした。「あなたのお父様みたいに」

スチュアートはびっくりした表情を浮かべたが、それでもうなずいた。それから、顔を上げ、そのまましばらく上を向いていた。空に浮かぶ雲を見つめていたのかもしれない。あるいは、泣くものかと、あふれてくる涙をこらえていたのかもしれない。

二人は黙ったまま、もうしばらくポーチに立っていた。自分の行く手にたまたま現れたもののすべてを敵と勘違いしていた、彼の父親を思いながら。この世の子羊たちのことを思いながら。そうよ、スチュアート、お父様が追いかけていったものを何もかも救うことはできないの。

しばらくすると、スチュアートは気を取り直し、また話を続けた。「花と長靴を持ってきてあげただろう?」

「ありがとう」エマは笑って両手を差し出し、贈り物を受け取ると、胸に引き寄せた。

「僕は〝愛している〟と言ったっけ?」

エマは目をしばたたいた。「どうかしら。はっきりそうとは言わなかったわ」

「じゃあ、言わなきゃな」

それから、エマをぼう然とさせることを口にした。「婚約指輪は持ってきたっけ? はめたら手が震えてしまうくらい重たいやつなんだけど」彼はそこで一瞬、ためらった。「ただ、怖くて見せられないんだ。だって、なんだかやりすぎみたいに思えるし、き、き、君が受け取ってくれるかどうかもわからないだろう?」

ああ、彼の心に神の祝福を。エマの心は溶けてしまった。「ああ、スチュアート」彼はそんなことをしてくれたの? 指輪を持ってきたですって? 羊飼いの私に? そして、言葉につっかえながらそれを伝えてくれたのね? 人生の大半を、何とか言葉に詰まらず過ごしてこられた人が? 少なくとも、そのしゃべり方を自分の歌に変えるすべを身につけた人が? ああ、スチュアート、あなたをそんな目に遭わせるようなこと、私にさせないでちょうだい。

しかし、スチュアートはただ微笑んでいる。片やエマは喉が詰まりそうだった。彼は頭を下げ、おずおずと肘を曲げて片方の手をポケットに突っ込んだ。

日差しを浴び、その指輪は光り輝いていた。「ああ、まさかこんなこと、想像できる？」

そのとき、彼がエマの手のひらに指輪を落とした。それは重みのある、エンドウ豆ぐらいの大きさのダイヤだった。リングの部分に白いリボンが縛りつけてあり、そこに小さな紙がぶら下がっている。

紙にはスチュアートの流れるような美しい筆跡でこう書かれていた。

僕を解放してくれ。僕を手に取り、その指にはめてほしい。君を愛している。僕の心を解放してほしい。君なしではもう、僕はまともではいられないのだ。

訳者あとがき

ジュディス・アイボリーの新作『たくらみは二人だけの秘密』(原題 Untie My Heart)をお届けします。今回の主人公は、教区牧師だった夫を亡くし、イングランドの北部、ヨークシャーで細々と生活している女性と、家督を継ぐためにロシアから帰国した貴族です。こう書くと、貧しい女性のシンデレラ・ストーリーかと思われるかもしれませんが、そこはジュディス・アイボリー、事はそう単純には進みません。

ある夏の日、エマは大事に育てていた種つけ用の雄羊を馬車にひき殺されてしまいます。泣き寝入りをしてなるものかと、彼女は馬車の持ち主、すなわち、亡き父親の跡を継ぎ、子爵となったスチュアートを相手取り、裁判を起こしました。しかしスチュアートは代理人を立てて法廷には姿を見せず、損害賠償にも応じようとしません。大金持ちであるはずの子爵がなぜ金を出し渋るのか？　スチュアートは子爵の地位は継いだものの、それを横取りしようと画策していた叔父の借金問題など、様々な事情により、すべての後始末が済むまで自由に現金を動かせない状況にあったのです。彼がヨークの銀行で現金貸付の手続きをすると知ったエマは、事務代行会社から派遣された書記係になりすまし、同席します。そして、彼の筆跡を偽造し、架空名義の口座に金が流れるように工作してしまいました。

一方、エマが例のしつこい羊飼いだと知らないスチュアートは、小柄でかわいらしくて、素朴な田舎娘といった感じの彼女を一目見て気に入ってしまいました。その後、たまたま滞在したホテルで再びエマを見かけ、一瞬、喜びに胸を躍らせたものの、次の瞬間、彼の金をだまし取った犯人が彼女だと気づき、がく然とします。そして、部屋で彼女を待ち伏せし、椅子に縛りつけて「言うことを聞かなければ、警察に突き出すぞ」と脅したのです。スチュアートはエマの「才能」を見込んで、あることをたくらんでいました。刑務所送りにだけはなりたくないエマに選択の余地はなし……というわけで、しがない未亡人が子爵と行動をともにし、たくらみの片棒を担ぐはめになってしまうのです。

主人公は当初、対立関係にあり、互いを信用していません。ですから、二人は腹を探り合い、徹底的に相手を観察するのですが、そこにアイボリーならではの描写の細かさが生きています。他の作品に比べると屋外の情景描写は少なめ、書斎、馬車の中、ホテルの一室など、あまり広くない空間での二人きりのシーンがほとんどなので、密室の二人芝居を観ているような、そんな印象を抱かせる作品です。

また、アイボリーの作品では毎回いろいろな物、動植物が象徴的に使われますが、今回それに相当するのは、エマの夫の形見であるゴム長靴と、スチュアートの馬ではないかと思います。長靴には、人に頼らず、地に足をつけて、たくましく生きていこうとするエマの強さと、（満足のいく結婚生活ではなかったにしろ）亡き夫への思い、慣れ親しんだものを手放したくないという彼女の心細さの両方が表れている気がするのです。長靴は、いわばエマの心の拠り所だったのでしょう。一方、スチュアートの拠り所は馬でした。冷血な父親に虐待された馬を救うことで、「息子にも同じ血が流れている」という呪縛から自分を救いたかったのかもしれません。最初は自分の利益のために互いを利用しようとした二人でしたが、それぞれ大事な心の拠り所を失い、まるでそれと引き換えであるかのように、もっと大事なもの、ともに生きていく者が持つべきものに気づいていきます。はたしてそれは何だったのでしょう?

この物語ではエマをウサギにたとえる場面がいくつか出てきますが、ウサギはかわいらしい見た目とは裏腹に、案外気が強い生き物だそうですね。雌は特に……。気に入らないことがあれば、自分より体が大きい相手でも立ち向かう、一緒に飼われている猫を威嚇して黙らせてしまった、といった類のエピソードを、私もウサギを飼っている知人から聞いたことがあります。エマはまさにヨークシャーの野ウサギ。そして、豪華な外套をまとって優雅な足取りで歩くスチュアートはクジャク(彼はクジャクを飼っています)といったところでしょうか。美しい羽を広げ、気取って歩くエキゾチックなクジャクの隣で、丸いお尻を揺らしながらピョンピョン跳ねていく野ウサギの姿を想像すると、ちょっと微笑ましい気持ちになります。

二〇〇八年九月

ライムブックス

たくらみは二人だけの秘密

著　者　ジュディス・アイボリー
訳　者　岡本千晶《おかもとちあき》

2008年10月20日　初版第一刷発行

発行人　成瀬雅人
発行所　株式会社原書房
〒160-0022東京都新宿区新宿1-25-13
電話・代表03-3354-0685　http://www.harashobo.co.jp
振替・00150-6-151594
ブックデザイン　川島進（スタジオ・ギブ）
印刷所　中央精版印刷株式会社

落丁・乱丁本はお取り替えいたします。
定価は、カバーに表示してあります。
 ISBN978-4-562-04349-1　Printed in Japan

ライムブックスの好評既刊　*rhymebooks*

珠玉のヒストリカル・ロマンス　好評既刊

RITA賞受賞作!
コニー・ブロックウェイ
ふりむけば 恋が
数佐尚美訳
リリーとアヴェリーは親戚の遺言のせいでライバル同士に。辛辣な手紙をやりとりしていた2人が初めて会った瞬間…。 930円

キャロライン・リンデン
子爵が結婚する条件
斉藤かずみ訳
貧窮の貴族スチュアートは財産目当ての結婚を目論むが相手の後見人は大反対。彼はなぜか、その後見人に魅了され…。 940円

エロイザ・ジェームズ
見つめあうたび
立石ゆかり訳
裕福な生活を夢見ていた貧しい貴族の娘アナベル。理想とは程遠い人との結婚に落胆したものの2人で旅をするうちに…。950円

エロイザ・ジェームズ
瞳をとじれば
木村みずほ訳
上流貴族との結婚を望んでいたテス。しかし、どこか謎めいた英国一の資産家に出会い、彼に強く惹かれてしまう…。 860円

価格は税込